मेरा देश मेरे लोग

अमित खान का जन्म गाज़ियाबाद जनपद के पिलखुआ क़स्बे में हुआ। उनके द्वारा लिखी गई पहली कहानी मात्र 12 वर्ष की अल्प आयु में और पहला उपन्यास मात्र 15 वर्ष की आयु में प्रकाशित हो गया था, जो संभवत: विश्व रिकॉर्ड है। उनके द्वारा लिखी गई कहानियाँ बहुत कम आयु में ही देश की बड़ी प्रसिद्ध पत्र-पत्रिकाओं में प्रकाशित हुई। देश के बड़े प्रकाशन संस्थानों द्वारा अभी तक उनके द्वारा लिखे गए सौ से ज़्यादा उपन्यास प्रकाशित हो चुके हैं। उन्होंने 'डायमंड कॉमिक्स' भी काफ़ी बड़ी संख्या में लिखीं, जो हिंदी, अंग्रेज़ी और बांग्ला भाषाओं में प्रकाशित हुई।

इसके अलावा आज उनका पात्र 'कमांडर करण सक्सेना' हिंदी उपन्यास जगत में मील का पत्थर बन चुका है, जिस सीरीज़ पर उन्होंने 58 उपन्यास लिखे। इस सीरीज़ पर एक बड़ी ऑडियो ड्रामा सीरीज़ भी 'Spotify' पर उपलब्ध है, जिसमें 'कमांडर करण सक्सेना' की आवाज़ बने हैं देश के चहेते सुपर स्टार—सोनू सूद! इस सीरीज़ पर वेब सीरीज़ भी निर्माणाधीन है।

वे आजकल मुंबई में रहते हैं और मुंबई फ़िल्म इंडस्ट्री में भी काफ़ी सक्रिय हैं। उनके द्वारा लिखी कथा-पटकथा, संवादों पर कई भाषाओं (हिंदी-मराठी-पंजाबी) में फ़िल्में बन चुकी हैं और एकता कपूर द्वारा बनाई गई उनके उपन्यास पर आधारित वेब सीरीज़ 'बिच्छू का खेल' भी सुपरहिट रही है। उनके और कई उपन्यासों पर भी वेब सीरीज़ और फिल्म बन रही हैं। टीवी पर भी वे अभी तक अलग-अलग धारावाहिकों के सौ से ज़्यादा एपिसोड लिख चुके हैं। उन्हें विश्व हिंदी अकादमी द्वारा हिंदी सेवा सम्मान से भी अलंकृत किया जा चुका है। नासिक इंटरनेशनल फ़िल्म फेस्टिवल में भी उन्हें 'बेस्ट कथा-पटकथा' का अवार्ड दिया गया है।

अमित खान के सम्पर्क सूत्र :

Email- foramitkhan@gmail.com
Facebook- @AmitKhanWriter
Instagram- @amitkhanwriter
Twitter- @AmitKhanWriter
YouTube- @AmitKhanWriter

PRATILIPI PAPERBACKS
प्रतिलिपि पेपरबैक्स

भारतीय भाषाओं की कहानियों का सबसे बड़ा मंच है प्रतिलिपि।

साहित्य प्रेमियों के बीच बहुप्रसिद्ध इस ऑनलाइन मंच पर बारह भाषाओं में नौ लाख लेखकों द्वारा रचित एक करोड़ से अधिक कहानियां मौजूद हैं। भारत के सबसे बड़े डिजिटल कॉमिक्स प्लेटफ़ॉर्म, 'प्रतिलिपि कॉमिक्स' के साथ-साथ प्रतिलिपि 'आईवीएम पॉडकास्ट', 'वेस्टलैंड बुक्स' और आठ भाषाओं में सर्वश्रेष्ठ ऑडियो कहानियों के ऐप 'प्रतिलिपि FM' को भी संचालित करता है।

हमारा नया इम्प्रिंट, 'प्रतिलिपि पेपरबैक्स' प्रतिलिपि की सफल कहानियों को प्रकाशित किताबों के रूप में बड़े पैमाने पर नए पाठकों तक ले जाने की एक कोशिश है। ऐप पर सबसे ज़्यादा पढ़ी और सराही गई कहानियों के अलावा हम अन्य विधाओं के कहानीकारों को भी प्रकाशित करेंगे जिन्होंने 'ट्रेड प्रकाशन' जगत में बहुत सफलता पाई है और उन्हें भी, जिनमें रोमांचक कहानियां कहने-लिखने की प्रतिभा है। हम आपको बेहतरीन मूल्य पर बेहतरीन कहानियों की गारंटी देते हैं।

अमित खान

मेरा देश मेरे लोग

कमांडर करण सक्सेना सीरीज़

PRATILIPI PAPERBACKS | प्रतिलिपि पेपरबैक्स

PRATILIPI PAPERBACKS
प्रतिलिपि पेपरबैक्स

First published in Hindi as *Mera Desh Mere Log* in 2023 by Pratilipi Paperbacks, an imprint of Westland Books, a division of Nasadiya Technologies Private Limited

No. 269/2B, First Floor, 'Irai Arul', Vimalraj Street, Nethaji Nagar, Alapakkam Main Road, Maduravoyal, Chennai 600095

Westland, the Westland logo, Pratilipi Paperbacks and the Pratilipi Paperbacks logo are the trademarks of Nasadiya Technologies Private Limited, or its affiliates.

ISBN: 9789357764636

10 9 8 7 6 5 4 3 2 1

This is a work of fiction. Names, characters, organisations, places, events and incidents are either products of the author's imagination or used fictitiously.

Typeset by Digiultrabooks Private Limited

Printed at Nutech Print Services-India

वह पाँचों फिर सिर-से-सिर जोड़े बैठे थे।

पाँचों—यानी कमांडर करण सक्सेना, नीलकंठ, बालेराम, होशांग और पामेला।

"मैं समझता हूं कि अब ताश का हर पत्ता बिल्कुल साफ हो चुका है।"

बालेराम बेहद संजीदगी के साथ बोला।

"कैसे?" कमांडर ने 'डनहिल' का छोटा-सा कश लगाया।

"दरअसल तुम्हारे मिशन का सबसे मुश्किल पहलू ये था कमांडर!" बालेराम ने कहा—"कि तुम्हें उस भारतीय डॉक्टर का नाम ही मालूम नहीं था—जिसे तुम्हें सी.एस.एस. (चायनीज़ सीक्रेट सर्विस) के शिकंजे से निकालकर वापस ले जाना था। लेकिन अरविंद पांडे की बदौलत तुम्हें उस डॉक्टर का नाम मालूम हो गया है, इसलिये तुम्हारे मिशन की सबसे बड़ी मुश्किल हल हो गई।"

"इसमें कोई शक नहीं।" कमांडर करण सक्सेना की जगह इस बार नीलकंठ बोला—"कि डॉक्टर मानिक शाह का नाम पता चलने की वजह से कमांडर का आधा मिशन सफल हो गया है। लेकिन अभी भी मुश्किलें कम नहीं हैं। यह सच है कि कमांडर या हम लोग आज की तारीख में उस डॉक्टर का नाम जानते हैं, लेकिन डॉक्टर मानिक शाह को सी.एस.एस. (चायनीज़ सीक्रेट सर्विस) के शिकंजे से निकालना भी तो आसान नहीं है। हर समय दर्जनों बॉडीगार्ड मानिक शाह को घेरे रहते हैं। उसकी इतनी जबरदस्त सिक्योरिटी है, जितनी शायद चीन के प्रेसिडेंट की भी न हो। मैंने मानिक शाह की सिक्योरिटी के संबंध में कुछ बातें पता की हैं।"

"क्या बातें पता की हैं?" कमांडर ने थोड़ी उत्सुकतावश पूछा।

नीलकंठ ने अपनी जेब से एक छोटी-सी डायरी निकाल ली और वह उसके पन्नों पर निगाह दौड़ाने लगा।

नीलकंठ डायरी में लिखी बातें पढ़ता हुआ बोला—"मानिक शाह की वीआईपी हिल रोड पर दो हजार वर्ग गज में एक विशाल कोठी बनी हुई है। एक हजार वर्गगज

में लॉन है और एक हजार वर्ग गज के भूखंड पर इमारत बनी है—जिसमें मानिक शाह अकेला रहता है या फिर बस उसके बॉडीगार्ड रहते हैं। वह तमाम बॉडीगार्ड सी.एस. एस. के आदमी हैं और चीनी सरकार की तरफ से उसे मिले हुए हैं।"

"मानिक शाह के उन बॉडीगार्डों की संख्या कितनी है, जो कोठी पर तैनात हैं?" कमांडर करण सक्सेना ने पूछा।

"अभी बताता हूं।"

नीलकंठ ने डायरी का एक पन्ना और पलटा और कुछ क्षण चुप रहा।

"सौ!" फिर वह बोला—"उन बॉडीगार्डों की संख्या सौ है, जो हर समय कोठी के अंदर-बाहर और छत पर तैनात रहकर पूरी तरह मानिक शाह की हिफाजत करते हैं। सी.एस.एस. के वह सभी आदमी बहुत मुस्तैद किस्म के बॉडीगार्ड हैं। उन्हें ब्लैक कैट कमांडो की स्पेशल ट्रेनिंग दी गई है। इसके अलावा वह जूडो-कराटे जैसी विधाओं में भी पारंगत हैं। फिर हर समय उनके पास आग उगलने को तैयार ऑटोमैटिक बंदूके रहती हैं। किसी भी व्यक्ति का कोठी के अंदर जाकर डॉक्टर मानिक शाह से मिलना आसान नहीं है। क्योंकि उसके लिये सी.एस.एस. के आदमी उससे काफी लंबी पूछताछ करते हैं और बाकायदा मेटल डिटेक्टर से तलाशी लेते हैं। इसके अलावा यह भी बताते हैं कि कोठी में गुप्त कैमरों का भी एक जाल-सा बिछा हुआ है। कोठी के गलियारों में, कमरों में, यहां तक की छत पर भी ऐसी-ऐसी जगह गुप्त कैमरे फिट हैं, जिनकी कोई आसानी से कल्पना तक न कर सके।

"वाकई बड़ी जबरदस्त सिक्योरिटी है।" कमांडर करण सक्सेना भी उस सिक्योरिटी से प्रभावित हुए बिना न रह सका—"यानी अगर हम लोग मिलकर भी डॉक्टर मानिक शाह को उस कोठी से निकालने की कोशिश करें, तो यह नामुमकिन है।"

"बिल्कुल नामुमकिन है।" नीलकंठ ने बे-हिचक कहा—"सबसे पहले तो हम जबरदस्ती उस कोठी के अंदर घुस ही नहीं सकते। और अगर इत्तेफाक से, अपने किसी करामाती और चौंका देने वाले प्लान की बदौलत हम कोठी के अंदर घुसने में कामयाब भी हो गये—तब भी मानिक शाह तक पहुंचने से पहले ही हम पाँचों की लाशें कोठी की छत पर या लॉन वगैरह में कहीं पड़ी होंगी और सी.एस. एस. के जवान अपने जूतों से हमारी लाशों को रौंदते हुए अपनी जीत का जश्न मना रहे होंगे।"

□□□

उन पाँचों के बीच सनसनीखेज-सा सन्नाटा व्याप्त हो गया।

कमांडर करण सक्सेना ने भी 'डनहिल' के दो-तीन कश और लगाने के बाद उसका टोटा एश-ट्रे में रगड़कर बुझा दिया था। अब तक वो यह बात अच्छी तरह समझ चुका था कि मानिक शाह को कोठी से निकालना मजाक नहीं है।

"कोठी के अलावा भी तो मानिक शाह कहीं जाता होगा?" कमांडर बोला।

"हां।" नीलकंठ की गर्दन स्वीकृति में हिली—"डॉक्टर मानिक शाह रोजाना दस से छह बजे तक 'बीजिंग मेडिकल संस्थान' जाता है, जहां उसका ज्यादातर वक्त लैब में नये-नये प्रयोग करते हुए या फिर लाइब्रेरी में अध्ययन करते हुए गुजरता है। लेकिन बीजिंग मेडिकल संस्थान में भी डॉक्टर मानिक शाह के लिये कम सिक्योरिटी नहीं है। वहां भी सी.एस.एस. के जवान हर समय मानिक शाह की लैब और अध्ययन कक्ष को चारों तरफ से घेरे रहते हैं। छत पर खड़े होकर वह दूरबीनों से आसपास के क्षेत्र की निगरानी करते हैं। सिर्फ इतना ही नहीं मानिक शाह के बीजिंग मेडिकल संस्थान में घुसते ही एक तरफ से उस पूरे संस्थान को सीलबन्द कर दिया जाता है और फिर बड़े से बड़ा धुरंधर व्यक्ति भी उस संस्थान में आसानी से दाखिल नहीं हो सकता। क्योंकि फिर मेडिकल संस्थान में दाखिल होने के लिये कड़ी जांच-पड़ताल से गुजरना पड़ता है।"

"संस्थान के अंदर मानिक शाह के जो सहयोगी डॉक्टर होंगे।" कमांडर अपने दिमागी घोड़े दौड़ाता हुआ बोला—"वह मानिक शाह से किस तरह मिलते हैं ?"

"उनके मानिक शाह से मिलने पर कोई रोक-टोक नहीं है।" नीलकंठ ने अपनी डायरी का एक पन्ना और पलटा—"वह मानिक शाह की लैब में आते-जाते रहते हैं, इसी तरह मानिक शाह भी उनकी लैब में आ-जा सकता है। लेकिन कमांडर अगर तुम मानिक शाह के किसी सहयोगी डॉक्टर को नोटों के द्वारा बहला-फुसला कर या उसे जान से मारने की धमकी देकर उसके द्वारा मानिक शाह को सी.एस.एस. के शिकंजे से आजाद कराने का ख्वाब देख रहे हो, तो यह ख्वाब देखना फौरन बंद कर दो।"

"क्यों ?"

"क्योंकि वह सहयोगी डॉक्टर मेडिकल संस्थान में मानिक शाह से बिना किसी रोक-टोक के मिल तो सकते हैं, लेकिन जब तक मानिक शाह संस्थान के अंदर है,

तब तक वह खुद भी संस्थान से बाहर नहीं निकल सकते। उस समय उनकी पोजीशन एक क़ैदी जैसी होती है—जो जेल की चारदीवारी के अंदर तो कहीं भी घूम सकता है, लेकिन उस चारदीवारी से बाहर नहीं निकल सकता। ऐसी परिस्थिति में यह कल्पना तक करना बेवकूफी है कि कोई डॉक्टर, मानिक शाह को आजाद कराने में हमारी मदद कर सकता है।"

नीलकंठ काफी हद तक एक-एक बात बिल्कुल ठीक कह रहा था।

कमांडर सोचने पर मजबूर हो गया, इसमें कोई शक नहीं कि परेशानियां अभी न खत्म हुई थीं और न कम हुई थीं। बल्कि वह पहले से भी ज्यादा बढ़ती हुई नजर आ रही थीं।

"अच्छा एक बात और बताओ।" कमांडर बोला।

"क्या?"

"तुमने बताया कि मानिक शाह सुबह दस बजे से शाम छह बजे तक 'बीजिंग मेडिकल संस्थान' में ही रहता है।"

"बिल्कुल ठीक।"

"फिर वह दोपहर के समय लंच करने कहां जाता है।"

"कहीं भी नहीं जाता। दरअसल सुबह ही उसका खाना कोठी से आ जाता है।" नीलकंठ एक-एक बात बताता हुआ बोला—"वह चूंकि 'हॉट पॉट' में बंद होता है, इसलिये उसे गरम करने की भी जरूरत नहीं पड़ती। लेकिन फिर भी अगर कभी खाने को गरम करने की आवश्यकता पड़ भी जाती है, तो सी.एस.एस. के एक अधिकारी तथा कुछ जवानों की निगरानी में वह खाना गरम होता है। उसके बाद सी.एस.एस. का ही एक डॉक्टर उस खाने को चेक करता है, तब कहीं जाकर मानिक शाह उस खाने को खाता है।"

"सचमुच बड़ी जबरदस्त सिक्योरिटी है।"

"मैं पहले ही बता चुका हूं कि ऐसी सिक्योरिटी चीन के प्रेसिडेंट की भी नहीं है।" नीलकंठ बोला, "और सच तो ये है—आज की तारीख में चीन सरकार अगर डॉक्टर मानिक शाह की इतनी सिक्योरिटी कर रही है, तो कुछ भी गलत नहीं कर रही। दरअसल मानिक शाह ने जब से चांद पर जाने वाले यात्रियों के लिये ऑक्सीजन टेबलेट बनाई है—तभी से उसकी काबिलियत का डंका पूरी दुनिया में बज चुका है। जहां कुछ देश मानिक शाह की इस सफलता से खुश हैं, वहीं कुछ देशों की आंखों में

मानिक शाह किरकिरी भी बनकर चुभने लगा है। यही वजह है कि ऑक्सीजन टेबलेट बनाने के बाद से आज तक मानिक शाह पर तीन बड़े जबरदस्त जानलेवा हमले हो चुके हैं। यह मानिक शाह की किस्मत रही है कि वह तीनों बार बच गया। लेकिन उन हमलों के बाद से ही चीन सरकार ने डॉक्टर मानिक शाह की इतनी जबरदस्त सिक्योरिटी कर दी। चीन सरकार को शक है कि मानिक शाह पर वह तीनों हमले अमेरिका ने कराये हैं। क्योंकि अमेरिका नहीं चाहता कि चीन इस तरह के अनुसंधानों में चौंका देने वाली कामयाबी पाये।"

"यानी कुल मिलाकर डॉक्टर मानिक शाह को आजाद कराना जितना मुश्किल कोठी से है।" कमांडर बोला—"उतना ही मुश्किल 'बीजिंग मेडिकल संस्थान' से भी है।"

"बिल्कुल ठीक।"

उन पाँचों के बीच सन्नाटा छा गया।

❑❑❑

"एक सवाल मैं भी पूछना चाहूंगी।" पामेला बोली।

"क्या?" सबकी निगाहें पामेला की तरफ उठीं।

"कोठी और मेडिकल संस्थान दोनों जगह की सिक्योरिटी बयान की जा चुकी है।" पामेला ने कहा—"लेकिन डॉक्टर मानिक शाह रोजाना कोठी से मेडिकल संस्थान तक का जो छह किलोमीटर लंबा रास्ता तय करता है, उसकी सिक्योरिटी भी बयान की जानी चाहिये। आखिर हम मानिक शाह को उस छह किलोमीटर लंबे रास्ते में भी तो सी.एस.एस. के शिकंजे से मुक्त करा सकते हैं। वैसे भी हमें नहीं भूलना चाहिये कि शाऊलीन जेल जाते अरविंद पांडे को भी हम लोगों ने इसी तरह वैन सहित बीच रास्ते में से गायब किया था।"

"तुम्हारा सवाल वाकई बहुत अच्छा है।" नीलकंठ बोला— "लेकिन यह कमांडर सहित हम सभी लोगों के लिये दुर्भाग्य की बात है कि हम मानिक शाह को छह किलोमीटर लंबे उस रास्ते में भी चीनी कैद से आजाद नहीं करा सकते।"

"क्यों?"

"क्योंकि सड़क पर भी मानिक शाह को बहुत जबरदस्त सिक्योरिटी दी गई है। वह पाँच कारों का काफिला होता है जिसमें सवार होकर मानिक शाह कोठी

से मेडिकल संस्थान जाता है। वह सभी कारें बुलेट प्रुफ होती हैं। उनकी पूरी बॉडी, शीशे—सब बुलेट प्रूफ। इतना ही नहीं उन कारों के पहियों पर भी जो रबड़ चढ़ाई गई है, वह भी एक खास किस्म की बुलेट प्रूफ रबड़ है, जिस पर गोली का असर नहीं होता। यानी अगर हम कार के पहियों पर भी गोली चलाकर उस काफिले को रोकने की कोशिश करेंगे, तब भी हमारी यह कोशिश कामयाब नहीं होगी। इसके अलावा एक और बड़ी जबरदस्त व्यवस्था है।"

"क्या?"

"यह बात किसी को मालूम नहीं होती कि उन पाँच कारों में से किस कार में खुद मानिक शाह मौजूद है। कभी वह बीच वाली कार में मौजूद होता है। कभी दूसरी में, कभी पहली में और कभी पाँचवीं में। रोजाना सी.एस.एस. के जवान उसकी कार बदल देते हैं। उन सभी कारों के शीशे बिल्कुल काले हैं, इसलिये यह भी पता करने का कोई तरीका नहीं है कि आज मानिक शाह किस कार में बैठा है। पूरी सिक्योरिटी बहुत सॉलिड है। हर कार में सी.एस.एस. के हथियार बंद जवान बड़ी संख्या में मौजूद होते हैं। यहां तक की मानिक शाह जिस कार में बैठता है, उस कार में भी सी.एस.एस. के हथियार बन्द जवान मानिक शाह को चारों तरफ से घेरे रहते हैं। पाँच कारों का वह काफिला जब कोठी से मेडिकल संस्थान जाने के लिये निकलता है, तो फिर वह छह किलोमीटर लंबे रास्ते में कहीं भी एक सेकेंड के लिये नहीं रुकता।"

"किसी चौराहे वगैरह पर?" कमांडर ने पूछा।

"नहीं।" नीलकंठ की गर्दन इंकार में हिली—"कहीं नहीं।"

"यह कैसे मुमकिन है?"

"बिल्कुल मुमकिन है। दरअसल काफिले के रवाना होने से पहले सी.एस.एस. के जवान उसकी सूचना ट्रेफिक पुलिस को भेज देते हैं। फ़ौरन ट्रेफिक पुलिस छह किलोमीटर लंबी उस पूरी सड़क पर रोड—ब्लॉक कर देती है। यही वजह है कि पाँच कारों के उस काफिले को सड़क पर कैसी भी कोई रुकावट पेश नहीं आती और वह काफिला जोर-जोर से सायरन बजाता हुआ गुजर जाता है।"

"ओह !"

सचमुच छह किलोमीटर लंबे उस रास्ते में भी ऐसा कोई मौका हासिल नहीं था, जो डॉक्टर मानिक शाह को उस कैद से आजाद कराया जा सके।

□□□

कमांडर करण सक्सेना ने कुर्सी पर बैठे-बैठे बेचैनीपूर्वक पहलू बदला और फिर एक नई 'डनहिल' सुलगा ली।

"एवरी बडी!" कमांडर ने 'डनहिल' के दो-तीन कश लगाये और फिर कुछ रुककर बोला—"इसमें कोई शक नहीं कि मानिक शाह की हर जगह सिक्योरिटी बहुत जबरदस्त है—बहुत हाई-क्लास है। सी.एस.एस. ने सिक्योरिटी में कहीं सूई की नोक के बराबर भी ऐसा छेद नहीं छोड़ा है, जिसके रास्ते अंदर दाखिल हुआ जा सके। लेकिन एक बात मैं फिर भी कहूंगा।"

"क्या?" नीलकंठ बोला।

"यह सच है कि सब-कुछ बहुत मुश्किल नजर आ रहा है—लेकिन हमने फिर भी किसी-न-किसी तरह से मानिक शाह को उस कैद से आजाद कराना ही है। क्योंकि ऐसा नहीं हो सकता कि इस जबरदस्त सिक्योरिटी से घबराकर हम लोग हथियार डाल दें या फिर मैं उस मिशन को ही भूल जाऊँ, जिसकी वजह से मैं खासतौर पर चीन आया हूं।"

"तुम्हारी तमाम बातें बिल्कुल ठीक हैं कमांडर!" बालेराम बोला—"मगर अहम सवाल ये है कि इतनी जबरदस्त सिक्योरिटी के बावजूद हम लोग किस तरह डॉक्टर मानिक शाह को उस कैद से आजाद करा सकते हैं?"

"तुम लोग मेरे कुछ सवालों का जवाब दो।"

"पूछो।"

"क्या तुममें से किसी के दिमाग में ऐसा कोई मामूली-सा भी आइडिया है, जिसके द्वारा हम चुपचाप मानिक शाह की कोठी में दाखिल हो सकें?"

"नहीं।" नीलकंठ सहित सबकी गर्दन इंकार में हिली—"कोई आइडिया नहीं।"

"जवाब देने में इतनी जल्दी मत करो।"

"जहां तक मेरा सवाल है।" नीलकंठ बोला—"मैं तो इस सिक्योरिटी को दिमाग में रखकर पहले ही काफी कुछ सोच-विचार चुका हूं, लेकिन मुझे कोई रास्ता नजर नहीं आता।"

"ठीक है।" कमांडर बिना निराश हुए बोला—"कोठी में न सही—मेडिकल संस्थान में घुसने का कोई रास्ता नजर आता हो या फिर सड़क पर दौड़ते काफिले से ही

मानिक शाह को आजाद कराने का कोई आइडिया सूझता हो? ध्यान रहे, उल्टा-सीधा आइडिया कैसा भी हो। लेकिन अगर किसी के दिमाग में कोई तरकीब सूई की तरह चुभ रही है, तो वह फौरन बताये। क्योंकि हो सकता है कि निकिल—पॉलिश होकर वह उल्टा-सीधा आइडिया ही मानिक शाह की आजादी का परफैक्ट प्लान बन जाये।"

कुछ देर खामोशी रही।

मगर फिर उन चारों की गर्दन एक साथ इंकार में हिली।

"यानी कोई आइडिया नहीं?"

"नहीं।"

"मैं भी यही समझता हूं।" कमांडर एकाएक बड़े अजीबोगरीब अंदाज में बोला—"कि मानिक शाह को इन तीनों में से किसी भी जगह से आजाद नहीं कराया जा सकता।"

कमांडर की बात सुनकर वह सब भौचक्के रह गये।

"फिर मानिक शाह उस कैद से आजाद कैसे होगा?"

"इसके लिये हमें कोई चौथा रास्ता खोजना पड़ेगा।"

"चौथा रास्ता!" वहां फिर बिजली-सी कड़कड़ाई।

"हाँ—सुनो।" कमांडर ने 'डनहिल' के दो-तीन कश और लगाये और फिर वह टेबल पर थोड़ा आगे को झुक गया—"जहां तक मैं समझता हूं—मेडिकल संस्थान के अलावा भी ऐसी कई जगह हैं, जहां डॉक्टर मानिक शाह जाता होगा। जैसे अपने पेशे से संबंधित सेमीनारों में। बड़ी-बड़ी गोष्ठियों में। 'पार्टियों में' किसी सम्मान समारोह में। किसी खास आयोजन स्थल पर। ऐसी और इनसे मेल खाती और भी न जाने ऐसी कितनी जगह हो सकती हैं, जहां मानिक शाह जैसा बड़ा आदमी जाता होगा। और मैं गारंटी से कह सकता हूं कि उन जगहों पर हम इन तीनों जगहों के मुकाबले अपने मकसद में ज्यादा आसानी से कामयाब हो सकते हैं। और वो भी बिना किसी बड़े खून-खराबे के।"

नीलकंठ सहित सबकी आंखों में विलक्षण चमक कौंध उठी।

"बात तो तुम्हारी काफी हद तक ठीक है कमांडर!" बालेराम बोला—"लेकिन हमें यह भी कैसे पता चलेगा कि डॉक्टर मानिक शाह कब ऐसी किसी गोष्ठी में, पार्टी में या फिर किसी और आयोजन में हिस्सा ले रहा है?"

"वैरी सिम्पल! यह कुछ मुश्किल नहीं।" कमांडर ने अपने दिमागी घोड़े थोड़े और दौड़ाये—"याद रखो, जब कोई डॉक्टर मानिक शाह जैसा बड़ा आदमी किसी

आयोजन में हिस्सा लेता है—तो वह कोई छोटा आयोजन नहीं होता और उस आयोजन से संबंधित खबरें पहले से ही अखबारों में छपने लगती हैं।"

"करैक्ट!" नीलकंठ भी उत्साहपूर्वक बोला—"कमांडर एकदम ठीक कह रहे हैं।"

होशांग बोला—"यानी डॉक्टर मानिक शाह को आजाद कराने की दिशा में अब हमारा पहला काम ये है, कि हम सब मिलकर अखबारों पर नजर रखें, अखबारों की एक-एक न्यूज पर नजर रखें।"

"बिल्कुल!" कमांडर बोला—"और यह काम हमें आज से ही शुरू कर देना चाहिए; बल्कि अभी से।"

"ठीक कह रहे हैं कमांडर!" बालेराम एकाएक झटके से कुर्सी छोड़कर खड़ा हो गया—"मैं अभी दो मिनट में आज के सारे अखबार इकट्ठे करके लाता हूं।"

कोई कुछ कहता, उससे पहले ही बालेराम आंधी-तूफान की तरह वहां से चला गया।

यकायक उन सभी में आशा का संचार हो चुका था

❑❑❑

आइये अब चंद पलों के लिए रुकें।

जैसा कि आप सभी जानते हैं—'मेरा देश, मेरे लोग' नामक जिस उपन्यास को आप इस समय पढ़ रहे हैं, यह उपन्यास मेरे 'क़ैदी' नामक उपन्यास का दूसरा और आखिरी हिस्सा है।

आशा है—आपने 'क़ैदी' पढ़ लिया होगा।

अगर 'क़ैदी' नहीं पढ़ा, तो इस उपन्यास को यहीं बंद करके रख दीजिये और पहले 'क़ैदी' पढ़ें।

यह एक ऐसे हिंदुस्तानी डॉक्टर की कहानी है, जिसमें बेपनाह काबिलियत थी। उसकी उसी काबिलियत से प्रभावित होकर चीन सरकार ने उसे अपने देश में रहने का निमंत्रण दिया।

और वह हिंदुस्तानी डॉक्टर—पैसे का भूखा वह आदमी—खूब दौलत कमाने के लालच में अपना देश छोड़कर, अपने लोगों को छोड़कर चीन चला गया।

एक ऐसे देश चला गया जिन्हें नफरत थी हिन्दुस्तानियों से।

जिन्हें नफरत थी हिंदुस्तान की बढ़ती हुई ताकत से।

लेकिन वह डॉक्टर तो दौलत का भूखा था, उस वक्त तो उसे अपनी पड़ी थी,

सिर्फ अपनी। नोटों की चमक में वह भूल चुका था कि उसका भारत मां के प्रति भी कोई फर्ज है।

उस मिट्टी के प्रति भी कोई फर्ज है—जिसमें वो खेला-कूदा, बड़ा हुआ।

उसने चीन की खूब दिल से सेवा की।

चीन के लिये बड़े-बड़े चमत्कारिक प्रयोग किये।

उसकी उम्र गुजरती रही।

वक्त दौलत की छाती पर इंसानियत की चोट मारता हुआ अपना फासला तय करता रहा।

अब वह हिंदुस्तानी डॉक्टर चीन का एक बेहद सम्मानित आदमी बन चुका है। चीन के प्रेसिडेंट तक से उसकी दोस्ती है—चीन की सबसे बड़ी जासूसी संस्था सी.एस. एस. के आदमी अपनी जान से भी ज्यादा बढ़कर उसकी हिफाजत करते हैं लेकिन सब-कुछ पा लेने के बाद, उम्र के एक पड़ाव पर पहुंचकर उस हिंदुस्तानी डॉक्टर को चीनियों से कुछ ऐसे जख्म मिले कि उसे नफरत हो गई चीन से।

तब उसे इस बात का अहसास हुआ कि अपने देश, अपने लोगों को छोड़कर पैसे कमाने के लिये चीन आना उसके जीवन की सबसे बड़ी गलती थी।

वह हिंदुस्तान वापस आने के लिये छटपटा उठा।

लेकिन अब अपने देश वापस आना उसके लिये इतना आसान नहीं था। सी.एस. एस. के जवान चौबीसों घंटे उस पर कड़ी नजर रखते थे, हिंदुस्तानी डॉक्टर जानता था कि अगर सी.एस.एस. (चायनीज़ सीक्रेट सर्विस) के जवानों को उसके इस इरादे की जरा भी भनक लग गई कि वह चीन से विद्रोह करके वापस अपने देश जाना चाहता है, तो वे फौरन उसे गोली मार देंगे।

एक तरफ जिंदगी का सवाल था, तो दूसरी तरफ अपने देश लौटने की चाहत।

सी.एस.एस. के जो बॉडीगार्ड चीन सरकार ने उसकी हिफाजत के लिये तैनात किये थे—अब उन्हीं बॉडीगार्डों के बीच वह डॉक्टर खुद को 'क़ैदी' सा महसूस करने लगा।

तब उसने अपने चीनी बॉडीगार्डों को धोखा देते हुए एक चाल चली।

वह खुद तो भारत सरकार के सामने यह प्रस्ताव नहीं रख सकता था कि उसे किसी भी तरह उस कैद से निकाला जाये, इसलिये उसने भारत सरकार और अपने बीच एक मध्यस्थ बनाया।

मध्यस्थ का नाम था—प्रोफेसर आदित्य कोइराला।

प्रोफेसर कोइराला नेपाली था और उस हिंदुस्तानी डॉक्टर का बहुत विश्वसनीय भी था।

डॉक्टर एक सेमीनार में प्रोफेसर कोइराला से मिला और उससे विनती की; कि वो उसका वह प्रस्ताव भारत सरकार के सामने रखे।

प्रोफेसर कोइराला फ़ौरन तैयार हो गया।

वह खासतौर पर इसी काम के लिये हिंदुस्तान आया और भारत सरकार से मिला।

उसने भारत सरकार से कहा कि उनका एक डॉक्टर चीन से विद्रोह करके वापस अपने देश आना चाहता है। अगर वह उसे हिंदुस्तान बुलाने के इच्छुक हों—तो वह अपना एक जासूस चीन भेज दें, जो उस डॉक्टर को सी.एस.एस. के खतरनाक शिकंजे से निकाल सके।

भारत सरकार ने उस डॉक्टर का नाम पूछा, तो प्रोफेसर कोइराला ने उसका नाम बताने से इंकार कर दिया।

वह ऐसा कोई रिस्क नहीं लेना चाहता था, जिससे हिंदुस्तानी डॉक्टर की जान खतरे में पड़े।

प्रोफेसर कोइराला ने भारत सरकार से कहा—जैसे ही आपका जासूस बीजिंग में जाकर मुझसे मिलेगा, मैं उसे उस हिंदुस्तानी डॉक्टर का नाम बता दूंगा, जो चीन से विद्रोह करके वापस अपने देश आना चाहता है।

भारत सरकार, प्रोफेसर कोइराला की इस शर्त को भी मान गई।

फ़ौरन एक बड़ा होनहार जासूस चीन की राजधानी बीजिंग के लिये रवाना किया गया।

जासूस का नाम था—अरविंद पांडे!

लेकिन कहानी ने अभी भी एक और नया सनसनीखेज मोड़ लेना था।

न जाने किस तरह सी.एस.एस. को उस मिशन का पता चल गया। सी.एस.एस. को जो बात पता चली, वो ये थी कि हिंदुस्तान का कोई डॉक्टर चीन से विद्रोह करके वापस अपने देश जाना चाहता है। इसके लिये उसने बाकायदा प्रोफेसर कोइराला को अपने और भारत सरकार के बीच मध्यस्थ बनाया है। सिर्फ इतना ही नहीं सी.एस.एस. को यह खबर भी हो गई कि अरविंद पांडे नाम का एक भारतीय जासूस उस डॉक्टर को आजाद कराने बीजिंग भी पहुंच चुका है।

सी.एस.एस. के जवान फौरन हरकत में आये। उन्होंने प्रोफेसर कोइराला को बे-धड़क गोली मार दी और भारतीय जासूस अरविंद पांडे को गिरफ्तार कर लिया। अरविंद पांडे को गिरफ्तार करते ही उसे बुरी तरह टॉर्चर किया जाने लगा और उससे पूछताछ होने लगी कि वह हिंदुस्तानी डॉक्टर कौन है, जो चीन से विद्रोह करना चाहता है।

उधर—भारत सरकार भी खामोश नहीं बैठी थी। उसे उस पूरी घटना का पता चल चुका था। और तब भारत सरकार ने उस बेहद जटिल मिशन को कामयाब बनाने के लिये चुना, अपने सबसे बड़े जांबाज जासूस को, कमांडर करण सक्सेना।

फ़ौरन कमांडर को चीन भेजा गया।

कमांडर का मिशन था—सबसे पहले अरविंद पांडे को सी.एस.एस. के शिकंजे से आजाद कराना।

क्योंकि बीजिंग पहुंचने के बाद अरविंद पांडे दो दिन तक प्रोफेसर कोइराला के साथ रहा था। इसलिये आज की तारीख में वही एक ऐसा आदमी था—जो चीन से विद्रोह करने वाले उस भारतीय डॉक्टर का नाम जानता था।

कमांडर को पहले अरविंद पांडे को सी.एस.एस. के शिकंजे से आजाद कराकर उससे भारतीय डॉक्टर का नाम पूछना था और फिर उस भारतीय डॉक्टर को किसी प्रकार उस अनोखी कैद से निकालकर चीन का बॉर्डर क्रॉस कराकर वापस अपने देश लाना था।

उस एडवेंचर और खून-खराबे से भरे मिशन में कमांडर का एक सहयोगी भी बना, उसका नाम था—नीलकंठ!

नीलकंठ—दुनिया के तख्ते पर एक बड़े अजीबोगरीब किस्म का इंसान! जिसके अंदर इतना जहर भरा है कि अगर वो किसी आदमी को काट ले, तो पलक झपकते ही उसकी मौत हो जाये। काले कोबरा से भी ज्यादा जहरीला और चीते से भी अधिक फुर्तीला।

नीलकंठ की भी अपनी अलग कहानी थी।

नीलकंठ का जन्म हिंदुस्तान के नासिक शहर में हुआ था। उसका असली नाम था—कृपाशंकर विश्नोई! और उसके पिता का नाम था—ताराचंद बिश्नोई। दरअसल ताराचंद बिश्नोई चीन के एक बेहद खतरनाक स्मगलर कोया—कोया हितेची के लिये भारत में काम करता था। ताराचंद बिश्नोई के यहां कोई संतान नहीं थी। लेकिन शिव की आराधना करने से उसके घर लड़का पैदा हुआ। वह चूंकि शिव का वरदान था, इसलिये ताराचंद बिश्नोई और उसकी बीवी ने उसका नाम रखा—कृपाशंकर!

जिस पर शंकर की कृपा हो—कृपाशंकर!

कृपाशंकर के जन्म के साथ ही ताराचंद बिश्नोई की बीवी ने उससे कहा कि वह कोया—कोया हितेची के लिये स्मगलिंग का कारोबार करना बंद कर दे और कोई अच्छा काम करे।

ताराचंद बिश्नोई ने अपनी बीवी की बात मान ली और स्मगलिंग का कारोबार बंद कर दिया।

ताराचंद बिश्नोई को अपने उस फैसले का दुष्परिणाम भुगतना पड़ा। गुस्से में आग बबूला हुआ कोया-कोया हितेची चीन से भारत आया और उसने ताराचंद बिश्नोई और उसकी बीवी की जहर देकर हत्या कर दी। सिर्फ इतना ही नहीं शैतान कोया-कोया हितेची ने अपने क्रोध की ज्वाला से नन्हे कृपाशंकर को भी भस्म करना चाहा। उसने दूध में जहर मिलाया और फिर वह दूध बोतल में बंद करके नन्हे कृपाशंकर को पिला दिया।

सारा दूध नन्हा कृपाशंकर हंसते-हंसते पी गया।

लेकिन क्या मजाल जो उसके चेहरे पर जरा भी शिकन उभरी हो। अब कोया-कोया हितेची सकपकाया, उसने और ज्यादा जहर मिलाकर कृपाशंकर को दिया। लेकिन नन्हे कृपाशंकर पर फिर कोई असर नहीं हुआ, वह अभी भी हंस रहा था। शैतान कोया-कोया हितेची के दिल-दिमाग पर अब बिजली-सी गड़गड़ाने लगी—उसने सुन रखा था कि कुछ व्यक्तियों के शरीर में एक 'एंटी पॉइजन ग्रंथि' होती है। यही कारण है कि उन पर जहर का कोई असर नहीं होता। अलबत्ता ऐसा व्यक्ति लाखों में नहीं बल्कि करोड़ों में कोई एक होता है।

कृपाशंकर भी दुनिया का एक ऐसा ही आश्चर्य था, जिसके शरीर में 'एंटी पॉइजन ग्रंथि' थी। अगर कोया-कोया हितेची चाहता, तो कृपाशंकर का चाकू से गला रेत सकता था—उसे गोली मार सकता था।

लेकिन नहीं, यह कोया-कोया हितेची के दिल ने कुबूल न किया कि वह इतनी अनमोल चीज को यूं खत्म कर डाले।

वह नन्हे कृपाशंकर को अपने साथ लेकर चीन आ गया। अब वह कृपाशंकर को अपना 'हथियार' बनाना चाहता था, एक अपराधी बनाना चाहता था।

उसने कृपाशंकर का नाम रखा, नीलकंठ!

सिर्फ इतना ही नहीं, उसने बाकायदा योजना के तहत कृपाशंकर को रोजाना जहर का एक इंजेक्शन भी देना शुरू कर दिया। इसका यह परिणाम निकला कि शरीर

में 'एंटी पॉइजन ग्रंथि' होने के कारण नीलकंठ पर जहर का तो कोई असर नहीं होता था, लेकिन वह जहर धीरे-धीरे उसके शरीर के हर हिस्से में जमा होने लगा।

नीलकंठ अब जहरीला इंसान बनता जा रहा था, बेहद जहरीला!

जवान होते-होते उसके शरीर का रंग भी बिल्कुल नीले कांच की तरह हो गया। अब वह किसी को भी काटते ही मौत की नींद सुला सकता था। यहां तक की उसे नींद भी तब आती थी, जब वह लेटने से पहले जहर का एक इंजेक्शन ले लेता।

यह भी एक आश्चर्यजनक घटना ही रही कि नीलकंठ ने अपने जीवन में सबसे पहले जिस इंसान को डसा, वह और कोई नहीं बल्कि कोया-कोया हितेची ही था। दरअसल कोया-कोया हितेची के किसी दुश्मन ने यह राज नीलकंठ के ऊपर खोल दिया था कि उसके मां-बाप की हत्या उसने की है।

बस गुस्से में नीलकंठ ने उसकी गर्दन का मांस उधेड़ डाला।

कोया-कोया हितेची पलक झपकते ही मर गया।

फिर नीलकंठ भारत नहीं लौटा। वह चीन में ही रहा और एक 'प्रोफेशनल किलर' (पेशेवर कातिल) के रूप में लोकप्रिय हुआ। उसने चीन की बड़ी-बड़ी हस्तियों के कहने पर कई हत्यायें कीं।

यही कारण है कि चीन के कई बड़े राजनेता नीलकंठ के गुलाम हैं।

लेकिन एक अपराधी होने के बावजूद अपने देश से आज भी प्यार करता है नीलकंठ!

वह मौका मिलते ही ऐसे सीक्रेट्स सप्लाई करता रहता है, जो भारत के काम आ सकें।

नीलकंठ के तीन साथी भी हैं।

नंबर एक—बालेराम।

बालेराम की मां हिंदुस्तानी थी लेकिन उसका बाप एक बहुत सुअर किस्म का चीनी था, जो उसकी मां को बहला-फुसलाकर चीन ले आया था। चीन में ही बालेराम का जन्म हुआ। बहरहाल आज की तारीख में 38 वर्षीय बालेराम एक बहुत जबरदस्त ताला-तोड़ के रूप में विख्यात है। उसके बारे में कहा जाता है कि बड़े-बड़े धुरंधर ताले सिर्फ उसकी उंगलियां देखते ही फटाक से खुल जाते हैं।

चीनी पुलिस को धोखा देने के लिए वह आड़ के तौर पर एक फर्नीचर शॉप भी चलाता है।

नीलकंठ का दूसरा साथी है—होशांग!

होशांग एक चीनी है। जबरदस्त निशानेबाज! कभी सर्कस में जगलर था। चाकूओं और ब्लेड की धार जैसी पैनी प्लेटों का प्रदर्शन करता था। अपराध की दुनिया में दाखिल होने पर वह कला उसके बहुत काम आई। वह पचास फुट ऊपर आसमान में उड़ते पक्षी को गोली मार सकता था। इतना ही नहीं—वह अपने से सैंतीस फुट दूर एक जलती हुई मोमबत्ती रखता। गोली चलाता। भक्क् से मोमबत्ती बुझ जाती थी।

यह होशांग के निशाने का ही कमाल था—जो गोली सिर्फ मोमबत्ती की लौ को छूकर गुजरती।

नीलकंठ का तीसरी साथी एक लड़की है—पामेला!

पामेला भी चीनी है। लेकिन साधारण चीनी लड़कियों से कुछ ज्यादा लंबे कद की है, वह पहली नज़र में कोई बैंकाक सुंदरी लगती है। पामेला दो बार प्रदेश स्तर की कार रेस प्रतियोगिता जीत चुकी है। धन कमाने की इच्छा से अपराध की दुनिया में आई। बहरहाल आज की तारीख में पामेला, नीलकंठ के इसलिये बहुत काम आती है क्योंकि वह जबरदस्त वाहन चालक है। और किसी भी अपराध को अंजाम देकर भागने के लिये टीम में ऐसे एक्सपर्ट वाहन चालक का होना बहुत जरूरी है।

होशांग, पामेला से शादी करना चाहता है, लेकिन पामेला बच्चा कहकर उसे चिढ़ाती है।

दरअसल हारमोन प्रॉब्लम के कारण होशांग के दाढ़ी-मूंछें नहीं निकली हैं।

नीलकंठ की वह पूरी टीम इस खतरनाक मिशन में कमांडर की मदद करती है।

नीलकंठ अपने शक्तिशाली राजनीतिक परिचितों की बदौलत पलक झपकते ही यह पता लगा लेता है कि अरविंद पांडे को सी.एस.एस. के एक ऐसे केन्द्र में बंद करके टॉर्चर किया जा रहा है, जो चीन की ऐतिहासिक दीवार के अंदर बना है।

सी.एस.एस. का जो अधिकारी अरविंद पांडे को टॉर्चर कर रहा था, उसका नाम था—वान ली!

वान ली—एक बेहद क्रूर किस्म का अधिकारी था, जो अपने डिपार्टमेंट में शैतान के नाम से प्रसिद्ध है।

लेकिन वान ली जैसा शैतान भी अरविंद पांडे से उस भारतीय डॉक्टर का नाम नहीं उगलवा पाता।

उधर कमांडर, नीलकंठ की टीम के साथ बाकायदा योजना बनाकर अरविंद पांडे को आजाद कराने के लिये सी.एस.एस. के केन्द्र पर जा धमकता है।

लेकिन कमांडर की योजना कामयाब नहीं होती।

वजह—वान ली के टॉर्चर से दुखी होकर अरविंद पांडे ब्लेड से अपने हाथ की नस काट लेता है और आत्महत्या का प्रयास करता है। इसी कारण अरविंद पांडे उस समय सी.एस.एस. के केन्द्र में होने की बजाय हॉस्पिटल में था।

कमांडर और नीलकंठ की टीम वहां खून-खराबा करके लौट आती है। उधर उस खून खराबे से सी.एस.एस. के अधिकारियों को भी यह बात पता चल चुकी थी कि अरविंद पांडे की जगह कोई दूसरा भारतीय जासूस उस अज्ञात डॉक्टर को आजाद कराने चीन आ चुका है और नीलकंठ भी उसकी मदद कर रहा है।

वह लोग चिन्तित हो उठते हैं।

फ़ौरन अरविंद पांडे को चीन की सबसे सुरक्षित शाऊलीन जेल में शिफ्ट करने का प्लान बनाया जाता है।

यह बात नीलकंठ को भी पता चलती है। नीलकंठ जानता था कि अगर एक बार अरविंद पांडे शाऊलीन जेल पहुँच गया, तो फिर वह उससे यह कभी मालूम नहीं कर सकेंगे कि चीन से विद्रोह करने वाले भारतीय डॉक्टर का नाम क्या है?

कमांडर और नीलकंठ मिलकर अरविंद पांडे को शाऊलीन जेल पहुंचने से पहले ही अपने कब्जे में करने का प्लान बनाते हैं। मगर अरविंद पांडे को कब्जे में करना आसान नहीं था। क्योंकि वह एक ऐसी बख्तरबंद गाड़ी में हॉस्पिटल से शाऊलीन जेल शिफ्ट किया जा रहा था, जो बख्तरबंद गाड़ी बेहद आधुनिक सिक्योरिटी सिस्टम से लैस थी।

(बख्तरबंद गाड़ी के चौंका देने वाले सिक्योरिटी सिस्टम के विषय में विस्तार से जानने के लिए 'क़ैदी' पढ़ें।)

बहरहाल बख्तरबंद गाड़ी के हैरतअंगेज सिक्योरिटी सिस्टम के बावजूद भी वह लोग हताश नहीं होते और अनेक रोंगटे खड़े कर देने वाली मुश्किलों का सामना करते हुए वह आखिरकार उस बख्तरबंद गाड़ी का किडनैप कर ही लेते हैं।

बाद में अरविंद पांडे कुछ और मुश्किलों का सामना करते हुए मारा जाता है। लेकिन वह मरने से पहले उस भारतीय डॉक्टर का नाम कमांडर को बता देता है, जो चीन से विद्रोह करके वापस अपने देश लौटना चाहता था।

मानिक शाह—उस डॉक्टर का नाम 'मानिक शाह' था।

उधर उस कैद से तंग आ चुका डॉक्टर मानिक शाह भी अपने आप ही योजना

बनाकर सी.एस.एस. के उस शिकंजे से निकलने का प्रयास करता है। मगर वह फरार हो पाता, उससे पहले ही वह सी.एस.एस. के जवानों द्वारा पकड़ लिया जाता है।

तब डॉक्टर मानिक शाह यह कहकर बात को मजाक में उड़ाता है कि वह सिक्योरिटी चेक कर रहा था। मैं देख रहा था कि अगर कोई अपराधी सचमुच मेरा किडनैप करके यहां से फरार होने लगे, तो तुम उसे पकड़ भी पाओगे या नहीं।

मानिक शाह वह झूठ इतनी सफाई के साथ बोलता है कि सी.एस.एस. के किसी भी जवान को उस पर शक नहीं हो पाता। इतनी महत्वपूर्ण बात हंसी-मजाक में उड़ जाती है।

यहां तक की कहानी आप 'क़ैदी' में पढ़ चुके हैं।

डॉक्टर मानिक शाह सी.एस.एस. के उस शिकंजे से किस तरह आजाद हो सका?

इतने वर्षों बाद आज उसे अपने देश की क्यों याद आई? अपने लोगों की क्यों याद आई?

क्या रहस्य था इसके पीछे?

यह सब जानने के लिये अब 'मेरा देश, मेरे लोग' पढ़ें।

❑❑❑

सी.एस.एस. (चायनीज़ सीक्रेट सर्विस) के हैडक्वार्टर में अभी तक हड़कंप मचा था।

वान ली सहित सी.एस.एस. के तमाम अधिकारी अपनी उस पराजय पर बुरी तरह बौखलाये हुए थे।

शाऊलीन जेल जाती बख्तरबंद गाड़ी बीच रास्ते में से गायब हुई—तो वह लाख सिर पटकने के बावजूद भी उन्हें अभी तक नहीं मिल पाई थी।

उन चीनी अधिकारियों को तो इस बात की भी खबर नहीं थी कि अरविंद पांडे मर चुका है और उसकी लाश का भी दाह-संस्कार कर दिया गया है।

"देखो—मैं एक बात कहूंगा।" वान ली थोड़ी शांत मुद्रा बनाता हुआ बोला—"इस भागा दौड़ी से अब कोई नतीजा नहीं निकलने वाला। हमें यह कुबूल लेना चाहिये कि हमारी तमाम सुरक्षा व्यवस्था के बावजूद वह बख्तरबंद गाड़ी हमारे हाथ से निकल चुकी है। अरविंद पांडे हमारे हाथ से निकल चुका है और अब उन दोनों को ढूंढ़ने से कोई फायदा नहीं होने वाला। अरविंद पांडे अब हमें मिल भी जाये, तब भी कोई फायदा नहीं।"

"क्यों?" अधिकारियों ने भौचक्की निगाहों से वान ली की तरफ देखा—"क्यों फायदा नहीं?"

"क्योंकि फ्रेंड्स!" वान ली बेहद बुद्धिमानी का परिचय देता हुआ बोला—"अरविंद पांडे हमारे वास्ते इसलिये बेशकीमती था, क्योंकि वह उस भारतीय डॉक्टर का नाम जानता था। और सच बात तो ये है कि अरविंद पांडे उस दूसरे इंडियन जासूस के लिए भी इसीलिये कीमती था। इसीलिये वह नीलकंठ के साथ मिलकर उसे हमारे शिकंजे से निकालना चाहता था, ताकि उससे भारतीय डॉक्टर का नाम पूछ सके! और अब तक अरविंद पांडे उस दूसरे जासूस को भारतीय डॉक्टर का नाम बता भी चुका होगा।"

वान ली की बात सुनकर सी.एस.एस. अधिकारियों के बीच खलबली कुछ और बढ़ गई।

"मैं कुछ गलत नहीं कह रहा हूं!" वान ली बोला—"बल्कि एक-एक बात खूब सोच-समझकर कह रहा हूं। हमें यह कुबूल कर लेना चाहिये कि उस भारतीय जासूस को और नीलकंठ को डॉक्टर का नाम पता चल चुका है। सिर्फ इतना ही नहीं, वह लोग अब उस डॉक्टर को यहां से निकालकर वापस भारत ले जाने की भी कोई-न-कोई योजना तैयार कर रहे होंगे।"

अधिकारियों की चिंता और बढ़ गई।

"जबकि हम उस डॉक्टर का नाम भी नहीं जानते।"

"बिल्कुल।" वान ली ने कहा—"और फिलहाल यही हमारी सबसे बड़ी मुश्किल है। क्योंकि डॉक्टर का नाम मालूम न होने की वजह से हम ऐसा कोई कदम भी नहीं उठा सकते, जिससे उस भारतीय जासूस के मिशन में रुकावटें पैदा हों।"

"यह तो बड़ी चिंताजनक स्थिति है।"

"इसीलिये कह रहा हूं।" वान ली बोला—"कि अब हमें बख्तरबंद गाड़ी या अरविंद पांडे का ख्याल छोड़कर कोई ऐसा कदम उठाना चाहिये, जिससे उस भारतीय जासूस के मिशन में रुकावट पैदा हो। वह डॉक्टर को चीन से निकालकर वापस हिंदुस्तान न ले जा सके। मैं फिर कहूंगा, उस भारतीय डॉक्टर का मौजूदा हालात में वापस हिंदुस्तान जाना चीन के लिये बहुत खतरनाक साबित हो सकता है। क्योंकि वह डॉक्टर चाहे जो भी है, लेकिन सालों तक यहां रहने के कारण वह चीन के ऐसे बहुत सारे अन्दरूनी राज़ जानता होगा, जिनसे हिंदुस्तान फायदा उठा सकता है।"

"मिस्टर वान ली!" सी.एस.एस. के सबसे बड़े अधिकारियों ने कहा—"मैं

मानता हूं कि तुम्हारी तमाम बातें ठीक हैं। लेकिन मुख्य सवाल तो ये है कि हम उस भारतीय डॉक्टर का नाम ही नहीं जानते, जो चीन से विद्रोह करके वापस अपने देश जाना चाहता है। फिर ऐसी परिस्थिति में हम क्या कदम उठायें? ऐसा क्या सिक्योरिटी जाल फैलायें, जिससे नीलकंठ और उस जासूस के रास्ते में रुकावटें पैदा हों?"

"मैंने एक ऐसा प्लान सोचा है।" वान ली बोला—"जिससे हम उनके खिलाफ फ़ौरन हरकत में आ सकते हैं।"

"क्या प्लान है?"

"सुनो।" वान ली बोला—"मैंने ऐसे तमाम भारतीय डॉक्टरों की एक लिस्ट तैयार की है, जो वर्षों से बीजिंग में रह रहे हैं और चीन के बेहद महत्वपूर्ण अनुसंधान कार्यों से जुड़े हैं। यह है वो लिस्ट।"

वान ली ने अपनी जेब से एक लंबी-सी लिस्ट निकालकर अधिकारियों के बीच टेबल पर रखी।

सी.एस.एस. के सभी अधिकारियों ने उस लिस्ट को देखा।

"क्या इस लिस्ट में कोई भारतीय डॉक्टर तो नहीं छूटा है?"

"नहीं।" वान ली की गर्दन हिली—"कोई डॉक्टर नहीं छूटा। यह एकदम कन्फर्म लिस्ट है, इसे मैंने बाकायदा मेडिकल संस्थान से हासिल किया है।"

"गुड!" सबसे बड़े अधिकारी की आंखों में चमक दौड़ी।

"अब आगे सुनो।" वान ली बोला—"इस लिस्ट से स्पष्ट साबित हो जाता है कि उन भारतीय डॉक्टरों की कुल संख्या एक सौ दस है, जो वर्षों से चीन में रहकर विभिन्न अनुसंधान कार्यों में जुटे हैं। इसके अलावा इनमें ऐसे भारतीय डॉक्टरों की कुल संख्या सिर्फ पंद्रह हैं, जिन्हें आज यहां चीन में बेहद सम्मान हासिल है। जिन्होंने वाकई अपनी जिंदगी में कुछ अनोखा करके दिखाया है और इसी कारण हमारे चीन के प्रेसिडेंट तक उनका बेहद आदर करते हैं। उन सभी महत्वपूर्ण पंद्रह डॉक्टरों के नाम के नीचे मैंने लाल स्याही से निशान लगा दिया है।"

वह लिस्ट एक बार फिर सभी अधिकारियों के हाथों में घूमी और सभी ने उन महत्वपूर्ण पंद्रह नामों को देखा।

"एक बात अब आप लोग अच्छी तरह समझ लें।" वान ली थोड़ा रुककर पुनः बोला—"चीन से जो डॉक्टर विद्रोह करके वापस अपने देश जाना चाहता है, वह इसी लिस्ट में से कोई है।"

"मिस्टर वान ली!" तभी एक अधिकारी बोला—"लेकिन इस एक सौ दस नामों की लंबी लिस्ट में से वह एक नाम तलाश लेना भी तो हंसी-खेल नहीं है।"

"ठीक कहा आपने।" वान ली पहले की तरह ही धैर्यपूर्ण मुद्रा में बोला—"बिल्कुल ठीक कहा। मगर आप मेरी पूरी बात सुन लें। हमारे लिये यह पूरी लिस्ट सिरदर्द नहीं है। मैं समझता हूं कि अगर हमें उस डॉक्टर का नाम देखना है तो सिर्फ उन पंद्रह महत्वपूर्ण डॉक्टरों की लिस्ट देखें, जिनके नाम के नीचे लाल स्याही से निशान लगा है। क्योंकि जिस डॉक्टर के लिये भारत और चीन में इतना जबरदस्त हंगामा मचा हो, वह कोई मामूली डॉक्टर नहीं हो सकता।"

"तुम ठीक कह रहे हो।" सबसे बड़े अधिकारी ने भी वान ली की हिमायत की—"वह वाकई उन पंद्रह डॉक्टरों में से कोई एक होगा।"

"लेकिन यह भी तो हो सकता है।" तभी एक अन्य अधिकारी ने आशंका जाहिर की—"कि वह बाकी पिचानवे डॉक्टरों में से कोई एक हो?"

"बिल्कुल हो सकता है।" वान ली ने कहा—"इसीलिये मैंने जो योजना बनाई है, उसके अनुसार हम सभी एक सौ दस डॉक्टरों की बड़े गुप्त रूप से निगरानी करायेंगे। क्योंकि भारतीय जासूस और नीलकंठ का अब जो अगला कदम है, वह उसी डॉक्टर तक पहुंचना है। हां, हम उन पंद्रह महत्वपूर्ण डॉक्टरों की निगरानी का कुछ ज्यादा बंदोबस्त करेंगे। क्योंकि हम चाहे कितने भी तर्क दें, लेकिन इस सच्चाई को झुठला नहीं सकते कि उन पंद्रह महत्वपूर्ण डॉक्टरों में से ही उस डॉक्टर के होने की ज्यादा संभावना है।"

"लेकिन इस निगरानी कार्यक्रम से क्या फायदा होगा?"

"बहुत बड़ा फायदा होगा।" वान ली ने कहा—"पहला फायदा तो यही है कि जब भारतीय जासूस और नीलकंठ की टीम उस डॉक्टर तक पहुंचेगी, तो हमें उसी पल पता चल जायेगा कि वह डॉक्टर कौन है। और यह पता चलते ही हमारी तमाम मुश्किलें हल हो जायेंगी, क्योंकि फौरन ही हम उस डॉक्टर को गोली मार देंगे।"

"एब्सल्यूटली राइट!" सी.एस.एस. के सबसे बड़े अधिकारी ने भी चहककर पूरी कमेटी से कहा—"हमें मिस्टर वान ली की इसी योजना पर काम करना चाहिये। क्योंकि मौजूदा माहौल में यही योजना हमारी कामयाबी के रास्ते खोल सकती है।" फिर सबसे बड़े अधिकारी ने वान ली की तरफ देखा—"मिस्टर वान ली!"

"यस सर।" वान ली अलर्ट हुआ।

"तुम सभी एक सौ दस भारतीय डॉक्टरों की निगरानी का इंतजाम कर सकते हो। इस योजना में तुम्हें जितने भी सी.एस.एस. के जवान चाहिये, मिलेंगे। बस एक ही बात का खास ख्याल रहे मिस्टर वान ली!"

"किस बात का सर?"

"भारतीय डॉक्टरों को इसकी हल्की-सी भनक भी नहीं लगनी चाहिये कि उनकी गुप्त रूप से निगरानी हो रही है।"

"आप बेफिक्र रहें सर।"

फिर वो मीटिंग उस महत्वपूर्ण फैसले के साथ ही बर्खास्त हो गई। और एक बार फिर पंजे से पंजे भिड़ाने की शुरूआत हो चुकी थी।

शह-मात का खेल शुरू हो चुका था।

❑❑❑

डॉक्टर मानिक शाह, शतरंज की बिसात का वो बादशाह था, जिसकी वजह से यह सारा हंगामा हो रहा था।

हाथी, घोड़े, ऊँट, पैदल सब भगाये जा रहे थे।

मानिक शाह इस समय अपने स्टडी-रूम में था। हाथों में मेडिकल साइंस से संबंधित एक मोटी-सी किताब, आंखों पर चश्मा, पीठ आरामकुर्सी की पुश्त से लगी हुई। लेकिन मानिक शाह की आंखें किताब के पन्नों पर दौड़ने की बजाय कहीं और दौड़ रही थीं।

अतीत में।

ख्यालों की उस दुनिया में जहां सपने-ही-सपने थे। रंग-बिरंगे सपने। आकाश में झिलमिलाते तारों के बीच सजते सपने। सपने चहकते, तो सारा आकाश फूलों से भर जाता और सम्पूर्ण धरती पर सोने की परत इस तरह बिछ जाती, जैसे सुर्ख साड़ी के आंचल में से किसी नई-नवेली दुल्हन का आभामयी मुखड़ा चमक रहा हो।

कभी मानिक शाह की जिंदगी ऐसी ही रंगीन थी। लेकिन फिर सब खत्म हो गया—सब! मानो किसी पतझड़ की उस हरी-भरी जिंदगी को नजर लग गई थी।

❑❑❑

सरोज— मानिक शाह की पत्नी!

उस समय मानिक शाह की उम्र सिर्फ पच्चीस वर्ष थी, जब उसकी हिंदुस्तान में ही सरोज से शादी हो गई थी। बेहद खूबसूरत थी सरोज। शादी से पहले तीन साल तक मानिक शाह का सरोज से बड़ा जबरदस्त अफेयर चला था। इस बीच उन्होंने एक-दूसरे को खूब जाना-पहचाना और परखा। सरोज भी मेडिकल साइंस की स्टूडेंट थी, सिर्फ इतना ही नहीं उसकी भी नये-नये अनुसंधानों में रुचि थी। वह मानिक शाह की तरह ही नई-नई कल्पनायें करती। उसकी सोच, प्रगतिशील सोच थी। वह उन साधारण औरतों की तरह न थी, जो सिर्फ फैशनेबल कपड़े और कीमती गहने पहनकर ही संतुष्ट हो जाया करती हैं। मानिक शाह को लगा, सरोज ही उसकी सबसे अच्छी जीवन- साथी साबित हो सकती है। कुछ ऐसा ही विचार सरोज के भी मानिक शाह के प्रति थे। इस तरह दो महत्वपूर्ण व्यक्ति शादी के पवित्र बंधन में बंध गये।

जिंदगी ने फिर एक करवट बदली, मानिक शाह का नाम अब मेडिकल साइंस की दुनिया में तहलका मचाने लगा था। उसके कई प्रयोगों ने विश्व को चौंकाया, सिर्फ इतना ही नहीं मेडिकल साइंस पर लिखे उसके लेख दुनिया भर की किताबों में छपने लगे।

उन्हीं दिनों मानिक शाह को एक प्रस्ताव मिला। ऐसा प्रस्ताव, जिसने उसके जीवन के सारे अध्याय ही बदल डाले।

❑❑❑

"नहीं।" सरोज ने सख्ती से विरोध किया—"तुम इस प्रस्ताव को ठुकरा दो मानिक, हम चीन नहीं जायेंगे।"

"ओह डार्लिंग!" मानिक शाह ने उसे अपनी बांहों में समेट लिया—"तुम जज्बाती होकर सोच रही हो। लेकिन जरा दिमाग से सोचो डार्लिंग, दिमाग से। ऐसे प्रस्ताव किसी भी इंसान को रोज-रोज नहीं मिला करते। यह हमारे सामने जिंदगी बनाने का एक शानदार मौका है, जिसे हमें खोना नहीं चाहिये।"

"ऐसा सिर्फ तुम सोच सकते हो मानिक।" सरोज उसकी बांहों के दायरे से फिसलकर बाहर हो गई—"लेकिन मैं नहीं सोच सकती। हमारी जिंदगी में आज भी क्या कमी है, क्या हम आज शानदार जिंदगी बसर नहीं कर रहे?"

"सरोज, लेकिन उन्होंने मुझे एक लाख युआन (चीनी मुद्रा) का ऑफर दिया है। मुझे हर महीने एक लाख युआन मिलेंगे। इतनी रकम तो मैं यहां हिंदुस्तान में पूरे साल में कमा पाता हूं। इतना ही नहीं, ऑफर के मुताबिक मुझे चीन की राजधानी बीजिंग के

एक वी.आई.पी. इलाके में रहने के लिये शानदार कोठी दी जायेगी। दो कारें दी जायेगी। नौकर-चाकर की एक छोटी-सी बटालियन होगी। जबकि यहां हम एक मामूली से फ्लैट में रहते हैं। हमारे पास घूमने-फिरने के लिये भी एक सेकेंड हैंड एम्बेसडर कार है। एक नौकर है, जिसकी हर महीने तनख्वाह देना भी हमें भारी पड़ता है। सरोज डार्लिंग!" मानिक शाह ने सरोज को फिर अपनी बांहों में भर लिया—"यहां हम एक मिडिल-क्लास जिंदगी जी रहे हैं। जबकि इस प्रपोज़ल को स्वीकार करते ही हमारी जिंदगी आलीशान होगी। हमारे पास वो सब कुछ होगा, जिसका हमने सपना देखा था।"

"मानिक!" सरोज उसे समझाती हुई बोली—"मगर जरा यह तो सोचो डियर—यह प्रपोज़ल तुम्हें मिला कहां से है। चीन से! एक ऐसे देश से, जो सदा इंडिया का दुश्मन रहा है। जिसने हमेशा हिंदुस्तान की बर्बादी के सपने देखे हैं। क्या यह तुम्हें अच्छा लगेगा मानिक; हम ऐसे लोगों के बीच जाकर रहें, जो हमारी नस्ल से और हमारी मिट्टी से नफरत करते हैं?"

"ओह डार्लिंग।" मानिक शाह झुंझला उठा, उस समय उसके दिमाग पर पूरी तरह एक वी.आई.पी. जिंदगी जीने का भूत सवार था—"देश और देशभक्ति, यह तमाम आदर्शवादी बातें सिर्फ किताबों में अच्छी लगती हैं। जरा सोचो—यह देश हमें क्या दे सकता है? इस देश ने हमें क्या दिया है? हमसे पहले भी न जाने कितने बड़े-बड़े अनुसंधानकर्ता इस देश में हुए हैं। जो आदर्श का दामन पकड़कर इस देश से जुड़े रहे, इस देश की मिट्टी से जुड़े रहे। उन्होंने अपना सारा जीवन इस देश के लिये कुर्बान कर दिया। और आखिर में क्या मिला उन्हें? एक बेकार की चीज समझकर ऐसे तमाम लोगों को भुला दिया गया। जबकि जो बुद्धिमान व्यक्ति थे, वह आदर्श वगैरह के चक्कर में पड़ने की बजाय विदेशों में जाकर बस गये। और यही कारण है कि आज न सिर्फ वो बल्कि उनकी संतानें तक शानदार जिंदगी बसर कर रही हैं।"

"यानी तुम यह पक्का फैसला कर चुके हो।" सरोज बोली—"कि तुम चीन जाओगे?"

"यस!" मानिक शाह ने इस बार दृढ़ शब्दों में कहा था—"मैं पक्का फैसला कर चुका हूं।"

और तब सरोज को भी न चाहते हुए डॉक्टर मानिक शाह के उस फैसले के सामने झुकना पड़ा था, आखिर वह पत्नी जो ठहरी।

□□□

एक सप्ताह में ही सब कुछ बदल गया। अब वो चीन के नागरिक बन चुके थे।

मानिक शाह को वह सब कुछ मिला, जो उसने इस जिंदगी से चाहा। हालांकि बीजिंग में सब कुछ नया-नया था। बदला-बदला था। लेकिन फिर भी मानिक शाह अपनी सरोज के साथ खुश था।

बीजिंग में ही दो संतानें भी हुई।

बड़ा लड़का—अजय!

उससे छोटी लड़की—पूजा!

समय पंख लगाकर उड़ता रहा। बीस साल यूं गुजरे, जैसे सरहद पर जंग लड़ते फौजी ने बस अपना मोर्चा बदल लिया हो। अजय और पूजा देखते-ही-देखते जवान हो गये। दोनों ने उच्च शिक्षा हासिल की थी।

सरोज भी खुश थी, हालांकि अनुसंधानों की तरफ से उसका ध्यान अब हट गया था। बस वो कभी-कभी मानिक शाह से उसके प्रयोगों के बारे में चर्चा करती।

यह हैरत की बात थी कि इन बीस वर्षों में सरोज की सुंदरता और बढ़ी थी।

उसे देखकर कोई नहीं कह सकता था कि वह अजय और पूजा जैसे दो जवान बच्चों की मां हैं।

इस बीच मानिक शाह ने यह फार्मूला खोज निकाला था, जिसमें बंदर के खून से आर एच फैक्टर (RH Factor) दूर करके उसे इंसान के शरीर में चढ़ाया जा सके।

मानिक शाह के उस फार्मूले ने पूरे चीन में तहलका मचा दिया।

और तभी मानिक शाह ने चन्द्रमा यात्रियों के लिये ऑक्सीजन टेबलेट बनाकर एक और धमाका कर दिया था।

यह वो समय था, जब मानिक शाह की प्रसिद्धि अपने चरम पर थी

लेकिन मानिक शाह की जिंदगी ने अभी एक करवट और लेनी थी। करवट ली गई और उस करवट का नाम था—जनरल फ्यूजी!

□□□

जनरल फ्यूजी लगभग चालीस-बयालीस साल का बहुत बदमाश किस्म का चीनी था।

वह चूंकि फौज का जनरल था, इसलिये चीन के तमाम बड़े-बड़े लोगों से उसके

दोस्ताना संबंध थे। जनरल फ्यूजी भारी-भरकम शरीर वाला थोड़े लंबे कद का चीनी था। वह अपने चेहरे पर इश्तिहारी मुजरिमों की तरह बड़ी-बड़ी मूंछें रखता था और बेइन्तहां शराब पीने के कारण उसकी आंखें हमेशा दहककर अंगारा बनी रहतीं।

"मानिक!" एक दिन सरोज ने जनरल फ्यूजी की शिकायत मानिक शाह से की—"तुम इस मवाली जैसे आदमी को अपनी पार्टियों में मत बुलाया करो, सारा मजा खराब हो जाता है।"

"मवाली।" जोर से हंसी छूट गई मानिक शाह की—"डार्लिंग वह चीन की फौज का सबसे बड़ा जनरल है।"

"लेकिन मुझे तो यह जनरल फ्यूजी कोई सड़क छाप टपोरिया या चेन स्नेकर ही ज्यादा नजर आता है। पिछली कई पार्टियों में देख चुकी हूँ, कमबख्त हमेशा मुझे यूं घूरता रहता है, जैसे अपनी शराब में घोलकर पी रहा हो।"

"डार्लिंग!" मानिक शाह ने प्यार से सरोज की नाक पकड़कर हिलाई—"इसमें उस बेचारे की कोई गलती नहीं, तुम चीज ही ऐसी हो। जिसे हर कोई शराब के प्याले में घोलकर पीना चाहे या फिर टोस्ट पर मक्खन की जगह लगाकर खाना चाहे।"

"तुममें यही सबसे बड़ी कमी है कि हर बात को मजाक में उड़ा देते हो।" सरोज झुंझला उठी—"मुझे इस जनरल फ्यूजी के इरादे नेक नहीं लगते। तुम नहीं जानते डियर, ऐसे शक्तिशाली आदमी कुछ भी कर सकते हैं। फिर हम दूसरे देश में हैं यहां हमारा ऐसा कोई दोस्त नहीं है, जिसे हम दिल से अपना कह सकें।"

"तुम आज बीस साल बाद भी चीन को अपना देश कहने में क्यों हिचकिचाती हो सरोज! और वैसे भी!" मानिक शाह रोमांटिक हो उठा—"सिर्फ जनरल फ्यूजी की नीयत ही डांवाडोल नहीं है, बल्कि आज रात मेरी नीयत भी तुम्हारे ऊपर डांवाडोल है।"

मानिक शाह ने सरोज को बांहों में भर लिया और अपने होंठ उसके दहकते गालों पर रख दिये।

बात आई-गई हो गई।

❑❑❑

लेकिन मानिक शाह की जिंदगी में बेहद खतरनाक और दहला देने वाली घटनाओं की शुरुआत हो चुकी थी।

उस दिन अजय का इक्कीसवां जन्मदिन था। पूरी कोठी सजी थी। चीन के प्रेसिडेंट से लेकर चीन के तमाम बड़े-बड़े लोग उस जन्मदिन पार्टी में आये थे। जनरल फ्यूजी भी उनमें शामिल था। रात के बारह बजे तक पार्टी चलती रही। खूब हंगामा होता रहा। वहां शराब पानी की तरह बह रही थी। लेकिन बारह बजे के बाद हंगामा खत्म हो गया और तमाम लोग चले गये। मगर दुष्ट जनरल फ्यूजी अभी भी वहीं था। वह डॉक्टर मानिक शाह के साथ एक टेबल पर बैठा खुद शराब पी भी रहा था और उसे पिला भी रहा था।

अजय और पूजा भी अपने दोस्तों के साथ मौज-मस्ती करने के लिये नाइट—डिस्कोथेक में जा चुके थे।

इस समय कोठी पर सिर्फ तीन व्यक्ति थे—डॉक्टर मानिक शाह, सरोज और जनरल फ्यूजी! या फिर सी.एस.एस. के वो जवान थे, जो कोठी के लॉन में चारों तरफ फैले हुए थे। उस समय मानिक शाह की सिक्योरिटी ऐसी नहीं थी, जो सी.एस.एस. के जवान कोठी के अंदर गलियारों तक में पहरा दें।

"तुम बहुत ज्यादा पी चुके हो मानिक!" सरोज ने मानिक शाह का गिलास पकड़ लिया—"अब बस करो।"

"क्या बात है डॉक्टर!" जनरल फ्यूजी पहले सरोज और फिर मानिक शाह की तरफ देखकर हंसा—"सरोज जी आपका बहुत ख्याल रखती हैं। मुझसे तो मेरी बीवी ने कभी नहीं कहा कि मैं बहुत ज्यादा पी चुका हूं।"

मानिक शाह नशे की तरंग में हंसा—"हर बीवी में कुछ-न-कुछ फर्क तो होता ही है जनरल।"

"ठीक कहते हो डॉक्टर!" जनरल फ्यूजी ने ठंडी सांस ली और उसकी हसरत भरी लाल-लाल आंखें सरोज की जांघों से होती हुई भारी-भरकम छातियों तक पहुंची—"सचमुच हर बीवी में कुछ-न-कुछ फर्क होता है। बीवी में क्या हर औरत में ही कुछ-न-कुछ फर्क होता है।"

सरोज, जनरल की आंखों को अपने जिस्म में गड़ते देख सकपका उठी। उसने फौरन साड़ी के आंचल को अपनी छातियों पर ढलका लिया था।

"मैं अपने बेडरूम में जा रही हूं।" सरोज हड़बड़ाये स्वर में बोली—"इस ड्रिंक को खत्म करके जल्दी आना।"

"ओके, मैं अभी आता हूं।" मानिक शाह ने पुनः नशे में ही लहराते हुए कहा। सरोज तेज-तेज कदमों से अपने बेडरूम की तरफ बढ़ गई थी।

लेकिन हर सेकेंड उसे ऐसा लगा, जैसे खतरनाक जनरल की आंखें उसके कूल्हों में गड़ी हों।

❑❑❑

सरोज बेडरूम में आते ही लेट गई। दरवाजे के दोनों पल्ले उसने आपस में मिला दिये, अलबत्ता कुंडी नहीं लगाई। सारा दिन पार्टी की तैयारी के कारण उसका जिस्म थक चुका था, इसलिये लेटते ही आराम मिला और आंखें मुंद गईं।

दस मिनट बाद ही आहिस्ता से दरवाजा खुलने की आवाज हुई, सरोज ने समझा कि मानिक शाह आया है। वह आंखें बंद किये शांत पड़ी रही।

फिर आगन्तुक उसके नजदीक ही बेड पर बैठ गया, इतना ही नहीं उसने बैठते ही अपने कंपकंपाते हाथों से सरोज की साड़ी पकड़कर भी घुटनों से ऊपर तक सरका दी।

पलक झपकते ही सरोज की गोरी-चिट्टी हल्की रोएंदार पिंडलियां चमक उठीं।

"क्या कर रहे हो?" सरोज कुलबुलाई—"मैं काफी थक चुकी हूं, अब आराम से लेट जाओ।"

लेकिन आगन्तुक नहीं माना, अब उसने अपना भारी हाथ पिंडलियों पर रख दिया था।

नहीं!

यह मानिक नहीं हो सकता, सरोज के शरीर में एकाएक चार सौ चालीस वोल्ट का करंट दौड़ गया, यह मानिक नहीं हो सकता। उसकी आंखें भक्क से खुलीं और वह एकदम झटके से उठकर बैठ गई।

सामने जनरल फ्यूजी बैठा था। उसकी आंखें दहक रही थीं, होंठों पर मुस्कान थी और मूंछ का एक-एक बाल खड़ा था।

"त...तुम!" जनरल फ्यूजी को देखते ही सरोज के मुंह से सिसकारी छूट गई—"तुम यहां क्या कर रहे हो? अ...और मानिक कहां है?"

"उसने सचमुच आज कुछ ज्यादा ही पी ली थी।" जनरल फ्यूजी आंखों-ही-आंखों में हंसा साथ ही उसकी मूंछें भी बड़े विचित्र ढंग से फड़फड़ाई थीं—"वह नीचे सो रहा है। मैंने सोचा तुम बेडरूम में अकेली हो, तुम्हें डर लगेगा, इसलिये तुम्हारे पास लेटकर तुम्हारा डर भगा दूं।"

"बकवास मत करो।" सरोज चिंघाड़ती हुई बेड से खड़ी हो गई—"दफा हो जाओ यहां से। मैं तुम्हारे जैसे बदमाशों की नीयत अच्छी तरह पहचानती हूं।"

"मेरा नाम जनरल फ्यूजी है मैडम!" वह पुनः आंखों-ही-आंखों में मुस्कुराया—"मोर्चा सरहद पर हो या बेडरूम में, मैं कही भी आसानी से पीछे नहीं हटता। वैसे भी जब मुकाबला किसी हिंदुस्तानी से हो, तब तो चीनी फौजी वैसे भी पीछे नहीं हटता। सन 1962 की लड़ाई तुम हिंदुस्तानी अभी भूले नहीं होगे।"

"जनरल!" सरोज चिल्ला उठी—"तुम पागल हो गये हो।"

मगर जनरल फ्यूजी पर तो उस वक्त पूरी तरह वासना का भूत चढ़ा था, वह एकदम सरोज के ऊपर झपट पड़ा।

"जनरल!" सरोज ने उसकी वर्दी पकड़ ली, वह चिल्लाई—"होश में आओ, तुम भूल रहे हो कि मैं किसकी बीवी हूं।"

दुर्दान्त ढंग से हंसा जनरल, उसकी मूंछ के बाल कुछ और फड़फड़ाये—"अच्छी तरह जानता हूं कि तुम किसकी बीवी हो। तुम एक ऐसे हिंदुस्तानी कुत्ते की बीवी हो, जो चीन के टुकड़ों पर पल रहा है।"

"जनरल!" सरोज पुनः हिस्टीरियाई ढंग से चिंघाड़ उठी।

उसने एक झन्नाटेदार झापड़ जनरल फ्यूजी के मुंह पर मारा।

सन्न रह गया जनरल फ्यूजी, उसका सारा नशा भक्क् से उड़ गया।

उसने आंखें फाड़कर बेहद अचंभित ढंग से सरोज को इस तरह देखा, जैसे कोई बहुत हैरानी की बात हो गई हो।

"पहली बार!" जनरल फ्यूजी ने सरोज का वह हाथ पकड़ लिया, जिससे उसने झापड़ मारा था, जनरल फ्यूजी की आंखें दहककर अंगारा बनती चली गईं—"जीवन में पहली बार किसी औरत ने जनरल फ्यूजी के मुंह पर झापड़ मारा है। यह झापड़ एक चीनी के मुंह पर पड़ा है मैडम! याद रखना सन् 1962 की जंग में भी हम चीनियों ने इतना बड़ा हंगामा भारत की सरहद पर नहीं किया था, जितना बड़ा हंगामा अब तुम्हारे इस ख़ूबसूरत बदन के साथ होगा।"

जनरल फ्यूजी ने हिकारत भरे अंदाज में झटका देकर सरोज का हाथ छोड़ा और फिर अपने भारी-भरकम जूतों से फर्श रौंदता हुआ यूं बाहर निकला, जैसे कोई तूफान गुजर गया हो।

□□□

सरोज, डॉक्टर मानिक शाह के सीने से लिपटी जोर-जोर से सुबक रही थी, सुबकते हुए ही उसने पूरी घटना मानिक शाह को बताई।

"उस जनरल की इतनी हिम्मत।" मानिक शाह गुर्रा उठा—"मैं अभी इस बारे में प्रेसिडेंट से बात करता हूं।"

"नहीं मानिक!" सरोज ने फौरन उसका हाथ पकड़ लिया—"बात को बढ़ाना ठीक नहीं।"

"लेकिन उस दरिन्दे को मालूम होना चाहिये सरोज।" मानिक शाह कहर भरे स्वर में बोला—"कि एक सम्मानित व्यक्ति की बीवी के साथ छेड़छाड़ करने का क्या अंजाम होता है और फिर वह हरामजादा तुम्हें धमकी देकर गया है, मैं अभी उसे उसकी धमकी का करारा जवाब देता हूं।"

"मानिक!" सरोज ने मानिक शाह का हाथ और कसकर पकड़ लिया—"जनरल फ्यूजी बहुत खतरनाक आदमी है। मैंने उसके चेहरे पर ऐसा वहशीपन देखा है, जो सिर्फ कातिलों के चेहरों पर ही पाया जाता है। प्लीज!" सरोज अब साफ-साफ घबराई हुई लग रही थी—"इस किस्से को यहीं खत्म कर दो।"

"लेकिन उसने तुम्हें धमकी दी है।"

"कोई बात नहीं।" सरोज ने अब मानिक शाह का सिर अपनी छातियों पर रख लिया और फिर धीरे-धीरे उसके बाल सहलाने लगी— "इस तरह की धमकी गुस्से में सभी इंसान आमतौर पर दे दिया करते हैं। लेकिन चीन में रहते हुए यह ठीक नहीं कि हम जनरल फ्यूजी जैसे शक्तिशाली आदमी से दुश्मनी करें।"

"तुम जनरल फ्यूजी से खामख्वाह डर रही हो सरोज!" मानिक शाह, सरोज के सामने तनकर खड़ा हुआ—"देखो, देखो मुझे। क्या तुम्हें अपना यह पति जनरल फ्यूजी से किसी भी मामले में कम शक्तिशाली नजर आता है। पैसे में, रुतबे में, सामाजिक हैसियत में, किसी भी तरह से?"

"इसमें कोई शक नहीं मानिक!" सरोज ने मानिक शाह का चेहरा अपनी दोनों हथेलियों में भर लिया—"कि जनरल फ्यूजी जैसे दस व्यक्ति भी तुम्हारी हैसियत का मुकाबला नहीं कर सकते। लेकिन वह शैतान है, दरिन्दा है, मैं नहीं चाहती कि मुझे तुम्हें ही खोना पड़ जाये।"

मानिक शाह अचम्भित-सी मुद्रा में सरोज को देखता रह गया, वह सचमुच जनरल फ्यूजी से बहुत डर गई थी।

"मेरी इस सिलसिले में सिर्फ एक बात मान लो मानिक!"

"क्या?"

"आइन्दा फिर कभी जनरल फ्यूजी को अपनी किसी पार्टी में मत बुलाना और ऐसी किसी पार्टी में मुझे लेकर मत जाना, जिसमें जनरल फ्यूजी आया हो।"

"ठ...ठीक है।" वह शब्द मानों मानिक शाह ने अपने कलेजे पर पत्थर रखकर कहे थे।

❑❑❑

स्टडी में आराम कुर्सी पर बैठा-बैठा मानिक शाह 'यादों के उस झरोखे से' बाहर निकल आया। मोटी-सी किताब अभी भी उसके हाथ में थी और आंखों में आंसुओं की नन्हीं-नन्हीं बूंदें टिमटिमा रही थीं। डॉक्टर मानिक शाह ने वह मोटी-सी किताब टेबल पर रख दी। आराम कुर्सी पर थोड़ा सीधा बैठा और आंखों पर चढ़ा चश्मा उतारकर आंसुओं की बूंदें साफ की।

पहली बार मानिक शाह के मुंह से गहरी ठंडी सांस छूटी, तब जिंदगी में पहली बार उसे यह अहसास हुआ था कि उसने अपना देश छोड़कर बहुत बड़ी गलती की है। अपने लोगों को छोड़कर बहुत बड़ी गलती की है। यह वो पहली घटना थी, जब मानिक शाह ने अपने आपको कमजोर महसूस किया। उसे लगा कि सब कुछ होते हुए भी कोई चीज़ ऐसी है, जो उसके पास नहीं है।

मानिक शाह कितनी ही देर तक आराम कुर्सी पर बैठा रहा।

फिर वह उठा और स्टडी में ही बने 'बार' के नजदीक पहुंचा।

उसने अपने लिये शराब का एक पैग बनाया और फिर धीरे-धीरे उसे सिप करने लगा।

शराब सिप करते-करते ही मानिक शाह को लगा, जैसे उसके शराब के प्याले में ही तूफान आ गया हो।

ज्वालामुखी फटने लगे हों।

दुनिया गर्क होने लगी हो।

हां, यह मानिक शाह की दुनिया ही तो थी, जो उस हादसे के बाद गर्क हो गई।

□□□

13 सितम्बर, यही वो मनहूस दिन था।

सरोज अपनी एक सहेली के यहां गई हुई थी। वहां से उसका अपनी सहेली के साथ एक शादी में जाने का प्रोग्राम था। लेकिन सरोज शादी में जा पाती, उससे पहले ही कुछ नकाबपोश गुंडों ने सहेली के घर पर आक्रमण कर दिया और वह बुरी तरह चीख-पुकार मचाती सरोज को उठाकर ले गये। मानिक शाह ने वह खबर सुनी, तो उसके दिलोदिमाग पर बिजली-सी गड़गड़ाती हुई गिरी। वह सीधा चीन के प्रेसिडेंट के पास पहुंचा।

"सर!" उसने लगभग आर्तनाद करते हुए कहा—"यह जनरल फ्यूजी का काम है, मेरी बीवी को जनरल फ्यूजी ने उठाया है।"

"जनरल फ्यूजी!" चौंका प्रेसिडेंट—"यह तुम क्या कह रहे हो डॉक्टर?"

"मैं बिल्कुल ठीक कह रहा हूं सर—आप मेरी बीवी को जनरल फ्यूजी के हाथों से बचाइये। वरना वह उसे तबाह कर डालेगा, बर्बाद कर डालेगा।"

"लेकिन जनरल फ्यूजी तुम्हारी बीवी के साथ ऐसा क्यों करेगा डॉक्टर?"

जवाब में डॉक्टर मानिक शाह, चायनीज़ प्रेसिडेंट को वह पूरी घटना सुनाता चला गया, जो अजय के जन्मदिन पर घटी थी।

चीन के प्रेसिडेंट के चेहरे पर भी सकते के भाव नजर आने लगे।

"बात सचमुच सीरियस है डॉक्टर।" प्रेसिडेंट ने संजीदगी से कहा—"दरअसल तुम्हारी जानकारी के लिये बता दूं, आजकल बीजिंग में अपराधियों का एक ऐसा गिरोह सक्रिय है, जो इसी प्रकार घरों पर आक्रमण करके पहले खूबसूरत औरतों का किडनैप करता है और फिर उनके साथ बलात्कार करने के बाद हत्या कर देता है। मैं समझ रहा था कि जरूर इसमें उसी गिरोह का हाथ है। लेकिन अगर इस पूरे घटनाचक्र के पीछे जनरल फ्यूजी जैसा देश का बड़ा अधिकारी है, तो वाकई यह साधारण मामला नहीं।"

"आप फौरन पता कीजिये, जनरल फ्यूजी इस समय कहां है?"

"चिंता मत करो डॉक्टर!" प्रेसिडेंट ने आश्वासन दिया—"मैं अभी सब कुछ पता लगाता हूं।"

उसके बाद चीन का प्रेसिडेंट, मानिक शाह के सामने ही टेलीफोन में बिजी हो गया और विभिन्न फौजी महकमों को बेहद आनन-फानन तरह-तरह के आदेश जारी

करने लगा। यह हैरानी की ही बात थी कि एक देश का प्रेसिडेंट आधी रात तक भी ये पता लगाने में नाकाम रहा, जनरल फ्यूजी कहां है?

❑❑❑

जनरल फ्यूजी का कुछ पता चलता, उससे पहले ही सरोज की मौत की खबर मानिक शाह को मिल गई।

बीजिंग की 'लाल नदी' में सरोज की लाश तैरती हुई पाई गई। वह सिर से पांव तक आदमजात नंगी थी। हत्या करने से पहले कोई एक दर्जन पुरुषों ने उसके साथ बलात्कार किया था, पोस्टमार्टम के दौरान उसकी योनि के अंदर से भारी मात्रा में वीर्य बरामद हुआ। इतना ही नहीं, दुर्दान्त हत्यारे ने सरोज की दोनों छातियां भी बड़ी बेदर्दी से काट डाली थीं और उसके योनि मार्ग में एक खंजर मूंठ तक पैवश्त कर दिया था। सरोज की वह हालत देखकर मानिक शाह का कलेजा टुकड़े-टुकड़े हो गया। वह अजय और पूजा से लिपटकर यूं अर्द्धविक्षिप्तों की भांति रोया, वो पहले कभी इस तरह नहीं रोया था।

रोते-रोते अजय और पूजा की भी बुरी हालत हो गई।

उसी दिन शाम को सरोज का दाह-संस्कार कर दिया गया।

शव यात्रा में इतनी भीड़ उमड़ी, जैसे पूरा बीजिंग इकट्ठा हो गया हो।

सरोज की चिता धूं-धूं करके जल उठी।

आग की इतनी ऊंची-ऊंची लपटें उठी, जैसे वह आसमान छूकर अपने देश तक पहुंच जाना चाहती हों।

अपने हिंदुस्तान तक।

❑❑❑

आधी रात का समय!

मानिक शाह अपने बेडरूम में कुर्सी पर बैठा था।

हताश और निराश।

जब जिदंगी में कुछ न बचा हो। जब जिंदगी खुद एक शून्य पर आकर टिक गई हो।

बेडरूम में सिर्फ जीरो वाट का एक बल्ब जल रहा था। तभी मानिक शाह ने जीरो वाट की रोशनी में फर्श पर एक लंबी-सी परछाई देखी, कोई तभी आहिस्ता से अंदर आया था।

मानिक शाह की गर्दन पीछे की तरह घूमी, वह प्रेसिडेंट था।

"अ...आप!" मानिक शाह ने उठने की कोशिश की।

"नहीं।" प्रेसिडेंट ने उसका कंधा पकड़ लिया—"बैठे रहो डॉक्टर!"

मानिक शाह ने लंबी सांस लेकर अपना जिस्म कुर्सी पर दोबारा ढीला छोड़ दिया।

"तुम्हारे ऊपर क्या गुजर रही है।" प्रेसिडेंट ने कुर्सी के पीछे खड़े-खड़े कहा—"मैं उसे अच्छी तरह महसूस कर सकता हूं डॉक्टर! मेरी बीवी भी आज से दस साल पहले मुझे इसी तरह छोड़कर चली गई थी, तब अंदर से बुरी तरह टूट गया था मैं।"

"जनरल फ्यूजी का कुछ पता चला?" मानिक शाह ने अपनी आंखें बंद कर लीं।

"हाँ, उसका पता चल गया है। तुम्हें यह सुनकर हैरानी होगी डॉक्टर; जनरल फ्यूजी इस मामले में बिल्कुल निर्दोष है। तुम्हें तो मालूम ही है, आजकल बोकाली दर्रे में चीनी फौज की ट्रेनिंग चल रही है। दरअसल जनरल फ्यूजी पिछले दो दिन से वहीं था। लेकिन उसके वहां होने की खबर ज्यादा आदमियों को मालूम नहीं थी, इसलिये उसके बारे में इतनी देर से जानकारी मिल सकी।"

"जनरल फ्यूजी निर्दोष है।" मानिक शाह ने झटके से आंखें खोल दी—"लेकिन यह कैसे हो सकता है?"

"हालातों को समझने की कोशिश करो डॉक्टर!" प्रेसिडेंट ने उसका कंधा थपथपाया—"दरअसल एक के बाद एक जिस तरह से घटनायें घटी हैं, ऐसी हालत में यह स्वाभाविक है कि सीधा जनरल फ्यूजी पर शक जाता है। मुझे खुद उसी पर शक था। लेकिन अब सारा शक दूर हो गया है। जरा सोचो, जो आदमी पिछले दो दिन से बोकाली दर्रे में चल रही फौज की ट्रेनिंग में शामिल हो, वह इस तरह की हरकत कैसे कर सकता है? इतना ही नहीं, फौज के कई बड़े-बड़े ऑफिसरों ने इस बात की गवाही दी है कि जनरल फ्यूजी पिछले दो दिन में एक पल के लिये भी दर्रे से बाहर कहीं नहीं गया। मैंने जब जनरल फ्यूजी को इस हादसे के बारे में बताया, तो वह खुद बहुत हैरान हुआ। इसके अलावा उसने अपनी उस हरकत के लिये भी माफी मांगी, जो वह अजय के जन्मदिन पर सरोज के साथ कर गया था। जनरल फ्यूजी ने कहा, "वह कुछ ज्यादा शराब पी गया था, इसीलिये ऐसी हरकत कर बैठा।"

"वह बकवास कर रहा है।" मानिक शाह ने चीखते हुए झटके से कुर्सी छोड़ दी—"वह अपने गुनाहों पर पर्दा डालने की कोशिश कर रहा है।"

"रिलैक्स! रिलैक्स डॉक्टर!" प्रेसिडेंट ने फिर उसका कंधा थपथपाया—"मत भूलो, इस देश का प्रेसिडेंट तुम्हारे साथ है। इसलिये ऐसा कुछ नहीं हो सकता, जो गलत हो। गैर कानूनी हो।"

"लेकिन अगर जनरल फ्यूजी ने सरोज की हत्या नहीं की, तो किसने की।"

"मैंने तुम्हें कल बताया था न।" प्रेसिडेंट ने कहा—"कि आजकल बीजिंग में एक ऐसा क्रिमिनल एक्टिव है, जो खूबसूरत औरतों का किडनैप करके उनके साथ बलात्कार करता है और फिर हत्या कर देता है। लगता है यह उसी क्रिमिनल का काम है।"

मानिक शाह हैरानी से प्रेसिडेंट को देखता रह गया।

"चिंता मत करो, मैंने पुलिस को स्पेशल आर्डर इश्यू कर दिये हैं और इस समय बीजिंग की पुलिस पूरी तरह हाथ धोकर उस संगठन के पीछे पड़ चुकी है। बहुत जल्द कोई-न-कोई रिजल्ट निकलकर सामने आयेगा।"

मानिक शाह अभी भी हतबुद्ध-सा अपनी जगह पर खड़ा था।

"काफी रात हो चुकी है।" प्रेसिडेंट ने अपनी रिस्टवॉच देखी—"अब मैं चलता हूं।"

फिर प्रेसिडेंट बाहर खड़े अपने लश्कर के साथ वहां से चला गया। उस समय डॉक्टर मानिक शाह के कानों में रह-रहकर सरोज के शब्द गूंज रहे थे—"क्या यह अच्छा लगेगा मानिक, हम ऐसे लोगों के बीच जाकर रहें, जो हमारी नस्ल और हमारी मिट्टी से नफरत करते हैं।"

"हमारी नस्ल और हमारी मिट्टी से नफरत करते हैं।" रह-रहकर वह शब्द उसके दिमाग में हथौड़े की तरह बजने लगे।

❑❑❑

पंद्रह दिन बाद ही एक और ऐसी घटना घटी, जिसने डॉक्टर मानिक शाह को अंदर से और बुरी तरह झंझोड़कर रख दिया। अजय अपनी मां की तमाम अंतिम क्रियाओं में हिस्सा लेने के बाद हवाई जहाज से शंघाई जा रहा था, वहां वो 'शंघाई यूनिवर्सिटी' में पढ़ता था। लेकिन एकाएक उस हवाई जहाज में विस्फोट हो गया।

उसके परखच्चे उड़ गये।

चीनी पुलिस के अधिकारियों ने मानिक शाह को आकर बताया कि अजय की लाश भी बरामद नहीं हो सकी है, क्योंकि ज्यादातर यात्रियों का शरीर चीथड़े-चीथड़े हो गया था और अब घटनास्थल पर सिर्फ मांस के लोथड़े फैले हुए हैं।

मानिक शाह!

उफ़्फ़!

उफ़्फ़!!

वह दोनों हथेलियों में अपना चेहरा छिपाकर फफक पड़ा।

यह उस पर हुआ दूसरा व्रजपात था।

लेकिन उस हवाई दुर्घटना में एक बड़ी सस्पेंसफुल बात भी उभर कर सामने आई। चीन के किसी भी समाचार-पत्र में उस हवाई जहाज के दुर्घटनाग्रस्त होने की खबर नहीं छपी।

इतना ही नहीं, टी.वी. या रेडियो पर भी उस दुर्घटना का समाचार प्रसारित नहीं हुआ था।

मानिक शाह को लगा—जैसे अब चीन सरकार उसके चारों तरफ षड्यंत्र रच रही है।

सचमुच वह एक दहला देने वाला ख्याल था, मानिक शाह उस ख्याल के दिमाग में कौंधते ही थर्रा उठा।

❑❑❑

फिर उसने पूजा को भी खो दिया।

अभी डॉक्टर मानिक शाह, सरोज और अजय के सदमे से उभर भी न पाया था कि तीन महीने बाद वह घटना भी घट गई थी।

रविवार का दिन।

शाम का समय।

उस दिन सुबह से ही मौसम खराब था और थोड़ी देर पहले ही तेज मूसलाधार बारिश होने लगी थी।

पूजा लाइब्रेरी गई हुई थी और मानिक शाह लगभग तभी 'मेडिकल संस्थान' से लौटा था।

उसी पल टेलीफोन की घंटी बजने लगी।

"हैलो।" मानिक शाह ने रिसीवर उठाया।

"मैं पूजा बोल रही हूँ डैडी!" एकाएक पूजा की थोड़ी घबराई हुई आवाज मानिक शाह के कानों में पड़ी।

"पूजा!" अपनी बेटी की आवाज सुनते ही मानिक शाह चौंका—"क्या बात है बेटी—तुम इस वक्त कहां से बोल रही हो?"

"मुझे आपसे कुछ जरूरी बात करनी है डैडी!" पूजा शुष्क स्वर में बोली—"आप मेरे पास चले आइये।"

"लेकिन यह तो तुम्हारे घर आने का समय है बेटी! जो बात करनी है यहीं आकर कर लेना।"

"नहीं।" पूजा उस वक्त बहुत घबराई हुई थी—"मैं वह बात घर पर नहीं कर सकती। आप प्लीज, यहीं आ जाइये डैडी। मैं इस वक्त रोजवुड कैसीनो से बोल रही हूं।"

"क...कैसीनो!" प्रचंड विस्फोट हो गया डॉक्टर मानिक शाह के दिमाग में, वरना वह तो अभी तक यही सोच रहा था कि उसकी बेटी लाइब्रेरी से बोल रही है—"त... तुम कैसीनो कैसे पहुंच गई?" मानिक शाह लगभग हलक फाड़कर चिल्लाया—"तुम तो लाइब्रेरी गई हुई थीं?"

"अ...आप यहां आ जाइये प्लीज, फिर मैं आपको सब कुछ बता दूंगी।"

उसके बाद पूजा ने टेलीफोन लाइन काट दी।

जबकि मानिक शाह के दिमाग में अभी भी धमाके-पर-धमाके हो रहे थे। यही बात उसे अचम्भे में डालने के लिये काफी थी कि उसकी बेटी कैसीनो में थी, वह कैसीनो से बोल रही थी।

❑❑❑

डॉक्टर मानिक शाह बेहद आनन-फानन मूसलाधार बारिश में ही अपनी कार में सवार हुआ और फिर उसने कार कैसीनो की तरफ दौड़ा दी।

सी.एस.एस. (चायनीज़ सीक्रेट सर्विस) के कुछ जवानों ने भी मानिक शाह के साथ आना चाहा, तो मानिक शाह ने सबको रोक दिया।

मानिक शाह की कार भीगती हुई कैसीनो की कनोपी में जाकर रुकी। फिर वह लगभग दौड़ता हुआ कैसीनो के अंदर दाखिल हुआ। उस समय कैसीनो बिल्कुल खाली था। कुछ तो बारिश की वजह से और कुछ वैसे भी उस कैसीनो में रात के नौ बजे के बाद मेला लगता था।

अंदर घुसते ही मानिक शाह को तेज शॉक लगा। सामने रोलोट मशीनों के स्टूलों पर उसे पूजा और वान ली बैठे नजर आ गये।

वान ली!

वह उस समय मानिक शाह का सिक्योरिटी ऑफिसर था और उसकी सुरक्षा की सारी जिम्मेदारी तक वान ली पर थी। लेकिन मानिक शाह ने उसे कभी पसंद नहीं किया। उसकी शक्ल से ही मानिक शाह को नफरत थी। पूजा के साथ वान ली को भी उस समय कैसीनो में देखकर वह चौंका।

दूसरी जिस बात ने उसे चौंकाया, वो ये थी कि दोनों शराब पीये हुए थे।

"आइये सर!" मानिक शाह को देखते ही वान ली स्टूल छोड़कर खड़ा हो गया—"आइये।"

पूजा ने भी खड़े होने की कोशिश की, तो वह फौरन लड़खड़ाकर नीचे गिरने को हुई, लेकिन तभी वान ली ने उसे बांहों में भर लिया।

"सॉरी सर!" वान ली के होंठों पर कुटिल मुस्कान दौड़ी—"इसमें पूजा की कोई गलती नहीं है। यह बोल रही थी कि इस अवस्था में यह आपका सामना नहीं कर पायेगी, इसलिये मैंने ही इसे दो घूंट पिला दी। और... और इस कैसीनो में भी पूजा को मैं ही लेकर आया। यहाँ काफी शांति है न सर, इसलिये मैंने सोचा यहां अच्छी तरह बात हो जायेगी।"

"तुम अपनी जबान बंद रखो।" मानिक शाह गुर्रा उठा—"मैं यहां अपनी बेटी से बात करने आया हूं, समझे।"

वान ली चुप हो गया। लेकिन उसके होंठों पर कुटिल मुस्कान अभी भी थी।

"पूजा!" मानिक शाह का चेहरा गुस्से से लाल भभूका हो रहा था—"मेरी तरफ देखो।"

पूजा ने डरते-डरते अपना चेहरा मानिक शाह की तरफ उठाया, लेकिन वह उससे आंखें मिलाने की ताब फिर भी न ला सकी।

"तुम लाइब्रेरी गई थीं पूजा!" मानिक शाह कर्कश लहजे में बोला—"फिर तुम यहां कैसे आ गई ?"

पूजा चुप रही।

"जवाब दो।" मानिक शाह चिंघाड़ा।

"म...मैं आज लाइब्रेरी नहीं गई।" पूजा का कंपकंपाया स्वर।

"लेकिन तुमने तो सुबह मुझसे यही कहा था।" मानिक शाह की आंखें अब भाले-बर्छी बरसाने लगीं—"कि तुम आज शाम को लाइब्रेरी जाओगी।"

"म...मैंने झूठ बोला था।" पूजा की गर्दन नीचे झुक गई।

"क्यों... क्यों झूठ बोला?"

पूजा फिर चुप रही।

"जवाब क्यों नहीं देतीं अब?" मानिक शाह चिंघाड़ता हुआ पूजा के नजदीक पहुंचा।

"जवाब सिर्फ एक लाइन का है सर!" वान ली पहले की तरह ही कुटिल मुस्कान बिखेरता हुआ बोला—"लेकिन वो एक लाइन पूजा शायद तमाम उम्र नहीं बोल पायेगी। दरअसल हम दोनों एक-दूसरे से प्यार करते हैं और अब शादी करना चाहते हैं।"

मानिक शाह को यूं लगा, जैसे कोई पहाड़ उसके ऊपर टूटकर गिरा हो।

वह भौचक्की नजरों से वान ली को देखता रह गया। फिर उसकी नजर पूजा की तरफ उठी, वह अभी भी गर्दन झुकाये खड़ी थी।

"य...यह वान ली क्या ठीक कह रहा है पूजा?"

पूजा की नजरें और ज्यादा धरती में गड़ गईं।

"जवाब दो बेवकूफ लड़की!" मानिक शाह ने आक्रोश में पूजा के कंधे पकड़कर झंझोड़े—"चुप क्यों हो?"

"ह...हाँ।" पूजा के मुंह से फफकता-सा स्वर निकला—"य...यह सच है डैडी!"

धम्म!

धड़ाम!!

मानिक शाह को ऐसा लगा, जैसे एक तेज धमाके के साथ उसके अस्तित्व की धज्जियां बिखर गई हों।

जैसे एक साथ उसका जिस्म कई हजार टुकड़ों में बंट गया हो। उसका सारा क्रोध, सारा आक्रोश, सारी ज्वाला अपनी बेटी के उन चंद शब्दों में स्वाहा होकर रह गया।

वह पूजा को छोड़कर यूं पीछे हटा, जैसे उसने गलती से किसी ऐसी चीज को छू लिया था, जो उसकी नहीं थी।

"म...मुझे उम्मीद है डैडी।" पूजा पहले की तरह ही नजरें धरती में गड़ाये हुए बोली—"कि आपको इस रिश्ते से कोई ऐतराज नहीं होगा?"

"म...मैं तुम्हारे इस सवाल का जवाब यहां नहीं दे सकता।"

"फ...फिर?"

"मैं घर जा रहा हूं—तुम मेरे पीछे-पीछे पाँच मिनट में वहां पहुंचो।"

"ल... लेकिन... ।"

"सवाल नहीं।" मानिक शाह थोड़े सख्त स्वर में बोला—"जो कह रहा हूं, वह करो।"

फिर मानिक शाह तेज-तेज कदमों से अपनी कार की तरफ बढ़ गया।

अगले ही पल कार वापस कोठी की तरफ दौड़ पड़ी।

❑❑❑

मूसलाधार बारिश अभी भी हो रही थी और बार-बार आसमान का सीना चाक करके बिजली कौंध उठती।

लेकिन इस समय मानिक शाह पर उस मौसम का कछ असर नहीं था, क्योंकि उससे कहीं ज्यादा बड़ा तूफान उसके अंदर आया हुआ था। इस वक्त वह आंखें बंद किये एक कुर्सी पर बैठा था। इस तरह जैसे कोई पराजित योद्धा बैठा हो। जैसे कोई इस दुनिया का सबसे ज्यादा लुटा-पिटा आदमी बैठा हो।

पूजा उसके बेडरूम में पीछे ही दीवार से लगी खड़ी थी और धीमे-धीमे सुबक रही थी।

"जानती हो पूजा!" मानिक शाह आंखें बंद किये-किये ठंडी आह-सी भरकर बोला—"आज बाइस साल हो गये हैं मुझे अपना हिंदुस्तान छोड़े हुए, पूरे बाइस साल। बहुत सपने, बहुत उम्मीदें लेकर मैं इस देश में आया था। एक ख्वाब देखा था मैंने, एक बेहतर जिंदगी का ख्वाब। सरोज ने बहुत विरोध किया था मेरे इस फैसले का कि मैं चीन का प्रपोज़ल कुबूल न करूं। उसने यहां तक कहा था कि हमें ऐसे देश में जाकर नहीं रहना चाहिए, जहां के लोग हमारी नस्ल और मिट्टी से नफरत करते हों। लेकिन मैंने सरोज की बात नहीं मानी बेटी।" मानिक शाह ने गहरी सांस लेकर अपने चेहरे पर हाथ फेरा, उसकी आंखों में दुख-ही-दुख था।

पूजा अभी भी दीवार से लगी खड़ी थी और मानिक शाह की एक-एक बात ध्यानपूर्वक सुन रही थी।

"उस समय मेरे ऊपर एक ही नशा था।" मानिक शाह ने पुनः आह-सी भरी—"दौलत का नशा। नस्ल और मिट्टी की बातें मैं नहीं मानता था। मैं समझता था कि ऐसा सिर्फ तंग दिमाग के लोग सोचते हैं, जबकि हकीकत में ऐसा कहीं कुछ नहीं है। लेकिन

गलत सोचता था मैं।" मानिक शाह ने अपने शुष्क होंठों पर जबान फेरी—"मैंने अपनी सारी प्रतिभा, अपनी जिंदगी का सारा सरमाया इन चीनियों के ऊपर लुटा दिया, लेकिन यह कौम फिर भी मेरी नहीं हो सकी। क्या तुम अपनी मां को भूल गई बेटी? उसे किसी अपराधी संगठन ने नहीं मारा बल्कि उसकी जनरल फ्यूजी जैसे पाखंडी चीनी ने हत्या की है। और हत्या करने से पहले न जाने कितने गिजगिजाते चीनियों ने उसके जिस्म को रौंदा होगा। वह बेचारी न जाने कितना चिल्लाई होगी, कितनी रहम की भीख मांगी होगी, लेकिन दरिन्दों ने उसे फिर भी नहीं छोड़ा।"

पूजा दोबारा सुबकने लगी।

"और क्या अपने भाई को भी भूल चुकी हो तुम!" मानिक शाह के हाथ कुर्सी के हत्थे पर कसकर जकड़ गये—"अजय, जो हमारी उम्मीद था। सपना था। वह भी हवाई दुर्घटना में मारा गया। हवाई दुर्घटना!" मानिक शाह दर्द से भीगी हंसी हंसा—"कितना बेवकूफ समझते हैं यह चीनी मुझे। इतनी बड़ी दुर्घटना हुई, लेकिन कहीं खबर तक नहीं छपी। रेडियो या टी.वी. पर शोक में एक लाइन तक प्रसारित नहीं की गई। सच्चाई ये है पूजा, वह दुर्घटना हुई ही नहीं। अजय को भी इन चीनी दरिन्दों ने छीना है मुझसे, जबरदस्ती छीना है। क्योंकि यह मुझे अपाहिज बना देना चाहते हैं। कोई षड्यंत्र रचा जा रहा है मेरे खिलाफ और बहुत जल्द उस षड्यंत्र के ऊपर से भी पर्दा उठेगा।"

बोलते-बोलते मानिक शाह भी सुबकने लगा।

"ड...डैडी!" मानिक शाह को रोते देख पूजा के मुंह से सिसकारी छूट गई।

"अब तू ही इस मानिक शाह का आखिरी सहारा है बेटी!" मानिक शाह ने जज्बाती होकर पूजा के दोनों हाथ कसकर पकड़ लिये—"तू मेरी आखिरी उम्मीद है। जरा सोच, तू उस चीनी कौम में शादी करेगी, जिन्होंने तेरी मां को तुझसे छीन लिया। तेरे भाई को तुझसे छीन लिया।"

"ड...डैडी!" पूजा की सिसकियां और तेज हो गईं।

"और फिर तू वान ली को नहीं जानती मेरी बच्ची!" मानिक शाह कुर्सी पर बैठा-बैठा स्नेह से पूजा के बाल सहलाने लगा—"वह अपने पूरे डिपार्टमेंट में 'शैतान' के नाम से प्रसिद्ध है। वह बहुत खतरनाक और क्रूर किस्म का आदमी है। फिर उसकी उम्र और तेरी उम्र में भी जमीन-आसमान का फर्क है बेटी। तू उसके साथ कभी सुखी नहीं रह सकती, कभी नहीं।"

पूजा पहले की तरह ही सुबकती रही।

"तेरे इस डैडी ने भी एक बार गलती की थी मेरी बच्ची, मैं सरोज की बात न मानकर चीन चला आया था। अब तू मेरी ही तरह गलती मत दोहरा।" मानिक शाह भाव-विह्वल स्वर में बोला—"वरना जिस तरह मैं पछता रहा हूं, उसी तरह सारी जिंदगी तुझे भी पछताना होगा।"

पूजा, मानिक शाह से और कसकर लिपट गई।

दोनों रो रहे थे।

दर्द का जैसे कोई दरिया उनकी आंखों से बह रहा था।

❑❑❑

मानिक शाह 'यादों' के उस जंजाल से बाहर निकल आया।

स्टडी में बैठा-बैठा वह अब तक कई पैग शराब पी चुका था। उसने फिर लबालब भरकर एक पटियाला पैग बनाया और फिर उसे धीरे-धीरे सिप करने लगा।

उस रात उसने समझा था कि उसकी बेटी संभल गई है। मानिक शाह की आंखों के इर्द-गिर्द तारे झिलमिलाने लगे। लेकिन गलत समझा था उसने। अगले ही दिन पूजा चुपचाप वान ली के साथ भाग गई। उन्होंने चीनी रीति-रिवाजों के अनुसार शादी कर ली। बाद में मानिक शाह को पता चला कि पूजा, वान ली के बच्चे की मां बनने वाली थी।

दरअसल जिन दिनों अजय की मौत का समाचार उसे मिला था, उन्हीं दिनों वान ली ने पूजा को जबरदस्ती दबोचकर उसके साथ बलात्कार कर डाला था। रोती-सुबकती पूजा उस हादसे का जिक्र अपने डैडी से इसलिये नहीं कर सकी, क्योंकि वह अजय की मौत के कारण पहले ही परेशान थे। जबकि वान ली, पूजा की उस मजबूरी का फायदा उठाकर उसके जिस्म से बार-बार खेलता रहा। और एक दिन जब पूजा को पता चला कि वह मां बनने वाली है, तो वह सन्नाटे में आ गई।

इसीलिये वह मासूम वान ली के हाथों की कठपुतली बन चुकी थी। वह वैसे ही खेल रही थी, जैसे वान ली उसे खिला रहा था।

बाद में मानिक शाह को यह भी पता चला कि वान ली, पूजा को जानवरों की तरह मारता है। इसी मार-पिटाई के कारण पूजा का एबॉर्शन भी हो गया था और अब वह कभी मां नहीं बन सकती थी।

मानिक शाह ने ढेर सारी शराब अपने हलक में और नीचे उतारी, जैसे कोई तेजाब ब्लेड की तरह उसके सीने को चीरता चला गया। लेकिन वह फिर भी घूंट पर घूंट भरता रहा। जल्द ही वो पटियाला पैग भी खाली हो गया।

तब मानिक शाह ने वह पैग वहीं बार काउंटर पर पटक दिया और खुद भी करीब ही एक टेबल पर लुढ़क गया।

अब तो एक ही आखिरी तमन्ना बाकी थी, सी.एस.एस. के उस शिकंजे से निकलकर अपने देश वापस जा सके, अपने लोगों के बीच वापस जा सके। और किसी तरह पूजा को भी वान ली के शिकंजे से निकालकर हिंदुस्तान ले जा सके।

"सर!" तभी स्टडी का दरवाजा खुला और सी.एस.एस. के एक जवान ने अंदर कदम रखा—"सर!"

"हूं।" मानिक शाह टेबल पर पड़ा-पड़ा कुलबुलाया—"क्या है?"

"रात काफी हो चुकी है सर!" सी.एस.एस. के जवान ने उसे सहारा देकर बिठाया—"कब तक यहां स्टडी में रहेंगे, अब आपको बेडरूम में चलकर आराम करना चाहिये।"

"ह...हां।" मानिक शाह लड़खड़ाते कदमों से खड़ा हुआ—"सचमुच काफी रात हो चुकी है, काफी अंधेरी रात। म...मुझे बहुत पहले ही यहां से निकल जाना चाहिये था।"

फिर मानिक शाह धीरे-धीरे चलता हुआ बेडरूम की तरफ बढ़ गया।

❑❑❑

कमांडर करण सक्सेना का अखबारों पर नजर रखने वाला आइडिया काम आया।

एक दिन बाद ही रिजल्ट निकला।

"यह देखो!" बालेराम ने ख़ुशी से चहककर कहा—"आज के अखबार में मानिक शाह से संबंधित एक खबर छपी है।"

"क्या?"

"आज तो हमारे काम की खबर होनी चाहिये।"

फौरन कमांडर, नीलकंठ, होशांग और पामेला सहित सबके सब बालेराम के चारों तरफ जमा हो गये।

"खबर बहुत बढ़िया है।" बालेराम उत्साहित होकर बोला—"एकदम हमारे मतलब

की खबर है। आज से पाँच दिन बाद यहां के 'विज्ञान भवन' में मेडिकल साइंस के ऊपर एक अंतर्राष्ट्रीय कॉन्फ्रेंस में देश और विदेशों के बड़े-बड़े डॉक्टर और प्रोफेसर हिस्सा लेंगे।"

सबने उस खबर को बारी-बारी पढ़ा।

"गुड!" कमांडर भी चहककर बोला—"सचमुच हम इस 'विज्ञान भवन' के अंदर से आसानी के साथ डॉक्टर मानिक शाह को सी.एस.एस. के शिकंजे से निकाल सकते हैं।"

"लेकिन अगर 'विज्ञान भवन' में भी मानिक शाह की उतनी ही सिक्योरिटी हुई!" पामेला ने आशंका व्यक्त की—"जितनी कोठी या मेडिकल संस्थान में है, तब क्या होगा?"

"देखो।" कमांडर अखबार एक तरफ रखकर वहीं पड़ी कुर्सी पर बैठता हुआ बोला—"इसमें तो कोई शक-शुबहा है ही नहीं कि मानिक शाह के लिये वहां भी जबरदस्त सिक्योरिटी का बंदोबस्त होगा। लेकिन फिर भी 'विज्ञान भवन' में मानिक शाह की उतनी परफेक्ट सिक्योरिटी होनी बहुत मुश्किल है, जितनी उसकी कोठी या मेडिकल संस्थान में है। दरअसल वह दोनों जगह मानिक शाह के लिये रूटीन की जगह हैं। वहां चूंकि सी.एस.एस. के जवान रोजाना रहते हैं, इसलिये वो सिक्योरिटी के एक-एक छेद से वाकिफ हो चुके हैं और प्रत्येक ऐसे छेद को बंद भी कर चुके हैं, जिसके कारण मानिक शाह की जान को खतरा पहुंचता हो। जबकि विज्ञान भवन में सी.एस. एस. के जवान चाहे कितनी ही कोशिश कर लें, लेकिन वह न तो एकदम से सिक्योरिटी के तमाम छेदों से वाकिफ हो सकते हैं और न उन सबको बन्द कर सकते हैं। कहीं-न-कहीं, कोई-न-कोई ऐसा रास्ता जरूर खुला रहेगा, जिससे हम अपनी कोशिश में कामयाब हो जायेंगे।"

"कमांडर बिल्कुल ठीक कह रहे हैं।" नीलकंठ ने भी स्वीकृति में गर्दन हिलाई—"वाकई डॉक्टर मानिक शाह को सी.एस.एस. के शिकंजे से निकालने का यह एक बेहतरीन मौका है।"

अब वह सब एक-दूसरे के आमने-सामने कुर्सियों पर बैठ चुके थे।

"लेकिन फिर भी वहां हमला करने से पहले यह तो जरूरी है।" होशांग बोला—"कि यह मालूम किया जाये, 'विज्ञान भवन' में उस कॉन्फ्रेंस के लिये क्या-क्या सिक्योरिटी की गई है?"

"बिल्कुल मालूम करना जरूरी है।" कमांडर बोला—"क्योंकि अगर हम यह पता किये बिना वहां हमला करेंगे, तो हंड्रेड परसेंट हमारा मिशन नाकाम हो जायेगा।"

"मगर 'विज्ञान भवन' की सिक्योरिटी का हमें पता कैसे चलेगा?"

"उसकी फिक्र मत करो।" नीलकंठ चिंता रहित मुद्रा में बोला—"वहां आज से पाँच दिन बाद यानी शनिवार को कॉन्फ्रेंस के आयोजन के लिये विज्ञान भवन में जो भी सिक्योरिटी की जायेगी या फिर अभी तक जो सिक्योरिटी की गई है, उसके बारे में, मैं कल ही सब कुछ पता लगा लूंगा।"

"कैसे पता लगाओगे?" कमांडर ने पूछा।

"वैरी सिम्पल।" नीलकंठ पहले की तरह ही यकीन से भरे लहजे में बोला—"दरअसल 'विज्ञान भवन' का चीफ जीपा नाम का एक बहुत लंबा-चौड़ा आदमी है। जीपा मेरे खास दोस्तों में से एक समझो, मैं उससे जो कहूंगा वो करेगा।"

"लेकिन जीपा तो सरकारी आदमी होगा।"

"बिल्कुल है।"

"फिर वो भला इस गैरकानूनी काम में तुम्हारी मदद क्यों करेगा?" कमांडर का सस्पेंस हद से ज्यादा बढ़ गया—"खासतौर पर सरकारी काम भी ऐसा, जिसमें चीन की इज्जत मिट्टी में मिलने का सवाल हो।"

"इसके पीछे गहरा राज है।" नीलकंठ बोला—"आज से पाँच साल पहले जीपा किसी तरह ढूंढ़ता-ढूंढ़ता चुपचाप मेरे तक आया था और तुम्हें सुनकर हैरानी होगी कि तब मेरे पास आकर जीपा ने मुझे हत्या का एक ठेका दिया।"

"हत्या का ठेका?" कमांडर को शॉक लगा।

"हां।"

"विज्ञान भवन के चीफ ने? जीपा ने?"

"हां।"

"किसकी हत्या का ठेका?"

"अपनी बीवी की हत्या का ठेका।"

"ओह माई गॉड!" कमांडर के शरीर में हजारों चींटियां एक साथ गर्दिश करती चली गईं—"लेकिन वह अपनी बीवी की हत्या क्यों कराना चाहता था?"

"दरअसल उसकी बीवी आयरलैंड की एक बहुत खूबसूरत औरत थी। जीपा ने उसकी मोहब्बत में बुरी तरह पागल होकर उससे शादी की थी और वह तब भी उससे मोहब्बत करता था। लेकिन जीपा की बीवी में एक बहुत भारी कमी थी।"

"क्या?"

"वह एक अय्याश औरत थी।" नीलकंठ बोला—"अय्याश भी छोटी-मोटी नहीं, जीपा हर रात उसकी काम इच्छा शांत करता था लेकिन फिर भी उसके अंदर काम वेगना भड़कती रहती थी और इसीलिये वह सोसायटी में किसी-न-किसी मर्द को अपने प्रेमजाल में फांसकर रखती थी। दिन में वह मर्द उसकी काम इच्छा शांत करता और रात को जीपा करता।"

"ओह!" कमांडर हैरानी से बोला—"वाकई बड़ी सनसनीखेज औरत थी।"

"दरअसल जीपा अपनी बीवी की अय्याशियों से तंग आ चुका था। उसके कारण सोसायटी में उसकी बहुत बदनामी हो चुकी थी। इसीलिये अब वह उससे छुटकारा पाना चाहता था। जीपा ने बताया—उस समय भी एक अधेड़ प्रोफेसर उसकी बीवी का यार बना हुआ था और पिछले करीब छह महीने से वह उसका यौवन रस चूस रहा था। एक आश्चर्यजनक बात और थी।"

"क्या?"

"अपनी बीवी की हत्या का ठेका देते समय जीपा की आंखों में आंसू थे और वह रो रहा था।"

"क्यों?"

"दरअसल वह बेवकूफ उन हालात में भी अपनी बीवी से बहुत प्यार करता था। उसने कहा, अगर वह अपनी बीवी से नफरत करता होता, तो खुद उसे अपने हाथों से कत्ल कर डालता।"

"कमाल है।" कमांडर ने अपना ओवरकोट दुरुस्त किया—"बड़ा अजीबोगरीब केस सुना रहे हो।"

"बहरहाल उस अजीबोगरीब केस का मैंने हल भी एक बड़ा अजीबोगरीब निकाला।" नीलकंठ बोला।

"क्या हल निकाला?"

"मेरा कारनामा सुनोगे, तो और भी हैरत होगी। मैंने जीपा से दस लाख युआन में हत्या का वह ठेका ले लिया और फिर एक दिन उस समय अपनी इस पूरी मंडली के साथ उसके घर पर जा धमका, जब जीपा की बीवी अपने प्रोफ़ेसर यार के साथ गुलछर्रे उड़ा रही थी। दोनों आदमजात नंगे थे। दोनों ही पूरे जोशोखरोस के साथ सेक्स कर रहे थे। यहाँ तक कि उनके सेक्स का लास्ट मूवमेंट भी हमारे सामने ही कंपलीट हुआ। हमें देखते ही वह दोनों उछल पड़े। उन दोनों के जिस्म एक-दूसरे से अलग हो पाते,

उससे पहले ही मैंने नीचे झुककर प्रोफ़ेसर की गर्दन का मांस अपने जहरीले दांतों से नोंच लिया। पलक झपकते ही जहर प्रोफ़ेसर के शरीर में फ़ैल गया और सेक्स के उसी पोज़ में मर गया।"

कमांडर की आँखें हैरानी से फ़ैल गईं—"लेकिन तुमने तो उस औरत की हत्या का ठेका लिया था, फिर प्रोफ़ेसर को क्यों मारा?"

"यही तो मेरा कारनामा था।" नीलकंठ मुस्कुराकर बोला— "दरअसल मेरी उस खतरनाक हरकत का जीपा की बीवी पर कुछ ऐसा खौफ तारी हुआ कि वह उसी दिन से अय्याशी वगैरा करना सब भूल गई और एक भली औरत बन गई। इस तरह जीपा की वो मोहब्बत भी जिंदा रही, जिसे वो दिलोजान से चाहता था और उसका काम भी हो गया। इतना ही नहीं इस ठेके में दस लाख युआन भी जो फिक्स हुए थे, वो भी मैंने जीपा से नहीं लिये।"

"क्यों?"

"बस मेरे दिल ने गंवारा नहीं किया।" नीलकंठ बोला—"मुझे लगा कि वह एक इंसानियत का काम है, जो मैंने किया है और मुझे उस काम की कोई कीमत नहीं लेनी चाहिये।"

"ओह!"

"तभी से जीपा मेरी बहुत इज्ज़त करता है।" नीलकंठ ने अपनी टांग-पर-टांग रखी—"उन्हीं दिनों उसने मुझसे कहा था कि तुमने क़त्ल की कोई कीमत तो वसूल नहीं की है, लेकिन लाइफ में अगर मेरे लायक कैसा भी कोई काम होगा, तो मैं आँख बंद करके तुम्हारा वो काम करूँगा।" फिर नीलकंठ थोड़ा रुककर बोला—"मैं समझता हूँ कि अब जीपा 'विज्ञान भवन' की सिक्योरिटी बताकर मेरी हैल्प जरूर करेगा।"

कमांडर की आँखें चमक उठीं।

वाकई नीलकंठ का अनुमान काफी हद तक ठीक था।

जीपा को हैल्प तो करनी चाहिये थी।

आँख बंद करके ही करनी चाहिये थी।

❑❑❑

कमांडर ने अब 'डनहिल' सुलगा ली और वह उसके गोल-गोल छल्ले बनाने लगा।

"इसमें कोई शक नहीं कि जीपा इस मिशन में हमारी काफी मदद कर सकता है। खासतौर से वो 'विज्ञान भवन' की सिक्योरिटी बताने में तो हमारे काम आना ही चाहिये। इसके अलावा मैं एक बात और भी कहूंगा।"

"क्या?"

सबने कमांडर की तरफ देखा।

"डॉक्टर मानिक शाह को सी.एस.एस. के शिकंजे से निकालने के लिये हमें एक चाल भी चलनी पड़ेगी।"

"कैसी चाल?" बालेराम ने चौंककर पूछा।

"यह बात तो तुम लोग जानते ही हो।" कमांडर बोला—"कि सी.एस.एस. के अधिकारियों को भी इस बात का पता चल चुका है कि कोई भारतीय डॉक्टर चीन से विद्रोह करके वापस अपने देश जाना चाहता है, लेकिन अभी उन अधिकारियों को उस डॉक्टर का नाम मालूम नहीं है।"

"बिल्कुल ठीक।"

"अगर सी.एस.एस. के अधिकारियों को मौजूदा हालात में यह पता चल जाये कि डॉक्टर मानिक शाह ही चीन से विद्रोह करने वाला वह डॉक्टर है, तो सी.एस.एस. के अधिकारी क्या करेंगे?"

"क्या करेंगे।" बालेराम पहले की तरह ही सामान्य लहजे में बोला—"वह फौरन मानिक शाह को गोली मार देंगे।"

"करेक्ट! अब जरा मेरी बात पर खास ध्यान दो।" कमांडर ने एक-एक शब्द चबाते हुए कहा—"कल्पना करो, हम एक फुलप्रूफ स्कीम बनाकर आज से पाँच दिन बाद विज्ञान भवन में से डॉक्टर मानिक शाह को सी.एस.एस. के शिकंजे से निकालने की कोशिश करते हैं। मगर किसी भी कारणवश हमारी वह योजना फ्लॉप हो जाती है।"

"योजना फ्लॉप क्यों होगी?" नीलकंठ ने पूछा।

"मैंने कहा किसी भी कारणवश। वह कारण कुछ भी हो सकता है। इंसान के न चाहते हुए भी एकाएक ऐसे कई हालात पैदा हो जाते हैं कि उसे हार माननी पड़ती है, कदम पीछे हटाने पड़ते हैं।"

"ठीक है।" नीलकंठ बोला—"मान लिया, किसी वजह से हमारी योजना फ्लॉप हो जाती है और हम डॉक्टर मानिक शाह को सी.एस.एस. की कैद से आजाद नहीं करा पाते। फिर?"

"सोचा है।" कमांडर ने 'डनहिल' का कश लगाया—"उस पोजीशन में क्या होगा?"

"क्या होगा?"

"मानिक शाह की असलियत सी.एस.एस. को पता चल जायेगी। वह हमारी उस कोशिश की वजह से फ़ौरन भांप जायेंगे कि यही वो डॉक्टर है, जो चीन से विद्रोह करना चाहता है। और उसका नतीजा ये होगा कि वह फौरन मानिक शाह को गोली मार देंगे।"

सब एकदम सन्न रह गये।

"सचमुच यह तो बहुत बड़ी प्रॉब्लम है।" नीलकंठ सनसनीखेज लहजे में बोला।

"हां, इसमें कोई शक नहीं कि यह एक बहुत बड़ी प्रॉब्लम है और इसीलिये मैंने इस प्रॉब्लम की तरफ तुम सबका ध्यान आकर्षित किया है। लेकिन इस बहुत बड़ी प्रॉब्लम का एक छोटा-सा हल भी है।"

"क्या?" सबकी उत्सुकता और बढ़ी—"हल क्या है?"

"यह तो तुम सब लोगों को मालूम ही है कि अमेरिका, डॉक्टर मानिक शाह पर कई बार हमले करा चुका है और उनकी जान लेने की कोशिश कर चुका है। उन्हीं हमलों की वजह से आज चीन सरकार ने डॉक्टर मानिक शाह को इतनी जबरदस्त सिक्योरिटी दे रखी है।"

"बिल्कुल मालूम है।"

"हमें बस उन्हीं हमलों का फायदा उठाना है।" कमांडर बेहद आंदोलित मुद्रा में बोला—"आज से पाँच दिन बाद जब हम 'विज्ञान भवन' के अंदर से मानिक शाह को निकालने की कोशिश करेंगे, तो उस समय हम कुछ ऐसा जाहिर करेंगे कि वह कोशिश अमेरिका की तरफ से की जा रही है। यानी अमेरिका, डॉक्टर मानिक शाह का किडनैप करने की कोशिश कर रहा है। इससे हमें यह बेनिफिट है कि अगर मान लो एक प्रतिशत, किसी वजह से हमारी योजना असफल भी हो जाती है, तब भी सी.एस.एस. के अधिकारी मानिक शाह पर किसी भी किस्म का शक नहीं कर सकेंगे और उसकी जिंदगी सलामत रहेगी।"

नीलकंठ सहित सब भौचक्के से कमांडर को देखते रह गये।

उस पल उन्हें कमांडर के दिमाग का लोहा मानने को दिल चाहा, वाकई वह सी.एस.एस. के अधिकारियों को धोखे में रखने के लिये गजब का फार्मूला निकालकर लाया था।

"लेकिन हम यह जाहिर कैसे करेंगे।" होशांग ने पूछा—"कि किडनैप की वह कोशिश अमेरिका की तरफ से की जा रही है?"

"यह भी बहुत आसान है। सी.एस.एस. के अधिकारियों पर ही अमेरिका का खौफ पहले से बिठा सकते हैं। जैसे हम कल या परसों ही अगर मानिक शाह की कोठी के बाहर पहुंचकर थ्री एक्स सिंथेटाइज गन से दो-तीन सी.एस.एस. के जवानों की हत्या कर दें, तब भी हमारा काम बन जायेगा। थ्री एक्स सिंथेटाइज गन ज्यादातर अमेरिकी फौज द्वारा ही इस्तेमाल की जाती है और उसकी गोलियां भी खास किस्म की होती हैं, जिनमें आगे चोंच बनी रहती है। थ्री एक्स सिंथेटाइज गन से जैसे ही मानिक शाह के दो-तीन बॉडीगॉर्ड मरेंगे, तो सी.एस.एस. में भूकंप सा आ जायेगा। वो यही समझेंगे कि अमेरिका दोबारा से सक्रिय हो गया है। जबकि सिंथेटाइज गन हमें ऐसे किसी भी स्मगलर के पास मिल जायेगी, जो हथियारों का कारोबार करता हो।"

"आइडिया बुरा नहीं।" नीलकंठ प्रभावित मुद्रा में बोला—"थ्री एक्स सिंथेटाइज गन का बंदोबस्त करके हम कल ही मानिक शाह के दो-तीन बॉडीगार्ड मार डालते हैं।"

"लेकिन उससे भी पहले हमें जीपा से मिलना है।"

"उस मुलाकात का बंदोबस्त मैं अभी करता हूं।" नीलकंठ कुर्सी से खड़ा होकर टेलीफोन की तरफ बढ़ गया।

❑❑❑

सी.एस.एस. के हैडक्वार्टर में सरगर्मी अभी भी कम नहीं हुई थी।

"योजना के अनुसार मैं सारे काम कर चुका हूं।" वान ली अपने अधिकारियों को रिपोर्ट दे रहा था—"बीजिंग में रहने वाले सभी एक सौ दस भारतीय डॉक्टरों की निगरानी का बंदोबस्त मैंने कर दिया है और ऐसा जबरदस्त बंदोबस्त किया है कि उन डॉक्टर्स के फरिश्तों तक को इस बात की खबर नहीं मिलेगी कि उनकी निगरानी की जा रही है।"

"यानी सब कुछ सीक्रेट है।" सबसे बड़ा अधिकारी बोला।

"सीक्रेट से भी ज्यादा सीक्रेट है सर!"

"वैरी गुड।"

"उन एक सौ दस डाक्टर्स की लिस्ट में जो पंद्रह बेहद महत्वपूर्ण डॉक्टर थे।" एक अन्य अधिकारी बोला—"उनकी निगरानी का क्या बंदोबस्त किया है?"

"उनकी निगरानी का मैंने कुछ ज्यादा बड़े पैमाने पर बंदोबस्त किया है।" वान ली बोला—"लेकिन निगरानी उनकी भी एकदम सीक्रेट रूप से की जा रही है।"

"अभी तक कोई रिजल्ट निकला?"

"फिलहाल तो कोई रिजल्ट नहीं निकला, लेकिन मुझे पूरी-पूरी उम्मीद है कि बहुत जल्द कोई रिजल्ट निकलकर सामने आयेगा।"

बहरहाल दिमाग की लड़ाई दोनों तरफ से हो रही थी।

दोनों ही एक से बढ़कर एक चालें चल रहे थे।

❑❑❑

अगले ही दिन कमांडर करण सक्सेना और नीलकंठ की 'विज्ञान भवन' के चीफ जीपा से मुलाकात हुई।

मुलाकात की जगह और टाइम नीलकंठ ने कल ही टेलीफोन पर फिक्स कर लिया था।

मुलाकात की जगह थी— जीपा का एक छोटा-सा फार्म हाउस, जो इन दिनों बिल्कुल वीरान पड़ा हुआ था।

मुलाकात का समय था, एकदम सुबह सात बजे!

दरअसल जीपा ने ठीक नौ बजे 'विज्ञान भवन' की अपनी ड्यूटी पर हर हालत में पहुंचना था, इसीलिये उसने वह समय चुना था। कमांडर और नीलकंठ सुबह सात बजे ही फार्म हाउस पर पहुंच गये, वहां जीपा उन्हें अपनी प्रतीक्षा करता मिला।

"आइये-आइये मिस्टर नीलकंठ!" जीपा बेहद दिल से नीलकंठ की आवभगत करता हुआ बोला—"मैं जब भी तुमसे मिलता हूं, तो मेरे दिल को सुकून मिलता है। मुझे ऐसा लगता है, जैसे मैंने अपराधी के नहीं बल्कि किसी भगवान के दर्शन कर लिये हों।"

"यह तुम्हारी दरियादिली है जीपा!" नीलकंठ ने उसे स्नेहपूर्वक गले से लगाया—"जो तुम मेरे बारे में ऐसा सोचते हो।"

कमांडर ने देखा, जीपा एक भीमकाय जिस्म का आदमी था और कोई हब्शी-सा नजर आता था। लेकिन उसके चेहरे पर ऐसी कोमलता थी, जैसे किसी मासूम बच्चे के चेहरे पर हो। उसकी आंखें बेहद जज्बाती थीं और उन्हें देखकर कोई भी व्यक्ति आसानी से यह कल्पना कर सकता था कि जीपा नाम का वह आदमी कभी किसी

को धोखा नहीं दे सकता। जीपा बड़े उत्साह के साथ उन दोनों को फार्म हाउस के ड्राइंगहॉल में लेकर गया।

वह काफी साफ-सुथरा और सजा हुआ ड्राइंगहॉल था।

"इनसे मिलो।" नीलकंठ ने जीपा का कमांडर से परिचय कराया।

"यह है करण, मेरे बड़े अच्छे दोस्त!"

"आपसे मिलकर खुशी हुई।" जीपा ने कमांडर से भी उत्साह के साथ हाथ मिलाया।

"मुझे भी खुशी हुई।"

कमांडर की बात सुनकर जीपा मुस्कराये बिना न रह सका। फिर वह तीनों अलग-अलग कुर्सियों पर बैठ गये।

उसके बाद जीपा ने बैठे-बैठे बीयर के पैग बनाये और उन्हें सर्व किये। जीपा की एक-एक हरकत से लग रहा था कि वह आज भी नीलकंठ के अहसान को भूला नहीं है।

"अब बताइये।" जीपा कुर्सी पर पीछे को संभलकर बैठा और उसने बीयर का गिलास हाथ में ले लिया—"आज तुम्हें जीपा की याद कैसे आ गई?"

"मुझे तुमसे एक काम था जीपा!" नीलकंठ थोड़े सकुचाये लहजे में बोला—"मगर डर रहा हूं कि कहीं तुम उस काम से इंकार न कर दो।"

"यह बात कहकर तुम मेरा अपमान कर रहे हो नीलकंठ!" जीपा का बीयर वाला गिलास होंठों तक पहुंचते-पहुंचते ठिठक गया और वह थोड़े नाराजगी भरे लहजे में बोला—"तुम नहीं जानते, तुमने मुझे वो खुशियां दी हैं, जिन्हें मैं खुद अपने हाथों से मिटा डालना चाहता था।"

"लेकिन अब वो भूली-बिसरी बातें हो चुकी हैं।"

"नहीं।" जीपा दोबारा सख्त लहजे में बोला—"वह तुम्हारे लिये भूली-बिसरी बातें हो सकती हैं नीलकंठ, लेकिन मेरे लिये नहीं। मैं जानता हूं कि मैं तुम्हारे इतने बड़े अहसान का बदला कभी नहीं चुका सकता। हां, अगर मैं तुम्हारे किसी काम आ सका, तो मुझे खुशी होगी।"

कुछ पल के लिये वहां सन्नाटा छा गया।

"ठीक है, सुनो।" नीलकंठ ने बीयर का एक घूंट भरा और फिर भूमिका-सी बांधता हआ बोला—"दरअसल आज से चार दिन बाद 'विज्ञान भवन' में मेडिकल

साइंस के ऊपर एक अंतर्राष्ट्रीय कॉन्फ्रेंस का आयोजन होने जा रहा है। जिसमें देश-विदेश के बड़े-बड़े डॉक्टर और प्रोफेसर हिस्सा लेंगे।"

"बिल्कुल ठीक।" जीपा ने भी बीयर का एक घूंट भरा—"ऐसा आयोजन होने जा रहा है।"

"मुझे दरअसल उसी कॉन्फ्रेंस में एक डॉक्टर का किडनैप करना है।"

"क... किडनैप!" जीपा चौंक उठा।

"हाँ, किडनैप!" नीलकंठ शांत मुद्रा में बोला।

"ल... लेकिन किस डॉक्टर का किडनैप करना चाहते हो?"

"उस डॉक्टर का नाम अभी मुझे मालूम नहीं है। तुम जानते हो कि मैं एक अपराधी हूँ और मोटी-मोटी सुपारी लेकर इस तरह के काम करना ही मेरा प्रोफ़ेशन है। अभी हाल ही में मैंने इस काम की सुपारी ली है।"

"सुपारी ले ली?" जीपा चौंककर बोला—"मगर उस डॉक्टर का नाम मालूम नहीं है, जिसका किडनैप करना है?"

"जीपा, मेरे लिये इस बात के कोई मायने नहीं हैं कि वह डॉक्टर कौन है? दरअसल जिस आदमी ने मुझे सुपारी दी है, वह इस मामले में बहुत सावधानी बरत रहा है। उसका कहना है कि जिस दिन 'विज्ञान भवन' में उस अंतर्राष्ट्रीय कॉन्फ्रेंस का आयोजन होगा, उस दिन सुबह ही वो मुझे उस डॉक्टर का नाम भी बता देगा और उसकी एक फोटो भी मेरे हवाले कर देगा।"

"यानी उसे यह डर है कि कहीं उस डॉक्टर का नाम लीक ना हो जाये?"

"यस! इसीलिये मैंने भी उस डॉक्टर का नाम जानने के लिये उस पर बहुत प्रेशर नहीं डाला, क्योंकि इससे मेरे काम पर कोई फर्क नहीं पड़ता। तब तक मेरा काम यह पता लगाना है कि 'विज्ञान भवन' में उन लोगों की सिक्योरिटी के क्या-क्या इंतजाम किये गये हैं और मैं किस तरह उनकी कॉन्फ्रेंस के दौरान हॉल में एंटर हो सकता हूँ।"

❑❑❑

नीलकंठ की बात सुनकर जीपा खामोश हो गया और उसके चेहरे पर कुछ परेशानी के लक्षण उभर आये।

इस बीच कमांडर ने बीयर का गिलास खाली करके टेबल पर रख दिया था और वह एकटक जीपा के फेस पर उभरने वाले एक्सप्रेशंस को देखने लगा।

"यानी अब तुम 'विज्ञान भवन' की उस सिक्योरिटी के बारे में पता करना चाहते हो?" जीपा ने अपने भद्दे होंठों पर हाथ फेरा—"जो उन लोगों के लिये की जायेगी?"

"बिल्कुल! लेकिन अगर तुम्हें कोई ऐतराज न हो तो?" नीलकंठ ने आगे के शब्द जान-बूझकर अधूरे छोड़ दिये।

"मुझे तो कोई ऐतराज नहीं नीलकंठ!" जीपा बोला—"मगर न जाने क्यों मुझे लगता है कि इस बार तुमने ऐसे काम के लिये सुपारी ले ली है, जो शायद तुम कभी नहीं कर पाओगे।"

"गलत कहा तुमने।" कमांडर ने फौरन जीपा की बात काटी—"इस दुनिया में ऐसा कुछ नहीं होता जीपा, जो नामुमकिन हो।"

"मैं तुम्हारी बात काफी हद तक मानता हूं दोस्त।" जीपा, कमांडर की तरफ देखकर मुस्कुराया था—"लेकिन फिर भी इस दुनिया में कुछ काम ऐसे होते हैं जिनमें सफलता पाना सचमुच नामुमकिन है और विज्ञान भवन के कॉन्फ्रेंस-हॉल में से उस दिन किसी डॉक्टर का किडनैप कर लेना ऐसा ही एक नामुमकिन काम है। क्योंकि वहां आजकल सुरक्षा के जो इंतजाम किये जा रहे हैं, वह सब 'जेड प्लस' सिक्योरिटी के इंतजाम है। तुम्हें यह सुनकर हैरानी होगी कि उस कॉन्फ्रेंस को होने में अभी चार दिन बाकी हैं, लेकिन अभी से 'विज्ञान भवन' बंद कर दिया गया है और अब वहां स्टाफ के अलावा कोई आदमी अंदर नहीं जा सकता।"

"सिक्योरिटी का वह इंतजाम कर कौन रहा है?" नीलकंठ ने पूछा।

"सारा इंतजाम सी.एस.एस. के हाथ में है।" जीपा बोला—"इतना ही नहीं, सी.एस.एस. के सबसे खतरनाक और खुर्राट ऑफिसर वान ली को वह सारा सुरक्षा इंतजाम करने के लिये चुना गया है और कल ही उसने अपना चार्ज भी संभाल लिया है। इसी से अंदाजा लगा सकते हो कि सब-कुछ कितने बड़े पैमाने पर किया जा रहा है। वान ली ने कल आते ही उस हॉल को स्टाफ तक के लिये बंद कर दिया है, जिसमें शनिवार को अंतर्राष्ट्रीय कॉन्फ्रेंस होगी। अब उस हॉल में शनिवार तक सिर्फ सी.एस.एस. के जवान ही दाखिल हो सकते हैं।"

"अगर तुम उस हॉल के अंदर जाना चाहो तो?"

"नहीं।" जीपा की गर्दन इंकार में हिली—"विज्ञान भवन का चीफ होने के बावजूद मैं शनिवार तक उस हॉल के अंदर नहीं घुस सकता।"

"ओह!" नीलकंठ के होंठ गोल दायरे में सिकुड़े।

"अच्छा एक बात बताओ।" कमांडर बोला—"शनिवार को होने वाली उस अंतर्राष्ट्रीय कॉन्फ्रेंस में प्रोफेसर्स और डॉक्टर्स के अलावा दुनिया भर से कुछ ऐसे व्यक्ति भी तो आयेंगे, जो सिर्फ उस कॉन्फ्रेंस को सुनेंगे।"

"बिल्कुल आयेंगे।" जीपा ने अपना गिलास खाली करके टेबल पर रखा।

"इसके अलावा उस अंतर्राष्ट्रीय कॉन्फ्रेंस को कवर करने के लिये काफी तादाद में प्रेस रिपोर्टर और फोटोग्राफर्स भी वहां मौजूद होंगे?"

"बिल्कुल होंगे।"

"उन लोगों की उस दिन 'विज्ञान भवन' में एंट्री किस तरह होगी?"

"उसके लिये भी बड़ी अच्छी तैयारी सी.एस.एस. के जवान कर रहे हैं।" जीपा बोला—"दरअसल उन लोगों की बाकायदा एक लिस्ट बनकर तैयार हो चुकी है जो प्रेस रिपोर्टर हैं, फोटोग्राफर हैं या उस कॉन्फ्रेंस को सिर्फ सुनेंगे। दुनिया भर से आने वाले ऐसे लोगों की कुल संख्या दो हजार है। उन सभी के लिये सी.एस.एस. के जवान बाकायदा ऐसे प्रवेश-पत्र तैयार कर रहे हैं, जिसे दिखाकर ही उस दिन वह लोग विज्ञान भवन में दाखिल हो सकेंगे। इतना ही नहीं उन प्रवेश-पत्रों पर उन व्यक्तियों के फोटो भी चिपके होंगे, ताकि उनका गलत इस्तेमाल न हो सके। इसके अलावा हर फोटोग्राफ्स पर वान ली के सिग्नेचर भी होंगे।"

"सिग्नेचर क्यों?" नीलकंठ ने पूछा।

"ताकि अगर कोई व्यक्ति प्रवेश-पत्र पर लगा फोटो हटाकर अपना फोटो चिपकाना चाहे, तो उस सिग्नेचर की वजह से ऐसा न कर सके।"

"यह कौन-सी बड़ी बात है।" कमांडर बोला—"जो व्यक्ति प्रवेश-पत्र पर लगा फोटो हटाकर अपना फोटो चिपकाने की हिम्मत दिखा सकता है, उसके लिये अपने फोटो के ऊपर वान ली के जाली हस्ताक्षर करना भी मामूली काम है।"

"बिल्कुल ठीक।" जीपा बोला—"वान ली के जाली हस्ताक्षर करना सचमुच कोई बहुत बड़ी बात नहीं। उन हस्ताक्षरों से मिलते-जुलते हस्ताक्षर कोई भी कर सकता है। और कुछ लोग तो हस्ताक्षरों की हू-ब-हू नकल करने में इतने परफेक्ट होते हैं कि खुद वह व्यक्ति भी उन हस्ताक्षरों के जाली होने की तस्दीक न कर सके, जिसके कि वह हस्ताक्षर हैं। लेकिन एक बात याद रखो कमांडर!" जीपा कुछ रुककर बोला—"यह बात सी.एस.एस. के जवान भी जानते हैं। वान ली भी जानता है कि इस तरह की कोशिश हो सकती है। और जब किसी समारोह की इतनी परफेक्ट सिक्योरिटी की जा

रही हो, तो ऐसा नहीं हो सकता कि इतनी महत्वपूर्ण बात को नजरअंदाज कर दिया जाये।"

"इसका क्या हल निकाला है वान ली ने?"

"दरअसल शनिवार के दिन 'विज्ञान भवन' के प्रवेश द्वार पर ही एक कंप्यूटर रखा जायेगा, वह कंप्यूटर प्रत्येक व्यक्ति का प्रवेश-पत्र चेक करेगा। वान ली के सिग्नेचर चेक करेगा। अगर फोटो के ऊपर हस्ताक्षर जाली होंगे, तो कंप्यूटर फ़ौरन बता देगा, हस्ताक्षर जाली हैं। याद रखो, हस्ताक्षर या हस्तलिपि चेक करने में इंसान धोखा खा सकता है, लेकिन कंप्यूटर जैसी मशीन कभी धोखा नहीं खा सकती।"

कमांडर और नीलकंठ सचमुच बहुत प्रभावित हुए।

"अब आगे सुनो।" जीपा बोला—"अगर एक प्रतिशत यह मान भी लिया जाये कि तुम लोग किसी प्रेस रिपोर्टर या फोटोग्राफर का प्रवेश-पत्र छीनकर उसकी जगह अपना फोटो चिपका लेते हो और फोटो पर वान ली के ऐसे जाली हस्ताक्षर भी करने में क़ामयाब हो जाते हो, जो कंप्यूटर भी धोखा खा जाये। मैं फिर कहूंगा, कंप्यूटर जैसी मशीन को धोखा देना नामुमकिन है। लेकिन फिर भी इस संभावना को मद्देनजर रखकर मैं यह बात कह रहा हूं कि शायद तुम कोई करिश्मा कर बैठो। शायद कोई ऐसी हैरतअंगेज कलाकारी दिखा जाओ, जो कंप्यूटर जैसी मशीन भी धोखा खा जाये। पहले तो ऐसी कलाकारी दिखाना ही बहुत मुश्किल है और किसी करिश्मे की बदौलत तुमने ऐसी कलाकारी दिखा भी दी, तब भी तुम लोग डॉक्टर्स या प्रोफेसर्स तक नहीं पहुंच पाओगे।"

"क्यों? हम तब भी उन तक क्यों नहीं पहुंच पायेंगे?"

"क्योंकि उस अंतर्राष्ट्रीय कॉन्फ्रेंस का आयोजन 'विज्ञान भवन' के दो हॉल में किया जायेगा। एक तो वह हॉल है—जिसे वान ली ने अभी से 'विज्ञान भवन' के स्टाफ तक के लिये बंद कर दिया है। उस हॉल में डॉक्टर्स और प्रोफेसर्स जमा होंगे। इसके अलावा जो दूसरा हॉल है, वह 'विज्ञान भवन' में उस हॉल से काफी दूरी पर है। उस दूसरे हॉल में प्रेस रिपोर्टर फोटोग्राफर और दुनिया भर से आये उन सभी अतिथियों के बैठने का इंतजाम किया जा रहा है, जो सिर्फ कॉन्फ्रेंस को सुनेंगे।"

"कमाल है।" कमांडर विस्मयपूर्वक बोला—"जब उन दोनों हॉलों में इतना फासला है, तो प्रेस रिपोर्टर, फोटोग्राफर या अतिथि उस कॉन्फ्रेंस को कैसे देखेंगे या सुनेंगे?"

"गुड क्वेश्चन!" जीपा ने पहले की तरह ही गंभीरतापूर्वक जवाब दिया—"दरअसल सी.एस.एस. ने इसका भी काफी अच्छा इंतजाम किया है। दोनों हॉल में बड़े-बड़े पर्दों वाले एक दर्जन क्लोज सर्किट टी.वी. लगाये जा रहे हैं। उन क्लोज सर्किट टी.वी. की यह विशेषता है कि मुख्य हॉल में बैठे प्रोफेसर और डॉक्टर उन टी.वी. पर दूसरे हॉल में बैठे रिपोर्टर, फोटोग्राफर, या अतिथियों को देख सकते हैं। इसी तरह दूसरे हॉल में बैठे रिपोर्टर, फोटोग्राफर या अतिथि उन क्लोज सर्किट टी.वी. पर कॉन्फ्रेंस हॉल का नजारा देख सकते हैं। इतना ही नहीं, उन क्लोज सर्किट टी.वी. की मदद से वह आपस में बातें भी कर सकते हैं और सवाल-जवाब भी पूछ सकते हैं। कुल मिलाकर सी.एस.एस. सारा इंतजाम इस तरह कर रही है कि वह लोग एक-दूसरे से काफी दूरी पर जरूर होंगे लेकिन फिर भी क्लोज सर्किट टी.वी. की वजह से वह फर्क उन्हें महसूस नहीं होगा।"

"यानी अगर हम किसी प्रकार शनिवार वाले दिन प्रेस रिपोर्टर, फोटोग्राफर या अतिथि बनकर 'विज्ञान भवन' में घुस भी गये।" नीलकंठ बोला—"तब भी हम उस डॉक्टर का किडनैप करने में कामयाब नहीं हो पायेंगे क्योंकि हमारी वहां तक पहुंच ही नहीं होगी।"

"करेक्ट।"

❑❑❑

सचमुच काफी जबरदस्त सिक्योरिटी थी।

कमांडर और नीलकंठ के चेहरे पर उलझनपूर्ण भाव नजर आने लगे।

"दुनिया भर से जो प्रोफेसर या डॉक्टर आयेंगे।" कमांडर लगातार किसी संभावना की खोज करता हुआ बोला—"उनकी सुरक्षा के क्या-क्या इंतजाम किये गये हैं?"

"वह इंतजाम भी बहुत प्रभावशाली हैं।"

"कैसे प्रभावशाली इंतजाम?"

"वह भी बताता हूं।" जीपा बे-हिचक बोला—"दरअसल उस मेडिकल कॉन्फ्रेंस में पैंतीस देशों के सौ रिप्रिजेंटेटिव हिस्सा ले रहे हैं।"

"क्या उन्हीं सौ रिप्रिजेंटेटिव में चीन के रिप्रिजेंटेटिव भी शामिल है?"

"हां, चीन के रिप्रिजेंटेटिव भी इन्हीं सौ में शामिल हैं। सिर्फ एक व्यक्ति इन सौ में शामिल नहीं है।"

"कौन?"

"डॉक्टर मानिक शाह!" जीपा बोला—"मानिक शाह चूंकि कॉन्फ्रेंस के अध्यक्ष हैं, इसलिये उनकी गिनती रिप्रिजेंटेटिव में नहीं की गई।"

"यानी अगर हम मानिक शाह को भी उन रिप्रिजेंटेटिव में शामिल कर लें, तो उनकी संख्या एक सौ एक हो जाती है।"

"बिल्कुल सही।"

"उन एक सौ एक व्यक्तियों के हॉल में बैठने का क्या इंतजाम किया गया है?"

"इंतजाम वहां पहले से ही है।" जीपा बोला—"वह एक बहुत बड़ा हॉल है, जिसमें कॉन्फ्रेंस होगी। उस हॉल की विशालता का अंदाजा इसी से लगाया जा सकता है कि उसके बीचोबीच एक पचास मीटर लंबी आयताकार मेज पड़ी है, जिसके दोनों तरफ दुनिया भर से आये सौ रिप्रिजेंटेटिव बड़े आराम से बैठ जायेंगे। अभी उस हॉल की थोड़ी सजावट और होनी है लेकिन सजावट का वह काम भी सी.एस.एस. के ही जवान करेंगे।"

"यानी शनिवार तक सी.एस.एस. के जवानों ने उस कॉन्फ्रेंस-हॉल के अंदर किसी बाहर के आदमी को फटकने नहीं देना।"

"करेक्ट।"

"ठीक है, आगे!"

"शुक्रवार तक दुनिया भर से आने वाले रिप्रिजेंटेटिव के नामों की प्लेट्स भी उस टेबल पर लग जायेगी कि किसने कहां-कहां बैठना है।"

"यानी यह एक दिन पहले ही फाइनल हो जायेगा।" नीलकंठ बोला—"कि किस रिप्रिजेंटेटिव ने कॉन्फ्रेंस-हॉल में किस कुर्सी पर बैठना है?"

"हां।"

"अध्यक्ष कहां बैठेंगे?" कमांडर ने थोड़ी दबी आवाज में पूछा।

"डॉक्टर मानिक शाह के लिये एक ऊँची पुश्त वाली खास कुर्सी का बंदोबस्त किया जायेगा। लेकिन वह कुर्सी आयताकार मेज पर किस साइड में होगी, इसका फैसला खुद वान ली करेगा और कॉन्फ्रेंस से एक दिन पहले करेगा।"

"ओह!"

"एक बात और!" जीपा कुछ याद करके बोला—"हर-एक रिप्रिजेंटेटिव के सामने एक माइक भी रखा जायेगा। और यह माइक भी शुक्रवार तक ही टेबल पर फिट कर दिये जायेंगे।"

"यानी कुल सौ माइक उस टेबल पर लगेंगे।"

"सौ नहीं।" जीपा ने फौरन संशोधन किया—"एक सौ एक! एक माइक डॉक्टर मानिक शाह के सामने भी लगेगा।"

"ओह!" कमांडर मुस्कुराया—"मानिक शाह को तो मैं भूल ही गया था।"

"वह सौ रिप्रिजेंटेटिव 'विज्ञान भवन' में किस तरह एंट्री लेंगे, क्या उनके लिये भी प्रवेश-पत्र बनाये जा रहे हैं?"

"नहीं।" जीपा की गर्दन इंकार में हिली—"उनके लिये प्रवेश-पत्र नहीं बनाये जा रहे हैं, लेकिन उन्हें 'जेड प्लस' के अंतर्गत ही स्पेशल सिक्योरिटी दी जायेगी।"

"कैसी स्पेशल सिक्योरिटी?"

"जैसे पैंतीस देशों से आने वाले वह सभी रिप्रिजेंटेटिव बृहस्पतिवार और शुक्रवार को बीजिंग पहुंचेंगे। कुछ बृहस्पतिवार को आयेंगे, कुछ शुक्रवार को आयेंगे।"

ठीक है, फिर।"

"वान ली सी.एस.एस. के जवानों के साथ खुद उन रिप्रिजेंटेटिव की एयरपोर्ट पर आगवानी करेगा और आगवानी करने के बाद एयरपोर्ट पर ही उन रिप्रिजेंटेटिव को सुरक्षा घेरे में ले लिया जायेगा। यहां 'एयरक्राफ्ट इन्टरनेशनल' के नाम से एक बड़ा प्रसिद्ध पाँच सितारा होटल है, सी.एस.एस. ने उस होटल को खाली कराकर पूरी तरह अपने कब्जे में ले लिया है। यहां तक की होटल का रूप सर्विस डिपार्टमेंट तक भी सी.एस.एस. के हाथों में है। रिप्रिजेंटेटिव की एयरपोर्ट पर आगवानी करने के बाद उन्हें सीधा सुरक्षा घेरे में उसी होटल में भेज दिया जायेगा। जहां एक तरह से वह शनिवार तक सी.एस.एस. की कैद में रहेंगे। वह रिप्रिजेंटेटिव शनिवार से पहले उस होटल से निकलना तो बहुत बड़ी बात है, किसी खिड़की वगैरह से बाहर झांककर भी नहीं देख सकते। शनिवार को वह सभी सी.एस.एस. की सिक्योरिटी में ही विज्ञान भवन ले जाये जायेंगे।"

"यानी अगर कोई इस बीच उन रिप्रिजेंटेटिव तक पहुंचना चाहे।" कमांडर बोला—"तो नहीं पहुंच सकता।"

"किसी भी हालत में नहीं पहुंच सकता।" जीपा बोला—"इसी कारण उनके लिये प्रवेश-पत्र वगैरह नहीं बनाये गये हैं, क्योंकि वह रिप्रिजेंटेटिव शुरू से अंत तक सी.एस.एस. के घेरे में रहेंगे।"

❑❑❑

एक बार फिर फार्म हाउस के उस ड्राइंग-हॉल में सनसनी खेज-सा सन्नाटा व्याप्त हो गया, इसमें कोई शक नहीं कि वह बहुत परफेक्ट किस्म की सिक्योरिटी थी।

"सी.एस.एस. ने सिक्योरिटी के जो-जो इंतजाम किये हैं।" जीपा शांत मुद्रा में बोला—"या फिर अभी सी.एस.एस. जो-जो सिक्योरिटी करेगी, वह सब इंतजाम मैं तुम लोगों को बता चुका हूं। इसके अलावा एक बात और भी कहूंगा।"

"क्या?" नीलकंठ ने व्यग्रतापूर्वक पूछा।

"विज्ञान भवन में से किसी डॉक्टर का किडनैप करने की बात भी अपने दिमाग से निकाल दो। ऐसा ख्वाब भी देखना छोड़ दो, क्योंकि यह ख्वाब किसी भी हालत में पूरा नहीं हो सकता। तुम लोग ऐड़ी-चोटी का भी जोर लगा दोगे, तब भी अपने इस मिशन में कामयाब नहीं हो सकते। मैंने अभी जो सिक्योरिटी बयान की है, उसे सुनने के बाद दुनिया का बुद्धिमान-से-बुद्धिमान व्यक्ति भी यही कहेगा कि इस सिक्योरिटी को भेदा नहीं जा सकता।"

"मैं अब तुमसे एक बहुत पर्सनल सवाल पूछना चाहता हूं जीपा!" कमांडर ने 'डनहिल' सुलगा ली थी और इस समय वह उसके छोटे-छोटे कश लगा रहा था।

"पूछो।"

"इसमें तो शक ही नहीं कि तुम विज्ञान भवन के चीफ हो?"

जीपा हकबकाया—"बड़ा अजीबोगरीब सवाल है।"

"सवाल चाहे कितना भी अजीब हो, लेकिन उसका जवाब दो।"

"ह...हाँ।" जीपा सकुचाये स्वर में बोला—"इसमें भला क्या शक हो सकता है।"

"जब तुम 'विज्ञान भवन' के चीफ हो, तो यह भी कन्फर्म है कि जितना तुम 'विज्ञान भवन' की इमारत से वाकिफ होओगे, उतना न तो वान ली वाकिफ हो सकता है और न सी.एस.एस. का कोई और जवान वाकिफ हो सकता है।"

"बिल्कुल ठीक।" जीपा की गर्दन स्वीकृति में हिली।

"अब तुम अपने दिमाग पर खूब जोर डालकर बताओ जीपा, क्या विज्ञान भवन में कोई ऐसा रास्ता है, जहां से इतनी परफेक्ट सिक्योरिटी के बावजूद भी शनिवार को कॉन्फ्रेंस हॉल में दाखिल हुआ जा सके?"

"नहीं। सवाल ही नहीं ऐसे किसी रास्ते का।"

"इतनी जल्दी जवाब मत दो जीपा, मैंने पहले ही कहा कि अपने दिमाग पर खूब जोर डालो और फिर बताओ।"

अब जीपा खामोश हो गया।

उसने आंखें बंद कर लीं और त्वचा थोड़ी ढीली छोड़ दी।

कोई दो मिनट तक वह विज्ञान भवन का पूरा नक्शा अपनी बंद आंखों के सामने से गुजारता रहा और दिमाग पर जोर डालकर सोचता रहा।

"नहीं।" दो मिनट बाद उसने आंखें खोल दी और पुनः इंकार में अपना चेहरा हिलाया—"कोई रास्ता नहीं।"

"यानी बाहर का कोई आदमी उस कॉन्फ्रेंस हॉल तक नहीं पहुंच सकता।"

"नहीं।"

"ठीक है।" कमांडर ने अब अपने सवाल की दिशा थोड़ी मोड़ी—"बाहर का कोई आदमी तो कॉन्फ्रेंस हॉल तक नहीं पहुंच सकता, लेकिन क्या किसी प्रकार तुम उस हॉल तक पहुंच सकते हो?"

जीपा सकपकाया।

"बे-हिचक जवाब दो जीपा! यह बात दिमाग में रखकर जवाब दो कि हम ऐसा कोई काम नहीं करायेंगे, जिसमें तुम्हारे फंसने का एक परसेंट भी चांस हो।"

"ह...हां।" जीपा थोड़ी विचलित मुद्रा में बोला—"ऐसा एक रास्ता है, जिसके द्वारा मैं वान ली की जानकारी में आये बिना कॉन्फ्रेंस-हॉल के अंदर दाखिल हो सकता हूं।"

अब कमांडर के साथ-साथ नीलकंठ भी चौकन्ना हो गया।

"वह क्या रास्ता है?"

"दरअसल 'विज्ञान भवन' में जितने भी हॉल या ऑफिस हैं, उन सभी में एक एमरजेन्सी विंडो लगी हुई है।"

"एमरजेन्सी विंडो!" कमांडर चिहुंका—"वह किसलिये?"

"दरअसल जब 'विज्ञान भवन' का निर्माण कार्य हो रहा था, तो उस समय प्रत्येक हॉल और ऑफिस में 'एमरजेन्सी विंडो' यह सोचकर लगा दी गई कि अगर कभी 'विज्ञान भवन' में भयंकर आग लग जाती है और कोई व्यक्ति किसी हॉल वगैरह में इस सिचुऐशन में फंस जाता है कि वह दरवाजे से भागकर अपनी जान नहीं

बचा सकता, तो उस हालत में अपनी जान बचाने के लिये वह 'एमरजेन्सी विंडो' का इस्तेमाल कर सकता है।"

"ओह!"

नीलकंठ ने बड़ी तत्परता से पूछा—"क्या वान ली भी 'एमरजेन्सी विंडो' के इस रहस्य से वाकिफ है?"

"एकदम दावे के साथ तो कुछ नहीं कह सकता।" जीपा थोड़ी उलझनपूर्ण मुद्रा में बोला—"लेकिन जहां तक मेरा अनुमान है उसे इस बारे में कुछ मालूम नहीं होना चाहिए।"

"गुड।"

"अब मेरे एक आखिरी सवाल का जवाब और दो।"

"पूछो।"

"उस अंतर्राष्ट्रीय कॉन्फ्रेंस में डॉक्टर मानिक शाह को छोड़कर पैंतीस देशों के जो सौ रिप्रिजेंटेटिव हिस्सा ले रहे हैं, क्या तुम उन सभी रिप्रिजेंटेटिव के मुझे फोटोग्राफ्स उपलब्ध करा सकते हो?"

"बिल्कुल करा सकता हूं।"

"कैसे?"

"कॉन्फ्रेंस में जितने भी रिप्रिजेंटेटिव हिस्सा ले रहे हैं, उन सभी के चित्रों की चीन सरकार द्वारा एक किताब छापी गई है। मैं वह किताब आज शाम को ही तुम्हें उपलब्ध करा दूंगा। किसी को भी सात या आठ बजे के बीच मेरी कोठी पर भेज देना, वह वो किताब ले आयेगा।"

"बढ़िया।"

"लेकिन एक बात मैं तुम दोनों से फिर कहूंगा।" जीपा बोला।

"क्या?"

"कॉन्फ्रेंस के दौरान किसी के किडनैप का ख्याल भी अपने दिमाग से निकाल दो। क्योंकि अगर तुम अपने इसी फैसले पर दृढ़ रहे, तो हो सकता है कि कोई नुकसान भी तुम्हें उठाना पड़ जाये।"

"मैं समझता हूं कि बात करते-करते हमें काफी देर हो चुकी है।" कमांडर ने अपनी रिस्टवॉच देखी—"अब हमें चलना चाहिए।"

कमांडर के साथ-साथ नीलकंठ भी कुर्सी छोड़कर खड़ा हो गया।

□□□

होशांग ने आज स्मैक का धुआँ फिर खींच लिया था।

स्मैक का धुआँ खींचते ही वह नशे में लहराता हुआ पामेला के बेडरूम में जा घुसा।

पामेला—जिससे वो मोहब्बत करता था।

जिसे अपनी बनाना चाहता था।

लेकिन वह पामेला के जितना करीब जाने की कोशिश करता, पामेला उससे उतना ही दूर भागती।

जैसे ही वह पामेला के बेडरूम में घुसा, तभी उसने बाथरूम का दरवाजा बंद होने की आवाज सुनी।

जरूर पामेला अभी-अभी बाथरूम में गई थी।

होशांग फ़ौरन लपककर बाथरूम के दरवाजे के पास पहुंचा। बाथरूम के दरवाजे में एक काफी चौड़ी झिरी थी, होशांग ने फौरन अपनी आंख उस झिरी से सटा दी।

इस समय पामेला नाइट गाउन पहने शावर के नीचे खड़ी थी।

अपने काले घने बालों का उसने जूड़ा बांधा हुआ था।

बाथरूम में पहुंचते ही उसने सबसे पहले जूड़ा खोला और सिर को तेज झटका दिया, तत्काल उसके काले घने बालों की लटें नितम्बों तक लहरा गई।

उसके बाद पामेला ने अपना नाइट गाउन उतारकर भी खूंटी पर लटका दिया।

फौरन होशांग के पूरे जिस्म में झनझनाहट-सी दौड़ गई ।

एक-एक नस को यूं झटका लगा, मानों करंट प्रवाहित हो गया हो।

पामेला इस समय सिर्फ ब्रा और पेंटी में उसके सामने खड़ी थी।

लाल ब्रा, लाल पेंटी।

ऐसा लग रहा था, जैसे उन दो-दो इंच के कपड़ों में कोई ज्वालामुखी कैद हो।

पामेला की मांसल जांघें अब होशांग को बिल्कुल साफ नजर आ रही थीं, जो बेहद साफ-सुथरी थीं और जिनके कटाव बेहद आकर्षक थे।

होशांग ने जल्दी से अपने शुष्क होंठों पर जबान फेरी।

उसे ऐसा लगा, जैसे उसका दिल बैठता जा रहा हो।

फिर होशांग की आंखें पामेला की नाभि पर जाकर स्थिर हो गई। वह भी बिल्कुल

साफ-सुथरी थी और गोरे-चिट्टे पेट के बीच में वह गड्ढा ऐसा लग रहा था, जैसे कोई भंवर पड़ गया हो।

उसी पल पामेला ने दोनों हाथों से अपनी पेंटी की इलास्टिक पकड़ ली।

धाड़-धाड़-धाड़ होशांग के दिलोदिमाग पर हथौड़े से बजने लगे।

तभी पामेला ने अपनी पेंटी पकड़कर नीचे खींच दी और फिर अपनी ब्रा भी उतार दी।

तौबा!

होशांग ने जल्दी से पुनः अपने शुष्क होंठों पर जबान फेरी।

वह कुछ और दरवाजे से चिपक गया।

अब पामेला बिल्कुल निर्वस्त्र उसके सामने खड़ी थी।

वह उसके एक-एक अंग को यूं स्पष्ट देख रहा था, मानों आई-ग्लास को देख रहा हो।

होशांग की आंखें रह-रह कर पामेला की छातियों और उसकी जांघों के बीच में घूमने लगी।

उसके जिस्म का टेम्प्रेचर हाई होने लगा।

नाक की दोनों नासिकाओं से होशांग की सांसें लावा-सा उगलने लगीं।

जब वहां और खड़े रहना होशांग की बर्दाश्त से बाहर हो गया, तो वह पामेला के बेडरूम में ही पड़ी एक कुर्सी पर जा बैठा था।

फिर उसने जल्दी-जल्दी अपने जेब से स्मैक का धुआँ खींचने का साजोसमान निकाला। सबसे पहले मोमबत्ती जलाई। फिर स्मैक को सिगरेट की पन्नी जैसे चमकीले कागज पर डालकर उसे मोमबत्ती की लौ पर गरम करने लगा। जब स्मैक गरम हो गई और उसमें से धुआँ उठने लगा, तब उसने सिगरेट के द्वारा उस धुएं को अपने अंदर खींचा।

फटाफट वह स्मैक की दो पुड़ियों का धुआँ खींच गया।

लेकिन नशा फिर भी न हुआ।

उसकी आँखों के गिर्द फिर भी पामेला का संगमरमर की भांति तराशा गया निर्वस्त्र बदन घूमता रहा, घूमता रहा।

होशांग ने तीसरी पुड़िया का धुआँ और खींचा, तब कहीं जाकर उसे कुछ राहत मिली।

लेकिन तीन पुड़ियों का धुआँ खींचते ही होशांग फिर बाथरूम की उसी झिरी से जा चिपका था।

❑❑❑

पामेला ने अब शावर खोल लिया था और वह उसके नीचे बैठी अपने बदन को मल-मल कर नहा रही थी।

होशांग उसकी एक-एक हरकत देखता रहा।

उसकी नसों में फिर पहले की तरह ही तेजाब-सा दौड़ने लगा, लेकिन इस बार वह अपनी जगह से एक इंच भी इधर-उधर न खिसका।

कोई दस मिनट बाद पामेला नहा-धोकर नाइट गाउन पहनकर बाथरूम से बाहर निकली। नशे की तरंग में होशांग यूं लहराकर उसके ऊपर गिरा, जैसे उसका हार्टफेल हो गया हो।

"तू...तू।" पामेला ने बुरी तरह हड़बड़ाकर उसे अपने से पीछे धकेला—"तू यहां क्या कर रहा है?"

"बाप!" होशांग आंखें फाड़-फाड़ कर अचंभे से उसे देखता हुआ बोला—"क्या चीज है तू! म...मैंने पूरी लाइफ में तेरे जैसी छोकरी नहीं देखी। मैं तुझे छुरी समझता था, तू कटार निकली। मैं तुझे बंदूक समझता था, लेकिन तू ब्रिटिश तोप निकली।"

पामेला सकपकाई—"त...तूने मुझे नहाते देखा?"

"हां।" होशांग नशे की तरंग में बोला—"एकदम साफ-साफ। एक-एक चीज बिल्कुल साफ-साफ। बाप, क्या मक्खन की माफिक तेरा शानदार बदन है। क्या जांघें हैं। क्या...!"

"शटअप!" पामेला गुर्रा उठी—"तमीज नहीं, लड़कियों से बात किस तरह की जाती है या धुआँ खींचने के बाद बिल्कुल ही अपने होश खो बैठता है।"

"तू लड़की कहां है।"

"फिर क्या नजर आती हूँ मैं तुझे।" पामेला चिंघाड़ी।

"तू...तू...!" होशांग नशे की तरंग में फिर उसकी तरफ बढ़ा—"तू तो मेरी होने वाली बीवी है।"

पामेला ने धड़ाक से उसका गला पकड़ लिया।

"अपनी शक्ल देखी है आइने में बंदर!" पामेला ने दांत किटकिटाये—'अभी

मूंछ का एक बाल तक नहीं निकला, अभी दाढ़ी का रोआं तक खड़ा नहीं हुआ और साले मुझे बीवी बनाने चला है। अपनी मां को।"

"फिर बालों को ले बैठी।"

"इसलिये ले बैठी।" पामेला गुस्से में उसे धकेलती हुई दरवाजे तक ले गई— "क्योंकि वही असली मर्द होता है, जिसके दाढ़ी-मूंछें होती हैं। अभी तो तेरी लॉलीपॉप चूसने की उम्र है— चल, दफा हो यहां से।"

पामेला ने उसे धक्का दिया, तो वह सीधा दरवाजे से बाहर जाकर गिरा।

पामेला ने धड़ाक से दरवाजा बंद कर लिया।

यही बहुत बड़ा शुक्र था कि पामेला ने आज भी उसे लॉलीपॉप चूसने के लिये नहीं दी थी।

□□□

रात का समय।

लगभग दस बजे का वक्त।

कमांडर और नीलकंठ की मंडली फिर सिर-से-सिर जोड़े बैठी थी।

बालेराम थोड़ी देर पहले ही जाकर जीपा की कोठी से वह किताब ले आया था, जिसमें सभी सौ रिप्रिजेंटेटिव के फोटो छपे थे।

कमांडर और नीलकंठ के साथ-साथ बालेराम, होशांग और पामेला ने भी उस किताब को बारी-बारी से ध्यानपूर्वक देखा। होशांग इस समय पूरे होश में था। इतना ही नहीं उसके चेहरे पर सुबह वाली घटना का कैसा भी कोई चिन्ह नहीं था।

वह पाँचों खूब दिमाग भिड़ाकर सोच चुके थे कि डॉक्टर मानिक शाह को कॉन्फ्रेंस-हॉल से किस तरह निकाला जाये, लेकिन उन्हें अभी तक कोई आइडिया नहीं सूझा था।

"जहां तक मैं समझता हूं।" नीलकंठ अंतिम नतीजे पर पहुंचता हुआ बोला— "जीपा इस सिलसिले में ठीक कह रहा है, डॉक्टर मानिक शाह को उस कॉन्फ्रेंस-हॉल से बाहर निकालना सचमुच एक नामुमकिन काम है।"

"नहीं।" कमांडर ने 'डनहिल' का टोटा एश-ट्रे में रगड़कर बुझाया, यह उसकी दसवीं सिगरेट थी—"मैं नहीं मानता इस बात को। मेरा दिल चीख-चीख कर कह रहा है कि इस पूरी सिक्योरिटी में कहीं-न-कहीं, कोई-न-कोई छेद जरूर है, जो फिलहाल हमें नजर नहीं आ रहा है। जिस तक हम पहुंच नहीं पा रहे हैं।"

"लेकिन वो छेद क्या हो सकता है?" बालेराम बोला।

"अगर यह समझ आ जाये तो फिर मुश्किल ही क्या है।"

"देखो, हम लोग पूरी स्थिति को एक बार फिर सही ढंग से समझने की कोशिश करें।" नीलकंठ बोला—"शनिवार को विज्ञान भवन में घुसने के दो रास्ते हैं।"

"क्या-क्या?" होशांग की नजर नीलकंठ की तरफ उठी।

"पहला रास्ता—हम किसी प्रेस रिपोर्टर, फोटोग्राफर या विदेशी अतिथि का कत्ल करें, उसका प्रवेश-पत्र हासिल करें। और फिर उस प्रवेश-पत्र पर अपना फोटो चिपकायें और उस पर वान ली के जाली हस्ताक्षर करें। यहीं से मुश्किलें शुरू होती हैं, जीपा ने इस संबंध में बिल्कुल ठीक कहा है कि कोई भी व्यक्ति ऐसे जाली सिग्नेचर नहीं कर सकता, जहां कंप्यूटर भी धोखा खा जाये।"

"कंप्यूटर को धोखा देने का एक दूसरा तरीका है।" होशांग बोला।

"क्या?" नीलकंठ सहित सब चौंके।

"कंप्यूटर तो सिर्फ प्रवेश-पत्रों को ही चेक करेगा?"

"हां।"

"मेरे पास एक दूसरा आइडिया है।" होशांग सहज भाव से बोला—"किसी प्रेस रिपोर्टर या फोटोग्राफर का कत्ल करने के बाद हम उसके प्रवेश-पत्र पर लगा फोटो नहीं बदलेंगे और न जाली सिग्नेचर करेंगे—बल्कि हममें से कोई उस प्रेस रिपोर्टर या फोटोग्राफर का ही मेकअप कर लेगा। वैरी सिम्पल, कंप्यूटर आदमी को तो चेक करने से रहा कि वो जाली है या नहीं। उसने प्रवेश-पत्र चेक करना है और प्रवेश-पत्र एकदम ओरिजनल होगा।"

सब भौचक्की निगाहों से होशांग को देखते रह गये।

सचमुच उस अत्यन्त जटिल समस्या का उसने चुटकी बजाते ही हल निकाल दिया था।

"चलो, इस समस्या का हल तो हो गया।" नीलकंठ बोला—"लेकिन इस तरह प्रेस रिपोर्टर या फोटोग्राफर बनकर 'विज्ञान भवन' में घुसने से भी मानिक शाह को सी.एस. एस. के उस शिकंजे से आजाद नहीं करा पायेंगे, क्योंकि डॉक्टर मानिक शाह दूसरे हॉल में होगा और हम उस हॉल से काफी फासले पर बने एक अन्य हॉल में होंगे।"

"उस हॉल से डॉक्टर मानिक शाह वाले हॉल तक पहुंचने का कोई तरीका नहीं?"

"नहीं, कोई तरीका नहीं।"

"इसका भी दूसरा हल है।" पामेला बोली।

"क्या?"

"हम प्रेस रिपोर्टर या फोटोग्राफर बनने की बजाय किसी डॉक्टर या प्रोफेसर के मेकअप में विज्ञान भवन के अंदर घुसे—ताकि सीधे उसी हॉल में पहुंचे, जिसमें डॉक्टर मानिक शाह होगा।"

"गुड आइडिया! दरअसल यह 'विज्ञान भवन' में घुसने का दूसरा रास्ता है।" नीलकंठ बोला—"लेकिन अफसोस पहले रास्ते से तो 'विज्ञान भवन' में घुसने के कुछ प्रतिशत चांस भी हैं, लेकिन इस दूसरे रास्ते से घुसने का एक प्रतिशत भी चांस नहीं।"

"क्यों?"

"क्योंकि जितने भी प्रोफेसर या डॉक्टर इस कॉन्फ्रेंस में हिस्सा ले रहे हैं, उनके बीजिंग एयरपोर्ट पर उतरते ही सी.एस.एस. उन्हें अपने सुरक्षा घेरे में ले लेगी। उसके बाद सी.एस.एस. के घेरे में ही वह सब लोग 'एयरक्राफ्ट इंटरनेशनल' होटल में रहेंगे और फिर वहां से शनिवार को सी.एस.एस. सुरक्षा चक्र में ही वह विज्ञान भवन पहुंचेगे। उनके एयरपोर्ट उतरने से लेकर 'विज्ञान भवन' पहुंचने तक कहीं भी ऐसा कोई चांस नहीं, जो यह अदला-बदली हो सके।"

"क्या हम लोग 'एयरक्राफ्ट इंटरनेशनल' होटल में किसी प्रकार दाखिल नहीं हो सकते?" बालेराम थोड़े उत्साह के साथ बोला—"तुम ही बताओ कैसे दाखिल हो सकते हैं। ध्यान रहे, पूरा 'एयरक्राफ्ट इंटरनेशनल' होटल सी.एस.एस.के सुरक्षा घेरे में है और इतने जबरदस्त सुरक्षा घेरे में है कि होटल का रूम सर्विस डिपार्टमेंट तक सी.एस.एस. ने अपने अधिकार में लिया हुआ है। इतना ही नहीं, होटल में रहने वाले प्रोफेसर और डॉक्टरों को शनिवार तक किसी खिड़की वगैरह से बाहर झांकने तक की भी इजाजत नहीं होगी। वह एक प्रकार से उस होटल में कैद रहेंगे।"

बालेराम विचलित नजर आने लगा।

वाकई बेहद अजीब उलझन थी।

"सी.एस.एस. ने पूरी सुरक्षा बहुत मजबूत ढंग से की है।" नीलकंठ बालेराम के चेहरे पर नजरें गड़ाकर बोला—"पहले रास्ते से हम 'विज्ञान भवन' के अंदर घुस सकते हैं, लेकिन उस रास्ते से अंदर घुसने का कोई फायदा नहीं। दूसरे रास्ते से अंदर घुसने का फायदा है, मगर उस रास्ते से हम घुस नहीं सकते।"

पाँचों के बीच सन्नाटा छा गया।

सब एक-दूसरे की सूरत देखने लगे।

पामेला उस सन्नाटे को भंग करती हुई बोली—"इन दोनों रास्तों के अलावा क्या कोई ऐसा तीसरा रास्ता नहीं, जिससे हम 'कॉन्फ्रेंस हॉल' तक पहुंच सके?"

"नहीं।" नीलकंठ की गर्दन सपाट-सी मुद्रा में बोली—"अंदर घुसने का तीसरा रास्ता कोई नहीं, लेकिन अगर तुममें से किसी के दिमाग में कोई तीसरा रास्ता है, तो वह बताये।"

वहां एक बार फिर खामोशी छा गई।

"कमांडर!" होशांग ने कमांडर की तरफ देखा—"तुम्हारी इस बारे में क्या राय है?"

"मैं फिर अपनी पहले वाली बात ही दोहराऊंगा।" कमांडर बोला—"इसमें कोई शक नहीं कि यह एक बहुत मजबूत सिक्योरिटी है, लेकिन इसमें भी कोई छेद जरूर होगा। और अगर छेद नहीं भी है तब भी इस सिक्योरिटी में कुछ बातें ऐसी हैं, जो हमारे हक में पहुंचती हैं।"

"जैसे?"

"जैसे जीपा का हमारे साथ मिला होना।" कमांडर उन्हें सिक्योरिटी की कमियां गिनाता हुआ बोला—"जैसे वान ली को उस 'एमरजेन्सी विंडो' का न पता होना, जो कॉन्फ्रेंस हॉल में भी है। इसके अलावा उस सिक्योरिटी की सबसे बड़ी कमी ये है कि वान ली ने वहां सिक्योरिटी के जितने भी इंतजाम किये हैं—वह सबके सब जीपा की वजह से हमें एडवांस में ही मालूम हैं।"

चारों हैरत से कमांडर का मुंह देखने लगे।

"लेकिन सिक्योरिटी की इन कमियों का हमें फायदा क्या है कमांडर?"

"अभी तक कोई फायदा नहीं है।" कमांडर बेहद नॉर्मल अंदाज में बोला—"लेकिन सिक्योरिटी की इन्हीं कमियों की बदौलत हम सिक्योरिटी में जबरदस्ती कोई छेद कर सकते हैं। कोई ऐसा रास्ता पैदा कर सकते हैं, जिससे किला फतेह किया जा सके। मेरी बात ध्यान से सुनो।" कमांडर ने पहलू बदला—"मुझे लगता है कि मैं तमाम मुश्किलों के बावजूद कॉन्फ्रेंस-हॉल तक पहुंचने का कोई-न-कोई रास्ता खोज लूंगा। बशर्ते एक काम हो जाये।"

"क्या?"

"मैं विज्ञान भवन के उस हॉल को देखना चाहता हूँ, जिसमें एक सौ एक लोगों की कॉन्फ्रेंस होगी।"

नीलकंठ के चेहरे पर हैरत का तांडव होने लगा—"यह कैसे मुमकिन है। जीपा सुबह बता ही रहा था कि वान ली ने 'विज्ञान भवन' को अभी से लगभग सील कर दिया है और अब उसमें स्टाफ के अलावा कोई बाहर का आदमी अंदर नहीं जा सकता।"

"फिर भी यह काम हो जायेगा।" कमांडर पहले की तरह ही नॉर्मल अंदाज में बोला।

"किस तरह?" सबके चेहरे पर अचरज के भाव झलके।

"अगर जीपा उस हॉल की एक वीडियो फिल्म बनाकर मुझे दिखा दे, तब भी मेरी मुश्किल सॉल्व हो जायेगी।"

"मगर आफत तो ये है कमांडर!" नीलकंठ परेशान अंदाज में बोला—"कि उस कॉन्फ्रेंस-हॉल में घुसने की इजाजत अब खुद जीपा को भी नहीं है।"

"जीपा फिर भी उस हॉल में घुस सकता है।"

"कैसे?"

"एमरजेन्सी विंडो द्वारा।" कमांडर बोला।

सबके चेहरे चमक उठे।

वाकई कमांडर ने सिक्योरिटी की उन कमियों का पहला इस्तेमाल कर लिया था।

"ठीक है।" नीलकंठ ने थोड़ी ताजगी की सांस लेते हुए कहा—"मैं अभी जीपा से बात करता हूं, देखो इस बारे में वह क्या बोलता है।"

नीलकंठ ने फ़ौरन फोन पर जीपा से बात की। उसने एक पल कुछ सोचा, लेकिन फिर वो वीडियो फिल्म बनाने के लिये तैयार हो गया। इतना ही नहीं, उसने अगले दिन दोपहर के ठीक दो बजे उनसे फार्म हाउस पर भी मिलने के लिये कहा।

❑❑❑

"चलो, यह काम तो बन गया।" नीलकंठ खुशी-खुशी कमांडर और अपनी टीम की तरफ पलटा—"वरना मैं तो सोच रहा था कि कहीं जीपा वीडियो फिल्म बनाने से इंकार न कर दे, आखिर इसमें सी.एस.एस. की निगाह में आने का जबरदस्त खतरा है। अब क्या करना है?"

"एक काम और करो।"

"क्या?"

“जीपा ने हमें कल दोपहर दो बजे अपने फार्म हाउस पर बुलाया है। ठीक है?” कमांडर ने अपना क्लेन्सी हैट को दुरूस्त किया।

“बिल्कुल ठीक।”

“जीपा के पास जाने से पहले हमें योजना के तहत थ्री एक्स सिंथेटाइज गन का बंदोबस्त करना है और फिर डॉक्टर मानिक शाह के दो-तीन बॉडीगार्डों को भून डालना है, ताकि इसे अमेरिकी षड्यंत्र करार दिया जा सके।”

“यानी ‘विज्ञान भवन’ में से डॉक्टर मानिक शाह का किडनैप करना फाइनल है।”

“एकदम फाइनल है, शक की कोई गुंजायश नहीं। मैं फिर कहता हूं, मुझे पूरा यकीन है कि मैं इस परफेक्ट सिक्योरिटी में से भी कोई-न-कोई छेद ढूंढ़ लूंगा, योजना बना लूंगा। तुम लोग बस मेरा खेल देखते जाओ।”

“इससे अच्छी और क्या बात है।” नीलकंठ पुनः गरमजोशी के साथ बोला—“सुबह उठते ही अब हमारा सबसे पहला काम थ्री एक्स सिंथेटाइज गन का बंदोबस्त करना है और मानिक शाह के दो-तीन बॉडीगार्डों को भूनना है। ओके?”

“ओके।”

फिर उन्होंने एक-दूसरे को ‘गुड नाइट’ कहा और अपने-अपने कमरे में सोने चले गये।

नीलकंठ ने सोने से पहले हमेशा की तरह एक बड़े ताकतवर जहर का इंजेक्शन लिया और बिस्तर पर लेट गया।

थोड़ी देर बाद ही उसे नींद आ गई।

❑❑❑

अगले दिन बुधवार था, इस तरह एक दिन और कम हो गया। अब कॉन्फ्रेंस होने में सिर्फ तीन दिन बाकी थे।

सुबह उठते ही नीलकंठ ने बीजिंग के ऐसे तीन-चार बड़े-बड़े स्मगलरों को फोन घुमाया, जो हथियारों का कारोबार करते थे। फोन पर बात करने के बाद नीलकंठ चला गया—मुश्किल से एक घंटे बाद जब वह लौटा, तो उसके हाथ में चमड़े के बैग में बंद एक थ्री एक्स सिंथेटाइज गन थी।

सिंथेटाइज गन दो फुट लंबी थी और उसमें लगभग तीन किलो वजन था।

गन के साथ ही उसकी स्पेशल नुकीली चोंच वाली गोलियां भी थीं।

नीलकंठ ने आते ही वह गन होशांग को सौंप दी और उसे डॉक्टर मानिक शाह की कोठी पर जाकर सी.एस.एस. के दो-तीन जवानों को भूनने के लिये कहा।

होशांग फ़ौरन बालेराम और पामेला को लेकर शिकार पर निकल गया। पामेला कार चला रही थी। होशांग गन लिये पिछली सीट पर बैठा था, जबकि बालेराम किसी आड़े वक्त के लिये उसके साथ था। शीघ्र ही वह तीन तिलंगे भी अपना काम निपटाकर लौट आये। डॉक्टर मानिक शाह की कोठी के बाहर पाँच जवान खड़े थे, होशांग ने उस पाँचों को सिंथेटाइज गन से धूं-धूं-धूं करके भून डाला।

❑❑❑

जैसी पूरी उम्मीद थी, मानिक शाह के बॉडीगार्डों की मौत ने सी.एस.एस. हैडक्वार्टर में हड़कंप मचा दिया।

"यह कोई मामूली घटना नहीं है।" सी.एस.एस. का एक अधिकारी लगभग चिल्ला रहा था—"डॉक्टर मानिक शाह जैसी हस्ती के पाँच बॉडीगार्डों को दिन-दहाड़े भून दिया गया है और यह साबित हो चुका है कि उनकी हत्या थ्री एक्स सिंथेटाइज गन से की गई। वह गन, जिसे सिर्फ अमेरिकी फौजी इस्तेमाल करते हैं। यानी साफ-साफ इस हत्याकांड के पीछे अमेरिकी षड्यंत्र है।"

"लगता है, अमेरिका एक बार फिर डॉक्टर मानिक शाह के खिलाफ सक्रिय हो गया है।" वह एक अन्य अधिकारी की आवाज थी—"आप लोग जानते ही हैं अमेरिका पहले भी तीन बार डॉक्टर मानिक शाह की जान लेने की कोशिश कर चुका है।"

काफी देर तक हैडक्वार्टर के उस कमरे में अधिकारियों की गुस्से से भरी आवाजें गूंजती रहीं।

वान ली भी उन लोगों के बीच था, लेकिन अभी तक शांत था।

"मैं भी कुछ कहना चाहता हूँ।" वान ली दोनों हाथ उठाकर उस शोर-शराबे को कम करने की दरख्वास्त करता हुआ बोला—"मेरी बात भी सुनें।"

सब चुप हो गये।

"आप लोगों को यह जानकर अचंभा होगा।" वान ली अपनी थोड़ी ऊँची आवाज़ में बोला—"कि अमेरिका ने आज तक न तो कभी भी डॉक्टर मानिक शाह पर हमला किया है, न उनकी जान लेने की कोशिश की है।"

यूं लगा, जैसे उन अधिकारियों के बीच में कोई धमाका हो गया हो।

"ऐसा कैसे हो सकता है।" फ़ौरन एक अधिकारी भौचक्की मुद्रा में चिल्ला उठा था—"पूरा चीन जानता है कि डॉक्टर मानिक शाह पर तीन अमेरिकी हमले हुए हैं और उन हमलों में वह मरने से बस बाल-बाल ही बचे। इतना ही नहीं, उन हमलों के बाद ही मानिक शाह को चीन की सबसे बड़ी 'जेड प्लस' सिक्योरिटी भी दी गई थी और अखबारों में उन अमेरिकी हमलों को लेकर अच्छा-खासा बवेला भी मचा था।"

"आपकी हर बात ठीक है।" वान ली मुस्कुराकर बोला—"बल्कि पूरी तरह ठीक है। डॉक्टर मानिक शाह पर हमले भी हुए थे, अखबारों में बवेला भी मचा था। और उसके बाद ही उन्हें 'जेड प्लस' सिक्योरिटी भी दी गई। लेकिन दोस्तों, वह सब ड्रामा था, पूरी तरह एक ड्रामा!"

"ड...ड्रामा! य...यह क्या कह रहे हो तुम?"

"दरअसल प्रेसिडेंट के कहने पर सी.एस.एस. के कुछ ही अधिकारियों ने मिलकर वह ड्रामा रचा था।" वान ली जबरदस्त रहस्योद्घाटन करता हुआ बोला—"वह ड्रामा इतना सीक्रेट रखा गया था कि खुद डॉक्टर मानिक शाह को भी उस ड्रामे के बारे में कुछ पता नहीं था। सर!" वान ली ने सी.एस.एस. के सबसे बड़े अधिकारी की तरफ देखा—"अगर आप इस ड्रामे के ऊपर से पर्दा उठायें, तो ज्यादा बेहतर रहेगा।"

सबकी निगाहें अब सबसे बड़े अधिकारी की तरफ़ उठीं।

"क्या यह वाकई सच है सर?" एक अधिकारी अभी भी हैरान लहजे में बोला—"कि वह सब एक ड्रामा था?"

"हां।" सबसे बड़े अधिकारी ने गहरी सांस छोड़ी—"वह सचमुच एक ड्रामा था। लगता है कि अब सब कुछ आप लोगों के सामने उजागर करने का समय आ ही गया है। दरअसल जब डॉक्टर मानिक शाह ने चन्द्रमा यात्रियों के लिये ऑक्सीजन टेबलेट जैसी महत्वपूर्ण चीज बनाकर पूरी दुनिया में सनसनी फैलाई, तो प्रेसिडेंट को तभी से उनकी जान की फिक्र होने लगी थी। उन्हें लगने लगा था कि डॉक्टर मानिक शाह को 'जेड प्लस' सिक्योरिटी उपलब्ध कराई जानी चाहिये। उन्होंने इस बारे में मेरे से बात की। लेकिन डॉक्टर मानिक शाह को 'जेड प्लस' सिक्योरिटी उपलब्ध कराने में एक बहत बड़ी परेशानी थी।"

"कैसी परेशानी?"

"चीन संविधान के मुताबिक 'जेड प्लस' सिक्योरिटी सिर्फ एक ही आदमी को उपलब्ध कराई जाती है।" सबसे बड़े अधिकारी ने कहा—"और वो हैं प्रेसिडेंट! प्रेसिडेंट के अलावा 'जेड प्लस' सिक्योरिटी सिर्फ उस व्यक्ति को देने का प्रावधान है, जिस पर विदेशी हमले हो रहे हों। मैं समझता हूं कि अब आप लोग सब कुछ अच्छी तरह समझ गये होंगे। दरअसल यह पूरा ड्रामा इसीलिये रचा गया। इसीलिये डॉक्टर मानिक शाह पर नकली अमेरिकी हमले कराये गये, ताकि उन्हें 'जेड प्लस' सिक्योरिटी दी जा सके। इसीलिये देश भर के अखबारों में इतना बवेला मचा, सब कुछ 'जेड प्लस' सिक्योरिटी के लिये था।

सारे अधिकारी बेहद स्तब्ध और भौचक्के से बैठे रह गये।

❑❑❑

"य...यानी!" एक अधिकारी काफी देर बाद सनसनाये से लहजे में बोला—"अमेरिका ने आज तक डॉक्टर मानिक शाह पर कभी कोई हमला नहीं किया?"

"नहीं।" सबसे बड़े अधिकारी का सपाट स्वर—"कोई हमला नहीं किया।"

"फिर आज सुबह सिंथेटाइज गन से डॉक्टर मानिक शाह के जो पाँच बॉडीगार्ड मारे गये हैं उनके पीछे क्या रहस्य है?"

"यही रहस्य तो समझ नहीं आ रहा।" वान ली ने आवेश में अपनी मुट्ठियां भींची।

"इस तरह क्रोधित होने से कुछ नहीं होगा।" सबसे बड़ा अधिकारी पहले की तरह ही शांत मुद्रा में बोला—"इसके पीछे कारण हो सकते हैं।"

"क्या?"

"पहला कारण तो यही है कि कोई संगठन सिंथेटाइज गन से मानिक शाह के बॉडीगार्डों को मारकर यह साबित करना चाहता है कि अमेरिका इस दिशा में दोबारा से सक्रिय हो गया है। जबकि वह बेवकूफ नहीं जानते कि अमेरिका कभी इस दिशा में सक्रिय हुआ ही नहीं था। इसके अलावा दूसरा और आखिरी कारण ये है कि अमेरिका अब सचमुच ही सक्रिय हो गया है और वो वाकई डॉक्टर मानिक शाह को मार डालना चाहता है।"

सब सन्न से बैठे रहे।

"बहरहाल वजह चाहे जो भी है।" सबसे बड़ा अधिकारी बोला—"लेकिन हमें डॉक्टर मानिक शाह का खास ख्याल रखने की जरूरत है—खासतौर पर विज्ञान भवन

में जो कॉन्फ्रेंस होने जा रही है, उसमें डॉक्टर मानिक शाह पर ख़ास निगाह रखी जानी चाहिये।"

लेकिन वान ली उस समय सबसे बड़े अधिकारी की कोई बात नहीं सुन रहा था, उसके दिमाग में एक 'खतरनाक खिचड़ी' पक रही थी।

❑❑❑

दोपहर के दो बजे कमांडर और नीलकंठ, जीपा के फार्म हाउस पहुंचे।

फार्म हाउस में तब ताला पड़ा हुआ था।

वह 'लाल कैरोना' कार में ही बैठे जीपा का इंतजार करते रहे। उन्हें ज्यादा इंतजार नहीं करना पड़ा, दस मिनट बाद ही एक कार आकर रुकी और उसमें से थोड़ा हड़बड़ाया जीपा बाहर निकला।

"जल्दी आओ।" उन दोनों पर निगाह डालता हुआ जीपा बोला— "जल्दी मेरे साथ अंदर आओ।"

जीपा ने ताला खोला और फिर वह उन्हें लेकर फार्म हाउस के उसी ड्राइंग हॉल में पहुंचा।

"बड़ी मुश्किल से काम हुआ है।" जीपा ने अपनी जर्सी के अंदर हाथ डालकर एक पेन ड्राइव बाहर निकाल लिया—"वान ली थोड़ी देर के लिये अपने हैडक्वार्टर चला गया था, इसी बीच मैंने यह काम कर लिया।"

"शूटिंग तो शानदार की है?" कमांडर ने उत्सुकतापूर्वक पूछा।

"चिंता मत करो।" जीपा का यकीन से भरा स्वर!

"किसी फिल्म डायरेक्टर के निर्देशन में क्या कोई कैमरामैन शूटिंग करेगा, जो मैंने की है। कॉन्फ्रेंस हॉल की बारीक-से-बारीक चीज को कैमरे में बंद कर लिया है। अभी तुम लोग मेरा कमाल देखोगे।"

वहीं ड्राइंग हॉल में एक टी.वी. भी रखा था। जीपा ने पेन ड्राइव टी.वी. से कनेक्ट की और फिर प्लग सॉकेट में लगाकर दोनों को चालू कर दिया।

कमांडर और नीलकंठ अब नजदीक ही पड़ी कुर्सियों पर इस तरह बैठ गये, जैसे किसी जादू के शुरू होने का इंतजार कर रहे हो।

कुछ देर टी.वी. स्क्रीन पर आड़ी-तिरछी लकीरें नजर आती रहीं और फिर फिल्म शुरू हो गई।

कैमरा पैन होता हुआ हॉल की एक-एक चीज पर घूमने लगा। जीपा कॉन्फ्रेंस-हॉल के हर हिस्से पर फिल्म रोकता और उसके विषय में विस्तार से कमांडर और नीलकंठ को बताता।

काफी देर तक वह हॉल की जानकारी उन्हें देता रहा।

सचमुच जीपा ने शानदार रिकॉर्डिंग की थी, हॉल की छत में लगे पंखों और ट्यूब लाइटों तक को उसने अपने कैमरे में कैद कर रखा था।

फिर स्क्रीन पर एक बुक शेल्फ नजर आने लगी, जिसमें किताबें भरी हुई थीं।

जीपा ने उस दृश्य को वहीं रोक दिया।

"इस बुक शेल्फ को ध्यान से देखो।" जीपा बोला—"यह बुक शेल्फ कॉन्फ्रेंस हॉल की बाईं दीवार पर बना है और फर्श से पाँच फुट ऊपर है।"

"इस बुक शेल्फ में क्या विशेष बात है?"

"बहुत बड़ी विशेष बात है, इसी बुक शेल्फ की बदौलत तुम इस

समय यह विडियो फिल्म देख रहे हो। दरअसल इसके पीछे ही वो 'एमरजेन्सी विंडो' है, जिसके द्वारा मैं हॉल में दाखिल हुआ।"

"ओह!"

कमांडर के साथ-साथ अब नीलकंठ भी उस बुक शेल्फ को ध्यान से देखने लगा।

"यह बुक शेल्फ अपनी जगह से हटती किस तरह है?"

"इसे अपनी जगह से हटाने के लिये ख़ास कुछ भी नहीं करना पड़ता।" जीपा एकटक अपनी नजरें टी.वी. पर ही लगाये हुए बोला—"बस इसे बाईं तरफ से पकड़कर अपनी तरफ खींचना पड़ता है, यह फौरन दरवाजे की तरह खुल जायेगी और इसके पीछे 'एमरजेन्सी विंडो' नजर आने लगेगी। मैंने इस 'बुक शेल्फ' को हटाकर ही 'एमरजेन्सी विंडो' की फिल्म शूट की, अगला दृश्य देखो।"

जीपा ने दोबारा फिल्म शुरू कर दी।

फ़ौरन उस 'बुक शेल्फ' को हटाते हुए दिखाया गया और उसके पीछे 'एमरजेन्सी विंडो' नजर आने लगी।

"वैरी गुड!" कमांडर ने खुश होकर जीपा की तरफ देखा।

"तुमने सचमुच सारा काम बेहद शानदार किया है।"

❑❑❑

उसके बाद टी.वी. पर कॉन्फ्रेंस हॉल के कुछ दृश्य और नजर आये।

"यह पचास मीटर लंबी वह मेज है।" जीपा एक और दृश्य को रोकता हुआ बोला—"जिस पर कॉन्फ्रेंस होगी और जिसके दोनों तरफ शनिवार को पैंतीस देशों के एक सौ एक रिप्रिजेंटेटिव बैठेंगे।"

"इस पर अभी माइक वगैरह तो कुछ नजर ही नहीं आ रहे।"

"मैंने कल ही बताया था।" जीपा बोला—"कि मेज पर माइक और नेम-प्लेट्स की सेटिंग शुक्रवार को की जायेगी, यानी सिर्फ एक दिन पहले।"

"ओह!"

उस मेज को देखते-देखते एकाएक कमांडर की आंखें सिकुड़ गईं और इस समय वह बहुत गौर से उस मेज को देख रहा था।

"अब मैं तुम्हें दूसरा दृश्य दिखाता हूं।"

"रुको।" कमांडर ने फौरन कुर्सी से खड़े होकर जीपा को रोक दिया था—"यहीं रुको।"

"क्या हुआ?" जीपा चौंका।

"पचास मीटर लंबी इस मेज में, मैं एक बात ऐसी देख रहा हूं, जो आमतौर पर दूसरी मेजों में देखने को नहीं मिलती।"

नीलकंठ के साथ-साथ अब जीपा ने भी उस बेहद लंबी मेज को गौर से देखा।

"ऐसी क्या खास बात देख रहे हो तुम इस मेज में?" जीपा हैरत से बोला।

"क्या तुम्हें कोई खास बात नजर नहीं आ रही?"

"नहीं।" जीपा की गर्दन सस्पेंसफुल मुद्रा में हिली—"मुझे तो आज तक इस मेज में कोई खास बात नहीं दिखाई दी।"

"नीलकंठ!" कमांडर ने नीलकंठ की तरफ देखा—"क्या तुम्हें भी कोई खास बात नजर नहीं आई?"

"नहीं।" नीलकंठ ने भी गर्दन हिलाई।

"कोई बात नहीं, मैं बताता हूं कि इसमें क्या खास बात है।" कमांडर व्यग्रतापूर्वक बोला—"इस मेज के निचले हिस्से को देखो।"

"देख रहे हैं।" नीलकंठ और जीपा एक साथ बोले।

"इस मेज के नीचे गोल-गोल कई सारे गुम्बद से बने नजर आ रहे हैं।"

"बिल्कुल नजर आ रहे हैं।" नीलकंठ बोला—"यह मेज की खूबसूरती बढ़ाने के लिये बनाया गया डिजाइन है।"

"करेक्ट, यह डिजाइन ही है। लेकिन इस तरह के डिजाइन आमतौर पर बहुत कम देखने को मिलते हैं। इसके अलावा इन गुम्बदों में एक और खास बात भी नजर आ रही है।"

"क्या?"

"इनमें से कोई भी गुम्बद मेज की प्लाई से चिपका हुआ नहीं है।"

"बिल्कुल ठीक।" जीपा भी अब एकाएक उत्साह में भरकर बोला—"वाकई तुम्हारी पैनी आंखों की दाद देने को दिल चाहता है कमांडर, जो इतनी बारीक बात भी सिर्फ टी.वी. पर भाप ली। इसमें कोई शक नहीं कि कोई भी गुम्बद मेज की ऊपर प्लाई से चिपका हुआ नहीं है।"

"गुम्बद और मेज की प्लाई के बीच कितनी जगह खाली होगी?"

"लगभग दो इंच।"

"यानी अगर हम कोई चीज उस दो इंच जगह में से अंदर फेंक दें, तो वह चीज सीधी गुम्बद के अंदर जाकर गिरेगी?"

"हां।"

"फिर उस चीज को गुम्बद से बाहर निकालने का क्या रास्ता है?"

"कोई रास्ता नहीं।"

"ओह!"

❑❑❑

उसके बाद जीपा ने कमांडर और नीलकंठ को हॉल के कुछ और दृश्य भी दिखाये, उनके बारे में एक-एक बात बताई और फिर टी.वी. बंद कर दिया।

"हॉल में अब ऐसी कोई चीज नहीं बची है।" जीपा उन दोनों की तरफ मुड़कर बोला—"जो तुम लोगों ने न देखी हो या फिर जिसके बारे में मैंने तुम्हें न बताया हो। एक तरह से अब तुम लोग यहीं बैठे-बैठे उस पूरे कॉन्फ्रेंस हॉल में घूम चुके हो और वहां की एक-एक चीज देख चुके हो। मैं कुछ गलत तो नहीं कह रहा?"

"नहीं।" नीलकंठ प्रभावित अंदाज में बोला—"वाकई तुम्हारी जितनी तारीफ की जाये, वह कम होगी जीपा!"

"मैंने क्या किया है।" जीपा ने गहरी सांस ली—"मुझसे कहीं ज्यादा बड़ा तारीफ के काबिल काम तो तुम बहुत पहले कर चुके हो नीलकंठ!"

"लेकिन...।"

"अब छोड़ो इस किस्से को।" जीपा ने पेन ड्राइव, टी.वी. से निकालकर नीलकंठ की तरफ बढ़ाई—"इस पेन ड्राइव को अपने पास रखो। हो सकता है कि इसमें से फिर कोई चीज देखने की जरूरत पड़ जाये। इसके अलावा कोई और सेवा हो, तो बताओ।"

"एक सेवा और है।" कमांडर फौरन बोला।

"कहो।"

"मैंने वह किताब देखी थी जिसमें पैंतीस देशों के सभी सौ रिप्रिजेंटेटिव के चित्र छपे हैं।"

"ठीक, आगे।"

"उस किताब के मुताबिक इस अंतर्राष्ट्रीय कॉन्फ्रेंस में पाकिस्तान के भी तीन वैज्ञानिक हिस्सा ले रहे हैं, जिनके नाम परवेज मोहम्मद, असलम और सरफराज हुसैन हैं।"

"सही कह रहे हो, यह तीनों पाकिस्तान के बहुत बड़े वैज्ञानिकों में से एक हैं।"

"दरअसल तुमने इन तीनों के बारे में यह पता लगाना है।" कमांडर बोला—"कि यह तीनों किस दिन चीन आ रहे हैं और कौन-सी फ्लाइट से आ रहे हैं।"

"ओके, तुम मुझे फोन नंबर दे दो। इस बारे में जानकारी हासिल होते ही मैं तुम्हें फोन कर दूंगा।"

नीलकंठ ने जीपा को अपना फोन नंबर दे दिया।

"अब एक बात मैं भी तुम लोगों से कहूंगा।"

"क्या?"

"तुम लोगों की गतिविधियां बता रही है कि तुम 'विज्ञान भवन' की बेहद मजबूत सिक्योरिटी सुनने के बावजूद भी हताश नहीं हुए हो और तुममें से किसी के दिमाग में ऐसा कुछ जरूर है, जिसके बलबूते पर तुम्हें लग रहा है कि तुम अपने मकसद में कामयाब हो जाओगे।"

"तुम कहना क्या चाहते हो?" कमांडर बोला।

"मैं सिर्फ इतना कहना चाहता हूं साहेबान, अभी भी तुम्हारा कुछ नहीं बिगड़ा है। अभी भी इस मिशन से हाथ पीछे खींच लो और भूल जाओ उस डॉक्टर को, जिसके

किडनैप की तुमने सुपारी ले रखी है। क्योंकि उस डॉक्टर का किडनैप करना तो बहुत बड़ी बात है, तुम कॉन्फ्रेंस हॉल में शनिवार को उस डॉक्टर तक पहुंच भी नहीं पाओगे। यह बात मैं बार-बार तुमसे इसलिये कह रहा हूं, क्योंकि मुझे तुम लोगों से हमदर्दी है। हर उस आदमी से हमदर्दी है, जो नीलकंठ का सहयोगी है। उसकी टीम में शामिल है।"

"सलाह के लिये धन्यवाद!" कमांडर ने जीपा से कसकर हाथ मिलाया और मुस्कुराया—"हम लोग आराम से बैठकर तुम्हारे प्रपोज़ल पर गौर करेंगे।"

लेकिन कमांडर की मुस्कान से साफ-साफ लग रहा था कि जीपा की बात का उस पर कोई असर नहीं हुआ है।

❑❑❑

शाम का वक्त!

पूजा बेहद घबराई-सी अपने कमरे में बैठी थी। वह इतनी बैचेन थी कि बार-बार अपने कमरे में पागलों की तरह घूमने लगती। जब थक जाती, तो बैठ जाती। कभी वह बड़ी तेजी से टेलीफोन की तरफ झपटती, लेकिन रिसीवर उठाने से पहले ही उसकी उंगलियां कंपकंपा उठती।

अजीब हालत थी उसकी, जैसे किसी कबूतर के पंख काट डाले गये हों।

उसने थोड़ी देर पहले ही टी.वी. पर यह खबर सुनी थी कि डॉक्टर मानिक शाह यानी उसके डैडी के पाँच बॉडीगार्डों को किन्हीं अज्ञात बंदूकधारियों ने गोलियों से भून डाला है।

उस खबर को सुनते ही पूजा बैचेन हो उठी। अब वो यह जानने को बैचेन थी कि उसके डैडी कैसे हैं? उन्हें तो कुछ नहीं हुआ? वह दौड़कर अपने डैडी के पास पहुंच जाना चाहती थी, मगर हिम्मत नहीं हो रही थी। फोन करके उनसे बात करना चाहती थी, लेकिन अंदर-ही-अंदर कोई अंजाना-सा डर उसे सता रहा था।

जबसे घर छोड़ा, तब से एक बार भी उसने अपने डैडी को नहीं देखा था।

आज पूरा एक साल हो गया।

पूजा ड्रेसिंग टेबल के सामने जाकर खड़ी हो गई, कितनी बदल गई थी वह उस एक साल में। शरीर की रंगत काली पड़ चुकी थी।

जो चेहरा कभी गुलाब की तरह खिला रहता था, वह अब लकड़ी की तरह सूख चुका था। आंखों के नीचे ढेर सारी काली छाइयां पड़ गई थी।

पूजा सहमकर आइने से पीछे हट गई।

पता नहीं उसके डैडी उसे पहचान भी पायेंगे या नहीं।

वो वहां उम्र कैद की सजा भुगत रही थी, उम्र कैद की सजा!

❑❑❑

तभी जोर से कॉलबेल बजी।

पूजा के पैरों में एक बार फिर पंख से लग गये। उसने दौड़कर दरवाजा खोला, सामने वान ली खड़ा था।

पूजा को देखते ही वान ली ने बुरा-सा मुंह बनाया और फिर फर्श को जूतों से लगभग रौंदता हुआ अंदर आया।

"म...मैं तुमसे कुछ बात करना चाहती हूं।"

"क्या बात करना चाहती हो?" वान ली एकदम चिल्लाता हुआ यूं उसकी तरफ पलटा, जैसे अभी उसे शूट कर डालेगा।

पूजा दहशत से पीछे हो गई।

"अब बोलती क्यों नहीं कुछ?" वान ली दोबारा चिंघाड़ा।

"म...मैंने थोड़ी देर पहले टी.वी. पर एक खबर सुनी थी।"

"यही न कि तुम्हारे डैडी के पाँच बॉडीगार्डों को शूट कर दिया गया है।"

"ह...हां-हां।" पूजा की आवाज आशंका से कांपी—"डैडी को तो कुछ नहीं हुआ?"

"कुछ नहीं हुआ उन्हें।" वान ली जहरीले स्वर में पुनः चिल्लाया—"जिन्दा हैं वो, मर नहीं गये।"

"वान ली!" पूजा के मुंह से सिसकारी छूट गई—"डैडी के लिये अपनी जबान से कोई अपशब्द तो मत निकालो।"

"साली! बदजात!" वान ली हिस्टीरियाई ढंग से गरजता हुआ एकदम पूजा की तरफ लपका—"मुझे बोलना सिखाती है, अब मुझे अपनी जबान से शब्द भी तेरी इजाजत लेकर निकालने होंगे।"

पूजा खौफ से भागती हुई एकदम सेफ से चिपक गई, वान ली का रौद्र रूप देखते ही वो खरगोश के बच्चे की तरह कंपकंपाने लगी थी।

"मुझे मत मारो, म...मुझे मत मारो।" पूजा के जिस्म का एक-एक रोंआ खड़ा

हो गया—"मैं कोई झगड़ा नहीं करना चाहती, ब...बल्कि मैं आज तुमसे कुछ कहना चाहती हूं वान ली!"

"क्या कहना चाहती है?" वान ली ठिठक गया, उसकी आंखें अंगारे बरसाने लगीं।

"वान ली!" पूजा सुबकने लगी, उसने वान ली के सामने हाथ जोड़ लिये—"म...मैं एक बार अपने डैडी को देखना चाहती हूं। प...प्लीज मुझे उनके पास ले चलो वान ली!"

"तुम अपने डैडी को देखना चाहती हो।" मुंह उठाकर जोर से शैतानों की तरह खिलखिलाया वान ली—"लेकिन माई डेलीशस डार्लिंग, तुम्हारे डैडी तुम्हारी शक्ल से नफरत करते हैं। तुम बुरी लड़की हो। शादी से पहले ही तुम मां बन गई थीं, कुंआरी मां! तुम्हारा पेट घड़े की तरह फूल गया था, क्योंकि तुमने मेरे साथ बिस्तर पर कलाबाजियां खाई थीं।"

"इसमें मेरा कोई दोष नहीं" पूजा सेफ से चिपके-चिपके पत्ते की तरह कंपकंपाई—"त...तुमने मेरे साथ बलात्कार किया था। म...मेरा मुंह और हाथ-पैर बांध डाले, इ... इतना ही नहीं इसके बाद भी तुम मेरी खामोशी का फायदा उठाकर अपनी हवस की आग बुझाते रहे।"

"बेबी!" वान ली दरिन्दों की तरह अपने बढ़े हुए नाखूनों से उसके गाल खुरचने लगा—"वजह चाहे जो थी, मगर मेरे साथ मजे तो तुमने भी लूटे। इसका कुछ तो भुगतान अब तुमने करना ही था।"

"क...क्या ऐसा नहीं हो सकता वान ली, ह...हम इन सब बातों को भूल जायें?"

"क्यों नहीं हो सकता।" वान ली पुनः राक्षसों की तरह मुंह उठाकर हंसा—"मुझे देखो, मैं तो सब भूल चुका। यह भी भूल चुका कि मैंने कभी तुम्हारे साथ बलात्कार किया था।"

"ह...हमें एक बार डैडी के पास चलना चाहिये वान ली!" पूजा दोबारा सुबकियां लेने लगी—"अगर हम दोनों मिलकर उनसे माफी मांगेंगे, तो वह हमें जरूर माफ कर देंगे।"

"माफी!" वान ली का चेहरा पत्थर की तरह सख्त होता चला गया—"माफी उनसे तुम मांग सकती हो बेबी, लेकिन मैं नहीं मांग सकता। मत भूलो मैं चीनी हूं, चीनी। और एक चीनी कभी किसी हिंदुस्तानी के सामने आज तक नहीं झुका।"

"ल...लेकिन वह हिंदुस्तानी होने से पहले मेरे डैडी हैं।" पूजा ने आर्तनाद किया—"तुम्हारे ससुर हैं।"

"ससुर! माई फुट!" वान ली के क्रोध का ज्वालामुखी मानों प्रचंड विस्फोट के साथ फट गया था—उसने एक झन्नाटेदार झापड़ पूजा के गाल पर मारा।

चीख निकल गई पूजा के हलक से, वह चिल्लाती हुई हवा में उछली और फिर फर्श पर जाकर गिरी।

उसी पल धड़ाक से वान ली की लात पूजा के पेट पर पड़ी और भयानक ढंग से चिल्लाई पूजा!

वान ली के लात-घूंसे अब धड़ाधड़ पूजा पर बरसने लगे। वह हैवान बन चुका था। पूजा की चीखें गूंजती रही। फिर वान ली ने पूजा के सिर के बाल अपनी मुट्ठी में कसकर पकड़े और उसे झटका देकर खड़ा किया।

पूजा चिल्लाती हुई खड़ी हो गई।

उसकी नाक से खून बह रहा था, कपड़े फट चुके थे। वह बेहद दहशतजदा अवस्था में यूं वान ली को देख रही थी, जैसे कोई बकरी कसाई को देख रही हो।

"गलत कहा तूने।" वान ली उसे भस्म कर देने वाले नेत्रों से घूरता हुआ गुर्राया—"बिल्कुल गलत कहा। वह हिंदुस्तानी बूढ़ा मेरा ससुर नहीं है। जब तू मेरी बीवी ही नहीं है बदजात औरत!" वान ली का चेहरा भट्टी बना हुआ था—"तो वह बूढ़ा मेरा ससुर कैसे हो सकता है। तू बांझ है—बांझ और बांझ कभी किसी की बीवी नहीं बन सकती।"

"लेकिन मुझे बांझ किसने बनाया।" हिड़कियों से रोते हुए पूजा के अंदर से चिंगारी छूटी—"तुमने, तुम्हीं ने।"

धड़ाक से वान ली का हाथ अपनी बेल्ट के बक्कल पर जाकर पड़ा।

सन-सन-सन।

चमड़े की मजबूत बेल्ट यूं सनसनाती हुई पैंट से बाहर निकली, जैसे म्यान से तलवार खींची गई हो।

"तुम हिन्दुस्तानियों की जबान को कैसे कंट्रोल किया जाता है, यह हम चीनी अच्छी तरह जानते हैं।"

फ़ौरन चमड़े की बेल्ट हवा में बिजली की तरह लपलपाई थी, फिर वो सांय-सांय करती हुई पूजा के जिस्म पर पड़ी।

पूजा चिल्लाती हुई पुनः फर्श पर जा गिरी।

धड़ाधड़ उसके जिस्म पर चमड़े की बेल्ट बरसने लगी। वह चिल्लाती रही, उसके कपड़े तार-तार होते रहे।

फिर पूजा पिटते-पिटते एकाएक किसी तरह स्टोर में घुस गई थी। स्टोर में घुसते ही उसने दरवाजा बंद कर लिया और लपककर कुंडी लगा ली। वह दरवाजे से चिपकी दहशत से थर्र-थर्र कांपने लगी, जबकि वान ली अभी भी बाहर से बुरी तरह दरवाजे पर लातें बरसा रहा था।

दरवाजे से चिपके-चिपके वह नीचे बैठती चली गई।

उसके बाद बेहोश होकर लुढ़क गई।

❑❑❑

शाम के छह बजे वह पाँचों फिर एक साथ बैठे।

इस बीच कमांडर ने कॉन्फ्रेंस-हॉल की फिल्म कई बार देखी थी और अपने दिमाग में बन रही योजना की अच्छी तरह निकिल-पॉलिश की।

होशांग ने उस समय भी स्मैक का धुआँ खींचा हुआ था, लेकिन वो पूरे होश में था। वैसे भी एक-दो पुड़िया का अब उस पर कोई असर नहीं होता था।

कमांडर ने कुर्सी पर बैठने के बाद नीलकंठ, बालेराम, होशांग, पामेला—चारों के चेहरे पर बारी-बारी से दृष्टि डाली। वह चारों ही उस समय बहुत व्याकुल थे और उनकी निगाहें पूरी तरह कमांडर पर चिपकी थीं।

"मैं जानता हूं कि तुम सभी योजना के बारे में जानने को बहुत बैचेन हो।" कमांडर ने 'डनहिल' सुलगाई और धुएं के गोल-गोल छल्ले बनाकर छत की तरफ उछाले—"इस समय तुम्हारे दिमाग में एक ही बात है कि इतनी परफेक्ट सिक्योरिटी में मैंने छेद किस तरह किया है। वह क्या योजना है, जिसके बलबूते पर हम डॉक्टर मानिक शाह को सी.एस.एस. के शिकंजे से निकालेंगे। बहरहाल पूरा खाका तैयार हो चुका है और मैंने उसकी अच्छी तरह निकिल-पॉलिश भी कर ली है। लेकिन फिर भी योजना सुनाने से पहले मैं तुम लोगों से एक बात कहूंगा।"

"क्या?" नीलकंठ ने फौरन पूछा।

"अगर योजना में कहीं भी कोई कमी तुम्हें दिखाई दे, तो मुझे बताना। फ़ौरन सवाल उठाना। इससे योजना मजबूत होगी और आने वाली मुश्किलों से हम पहले ही अलर्ट हो जायेंगे।"

"चिंता मत करो।" बालेराम कुर्सी पर कुछ और तनकर बैठ गया—"तुम योजना सुनाओ।"

"ओके, तो फिर मैं योजना बताना शुरू करता हूं।" कमांडर ने सिगरेट की राख उंगली से एश-ट्रे में झाड़ी—"इस पूरे सुरक्षा चक्र में सबसे ज्यादा मुश्किल काम शनिवार को कॉन्फ्रेंस हॉल के अंदर तक पहुंचना है। तुम्हें जानकर खुशी होगी कि इस काम के लिये मैंने पाकिस्तान के उन तीन रिप्रिजेंटेटिव को चुना है, जो इस कॉन्फ्रेंस में हिस्सा लेने आने वाले हैं और जिनके नाम परवेज मोहम्मद, असलम और सरफराज हुसैन हैं।"

"उन तीनों के माध्यम से हम हॉल में कैसे घुसेंगे?" नीलकंठ ने फौरन कमांडर की बात काटी—"तुम शायद भूल रहे हो कि बीजिंग एयरपोर्ट पर उतरते ही सी.एस.एस. के जवान उन्हें अपनी सिक्योरिटी में ले लेंगे।"

"मैं कुछ भी नहीं भूला हूं नीलकंठ!" कमांडर ने गहरी सांस ली—"दरअसल पैंतीस देशों के रिप्रिजेंटेटिव में से अगर मैंने सिर्फ पाकिस्तान के उन रिप्रिजेंटेटिव को चुना है तो उसके पीछे भी जरूर कोई-न-कोई ख़ास वजह होगी। मैं वो ख़ास वजह बताता हूं, सभी चौंतीस देशों के विमान चीन में सीधे बीजिंग एयरपोर्ट पर आकर उतरते हैं, लेकिन पाकिस्तान से आने वाला विमान ही एकमात्र ऐसा विमान होता है, जो पहले चीन के शंघाई एयरपोर्ट पर उतरता है, वहां आधे घंटे विश्राम करता है और फिर बीजिंग एयरपोर्ट पहुंचता है। मैं कुछ गलत तो नहीं कह रहा?"

"नहीं।" नीलकंठ ने बड़े प्रभावित अंदाज में कमांडर को देखा—"वाकई हर क्षेत्र में तुम्हारा ज्ञान काफी विस्तृत है कमांडर!"

"एक जासूस को हर देश की इतनी मामूली जानकारियां तो रखनी ही पड़ती हैं।" कमांडर धीमे से मुस्कुराया और फिर गंभीर हो गया—"यानी पाकिस्तान से आने वाला विमान ही एकमात्र ऐसा विमान है, जो बीजिंग पहुंचने से पहले शंघाई रुकेगा, ठीक?"

"बिल्कुल ठीक।"

"हम एक बात और याद रखें।" कमांडर बोला—"सी.एस.एस. के जवान पाकिस्तान के उन रिप्रिजेंटेटिव को बीजिंग एयरपोर्ट पर अपने सुरक्षा घेरे में लेंगे, शंघाई एयरपोर्ट पर नहीं। इस तरह शंघाई एयरपोर्ट पर हमारे लिये वह मौका हासिल होगा, जब हम पाकिस्तान के रिप्रिजेंटेटिव को किसी तरह विमान में से निकालकर उनका मेकअप करके खुद उनकी जगह शिफ्ट हो सकते हैं। इस प्रकार पाकिस्तान के रिप्रिजेंटेटिव

सिर्फ शंघाई तक आयेंगे, लेकिन शंघाई एयरपोर्ट पर बड़ी खामोशी से उनका किडनैप कर लिया जायेगा और फिर विमान पाकिस्तान के जिन तीन रिप्रिजेंटेटिव को लेकर शंघाई से बीजिंग पहुंचेगा, वह हम लोगों में से ही कोई तीन होंगे। सी.एस.एस. के जवान बीजिंग एयरपोर्ट पर उतरते ही हमें अपने सुरक्षा घेरे में ले लेंगे और फिर हिफाजत के साथ 'एयरक्राफ्ट इंटरनेशनल' होटल लेकर जायेंगे। वह हमें पाकिस्तानी रिप्रिजेंटेटिव ही समझेंगे, क्योंकि यह बात तो सी.एस.एस. के अधिकारियों को ख्वाब में भी नहीं सूझेगी कि कोई इस प्रकार बीच रास्ते में से भी रिप्रिजेंटेटिव का किडनैप कर सकता है। बहरहाल उसके बाद सी.एस.एस. के वह जवान अपने सुरक्षा घेरे में ही हमें 'विज्ञान भवन' के उस हॉल में पहुंचायेंगे, जहां कॉन्फ्रेंस होगी। इस तरह उस परफेक्ट सिक्योरिटी को भेदकर हम उस हॉल तक पहुंचेंगे और किसी को कानोंकान भी भनक नहीं होगी कि क्या हो गया।"

कमांडर की योजना सुनकर नीलकंठ के साथ-साथ बालेराम, होशांग और पामेला के नेत्र भी अचंभे से फैल गये। वाकई कमांडर ने एक ही झटके में साबित करके दिखा दिया था कि इस दुनिया में कुछ भी नामुमकिन नहीं है, हर मुश्किल का हल मौजूद है।

"लेकिन हम शंघाई एयरपोर्ट पर खामोशी के साथ पाकिस्तानी रिप्रिजेंटेटिव का किडनैप किस तरह करेंगे?"

"उसकी रूपरेखा भी मैं तैयार कर चुका हूं।" कमांडर ने 'डनहिल' का एक और कश लगाया—"सुनो, सबसे पहले मैं यह बताता हूं कि तीनों पाकिस्तानी रिप्रिजेंटेटिव परवेज मोहम्मद, असलम और सरफराज हुसैन के यह रोल हम तीनों में से कौन-कौन करेगा। सरफराज हुसैन का रोल बालेराम ने करना है। असलम, नीलकंठ बनेगा। जबकि परवेज मोहम्मद का रोल मैं खुद करूंगा। इसके अलावा होशांग और पामेला की भी मेरी इस योजना में बहुत महत्वपूर्ण भूमिका है। दरअसल यह तीनों रोल मैंने पाकिस्तानी रिप्रिजेंटेटिव की कद-काठी को देखकर आपस में बांटें हैं। उन तीनों की कद-काठी हम तीनों की कद-काठी से काफी मिलती है और हम मेकअप करके बिल्कुल परवेज मोहम्मद, असलम और सरफराज हुसैन ही नजर आयेंगे।"

"ओके।" नीलकंठ ने स्वीकृति में गर्दन हिलाई—"इसके बाद?"

"जीपा को मैंने आज दोपहर यह बोल ही दिया है।" कमांडर ने कहा—"कि वो हमें यह पता करके बताये कि पाकिस्तान के यह तीनों रिप्रिजेंटेटिव किस दिन और

किस फ्लाइट से बीजिंग पहुँच रहे हैं। जीपा जैसे ही हमें दिन और फ्लाइट कन्फर्म करके बतायेगा, हम पाँचों फौरन शंघाई के लिये रवाना हो जायेंगे।"

"एक मिनट!" नीलकंठ ने उसे फौरन रोका—"पाँचों क्यों? वहां तो सिर्फ हम तीन व्यक्तियों की ही आवश्यकता है।"

"नहीं—शंघाई में भी हम पाँचों की जरूरत पड़ेगी। मैं पहले ही बता चुका हूं कि मेरी योजना में होशांग और पामेला की बहुत महत्वपूर्ण भूमिका है। बहरहाल पाकिस्तानी रिप्रिजेंटेटिव के शंघाई पहुंचने से बहुत पहले ही हमने वहां पहुंच जाना है, क्योंकि वहां पहुंचकर हमने कुछ काम करने हैं। जैसे एक एम्बुलेंस का बंदोबस्त करना है। मैं समझता हूं कि शंघाई में किसी एम्बुलेंस का इंतजाम करना कोई बड़ी मुश्किल नहीं क्योंकि हर शहर की टेलीफोन डायरेक्ट्री में इस तरह की एमरजेन्सी सेवा हासिल करने वाले टेलीफोन नंबर एक अलग पैनल में लिखे रहते हैं। हम टेलीफोन नंबर देखकर फ़ौरन एम्बुलेंस तक पहुंच सकते हैं और फिर कोई-न-कोई बहाना बनाकर एम्बुलेंस भी हासिल कर लेंगे।"

"ओके।" बालेराम ने गर्दन हिलाई—"मान लिया हमें एम्बुलेंस हासिल हो गई।"

"एम्बुलेंस हासिल होने के बाद हमें एक और महत्वपूर्ण काम भी करना है।"

"क्या?"

"एम्बुलेंस के साथ जो ड्राइवर आयेगा।" कमांडर बोला—"हमें उसे भी ठिकाने लगाना है। उसे बेहोश वगैरह करके और हाथ-पैर बांधकर सीट के नीचे ठूंस देना है।"

"इसकी क्या जरूरत है?"

"बहुत बड़ी जरूरत है, क्योंकि फिर हम जिस प्रकार उस एम्बुलेंस का प्रयोग करेंगे, उसमें वह ड्राइवर जरूर अड़ंगा पैदा करेगा। और उसका वह अड़ंगा हमें बहुत भारी पड़ सकता है। इसलिये पहले ही हमने उसे ठिकाने लगाना है, ताकि उसकी वजह से योजना में कोई गड़बड़ पैदा न हो।"

"ठीक है।" नीलकंठ बोला—"ड्राइवर को हमने ठिकाने लगा दिया, उसके बाद?"

"फिर हम तीनों ने एम्बुलेंस में बैठकर परवेज मोहम्मद, असलम और सरफराज हुसैन के बहुत फर्स्ट क्लास मेकअप करने हैं, जो वह भी हमारी शक्ल देखकर चक्कर खा जायें कि असली कौन है।"

"मेकअप एयरपोर्ट पहुंचने से पहले ही करेंगे?"

"हाँ, मेकअप का यह काम पहले ही होगा।" कमांडर ने 'डनहिल' का एक कश और लगाया और फिर कुछ रुककर बोला—"बहरहाल वह तमाम तैयारियां करने के बाद हम पाँचों शंघाई एयरपोर्ट पहुंचेंगे। यह ठीक वो वक्त होगा, जब पाकिस्तान से आने वाला विमान शंघाई एयरपोर्ट पर लैंड कर रहा होगा। हम तीनों यानी मैं, नीलकंठ और बालेराम, एम्बुलेंस में ही बैठे रहेंगे। जबकि होशांग और पामेला एम्बुलेंस से उतरकर एयरपोर्ट के अंदर जायेंगे।"

अब पामेला भी कुछ तनकर बैठी—"हमारा वहां क्या काम है?"

"तुम दोनों की उस समय एयरपोर्ट के अंदर एक बहुत महत्वपूर्ण भूमिका है, जिसके ऊपर योजना की सफलता-असफलता का सारा दारोमदार टिका है।" कमांडर उन्हें उनकी भूमिका समझाता हुआ बोला—"दरअसल तुम दोनों बहुत घबराई हुई-सी अवस्था में एयरपोर्ट के अंदर घुसोगे और वहां के किसी बड़े अधिकारी से जाकर मिलोगे। उससे तुम कहोगे कि अभी-अभी पाकिस्तान से जो फ्लाइट आई है, उसमें परवेज मोहम्मद, असलम और सरफराज हुसैन नामक तीन पाकिस्तानी नागरिक हैं। उन लोगों के नाम अभी-अभी पाकिस्तान से फैक्स द्वारा हमारे पास एक संदेश आया है, जिसे फौरन उन तीनों तक पहुंचाया जाना जरूरी है। यह कोई ऐसी अनोखी बात नहीं, जिस पर कोई अधिकारी यकीन न कर सके। ऐसी घटनायें एयरपोर्ट पर अक्सर होती रहती है। तुम दोनों की बात सुनते ही अधिकारी हवाई पट्टी के नजदीक लगे लाउडस्पीकर पर घोषणा करा देगा कि मिस्टर परवेज मोहम्मद, असलम और सरफराज हुसैन फ़ौरन घोषणा-कक्ष के नजदीक आये, क्योंकि उनके नाम पाकिस्तान से एक खास संदेश आया है।" कमांडर ने 'डनहिल' का आखिरी कश लगाया और फिर उसका टोटा एश-ट्रे में रगड़ा—"क्या तुममें से कोई बता सकता है कि उस घोषणा को सुनकर पाकिस्तानी रिप्रिजेंटेटिव क्या करेंगे?"

"स्वाभाविक है।" बालेराम बोला—"कि वह घोषणा सुनते ही फ़ौरन घोषणा-कक्ष के नजदीक खड़े होशांग और पामेला के पास पहुंचेगे।"

"करेक्ट।" कमांडर के स्वर में उल्लास झलका—"वह फ़ौरन इन दोनों के पास आयेंगे।"

"लेकिन यह बात अभी भी स्पष्ट नहीं हुई।" पामेला असमंजसता के बीच झूलती हुई बोली—"कि उनका किडनैप किस प्रकार होगा?"

"अब मैं वही बता रहा हूं। जैसे ही वह तीनों रिप्रिजेंटेटिव तुम्हारे पास पहुंचेंगे, तुम कोई बहाना बनाकर उन्हें एयरपोर्ट से बाहर निकालोगे और एम्बुलेंस तक लेकर आओगे।"

"जस्ट ए मिनट।" होशांग ने कमांडर को बीच में टोका—"हम क्या बहाना बनायेंगे?"

"तुम कह सकते हो कि फैक्स मैसेज बाहर गाड़ी में रखा है, इसलिये आप कृपया हमारे साथ बाहर तक चलें। बहरहाल उन तीनों का बाहर खड़ी एम्बुलेंस तक पहुंचना जरूरी है और यह काम तुम दोनों ने करना-ही-करना है। जैसे ही वह रिप्रिजेंटेटिव एक निर्जन इलाके में खड़ी एम्बुलेंस तक आयेंगे, हम फौरन उन पर चीते की तरह झपट पड़ेंगे और उन्हें पकड़कर अंदर खींच लेंगे। उसके बाद हमने उन रिप्रिजेंटेटिव का भी वही हश्र करना है, जो एम्बुलेंस के ड्राइवर का किया। तीनों को बेहोश करके एम्बुलेंस की सीटों के नीचे ठूंस देंगे, लेकिन उससे पहले अपने कपड़े उतारकर उन्हें पहनायेंगे और उनके कपड़े उतारकर खुद पहनेंगे। यानी पलक झपकते ही हम पूरी तरह परवेज मोहम्मद, असलम और सरफराज हुसैन बन जायेंगे। कुछ ही मिनट बाद जब हम एयरपोर्ट पर कदम रखेंगे, तो किसी भी एयरपोर्ट अधिकारी को हम पर शक नहीं होगा।

क्योंकि हमारी न सिर्फ शक्लें और कद-काठी उन रिप्रिजेंटेटिव से हू-ब-हू मिलती होगी, बल्कि कपड़े भी वही होंगे। इस तरह हम हवाई जहाज में बैठकर बीजिंग एयरपोर्ट पहुंचेंगे और वहां से सी.एस.एस. के सुरक्षा घेरे में 'एयरक्राफ्ट इंटरनेशनल' होटल जायेंगे। यहां तक की योजना पर किसी को कोई शक? कोई सवाल?"

सब चुप रहे।

वह चारों मंत्रमुग्ध से बैठे थे।

वाकई कमांडर ने एक परफेक्ट सिक्योरिटी में छेद करके दिखाया था और साबित कर दिया था कि दिमाग से बड़ी कोई दूसरी ताकत नहीं होती।

"मुझे एक सवाल पूछना है।" थोड़ा रुककर पामेला बोली।

"पूछो।"

"तुम तीनों पाकिस्तानी रिप्रिजेंटेटिव बनकर शंघाई से बीजिंग चले जाओगे, ठीक?"

"बिल्कुल ठीक।" कमांडर ने सहज अंदाज में गर्दन हिलाई।

"अब बचते हैं मैं और होशांग! हम दोनों अभी न सिर्फ शंघाई में ही रह गये हैं

बल्कि एम्बुलेंस में भी चार-चार बेहोश जिस्म पड़े हैं। तुम लोगों के शंघाई से चले जाने के बाद हमारा अगला एक्शन क्या होगा?"

"अच्छा सवाल पूछा है।" कमांडर ने मुस्कुराकर पामेला की तरफ देखा—"दरअसल उसके बाद भी तुम्हारी जिम्मेदारी खत्म नहीं हो जाती। तुम दोनों एम्बुलेंस को लेकर फौरन ही बीजिंग के लिये रवाना हो जाओगे। शंघाई से बीजिंग तक का रास्ता आठ घंटे का है, जबकि हम हवाई मार्ग से मात्र आधा घंटे में ही बीजिंग पहुंच जायेंगे। अब मैं यह और बता दूं कि हमने एम्बुलेंस का अरेंजमेंट क्यों किया है।"

"क्यों किया है?" होशांग के दिमाग पर स्मैक का जो थोड़ा-बहुत नशा था, वह भी कमांडर की योजना सुनकर उड़ चुका था।

"दरअसल शंघाई से बीजिंग तक का सफर तय करने में एम्बुलेंस की महत्वपूर्ण भूमिका है बल्कि उसी सफर के लिये खासतौर पर एम्बुलेंस का यह अरेंजमेंट किया गया है। तुमने उन चारों बेहोश व्यक्तियों को एम्बुलेंस में इस प्रकार लिटाकर रखना है कि अगर बीच रास्ते में ट्रेफिक पुलिस का कोई आदमी एम्बुलेंस चेकिंग के लिये रोक भी ले, तो वह उन चारों को सीरियस पेशेंट ही समझे। याद रखो, एम्बुलेंस आमतौर पर चेकिंग के लिये नहीं रोकी जाती है। फिर तुमने एम्बुलेंस की छत पर लगा सायरन भी चालू रखना है, जो यह साबित करेगा कि किसी गंभीर पेशेंट को ले जाया जा रहा है, इसीलिये बीच में डिस्टर्ब न किया जाये। अकेला वह सायरन ही तुम्हारे रास्ते में आने वाली तमाम मुश्किलों को दूर कर देगा और तुम उस एम्बुलेंस की बदौलत बिना किसी अड़चन के चारों को लेकर शंघाई से बीजिंग आ जाओगे। फिर भी तुमने सावधानी के तौर पर उन चारों को एम्बुलेंस में मरीज की तरह लिटाकर रखना है, ताकि अकस्मात पैदा होने वाली किसी भी मुश्किल का सामना कर सको। बीजिंग आकर तुमने सीधे इसी ठिकाने पर पहुंचना है और उन चारों को यहां बांधकर रखना है।"

वह योजना बताने के बाद कमांडर चुप हो गया।

उन चारों के बीच भी सन्नाटा छाया रहा।

❑❑❑

"इसमें कोई शक नहीं कि तुमने एक बेहतरीन योजना सोची है कमांडर!" पतले-दुबले किन्तु फुर्तीले जिस्म वाले नीलकंठ ने अपना गला खंखार कर कहा—"लेकिन इस पूरी योजना में एक ऐसी भयंकर कमी है, जिसे तुम शुरू से ही नजर अंदाज कर रहे हो।"

"क्या कमी है?" कमांडर ने दूसरी 'डनहिल' सुलगाते हुए पूछा।

"तुम्हारी यहां तक की योजना से यह साबित होता है कि हम तीनों पाकिस्तानी रिप्रिजेंटेटिव बनकर निर्विघ्न 'विज्ञान भवन' के कान्फ्रेंस हॉल तक पहुंच सकते हैं, ठीक?"

"बिल्कुल ठीक।"

"अब उसके बाद हमारा आगे का काम शुरू होगा।" नीलकंठ बोला—"वह काम, जो अब तक के काम से कहीं ज्यादा जटिल और खतरनाक है। हमने हॉल में पहुंचकर डॉक्टर मानिक शाह का किडनैप करना है। याद रखो, उस समय हम तीनों के पास कोई हथियार भी नहीं होगा। क्योंकि पाकिस्तानी रिप्रिजेंटेटिव बनकर जब हम बीजिंग एयरपोर्ट पर उतरेंगे, तो वहां सबसे पहले तो हमें बीजिंग एयरपोर्ट के मेटल डिटेक्टर से ही होकर गुजरना पड़ेगा। उसके बाद हो सकता है कि सी.एस.एस. के अधिकारी भी मेटल डिटेक्टर से हमारी तलाशी लें। फिर शनिवार को 'विज्ञान भवन' के दरवाजे पर भी बड़ी संख्या में मेटल डिटेक्टर लगे होंगे। यानी कुछ मिलाकर ऐसा कोई चांस नहीं है, जो हम हथियार लेकर 'विज्ञान भवन' के कॉन्फ्रेंस हॉल में पहुंच सकें। हमें अपने हथियार शंघाई एयरपोर्ट में घुसने से पहले ही निकाल देने होंगे।"

"सही कह रहे हो तुम नीलकंठ!" कमांडर ने 'डनहिल' का कश लगाया—"इसमें कोई शक नहीं कि शनिवार को जब हम 'विज्ञान भवन' में घुसेंगे, तो हम तीनों बिल्कुल निहत्थे होंगे।"

"तो फिर सवाल यह पैदा होता है कमांडर!" नीलकंठ एक-एक शब्द चबाता हुआ बोला—"कि हम उस निहत्थी पोजीशन में डॉक्टर मानिक शाह का किडनैप किस प्रकार करेंगे? याद रखो 'विज्ञान भवन' के चप्पे-चप्पे पर उस दिन सी.एस.एस. के हथियार बंद जवान तैनात होंगे, जिनके पास एक-से-एक आधुनिक गनें और बम होंगे। और उन लोगों का मुकाबला हम सिर्फ हाथों से नहीं कर सकते।"

"यह बात मैंने भी नहीं कही कि उनका मुकाबला हम हाथों से करेंगे नीलकंठ!" कमांडर मुस्कुराया—"यह सच है कि कॉन्फ्रेंस हॉल में दाखिल होने तक हम निहत्थे होंगे, लेकिन कॉन्फ्रेंस हॉल में दाखिल होते ही हमारे पास गोलियों से भरे ऑटोमैटिक रिवॉल्वर आ जायेंगे।"

सब भौचक्के रह गये, वह बात थी भी हैरान कर देने वाली।

"कैसे?" बालेराम ने सनसनाये स्वर में पूछा—"हॉल में घुसते ही हमारे पास रिवॉल्वर किस तरह आयेंगे?"

"दरअसल यहीं से मेरी योजना का दूसरा चरण शुरू होता है।" कमांडर ने इत्मीनान के साथ 'डनहिल' का कश लगाया और उसकी राख एश-ट्रे में झाड़ी—"मेरी योजना के इस दूसरे चरण में कॉन्फ्रेंस हॉल के अंदर मौजूद पचास मीटर लंबी उस मेज की महत्वपूर्ण भूमिका है, जिसके दोनों तरफ पैंतीस देशों के रिप्रिजेंटेटिव बैठेंगे। मेज के नीचे जो गोल-गोल गुम्बद बने हुए हैं, रिवॉल्वर उन्हीं गुम्बदों में छिपे होंगे और हमारे लिये यह काम कॉन्फ्रेंस से एक दिन पहले जीपा करेगा। वह 'एमरजेन्सी विंडो' द्वारा चुपचाप हॉल में घुसेगा और गुम्बदों में रिवॉल्वर छिपायेगा।"

"एक मिनट!" नीलकंठ ने फ़ौरन उसे टोका—"तुम फिर गलती कर रहे हो कमांडर! तुम्हारी बात यहां तक ठीक है कि जीपा कॉन्फ्रेंस से एक दिन पहले 'एमरजेन्सी विंडो' द्वारा हॉल में घुसेगा और मेज के नीचे डिजाइन के तौर पर बनाये गये गुम्बदों में रिवॉल्वर छिपायेगा। लेकिन यहीं से गड़बड़ शुरू हो जाती है। जीपा पहले ही कह चुका है कि उन गुम्बदों में कोई भी चीज रखी तो जा सकती है, लेकिन फिर उसे निकालना आसान नहीं है।"

"जीपा की वह बात मुझे भी मालूम है नीलकंठ!" कमांडर के होंठों से मुस्कान कम न हुई।

"त...तो फिर हम रिवॉल्वर कैसे निकालेंगे?"

"दरअसल गुम्बद के अंदर रिवॉल्वर को इस तरह नहीं छिपाया जायेगा, जिस तरह तुम समझ रहे हो नीलकंठ!" कमांडर उसे एक-एक बात बारीकी से समझाता हुआ बोला।

"यानी रिवॉल्वर यूं ही गुम्बद के अंदर नहीं डाल दी जायेगी?"

"बिल्कुल नहीं।"

"फिर?"

"रिवॉल्वर को गुम्बद में छिपाने के लिये एक खास तरह की प्लेट बनाई जायेगी।" कमांडर ने पूरी रूपरेखा समझाई—"वह चुम्बक की प्लेट होगी। उसकी लंबाई लगभग दो फुट और चौड़ाई नौ इंच के आसपास होगी। चुम्बक की प्लेट के दोनों सिरों पर दो गरारियां होंगी और उसमें एक चेन पड़ी होगी। उसी चेन में तांबे के तार को पिरोकर रिवॉल्वर बांधा जायेगा। रिवॉल्वर चूंकि लोहे की होती है और

प्लेट चुम्बक की होगी, इसीलिये स्वाभाविक रूप से रिवॉल्वर चुम्बक की प्लेट से चिपक जायेगी। ठीक?"

"बिल्कुल ठीक।" चारों ने स्वीकृति में गर्दन हिलाई।

"ऐसी चुम्बक की तीन प्लेटें तैयार की जायेंगी।" कमांडर बोला—"और उनमें तीन रिवॉल्वरें बांधी जायेंगी। शनिवार से एक दिन पहले यानी शुक्रवार तक कॉन्फ्रेंस हॉल में माइक वगैरह भी फिट कर दिये जायेंगे और रिप्रिजेंटेटिव के नामों की प्लेट्स भी रख दी जायेंगी कि किसने कहां-कहां बैठना है। नेम-प्लेट्स भी रखे जाने के बाद जीपा कॉन्फ्रेंस हॉल में घुसेगा और जहां-जहां पाकिस्तानी रिप्रिजेंटेटिव की प्लेट्स रखी होंगी, ठीक वहीं-वहीं मेज के नीचे गुम्बद के अंदर घुसाकर चुम्बक की प्लेटें कस देगा। एक तांबे का तार, जिसे चैन में पिरोया गया होगा, उससे रिवॉल्वर बाँधी जायेगी। वहीं चुम्बक की प्लेट के साथ एक गरारी भी कनेक्टिड होगी, जिसमें नॉब निकली होगी। उस नॉब को पकड़कर घुमाने से चेन चलेगी और उसी के साथ-साथ चुम्बक की प्लेट से चिपकी रिवॉल्वर धीरे-धीरे सरकती हुई आगे आयेगी।"

सब बड़े मन्त्रमुग्ध होकर कमांडर की योजना सुन रहे थे।

"अब स्थिति ये है।" कमांडर थोड़ा रुककर पुनः बोला—"कि चुम्बक की वह प्लेटें मेज के नीचे कसी हुई हैं और उनका नब्बे प्रतिशत हिस्सा गुम्बद के अंदर है। रिवॉल्वर भी उस गरारी के पास चुम्बक की प्लेट से चिपका हुआ है, जो गरारी गुम्बद के अंदर छिपी है। यानी बाहर से देखने पर रिवॉल्वर नजर नहीं आयेगी। सब कुछ बेहद आसान है। हम लोग निहत्थे कॉन्फ्रेंस हॉल के अंदर घुसेंगे। फिर निहत्थे ही अपनी-अपनी कुर्सी पर बैठेंगे। लेकिन उसके बाद निहत्थे नहीं रहेंगे।"

"तुमने बताया कि रिवॉल्वर उस गरारी के साथ चिपकी है, जो गुम्बद के अंदर है।" बालेराम बोला।

"बिल्कुल सही।"

"वह रिवॉल्वर गुम्बद से निकलकर हमारे हाथों तक कैसे आयेगी?"

"बहुत आसान है।" कमांडर ने 'डनहिल' का एक कश और लगाया—"दरअसल उस प्लेट की दूसरी गरारी जो गुम्बद से थोड़ी ही बाहर होगी, उसमें एक नॉब निकली होगी। हम अपनी-अपनी कुर्सी पर बैठकर चुपचाप मेज के नीचे हाथ देंगे, गरारी के बीच में निकली नॉब को पकड़ेंगे और फिर उसे धीरे-धीरे घुमायेंगे। नॉब के साथ-साथ गरारी घूमेगी और फिर उसी से लिपटी चैन घूमेगी। चैन के

साथ ही तांबे के तार में रिवॉल्वर भी कसी हुई है, चैन घूमेगी तो वह रिवॉल्वर भी चुम्बक की प्लेट से चिपकी आहिस्ता-आहिस्ता सरकती हुई अगली गरारी तक आ जायेगी। रिवॉल्वर जैसे ही अगली गरारी तक आयेगी, हम फौरन तांबे का तार खोलकर अपनी-अपनी रिवॉल्वर निकाल लेंगे। वैरी सिम्पल, कहीं कोई मुश्किल नहीं है। कहीं कोई अड़चन नहीं है। फिर भी अगर कोई बात किसी के दिमाग में न आई हो, तो वह मुझसे पूछे।"

"एक सवाल मैं पूछना चाहती हूं।" पामेला बोली।

"पूछो।"

"क्या मेज के तल और गुम्बद के बीच में इतनी जगह होगी, जो रिवॉल्वर उसके बीच में से निकलकर अंदर जा सके या सहूलियत के साथ बाहर आ सके? ध्यान रहे रिवॉल्वर की मोटाई अच्छी-खासी होती है।"

"इस पॉइंट पर भी मैं विचार कर चुका हूं।" कमांडर बोला—"यह बात जीपा ने हमें पहले ही बता दी थी कि मेज की प्लाई और गुम्बद के बीच में दो इंच जगह है। दो इंच जगह कोई कम नहीं होती। कहने और सुनने में यह जगह बहुत कम लगती है, लेकिन वास्तव में किसी भी अच्छी क्वालिटी की रिवॉल्वर की मोटाई डेढ़ या पौने दो इंच से ज्यादा नहीं होती।"

"यानी रिवॉल्वर के गुम्बद के अंदर जाने या बाहर आने में कोई परेशानी नहीं होगी।"

"बिल्कुल भी परेशानी नहीं होगी।"

खामोशी छा गई।

"अब यहां पर होशांग और पामेला का भी एक काम है।" कमांडर बोला।

"क्या?" होशांग और पामेला पुनः अलर्ट हुए थे।

"शनिवार को जब हम तीनों विज्ञान भवन के अंदर होंगे, तो तुम दोनों 'विज्ञान भवन' के बाहर होओगे।"

"वहाँ हम क्या करेंगे?"

"दरअसल पामेला तुम!" कमांडर ने पामेला की तरफ उंगली उठाई—"तुम 'विज्ञान भवन' से थोड़ा फासले पर गाड़ी लेकर खड़ी रहोगी। जैसे ही हम तीनों डॉक्टर मानिक शाह को रिवॉल्वर की नोंक पर जबरदस्ती 'विज्ञान भवन' से बाहर लेकर आयेंगे, तुम फौरन हाई स्पीड से गाड़ी लेकर हमारे पास पहुंचोगी और फिर उसी गाड़ी में बैठकर हम सब घटनास्थल से फरार होंगे। ठीक?"

"ठीक।" पामेला ने सहज अंदाज में अपनी गर्दन स्वीकृति में हिलाई।

"और मेरा क्या काम है?" होशांग ने कौतुहलतापूर्वक पूछा।

"तुम्हारा भी बहुत महत्वपूर्ण काम है।" कमांडर बोला—"सबसे पहले तो तुमने यही पता लगाना है कि 'विज्ञान भवन' के सामने क्या कोई होटल वगैरह है या नहीं।"

"बिल्कुल है।" होशांग फौरन बोला—"एक आठ मंजिला होटल है, जो 'विज्ञान भवन' की इमारत के एकदम सामने है।"

"फिर तो बन गया काम।" कमांडर ने उत्साह के साथ 'डनहिल' का एक कश और लगाया—"तुमने होटल को किसी मंजिल पर टेलीस्कोपिक गन लेकर खड़े हो जाना है और वहां खड़े होकर बड़ी चौकसी से 'विज्ञान भवन' के मुख्य दरवाजे पर निगाह रखनी है। तुम्हारा काम ये है कि जब हम डॉक्टर मानिक शाह को लेकर 'विज्ञान भवन' से बाहर निकलेंगे, तो तुमने वहीं खड़े-खड़े हमें सिक्योरिटी देनी है। हमारे आसपास चारों तरफ निगाह रखनी है कि कहीं कोई सी.एस.एस. का जवान हममें से किसी को नुकसान पहुंचाने की चेष्टा तो नहीं कर रहा है।"

"अगर मैं किसी को ऐसी चेष्टा करते देखूं तो?"

"तो तुमने वहीं खड़े-खड़े टेलीस्कोपिक गन से उसे शूट कर देना है। यह काम तुम्हें खासतौर पर इसलिये सौंपा गया है, क्योंकि तुम्हारा निशाना हम सभी में सबसे ज्यादा तेज है। मैं समझता हूं कि तुम वहां खड़े होकर हमें अच्छी तरह सिक्योरिटी दे सकोगे, क्योंकि तुम्हारी नजर न सिर्फ पूरे 'विज्ञान भवन' पर होगी, बल्कि आसपास के इलाके पर भी होगी।"

"चिंता मत करो।" होशांग जोश में भरकर बोला—"मैं अपना काम अच्छी तरह अंजाम दूंगा।"

"गुड।"

❑❑❑

कमांडर ने सिगरेट की राख एश-ट्रे में झाड़ी और फिर चारों के चेहरे पर दृष्टिपात किया—"डॉक्टर मानिक शाह को सी.एस.एस. के शिकंजे से निकालने की पूरी योजना मैं अब तुम लोगों को सुना चुका हूं। इस योजना में किसकी क्या-क्या भूमिका है, यह भी बताया जा चुका है। फिर भी अगर तुममें से किसी के दिमाग में कोई सवाल है, तो वह बे-हिचक पूछे।"

"पूरी योजना बहुत सुपर क्लास है।" नीलकंठ अपने माथे पर बल डालकर बोला—"बस मुझे एक ही जगह बड़ी भयंकर कमी नजर आ रही है।"

"किस जगह?" कमांडर ने उत्सुकता से पूछा।

"शंघाई एयरपोर्ट पर जब होशांग और पामेला लाउडस्पीकर पर यह घोषणा करायेंगे कि पाकिस्तान से उन तीनों के नाम एक फैक्स संदेश आया है और जब वह तीनों रिप्रिजेंटेटिव इनसे आकर मिलेंगे, तो क्या वो यह देखकर चौकेंगे नहीं कि इन अजनबियों के पास उनके नाम पाकिस्तान से फैक्स संदेश किस तरह आया है?"

"गुड क्वेश्चन।" कमांडर ने प्रशंसा भरी निगाह नीलकंठ पर डाली—"वाकई तुमने एक अच्छी कमी ढूंढ़ी है।"

"लेकिन इस कमी का एक मामूली-सा हल है।" बालेराम बोला।

"क्या?"

"यह दोनों पाकिस्तान के उन रिप्रिजेंटेटिव के सामने यह शो करेंगे कि यह चीन सरकार के आदमी है और वह फैक्स संदेश पाकिस्तान सरकार की तरफ से आया है। बस फिर उन तीनों के दिमाग में शक का वह कीड़ा कुलबुलायेगा ही नहीं।"

"चलो।" नीलकंठ बोला—"इस समस्या का समाधान तो हो गया, मगर अभी एक मुश्किल और है।"

"वह क्या मुश्किल है?" कमांडर के नेत्र सिकुड़े।

"तुम्हारी योजना के मुताबिक पाकिस्तान के उन तीनों रिप्रिजेंटेटिव को एयरपोर्ट से निकालकर बाहर ले जाना जरूरी है। क्योंकि तभी तुम अपनी योजना में कामयाब होओगे, ठीक?"

"ठीक।"

"अब जरा कल्पना करो कमांडर!" नीलकंठ थोड़ा उसकी तरफ झुक गया—"यह दोनों उन रिप्रिजेंटेटिव से कहते हैं कि फैक्स संदेश बाहर गाड़ी में रखा है, इसलिये आप लोग बाहर चलें। पहली आशंका—वह इनके साथ एयरपोर्ट से बाहर आने की बजाय उल्टा इन्हीं से कह सकते हैं कि हम यहीं खड़े हैं, तुम मैसेज अंदर ही ले आओ। दूसरी आशंका—अगर वह इनके साथ बाहर चलने के लिये तैयार भी हो गये, तो क्या जरूरी है कि वह तीनों ही इनके साथ एयरपोर्ट से बाहर जायेंगे। आखिर संदेश ही तो लाना है, इस काम के लिये कोई एक रिप्रिजेंटेटिव भी एयरपोर्ट से बाहर जा सकता है। कमांडर, तुम चाहे कुछ भी कहो, लेकिन यह नामुमकिन है कि वह तीनों एक संदेश

लेने के लिये एयरपोर्ट से बाहर निकलेंगे। और दोनों में से सिचुऐशन चाहे कोई सी भी हो, हमारी योजना फ्लॉप हो जायेगी।"

कमांडर के चेहरे पर बैचेनी के भाव नजर आने लगे।

वह उस समस्या का कोई समाधान ढूंढ़ पाता, उससे पहले ही होशांग बोल पड़ा—"इसका भी एक हल है।"

"क्या?" कमांडर ने उसकी तरह हैरत से देखा।

"हम पाकिस्तान के उन रिप्रिजेंटेटिव से कहेंगे।" होशांग अपनी असीमित बुद्धि का परिचय देता हुआ बोला—"कि मैसेज बहुत महत्वपूर्ण है। इतना महत्वपूर्ण है कि चीन सरकार का एक बड़ा अधिकारी वह मैसेज खुद उन तीनों तक पहुंचाने आया है। उसने वह मैसेज हमें इसलिये नहीं दिया, क्योंकि उसे इसमें सीक्रेसी लीक हो जाने का खतरा था। टांग पर प्लास्टर चढ़ा होने के बावजूद वह अधिकारी खुद एयरपोर्ट तक आया है, अलबत्ता वो एयरपोर्ट के अंदर इसलिये नहीं आ सका, क्योंकि वह एम्बुलेंस में लेटा है और डॉक्टरों ने उसे चलने-फिरने से मना किया है।"

"चलो, यहां तक ठीक है।" नीलकंठ बोला—"लेकिन फिर भी क्या जरूरी है कि वह तीनों ही संदेश लेने बाहर जायें?"

"वह जायेंगे—तीनों ही जायेंगे।" होशांग पुरजोर लहजे में बोला।

"हम पाकिस्तान के उन रिप्रिजेंटेटिव से कहेंगे कि वह हमारे साथ एयरपोर्ट के बाहर खड़ी एम्बुलेंस तक चलें। अगर कोई उनमें से रुकने की कोशिश करेगा, तो हम कहेंगे कि हमारे अधिकारी को उन तीनों से एक कागज पर सिग्नेचर भी कराने हैं और फ़ौरन ही पाकिस्तान सरकार को कोई जवाब भेजना है। वह तीनों संदेश लेने एयरपोर्ट से बाहर आयें या न आये, लेकिन उन्हें सिग्नेचर करने जरूर आना पड़ेगा। इस पूरे घटनाक्रम में एम्बुलेंस भी कोई अटपटी चीज नजर नहीं आयेगी, वरना पहले तो वह तीनों यही देखकर चौंकते कि फैक्स संदेश एम्बुलेंस में क्या कर रहा है।"

"गुड, वैरी गुड!" कमांडर, होशांग का समाधान सुनकर प्रफ्फुलित हो उठा—"सचमुच तुमने बेहतरीन हल खोज निकाला है होशांग! इसके लिये तुम्हारे दिमाग की जितनी तारीफ की जाये, कम है।"

नीलकंठ भी होशांग को प्रशंसा भरी नजरों से देखने लगा।

जबकि होशांग पत्थर का बुत बना अब फिर सीधा-सा इस तरह बैठा था, जैसे उसने कुछ किया ही न हो।

"इसके अलावा किसी के दिमाग में कोई और सवाल पैदा होता हो?" कमांडर ने फिर उन चारों के चेहरे पर निगाह घुमाई—"योजना में कुछ और कमी नजर आती हो?"

इस मर्तबा सब शांत बैठे रहे।

"यानी कोई सवाल नहीं?" कमांडर ने 'डनहिल' का कश लगाया—"कोई कमी नहीं?"

"फिलहाल तो कोई कमी नजर नहीं आती।" नीलकंठ बोला—"लेकिन अगर फिर कोई कमी नजर आयेगी, तो इसी तरह आपस में बैठकर विचार-विमर्श कर लेंगे। योजना को कार्यरूप देने में अभी हमारे पास काफी वक़्त है।"

फिर वो मीटिंग वहीं खत्म हो गई।

❑❑❑

दस मिनट बाद ही टेलीफोन की घंटी घनघना उठी थी।

"हैलो।" नीलकंठ ने रिसीवर उठाया।

"मैं जीपा बोल रहा हूं नीलकंठ!"

"ओह जीपा, कहो क्या रिपोर्ट है?"

"तुम्हारे साथी ने मुझे पाकिस्तानी रिप्रिजेंटेटिव के बारे में पता लगाने के लिये कहा था न कि वह कब आ रहे हैं और कौन-सी फ्लाइट से आ रहे हैं?"

"हां-हां, कहा था। क्या हुआ?"

"मैंने उस बारे में पता लगा लिया है।" जीपा बोला—"दरअसल पाकिस्तानी रिप्रिजेंटेटिव का वह दल कल शाम छह बजे बीजिंग पहुंच रहा है।"

"कल शाम?" नीलकंठ बुरी तरह चौंक पड़ा—"इतनी जल्दी?"

कमांडर के साथ-साथ अब बालेराम, होशांग और पामेला भी नीलकंठ के इर्द-गिर्द जमा हो गये थे।

"मैंने तुम्हें पहले ही बताया था मिस्टर नीलकंठ!" जीपा बोला—"कि पैंतीस देशों के वह रिप्रिजेंटेटिव दो दिन तक चीन आयेंगे। कुछ बृहस्पतिवार को और कुछ शुक्रवार को। यह इत्तेफाक है कि पाकिस्तानी रिप्रिजेंटेटिव मंडल पहले ही दिन यानी बृहस्पतिवार को आ रहा है।"

"ओह! तुम लाइन पर ही रहो जीपा! नीलकंठ थोड़ी व्यग्र मुद्रा में बोला—"मैं अभी तुमसे एक मिनट में बात करता हूं।"

"कोई बात नहीं।"

नीलकंठ ने अब शीघ्रतापूर्वक टेलीफोन के माउथपीस वाले हिस्से पर हाथ रख लिया और फिर कमांडर की तरफ घूमा।

"जीपा का फोन है। कहता है कि पाकिस्तानी रिप्रिजेंटेटिव मंडल कल शाम छह बजे ही बीजिंग पहुंच रहा है।"

"माई गॉड!" कमांडर भी हड़बड़ाया—"इतनी जल्दी!"

"हां। लगता है कि अब सब—कुछ आनन-फानन करना पड़ेगा। जीपा से कुछ कहना तो नहीं?"

"कैसे नहीं कहना।" कमांडर फ़ौरन बोला—"उसे मेज की प्लाई में चुम्बक की प्लेट और रिवॉल्वर फिट करने की पूरी स्कीम समझानी है। उससे कहो, वह कल सुबह हमें फिर फार्म हाउस में मिले।"

"ओके, कहता हूँ।" नीलकंठ ने टेलीफोन के माउथपीस पर से हाथ हटाया और फिर वह थोड़ी ऊँची आवाज में बोला।

"हैलो, जीपा!"

"हां, मैं लाइन पर हूं।" जीपा की तत्काल आवाज आई।

"तुम्हारे लिये एक खुशखबरी है जीपा!" नीलकंठ बोला—"हमने कॉन्फ्रेंस हॉल में घुसने की एक बहुत जबरदस्त स्कीम बना ली है। ऐसी स्कीम, जिसे सुनकर तुम उछल पड़ोगे।"

दूसरी तरफ खामोशी छा गई।

"क्या हुआ?"

"क...कुछ नहीं।" जीपा का हड़बड़ाया स्वर—"मैं तो यही सुनकर उछल पड़ा हूँ कि तुमने ऐसी परफेक्ट सिक्योरिटी को भेदकर भी कोई स्कीम बना ली है। स्कीम सुनकर तो शायद मेरा हार्टफेल ही हो जाये।"

नीलकंठ फरमायशी अंदाज में हंसा।

"हम इसी सिलसिले में तुमसे कल सुबह फिर मिलना चाहते हैं जीपा! तुमसे एक महत्वपूर्ण मुद्दे पर बातचीत करनी है।"

"ठीक है।" जीपा बोला—"मैं ठीक आठ बजे फार्म हाउस पहुंच जाऊंगा।"

"थैंक्यू, थैंक्यू वैरी मच जीपा!" नीलकंठ आभार प्रकट करता हुआ बोला—"सचमुच हमारी वजह से तुम्हें काफी परेशानी उठानी पड़ रही है।"

"नीलकंठ!" जीपा की आवाज एकाएक भभक उठी—"यह बात फिर कभी अपनी जबान पर मत लाना। फिलहाल तो मैं कुछ भी नहीं कर रहा, लेकिन अगर तुम्हारे जैसे इंसान के लिये मुझे अपनी जान की बाजी भी लगानी पड़े, तो मैं खुशी-खुशी लगाऊंगा।"

नीलकंठ कुछ नहीं बोला।

वाकई जीपा तहेदिल से किसी का अहसान मानने वाला और फिर उस अहसान के बदले में अपना सब कुछ न्यौछावर कर देने वाला इंसान था।

❑❑❑

बहरहाल फिर सारी घटनायें बड़ी तेज स्पीड से घटी थीं।

सबसे पहले बालेराम सक्रिय हुआ। नीलकंठ ने उसे चुम्बक की वह प्लेट बनाने की जिम्मेदारी सौंपी थी, जिसकी चेन में रिवॉल्वर कसी जानी थी।

बालेराम वहां से फ़ौरन एक खराद मशीन पर चला गया। खराद मशीन का मालिक उसका एक पुराना परिचित था और शुरुआती दिनों में वह उसके साथ ताला तोड़ने की कुछ आपराधिक घटनाओं में शामिल रहा था।

बालेराम उसकी खराद मशीन पर जाकर ही बैठ गया और फिर अपने सामने ही उसने चुम्बक की वह तीन प्लेटें तैयार कराई, जिनमें दो-दो गरारियां भी थीं और चेन भी थीं।

दो घंटे बाद ही बालेराम चुम्बक की वह प्लेटें तैयार कराकर लौट आया।

सबसे पहले कमांडर ने उन प्लेटों को देखा था।

वाकई बालेराम ने ए-वन काम करके दिखाया था।

फिर प्लेटों की चेन में तांबे के तार से एक-एक रिवॉल्वर भी कस दिया गया, अब वह पूरा इंस्ट्रूमेंट बनकर तैयार हो चुका था।

❑❑❑

बृहस्पतिवार की सुबह ठीक आठ बजे कमांडर और नीलकंठ उन तीनों प्लेटों को लेकर जीपा के फार्म हाउस पहुंचे।

प्लेटों को उस समय उन्होंने चमड़े के एक बैग में बंद किया हुआ था।

"आइये मिस्टर नीलकंठ!" जीपा ने फार्म हाउस के दरवाजे पर ही उनका स्वागत किया—"आइये कमांडर!"

उसने गरमजोशी के साथ दोनों से हाथ मिलाया।

जीपा उस समय अपने लंबे-चौड़े बदन पर सिर्फ नाइट गाउन पहने हुए था और ऐसा लगता था, जैसे वह सोकर उठने के बाद सीधा वहीं आ गया है।

"मुझे तो रात ढंग से नींद भी नहीं आई।" जीपा अपने फार्म हाउस के ड्राइंग हॉल में पहुंचकर बोला।

"क्यों?" चौंका नीलकंठ!

"सारी रात बिस्तर पर पड़ा यही सोचता रहा कि वह क्या योजना हो सकती है, जो ऐसी परफेक्ट सिक्योरिटी को भी भेदा जा सके। वाकई वह कोई जादू से भरी योजना ही होगी, क्योंकि सारी रात सोचते-सोचते मेरे दिमाग की तो चूलें हिल गईं, लेकिन मुझे तो कोई आइडिया नहीं सूझा।"

वह बात जीपा ने कुछ ऐसे अंदाज में कही कि कमांडर और नीलकंठ मुस्कुराये बिना न रहे।

"योजना जैसी चीज सोचना तुम्हारा काम नहीं है जीपा!" नीलकंठ बोला—"यह हम जैसे लोगों का काम है। और हर काम, हर कोई नहीं कर सकता।"

"यह बात तो है।" जीपा ने दार्शनिकता पूर्ण ढंग से गर्दन हिलाई—"हर काम, हर कोई नहीं कर सकता।"

"बहरहाल अब उसी योजना पर डिस्कस करने हम तुम्हारे पास आये हैं।" कमांडर एक कुर्सी पर बैठ गया—"क्योंकि उसी संबंध में एक काम तुमने भी करना है।"

"एक मिनट!" जीपा ने उसे रोका—"सिर्फ एक मिनट रुको। मैं पहले बीयर के गिलास तैयार कर लूं।"

"वह सब रहने दो।"

"नहीं।" जीपा लपकता हुआ बार-काउंटर के नजदीक पहुंचा—"बीयर की चुस्कियों के साथ ऐसी सनसनीखेज योजना को सुनने का आनन्द ही कुछ और होगा।"

जीपा ने बीयर के तीन गिलास आनन-फानन तैयार किये और फिर वह उन्हें लेकर एक कुर्सी पर आ बैठा।

"हां।" वह बीयर के गिलास सर्व करता हुआ बोला—"अब कहो—क्या योजना है?"

कमांडर और नीलकंठ ने अपने-अपने गिलास पकड़ लिये।

"सुनो।" नीलकंठ कुर्सी पर थोड़ा आगे को खिसका और उसने बीयर का एक घूंट भरा—"मैं तुम्हें योजना बताता हूं।"

"बताओ।"

नीलकंठ ने पहले अपना गला खंखारा और फिर वह पूरी योजना सिलसिलेवार उसे सुनाता चला गया। उसने जीपा को यह भी बताया कि उसने किस तरह चुम्बक की उन प्लेटों को पचास मीटर लंबी उस टेबल के नीचे फिट करना था।

योजना सुनकर जीपा वाकई हतबुद्ध-सा बैठा रह गया, वह बीयर पीना भूल गया और उसकी हालत सचमुच ऐसी हो गई, जैसे बैठे-बैठे उसका हार्टफेल हो गया हो।

"जीपा!" कमांडर ने उसे झंझोड़ा।

"ह...हां-हां।" जीपा झटका लेकर यूं सीधा हुआ, जैसे किसी सम्मोहन की दुनिया से बाहर निकला हो।

"क्या हुआ?

"क...कुछ नहीं।" जीपा ने गटागट बीयर के तीन-चार तगड़े घूंट भरे—"कुछ नहीं।"

"पूरी योजना मैं तुम्हें सुना चुका हूं।" नीलकंठ बोला—"इस योजना में तुम्हें कहीं कोई कमी नजर आती हो, उलझन नजर आती हो, तो बे-हिचक बताओ।"

"कमी! उलझन! नीलकंठ उस्ताद!" जीपा सिहरकर बोला—"मैं अभी तक मन-ही-मन वान ली की प्रशंसा कर रहा था कि उसने कैसी जबरदस्त सिक्योरिटी की है, लेकिन अब मैं तुम लोगों की योजना सुनकर मन-ही-मन तुम्हारी प्रशंसा कर रहा हूं कि तुमने उस जबरदस्त सिक्योरिटी की क्या ऐसी-तैसी करके दिखाई है। क्या धज्जियाँ बिखेरी हैं।"

"यानी योजना में कहीं कोई कमी नहीं?"

"एक परसेंट भी नहीं।" जीपा ने भरपूर जोश के साथ कहा—"अगर वक्त पर ही कहीं कुछ गड़बड़ हो जाये, तो बात अलग है।"

"गुड! हम तुम्हारे मुंह से यही सुनना चाहते थे।"

"चुम्बक की वह प्लेटें कहां हैं?" जीपा ने पूछा—"जिन्हें मैंने टेबल के नीचे कसना है।"

कमांडर ने फ़ौरन चमड़े का बैग खोला और उसमें से बिल्कुल तैयार चुम्बक की प्लेटें निकालकर जीपा के सामने रख दीं।

जीपा उन्हें उलट-पलट कर देखने लगा।

“यह प्लेटें तुमने कल टेबल के नीचे कसनी है।” कमांडर ने बीयर का गिलास खाली करके एक तरफ रखा—“और उस सारी तैयारी के बाद कसनी है, जब टेबल पर माइक और नेम-प्लेट्स की सेटिंग वान ली कर चुका हो।”

“चिंता मत करो।” जीपा बोला—“मैं अपना काम सही ढंग से कर दूंगा।”

“एक बात और।”

“कहो।”

“तुम इन प्लेटों को लेकर विज्ञान भवन के अंदर कैसे जाओगे, क्योंकि सी.एस. एस. के जवान उस पूरी इमारत को घेरे हुए हैं। अगर कहीं यह प्लेटें उन लोगों की निगाह में आ गईं, तो पूरी योजना गड़बड़ हो जायेगी।”

“यह सवाल अभी-अभी मेरे दिमाग में भी कौंधा था।”

“फिर?”

“लेकिन इसका एक बड़ा अच्छा हल मैंने सोच लिया है। ‘विज्ञान भवन’ में माइक वगैरह सेट करने का काम जिस बिजली वाले को सौंपा गया है, वह मेरा खास आदमी है। बिजली के काम का यह ठेका भी उसे मैंने ही दिलाया है। आज दोपहर बाद वह बिजली का अपना सामान लेकर ‘विज्ञान भवन’ के अंदर जायेगा। मुझे बस इतना करना है।” जीपा बोला—“कि इन प्लेटों में से रिवॉल्वर खोलकर तो अपने पास रख लेनी है और यह प्लेटें उस बिजली वाले को सौंप देनी हैं। वह अपने बिजली के सामान में मिक्स करके इन प्लेटों को ‘विज्ञान भवन’ के अंदर ले जायेगा।”

“बिजली वाला यह काम करेगा?”

“कैसे नहीं करेगा।” जीपा बोला—“साले के दो कसकर झापड़ लगाऊंगा, तो करेगा। वैसे भी वो मेरी बहुत इज्जत करता है, इंकार का सवाल ही नहीं। यह तो रिवॉल्वर निकलने के बाद मामूली प्लेटें रह जायेंगी, जबकि मेरे कहने पर तो वह मिलिट्री का पूरा ट्रक भी जबरदस्ती ‘विज्ञान भवन’ में घुसा सकता है।”

“यानी काम कर देगा?”

“हंड्रेड परसेंट कर देगा।”

“एक मिनट!” कमांडर ने बीच में हस्तक्षेप किया—“एक मिनट! बिजली वाला जब अपना सामान लेकर ‘विज्ञान भवन’ में घुसेगा, तो क्या सी.एस.एस. के जवान उसके सामान की चैंकिग नहीं करेंगे?”

"बिल्कुल करेंगे।"

"फिर!" कमांडर के स्वर में कौतुहलता पैदा हुई—"इन अजीब-सी प्लेटों को देखकर वह चौकेंगे नहीं?"

"पहली बात—सामान ज्यादा होगा और यह प्लेटें उस सामान के नीचे दबी होंगी। इसलिये सबसे पहले तो सी.एस.एस. के जवानों की नजर इन प्लेटों तक पहुंचेगी ही नहीं और अगर इत्तेफाक से उन्होंने यह प्लेटें देख भी लीं, तब भी बिजली वाला इन प्लेटों की कोई-न-कोई उपयोगिता बताकर बात गोल कर जायेगा। वह बहुत तेज-तर्रार आदमी है और कोई-न-कोई बहाना बना देना उसके लिये मामूली काम है।"

"यानी परिस्थिति चाहे जो हो, वह प्लेटें 'विज्ञान भवन' के अंदर ले जायेगा।"

"बिल्कुल ले जायेगा।" जीपा ने पूरे यकीन से कहा।

"अब एक आखिरी सवाल और।" कमांडर बोला—"तुम तीनों रिवॉल्वर किस तरह अंदर ले जाओगे?"

"वह तो और भी ज्यादा मामूली काम है।" जीपा ने कुर्सी पर बैठे-बैठे पहलू बदला—"मैं कोट और पैंट की जेबों में एक-एक रिवॉल्वर डाल लूंगा और अंदर चला जाऊंगा। फिलहाल 'विज्ञान भवन' के स्टाफ की चेकिंग का कोई इंतजाम नहीं है, इसलिये यह काम तो चुटकी बजाते ही हो जायेगा।"

"यानी तुम्हें जो काम सौंपा गया है।" नीलकंठ ने भी अपना बीयर का गिलास खाली करके रखा—"उसे तुम गारंटी के साथ कर दोगे।"

"निश्चिंत रहो।"

"यह बात तुमसे बार-बार जोर देकर इसलिये पूछी जा रही है जीपा!" नीलकंठ ने पुनः एक-एक शब्द चबाया—"क्योंकि यह हमारी अब इस सिलसिले में आखिरी मुलाकात है। मैं अब थोड़ी देर बाद अपनी पूरी टीम के साथ यहां से शंघाई जा रहा हूं। बारह बजे की फ्लाइट है, तुम्हारे पास से जाने के बाद मैंने शंघाई की टिकटें ही बुक करानी हैं।"

"तुम लोग बिल्कुल बेफिक्र होकर यहां से शंघाई जाओ।" जीपा बोला—"योजना के अनुसार सारा काम करो। शनिवार को जब तुम पाकिस्तानी रिप्रिजेंटेटिव बनकर कॉन्फ्रेंस-हॉल में पहुंचोगे, तो वहां तुम्हें मेज के नीचे यह प्लेटें लगी हुई मिलेंगी। रिवॉल्वर के साथ!"

"ठीक है, तो फिर अब हम लोग चलते हैं। हमें शंघाई जाने की भी कुछ तैयारियां करनी हैं।"

"ओके।"

उनके साथ-साथ जीपा ने भी कुर्सी छोड़ दी।

❑❑❑

वह पाँचों ठीक साढ़े बारह बजे शंघाई एयरपोर्ट पर उतरे।

बीजिंग से शंघाई तक का हवाई मार्ग का सफर आधा घंटे का ही था।

नीलकंठ ने शंघाई एयरपोर्ट पर उतरते ही सबसे पहले यह कन्फर्म किया कि उस दिन शाम को पाकिस्तान से जो फ्लाइट आ रही थी, उसने किस टाइम वहां पहुंचना था। मालूम हुआ कि वह फ्लाइट पाँच बजे वहां आने वाली थी, फिर आधा घंटे वहीं रुककर उसने बीजिंग के लिये रवाना हो जाना था।

यानी टाइम टेबल में कहीं कोई गड़बड़ न थी।

उसके बाद वह पाँचों एक बड़ी-सी एम्बुलेंस का इंतजाम करने में जुट गये। तीन बजे तक एम्बुलेंस का इंतजाम भी हो गया। वह एक समाज सेवी क्लब की एम्बुलेंस थी, जिसे उन्होंने यह कहकर किराये पर लिया कि एक बहुत सीरियस पेशेंट है और उसे फौरन बीजिंग के एक हॉस्पिटल में ले जाना है।

फ़ौरन बहुत कम किराये पर वह एम्बुलेंस उन्हें मिल गई।

उसके बाद योजनाबद्ध तरीके से ही उन्होंने एक निर्जन इलाके में एम्बुलेंस ड्राइवर पर हमला किया, उस टीम में चूंकि एक-से-एक शातिर आदमी मौजूद था, इसलिये उस एम्बुलेंस ड्राइवर को बेहोश होने में एक मिनट से ज्यादा का समय न लगा।

कमांडर की एक कराटे चैप ने ही उसे धराशायी भी कर दिया था। फिर उस निर्जन इलाके में ही उन्होंने परवेज मोहम्मद, असलम और सरफराज हुसैन का मेकअप किया।

मेकअप में काफी समय लगा।

लेकिन सारा काम निपटाकर ठीक पाँच बजे जब वह वापस शंघाई एयरपोर्ट पहुंचे, तो तभी एयरपोर्ट पर पाकिस्तानी फ्लाइट के पहुंचने की घोषणा की जा रही थी।

❑❑❑

"गुड! हम बिल्कुल सही वक्त पर आ गये हैं।" नीलकंठ जो उस समय असलम के

मेकअप में था, उस घोषणा को सुनकर बेहद उत्साहित हुआ—"होशांग! पामेला! तुम्हें अपना काम तो अच्छी तरह याद है न?"

"खूब अच्छी तरह याद है।" होशांग और पामेला भी उस घोषणा को सुनते ही अलर्ट हो चुके थे।

"तो फिर जल्दी जाओ और अपना काम करो।"

पामेला फ़ौरन एम्बुलेंस का स्लाइडिंग डोर खोलकर नीचे उतर गई।

लेकिन होशांग उसके पीछे उतरता-उतरता ठिठका।

"क्या हुआ?" पामेला चौंकी।

"एक मिनट रुको।"

"बात क्या है?"

"म...मैं जरा धुआँ खींच लूं।"

"सत्यानाश!" पामेला ने अपना माथा पकड़ लिया और फिर होशांग पर चिल्ला पड़ी—"यह वक्त है धुआँ खींचने का। फ्लाइट आ चुकी है, जल्दी चलो।" उसने होशांग का हाथ पकड़कर खींचा।

होशांग घिसटता हुआ एम्बुलेंस से बाहर निकल गया।

"पामेला!" इस मर्तबा नीलकंठ चिल्लाया था।

पामेला ठिठक गई।

"छोड़ दो इसे।"

पामेला ने होशांग का हाथ छोड़ दिया।

"अंदर आओ और जल्दी धुआँ खींचो।" नीलकंठ ने होशांग को वापस एम्बुलेंस के अंदर खींच लिया—"मैं जानता हूं कि अगर तुमने धुआँ न खींचा, तो जरूर कोई-न-कोई गड़बड़ कर बैठोगे।"

होशांग बड़े खिसियाने ढंग से हंसा। उस समय उसका चेहरा बता रहा था कि अपनी उस हरकत से वह खुद बहुत लाचार है। उसने फ़ौरन एम्बुलेंस का स्लाइडिंग डोर बंद कर लिया और फिर वहीं उन लोगों के बीच नीचे बैठकर जल्दी-जल्दी स्मैक की एक पुड़िया का धुआँ खींचा।

धुआँ खींचने का सारा सामान वह हमेशा अपनी जेब में रखता था।

"अब ठीक है।" धुआँ खींचते ही होशांग के चेहरे पर चमक आ गई, उसने बड़ी स्टाइल से अपने बालों में हाथ मारा—"अब उन रिप्रिजेंटेटिव की ऐसी की तैसी। चलो!"

होशांग किसी शेर की तरह स्लाइडिंग डोर खोलकर बाहर निकला।

जबकि पामेला ने उसे देखकर नफरत से नाक-भौ सिकौड़ी थी और फिर चुपचाप उसके साथ एयरपोर्ट की तरफ बढ़ गई।

"कुछ भी कहो नीलकंठ!" कमांडर, होशांग को जाते देखकर बोला—"तुम्हारी टीम के इस स्मैकिये मेम्बर से मुझे हमेशा बहुत खतरा रहता है।"

"चिंता मत करो।" नीलकंठ हो-हो करके हंसा—"अब वह कुछ नहीं करेगा। हां, पामेला उसे जिस तरह ले जा रही थी, उस पोजीशन में खतरा-ही-खतरा था।"

❑❑❑

होशांग और पामेला ने सबसे पहले दस-दस युआन के दो टिकट खरीदे, जिनके बलबूते पर वह एयरपोर्ट के अंदर घुसे।

होशांग इस समय अपने कूल्हे थोड़े उठाकर चल रहा था। जब वह बेहद चौकन्ना होता तो इसी तरह चलता था।

"ऐ!" पामेला ने उसे फौरन डांटा—"इस तरह ऊँट की तरह उचक-उचक कर मत चलो। क्या सड़क छाप रंडियों की तरह अपने कूल्हे पीछे को निकाले हुए हैं, नीचे करो इन्हें।"

होशांग की चाल फौरन नॉर्मल हो गई और वह सकपकाकर सीधा-सीधा चलने लगा।

"मत भूलो तुम चीन सरकार के आदमी हो।"

"याद है-याद है।" होशांग ने अपनी गर्दन थोड़ी अकड़ाई—"तुमसे अच्छी यादाश्त है मेरी। समझीं!"

एयरपोर्ट पर सामने ही घोषणा कक्ष बना हुआ था, वह दोनों फौरन उसी में जा घुसे।

"हैलो ऑफिसर!" पामेला ने अंदर घुसते ही वहां बैठे एक अधिकारी से अंग्रेजी भाषा में पूछा—"क्या पाकिस्तान का यात्रीवाहक विमान एयरपोर्ट पर आ चुका है?"

"जी हां।" अधिकारी उसकी अंग्रेजी से प्रभावित हुआ—"अभी-अभी उसकी घोषणा की गई है। आपको क्या काम है मैडम?"

"दरअसल उस विमान में परवेज मोहम्मद, असलम और सरफराज हुसैन नामक तीन पाकिस्तानी सफर कर रहे हैं और उन्हें बीजिंग पहुंचना है। लेकिन अभी-अभी

उनके नाम पाकिस्तान से एक फैक्स संदेश आया है, जिसे फौरन उन तक पहुंचाया जाना बहुत जरूरी है। आप प्लीज लाउडस्पीकर पर घोषणा करके उन्हें यहां बुला दीजिये, ताकि वह अपना संदेश ले जा सकें।"

पामेला अधिकारी से विनती करती हुई उसके सामने टेबल पर कुछ इतना झुक गई कि उसकी सारी घाटियां उस अधिकारी को नजर आने लगीं। पामेला आज खासतौर पर ब्रा भी नहीं पहने हुए थी, इसलिये सब-कुछ साफ-साफ नजर आ रहा था।

"क्यों नहीं-क्यों नहीं।" पामेला की साफ-सुथरी घाटियों को देखते ही अधिकारी के जिस्म में करंट-सा दौड़ा—"मैं अभी घोषणा करता हूं, क्या नाम बताया आपने उन तीनों का?"

"परवेज मोहम्मद, असलम और सरफराज हुसैन।"

अधिकारी फौरन एक लैटर पैड खींचकर उस पर वह तीनों नाम लिखने लगा।

पाकिस्तान से जो यात्रीवाहक विमान आया था, उसके अधिकांश यात्री विमान से उतरकर इस समय शंघाई एयरपोर्ट पर इधर-से-उधर घूम रहे थे। आखिर उन्हें किसी तरह आधा घंटे का समय पास करना था।

लेकिन परवेज मोहम्मद, असलम और सरफराज हुसैन, वह तीनों इस समय भी विमान के अंदर ही थे। परवेज मोहम्मद एक पत्रिका पढ़ रहा था। असलम वॉक-मेन पर कोई प्रोग्राम सुन रहा था। जबकि सरफराज हुसैन अपनी सीट पर लुढ़का पड़ा खर्राटे भर रहा था।

"युअर अटेंशन प्लीज!" तभी लाउडस्पीकर पर घोषणा हुई—"पाकिस्तान से यात्री वाहक विमान में आये परवेज मोहम्मद, असलम और सरफराज हुसैन इस घोषणा को कृपया ध्यानपूर्वक सुनें। पाकिस्तान से अभी-अभी उनके लिये एक जरूरी फैक्स संदेश आया है, वह फ़ौरन घोषणा कक्ष के पास आकर उस फैक्स संदेश को हासिल करें।"

सबसे पहले पत्रिका पढ़ते परवेज मौहम्मद ने उस घोषणा को सुना, घोषणा सुनते ही वह उछल पड़ा। उसने फ़ौरन असलम की तरफ देखा, वह अभी भी वॉक-मेन पर प्रोग्राम सुनने में मग्न था।

"असलम!' परवेज मोहम्मद ने उसे बुरी तरह झंझोड़ा—"असलम!"

असलम एकदम हड़बड़ाकर सीधा हुआ और उसने कानों पर लगा हेडफोन हटाया—"क...क्या हुआ, क्या बात हो गई?"

"हमारे लिये लाउडस्पीकर पर घोषणा की जा रही है, ध्यान से सुनो।"

फिर उसने गहरी नींद सोते सरफराज हुसैन को भी जगाया, वह भी एकदम हड़बड़ाकर सीधा हुआ।

उसी पल लाउडस्पीकर पर वह घोषणा दोबारा की गई, इस मर्तबा तीनों ने उस घोषणा को एक साथ सुना।

"पाकिस्तान से हमारे लिये संदेश आया है।" सरफराज हुसैन चौंका।

"लेकिन जब हम वहां से चले थे, तब तो कोई बात नहीं थी।"

"चलो, घोषणा कक्ष के पास चलकर देखते हैं कि क्या माजरा है।" परवेज मोहम्मद बोला।

❑❑❑

होशांग और पामेला इस समय घोषणा कक्ष के बाहर खड़े उन तीनों की राह देख रहे थे।

लेकिन होशांग का मूड उस समय कुछ ऑफ था।

"तुम उस अधिकारी के सामने इतना झुकी क्यों थीं?" होशांग घोषणा कक्ष से बाहर निकलते ही पामेला पर गुर्राया—"मालूम, वह बदमाश अधिकारी तुम्हारे कपड़ों में कहां झांक रहा था।"

"मालूम है, मालूम है।"

"और आज तुम नीचे वह कपड़ा क्यों नहीं पहनकर आई?"

"कैसा कपड़ा?"

"ब्रा!"

"शटअप!" पामेला उसकी तरफ आंखें लाल-पीली करके गुर्रा पड़ी—"तुम लड़कियों से बात करने का तरीका नहीं सीख सकते, क्या हर समय वाहियात जबान में बात करते रहते हो।"

होशांग पुनः सकपका उठा।

तभी पामेला की दृष्टि उन तीनों पाकिस्तानी रिप्रिजेंटेटिव पर पड़ी थी, जो तेज-तेज कदमों से उसी तरफ बढ़े चले आ रहे थे।

"वह देखो।" पामेला फ़ौरन अलर्ट होती हुई बोली—"वह तीनों आ रहे हैं।"

होशांग ने भी जैसे ही उन्हें देखा, तो वह भी चौकन्ना हो उठा।

"हैलो सर!" वह तीनों घोषणा कक्ष में दाखिल हो पाते, उससे पहले ही होशांग लपककर उनके सामने जा खड़ा हुआ था— "क्या आप ही वह पाकिस्तानी रिप्रिजेंटेटिव हैं, जो अंतर्राष्ट्रीय कॉन्फ्रेंस में हिस्सा लेने बीजिंग जा रहे हैं?"

"जी हां, हम ही वह पाकिस्तानी रिप्रिजेंटेटिव हैं।"

"युअर वेलकम सर!" होशांग ने तत्परता के साथ कहा—"दरअसल हम ही आपका इंतजार कर रहे हैं, लाउडस्पीकर पर वह घोषणा भी हम दोनों ने ही कराई थी। बात ये है कि हम चीन सरकार के रिप्रिजेंटेटिव हैं और थोड़ी देर पहले ही आप तीनों के लिये पाकिस्तान सरकार की तरफ से हमें एक फैक्स संदेश मिला है।"

"कहां है वो फैक्स संदेश?" परवेज मोहम्मद ने पूछा।

"आप लोग हमारे साथ बाहर चलिये।" होशांग बिल्कुल योजनाबद्ध ढंग से काम लेता हुआ बोला—"क्योंकि वह फैक्स संदेश हमारे एक उच्च अधिकारी के पास है, जो एयरपोर्ट से बाहर एम्बुलेंस में लेटे हुए हैं। उनकी टांग में फ्रेक्चर है, इसलिये वो खुद यहाँ नहीं आ सकते।"

"लेकिन फैक्स संदेश तो तुम लोग भी अंदर ला सकते थे?"

"बिल्कुल ला सकते थे जनाब!" होशांग ने पहले जैसी ही तत्परता से जवाब दिया—"लेकिन वह कोई बेहद सीक्रेट संदेश है, जिसे हमारे उच्च अधिकारी सीधे आप तीनों के हाथों में ही सौंपना चाहते हैं। अगर संदेश इतना गोपनीय न होता, तो भला फ्रेक्चर जैसी पोजीशन में उन्हें यहां आने की क्या जरूरत थी? तब तो उस संदेश की कॉपी हम ही ले आते।"

अब परवेज मोहम्मद, असलम और सरफराज हुसैन के चेहरे पर आश्चर्य की नाव तेरी।

"कमाल है।" असलम हैरत से बोला—"ऐसा क्या सीक्रेट मैसेज़ आ गया।"

"चलो।" परवेज मोहम्मद भी सस्पेंसफुल स्वर में बोला—"बाहर चलकर देखते हैं कि क्या माजरा है।"

वह तीनों होशांग और पामेला के साथ तेज-तेज कदमों से एयरपोर्ट से बाहर की तरफ बढ़ गये।

❑❑❑

एम्बुलेंस इस समय एयरपोर्ट से थोड़ा आगे एक निर्जन-सी जगह में खड़ी थी।

जैसे ही वह तीनों एम्बुलेंस के नजदीक पहुंचे, फ़ौरन उनके ऊपर बिजली-सी गड़गड़ाकर गिरी।

धड़ाधड़ एम्बुलेंस के स्लाइडिंग डोर खुले थे और फिर उनके अंदर से उनके ही हमशक्ल निकलकर तीनों पर यूं झपटे, जैसे चील मांस के लोथड़ों पर झपटती है।

वह चीख पाते, उससे पहले ही उनके हमशक्ल उन्हें लेकर वापस एम्बुलेंस में बंद हो गये और फिर धड़ाधड़ उनके जिस्म पर कराटे चेप पड़ी।

तीनों रिप्रिजेंटेटिव के मुंह से सिसकारियां छूटी थीं और उन्हीं सिसकारियों के साथ वह बेहोश हो गये।

तीनों ने उन रिप्रिजेंटेटिव के जिस्म एम्बुलेंस में नीचे ही डाल दिये, फिर कमांडर ने गर्दन निकालकर एम्बुलेंस से बाहर झांका—"किसी ने कुछ देखा तो नहीं?"

"नहीं।" पामेला फ़ौरन बोली।

होशांग और पामेला उस समय निगरानी के लिये बाहर ही खड़े थे—"ठीक है, एम्बुलेंस आगे बढ़ाओ।"

पामेला लपककर एम्बुलेंस की ड्राइविंग सीट पर जा बैठी, जबकि होशांग स्लाइडिंग डोर खोलकर अंदर आ गया था।

तत्काल एम्बुलेंस सड़क पर दौड़ पड़ी।

उस सड़क पर दौड़ती एम्बुलेंस में ही कमांडर, नीलकंठ और बालेराम ने अपने कपड़े उतारकर उन तीनों को पहनाये और उनके कपड़े उतारकर खुद पहने।

इस बीच एम्बुलेंस एक गोल सर्किल का चक्कर काटकर वापस एयरपोर्ट के सामने जा खड़ी हुई।

इस समय वह तीनों बिल्कुल परवेज मोहम्मद, असलम और सरफराज हुसैन नजर आ रहे थे।

एम्बुलेंस के दोबारा एयरपोर्ट के सामने रुकते ही वह नीचे उतर गये।

"हम लोग जा रहे हैं।" कमांडर, होशांग और पामेला से बोला—"अब हमारी परसों 'विज्ञान भवन' के बाहर मुलाकात होगी, सारा काम होशियारी से करना।"

"बेफिक्र रहो।" पामेला बोली।

फिर वह तीनों शंघाई एयरपोर्ट के दरवाजे की तरफ बढ़ गये।

□□□

उसके बाद उस योजना से जुड़े कुछ और काम भी बड़े आनन-फानन कुशलता के साथ हुए थे।

जैसे कमांडर, नीलकंठ और बालेराम पाकिस्तानी रिप्रिजेंटेटिव बनकर न सिर्फ शंघाई से बीजिंग पहुंच गये, बल्कि बीजिंग एयरपोर्ट पर उतरते ही वान ली ने सी.एस.एस. के जवानों के साथ उन तीनों का भव्य स्वागत भी किया।

फिर वह सी.एस.एस. के सुरक्षा घेरे में ही 'एयरक्राफ्ट इंटरनेशनल' होटल पहुंचे, जहां कॉन्फ्रेंस में भाग लेने वाले रिप्रिजेंटेटिव ठहराये जा रहे थे।

दूसरी तरफ होशांग और पामेला भी एम्बुलेंस लेकर बिना किसी अड़चन के शंघाई से बीजिंग पहुंच गये। रास्ते में पुलिस की किसी भी गाड़ी ने उनकी एम्बुलेंस को चेकिंग वगैरह के लिये नहीं रोका।

□□□

अभी तक सब-कुछ ठीक-ठाक हो रहा था। लेकिन जीपा के सामने मुश्किल आई।

जीपा चुम्बक की प्लेटें और तीनों रिवॉल्वर बृहस्पतिवार को ही योजनाबद्ध तरीके से 'विज्ञान भवन' के अंदर पहुंचाने में सफल हो गया था।

वह चीजें जैसे ही सुरक्षित 'विज्ञान भवन' के अंदर पहुंचीं, जीपा फ़ौरन उन्हें लेकर 'विज्ञान भवन' में बने अपने ऑफिस में पहुंचा और उसने उन्हें अपनी मेज की ड्राज में बंद कर दिया।

अब शुक्रवार को उसने वह प्लेटें टेबल के नीचे फिक्स करनी थीं।

और शुक्रवार को ही मुश्किल सामने आई। जीपा का अनुमान था कि दोपहर के दो-तीन बजे तक कॉन्फ्रेंस हॉल में माइक भी फिट कर दिये जायेंगे और नेम-प्लेट्स भी रख दी जायेंगी। लेकिन उसका अनुमान बिल्कुल गलत साबित हुआ। क्योंकि तीन बजे तक तो हॉल में बड़े पर्दे वाले क्लोज सर्किट टेलीविजनों की ही सेटिंग होती रही, उसके बाद कहीं माइक फिट होने शुरू हुए।

अब जीपा सकपकाया। वह रोजाना छह बजे ड्यूटी खत्म करके चला जाता था, लेकिन कॉन्फ्रेंस हॉल में जिस धीमी गति से काम चल रहा था, उसे देखकर साफ लगता था कि छह बजे तक वहां काम समाप्त नहीं होना था।

❑❑❑

जीपा एकाएक खुद को बड़ी उलझन में फंसा महसूस करने लगा।

इसी तरह सोचते-विचारते छह बज गये। छह बजते ही 'विज्ञान भवन' का सारा स्टाफ ड्यूटी खत्म करके चला गया।

जबकि कॉन्फ्रेंस हॉल की मेज पर अभी माइक फिट होकर निपटे थे और अब नेम-प्लेट्स की सेटिंग वान ली की निगरानी में की जा रही थी।

जीपा को जब कोई उपाय न सूझा, तो वह अपने ऑफिस का दरवाजा अंदर से बंद करके यूं ही एक प्लेन कागज पर कुछ टाइप करने लगा।

"क्या बात है मिस्टर जीपा!" तभी ऑफिस का दरवाजा खुला और वान ली अंदर आया—"आज आप अभी तक यहां कैसे विराजमान हैं? आपके सभी साथी तो जा चुके हैं।"

"दरअसल कुछ जरूरी कागज टाइप करने थे।" जीपा की टाइप मशीन पर दौड़ती हुई उंगलियां रुकी और वह संजीदगी से बोला—"टाइपिस्ट की तबीयत कुछ ठीक नहीं थी, इसलिये मैंने सोचा कि आज मैं ही रुककर यह काम निपटा दूं। वैसे भी कल कॉन्फ्रेंस की वजह से 'विज्ञान भवन' बंद रहेगा। और फिर परसों संडे है।"

"दैट्स गुड!" वान ली चहका—"मैंने आप जैसा चीफ कहीं नहीं देखा मिस्टर जीपा, जो काम को इतनी ज्यादा तरजीह देता हो कि खुद टाइप करने लगे।"

जीपा भी मुस्कुराया—"हर इंसान के काम करने का अपना-अपना अंदाज होता है वान ली! अब अपने आपको ही लो, मैंने तुम्हारे जैसा सी.एस.एस. अधिकारी भी पहले कभी नहीं देखा, जो खुद यूं भाग-भाग कर सारे काम करता हो।"

वान ली हंस पड़ा—"हमारा पत्ता हमारे ही ऊपर चला दिया मिस्टर जीपा! एनी वे, यहां कब तक रुकने का प्रोग्राम है?"

"लगभग दो घंटे और। लेकिन इस बीच मुझे बिल्कुल डिस्टर्ब न किया जाये, क्योंकि बहुत कॉन्फिडेंशियल पेपर हैं।"

"चिंता मत करो। मैं अपने आदमियों को बोल दूंगा कि कोई आपको डिस्टर्ब न करे।"

"मैं अंदर से दरवाजे की कुंडी बंद कर लूँ?"

"क्यों नहीं!" वान ली फौरन बोला—"यह आपकी इच्छा के ऊपर निर्भर है। अच्छा अब मैं चलता हूं, कुछ हॉल में देखभाल करनी है।"

फिर वान ली चला गया।

वान ली के जाते ही जीपा ने ऑफिस का दरवाजा अंदर से बंद करके कुंडी लगा दी।

❑❑❑

जीपा अब फिर अपनी कुर्सी पर बैठा था और उसकी उंगलियां तेजी से टाइपराइटर पर दौड़ रही थीं।

उसकी उंगलियां जरूर टाइपराइटर पर थीं, मगर दिमाग पूरी तरह कॉन्फ्रेंस हॉल की तरफ लगा था।

कॉन्फ्रेंस हॉल!

जो उसके ऑफिस से सिर्फ एक हॉल छोड़कर था। और इस समय उस हॉल में जो उखाड़-पछाड़ चल रही थी, उसकी आवाजें जीपा को वहां तक सुनाई दे रही थी।

सात बजने में दस मिनट थे, जब जीपा ने दरवाजा बंद होने की आवाजें सुनीं। जरूर कॉन्फ्रेंस हॉल का सारा काम निपट गया था और अब वान ली ताला लगा रहा था।

टाइपराइटर पर दौड़ती जीपा की उंगलियां रुक गईं।

फ़ौरन ही टाइपराइटर की वजह से खट-खट की आवाज होनी बंद हो गई थी।

अब जीपा के दिमाग में आतिशबाजी-सी छूटी। वान ली बहुत चालाक आदमी था। वह जब ऑफिस में से टाइपराइटर चलने की आवाज नहीं सुनेगा, तो जरूर चौंकेगा कि मैं अंदर क्या कर रहा हूं। जीपा की उंगलियां फौरन ही दोबारा से टाइपराइटर के बटनों पर दौड़ने लगीं।

पुनः ऑफिस में खट-खट की आवाज होने लगी थी।

जीपा का दिमाग सक्रिय हो उठा, यह कैसे मुमकिन था कि टाइपराइटर भी चलता रहे और वह कॉन्फ्रेंस हॉल में जाकर प्लेटें भी फिट कर आये?

जीपा की उंगलियां टाइपराटर पर दौड़ती जा रही थी और वह ऐसी कोई तरकीब सोचता जा रहा था। लेकिन लाख दिमाग भिड़ाने के बावजूद भी उसे कोई आइडिया न सूझा।

उसे लगने लगा कि वह आज प्लेटें फिट नहीं कर पायेगा।

तभी घटना घटी—एक चुहिया टाइपराइटर के आसपास आकर मंडराने लगी।

जीपा कुछ देर उस चुहिया को मंडराते देखता रहा और तभी एकाएक उसके दिमाग में आइडिये का तेज बल्ब जल उठा। उसे लगा कि जैसे ईश्वर ने उसकी समस्या के समाधान के लिये उस चुहिया को खासतौर पर वहां भेज दिया है।

अब जीपा एक हाथ से टाइपराइटर चलाने लगा और दूसरे हाथ से चुहिया को पकड़ने की कोशिश करने लगा।

दस मिनट की निरंतर मेहनत के बाद जीपा आखिरकार उस चुहिया को पकड़ने में कामयाब हो ही गया। चुहिया अब उसकी बंद मुट्ठी में बुरी तरह छटपटा रही थी।

चुहिया को पकड़ते ही जीपा ने मेज की ड्रार खोली और उसमें से एक मोटा और मजबूत धागा निकाला।

अगले ही पल उसने वह धागा चुहिया की पूंछ में कसकर बांध दिया।

अब वह चुहिया उस धागे के साथ बंधी बुरी तरह उछलने लगी। फिर जीपा ने उस धागे का दूसरा सिरा टाइपराइटर के एक बटन से बांध दिया था।

नतीजा!

चुहिया अब टाइपराइटर के बटनों पर उछलने लगी और उसके उछलने से टाइपराइटर के बटन बिल्कुल वैसी ही खट-खट की आवाज करने लगे, जैसे कोई आदमी टाइप मशीन चला रहा हो। अब अगर कोई बाहर से ऑफिस के अंदर की आवाजें सुनता तो यही समझता कि जीपा अंदर मौजूद है।

गुड!

जीपा उस नजारे को देखकर खुश हो गया।

उसने मन-ही-मन अपनी बुद्धि की तारीफ की।

फिर बिना एक भी सेकेंड व्यर्थ गंवाये जीपा ने मेज की नीचे वाली ड्रॉर खोली और उसके अंदर से चुम्बक की वह तीनों प्लेटें बाहर निकालीं, जिनमें रिवॉल्वर वो पहले ही फिट कर चुका था।

मेज की उस ड्रॉर में ही पेचकस और वह पेंच भी पड़े थे, जिनसे उन प्लेटों को मेज के नीचे कसना था।

वह सारा सामान लेकर जीपा तेजी से अपने ऑफिस में ही बनी उस बुक शेल्फ की तरफ बढ़ गया, जिसके पीछे 'एमरजेन्सी विंडो' थी।

टाइप मशीन में से खट-खट की आवाज अभी भी हो रही थी।

❑❑❑

जीपा ने सावधानीपूर्वक बुक शेल्फ का बायां हिस्सा पकड़कर अपनी तरफ खींचा, तो फ़ौरन बुक शेल्फ दरवाजे की तरह खुलती चली गई और उसके पीछे 'विंडो' नजर आने लगी।

एक सेकेंड भी नहीं लगा, जीपा वह सारा सामान लेकर उस 'एमरजेन्सी विंडो' के अंदर घुस गया और फिर दूसरी तरफ कूद पड़ा।

वह कॉन्फ्रेंस हॉल जितना बड़ा ही एक हॉल था और उसमें फिलहाल विज्ञान से संबंधित प्रयोगों में काम आने वाले ढेरों यंत्र भरे पड़े थे। जीपा दबे पांव चलता हुआ उस हॉल में बनी बुक शेल्फ की तरफ बढ़ा। वह बुक शेल्फ फिलहाल बिल्कुल खाली थी और उसमें धूल-मिट्टी भरी थी।

जीपा ने धड़कते दिल से उस बुक शेल्फ का भी बायां हिस्सा पकड़ा और उसे आहिस्ता से अपनी तरफ खींचा।

किर्र-किर्र करती हुई बुक शेल्फ खुल गई और अब कॉन्फ्रेंस हॉल नजर आने लगा।

जीपा फ़ौरन सारा सामान लेकर कॉन्फ्रेंस हॉल में कूद पड़ा।

❑❑❑

कॉन्फ्रेंस हॉल में इस समय घुप्प अँधेरा था।

ऐसा अँधेरा—जो हाथ को हाथ भी न सुझाई दे।

कॉन्फ्रेंस हॉल में घुसते ही जीपा ने अपनी जेब से एक पेंसिल टार्च निकाल ली और फिर उस पेंसिल टॉर्च का प्रकाश पचास मीटर लंबी उस मेज पर डाला, जिस पर नेम-प्लेट्स रखी हुई थीं।

फिर जीपा एक-एक प्लेट्स पर लिखा नाम पढ़ने लगा।

शीघ्र ही उसने पाकिस्तानी रिप्रिजेंटेटिव की तीनों नेम-प्लेट्स ढूंढ़ निकाली थीं।

परवेज मोहम्मद! असलम! सरफराज हुसैन!

वान ली ने उन तीनों की नेम-प्लेट्स एक-दूसरे से काफी दूरी पर रखी थीं। यानी उन तीनों के बराबर-बराबर बैठने का कोई प्रबंध नहीं था।

जीपा चुम्बक की प्लेटें लेकर उस विशाल मेज के नीचे घुस गया और उसने एक प्लेट गुम्बद के अंदर घुमाकर सबसे पहले उस जगह कसी, जहां असलम ने बैठना था।

फिर सरफराज हुसैन वाली जगह पर प्लेट कसी।

और अंत में परवेज मौहम्मद के स्थान पर।

मुश्किल से पंद्रह मिनट में ही सारा काम हो गया।

संतोष की सांस लेकर जीपा मेज के नीचे से बाहर निकला और वापस बुक शेल्फ की तरफ बढ़ गया।

❑❑❑

जल्द ही जीपा अपना काम बिल्कुल सही ढंग से निपटाकर अपने ऑफिस में पहुंच चुका था।

चुहिया टाइपराइटर के बटनों पर अभी भी बुरी तरह उछल रही थी, जिससे टाइप मशीन के चलने का भ्रम बना हुआ था।

जीपा उस चुहिया को देखकर पुनः मुस्कुराया।

आज की सफलता का सारा सेहरा उसी के सिर था।

अपने ऑफिस में पहुंचते ही जीपा ने बुक शेल्फ वापस बंद कर दी और न जाने क्या सोचकर उस बुक शेल्फ का कुन्दा भी एक खांचे में अटका दिया, अब अगर कोई दूसरी तरफ से उस 'एमरजेन्सी विंडो' को खोलने की कोशिश करे, तो वह नहीं खुलनी थी।

फिर उसने सबसे पहले चुहिया की पूंछ में बंधा धागा खोला।

तत्काल चुहिया मेज के ऊपर से छलांग लगाकर यूं भागी, जैसे उसे किसी बहुत खतरनाक जेल से आजादी मिल गई हो।

चुहिया को आजाद करने के बाद जीपा ने मेज पर फैला सारा सामान ड्रॉर में बंद किया।

ऑफिस की बत्ती बुझाई।

और फिर दरवाजा खोलकर बाहर निकला। ऑफिस से बाहर निकलते ही जीपा के शरीर में करंट प्रवाहित हो गया, सामने ही वान ली इधर-से-उधर टहल रहा था।

"त...तुम!"

"क्या बात है मिस्टर जीपा!" वान ली ने अपनी रिस्टवॉच पर दृष्टि दौड़ाई— "अभी तो सिर्फ सात पच्चीस हुए हैं, आप तो दो घंटे बाद जाने वाले थे?"

"व...वो क्या है।" जीपा अपनी हड़बड़ाहट छिपाता हुआ बोला— "काम जल्दी खत्म हो गया, बस इसीलिये जा रहा हूं।"

"ओह, मैं समझा कुछ और बात है।"

"और क्या बात हो सकती है।" जीपा अपने ऑफिस का ताला लगाते हुए हंसा और फिर वान ली की तरफ पलटकर बोला—"कल तो सारा दिन बहुत व्यस्त रहोगे वान ली?"

"हां, यह तो है।" वान ली ने गहरी सांस ली—"और कल ही क्या, यहां तो हमेशा ही बहुत व्यस्त रहते हैं। ऊपर वाले ने हमारी किस्मत ही कुछ ऐसी खोटी कलम से लिखी है कि जिस्म हमेशा मशीन बना रहता है।"

"इसे किस्मत का दोष मत कहो वान ली!" जीपा पुनः हंसा— "बल्कि अपने आपको तकदीर वाला समझो, जो व्यस्त रहते हो। वरना दुनिया में न जाने कितने लोग हैं जो काम के लिये तरसते हैं, मगर उन्हें काम नहीं मिलता।"

"अब इसे आप कुछ भी समझ लो मिस्टर जीपा! अच्छा, गुड नाइट!" वान ली ने जीपा की तरफ हाथ हिलाया।

"गुड नाइट!" जीपा ने भी हाथ हिलाया।

फिर लंबे-चौड़े बदन वाला जीपा छुटकारे की सांस लेकर तेज-तेज कदमों से 'विज्ञान भवन' के दरवाजे की तरफ बढ़ गया।

❑❑❑

उस रात वान ली 'विज्ञान भवन' में ही सोया।

लेकिन काफी रात तक उसे नींद न आ सकी।

दिमाग में ढेर सारी उलझनें थीं।

सबसे पहली उलझन तो यही थी कि अभी तक उस भारतीय डॉक्टर का पता नहीं लगा था, जो चीन से विद्रोह करके वापस अपने देश जाना चाहता था।

इस सिलसिले में वान ली ने सभी एक सौ दस भारतीय डॉक्टरों की सीक्रेट निगरानी का जो बंदोबस्त किया था, उसका फिलहाल कैसा भी कोई रिजल्ट निकलकर सामने नहीं आया था। न तो अभी तक किसी भारतीय जासूस ने ही उनमें से किसी से मिलने का प्रयास किया था और न उनमें से किसी डॉक्टर की गतिविधि ही संदिग्ध थी।

वह उलझन सुलझी नहीं थी और अब 'अमेरिकी हमले' वाली वह दूसरी उलझन पैदा हो गई थी।

वान ली, डॉक्टर मानिक शाह के पाँच बॉडीगार्डों की हत्या को भूला नहीं पा रहा था।

उसे लग रहा था कि इस हत्या कांड में जरूर कोई 'गहरा पेंच' है।

वान ली काफी रात तक उन विषयों पर सोचता रहा। वह दोनों ही उलझनें उसे एक ही चेन की कड़ियां नजर आ रही थीं।

सोचते-सोचते वान ली को कब नींद आ गई, उसे पता न चला।

❑❑❑

शनिवार की सुबह वान ली जल्दी उठ गया था।

उठते ही उसने एक बार फिर दोनों हॉल चेक किये। वह हॉल भी जिसमें प्रेस फोटोग्राफर और रिपोर्टर बैठने थे और वह हॉल भी, जिसमें कॉन्फ्रेंस होनी थी।

सबसे पहले वान ली ने रिपोर्टर वाला हॉल चेक किया। सभी माइक टेस्ट करके देखे। क्लोज सर्किट टी.वी. ऑन करके देखे। सब ठीक काम कर रहे थे।

फिर इसी तरह उसने कॉन्फ्रेंस वाला हॉल भी खोला और टी.वी. वगैरह चेक किये। वहां भी सब-कुछ ठीक था।

वान ली सब कुछ चेक करने के बाद कॉन्फ्रेंस हॉल के दरवाजे की तरफ बढ़ ही रहा था कि तभी एकाएक उसके कदम ठिठक गये, उसकी निगाह अनायास ही बुक शेल्फ़ की तरफ उठ गई थी।

और बुक शेल्फ को देखते ही वान ली के शरीर में करंट-सा दौड़ गया, उसमें से एक किताब निकलकर नीचे फर्श पर गिरी पड़ी थी।

जरूर कोई रात उसके पीछे हॉल में घुसा है। किताब को फर्श पर देखते ही वान ली के दिमाग में विचार कौंध उठा, जरूर कोई घुसा है। क्योंकि रात हॉल बंद करने से पहले उसने एक-एक चीज करीने से अपने स्थान पर रखी थी और तब हॉल बंद किया था।

फिर वह किताब बुक शेल्फ से नीचे कैसे गिर गई?

वान ली ने फौरन दौड़कर सी.एस.एस. के जवानों को उस हॉल में इकट्ठा किया।

"क्या रात तुममें से कोई इस हॉल में घुसा था?" वान ली ने सनसनीखेज अंदाज में सबके चेहरे देखे।

"कैसी बात करते हैं सर!" सभी जवान लगभग एक साथ बोले— "हम भला हॉल में कैसे घुस सकते हैं, चाबी तो आपके पास थी।"

"शायद तुममें से कोई ताला खोलने और बंद करने का एक्सपर्ट रहा हो?"

"लेकिन अहम सवाल तो ये है सर!" सी.एस.एस. का एक जवान बोला—"कि हम भला ऐसी हरकत क्यों करेंगे, हमें यह सब करने से फायदा क्या है?"

"और उससे भी ज्यादा अहम सवाल ये है।" एक दूसरा जवान बोला—"कि आप यह सब पूछ क्यों रहे हैं, क्या यहां से कुछ गायब हो गया?"

"नहीं।" वान ली की गर्दन हिली—"गायब तो कुछ नहीं हुआ।"

"फिर?"

"फर्श पर पड़ी उस किताब को देखो।" वान ली की तर्जनी उंगली भाले की तरह किताब की तरफ उठी।

फौरन सब जवानों की निगाहें किताब पर जाकर स्थिर हो गईं।

"रात जब मैंने यह हॉल बंद किया था।" वान ली बोला—"तो कोई किताब फर्श पर पड़ी हुई नहीं थी। और आज सुबह जब हॉल खोला, तो यह किताब फर्श पर पड़ी थी। बता सकते हो, यह किताब फर्श पर कैसे गिरी?"

"वैरी सिम्पल सर!" फ़ौरन एक जवान बोला—"हो सकता कि किसी चूहे ने बुक शेल्फ में से यह किताब गिरा दी हो।"

वान ली ने इस तरह उस जवान को देखा, जैसे किसी महामूर्ख आदमी को देख रहा हो। फिर उसी जवान को बड़ा अजीबोगरीब आदेश दिया—"आगे बढ़कर फर्श पर पड़ी उस किताब को उठाओ।"

"ल...लेकिन।"

"जो कह रहा हूं, वह करो।"

सकपकाया-सा वह जवान आगे बढ़ा और उसने फर्श पर पड़ी किताब उठाई।

"कितना वजन होगा इस किताब में?" सी.एस.एस. जवान ने उस बेहद मोटी किताब को अपने हाथ पर रखकर यूं हिलाया, जैसे तराजू में उसका वजन तोल रहा हो।

"ल...लगभग एक-डेढ़ किलो वजन होगा।"

"एक-डेढ़ किलो! तुम क्या समझते हो कि इतने वजन की कोई किताब क्या कोई चूहा बुक शेल्फ में से गिरा सकता है?"

जवान सन्न खड़ा रह गया।

"जवाब दो।" वान ली गुर्राया।

"न...नहीं।" जवान की आवाज कंपकंपाई—"च...चूहा तो नहीं गिरा सकता।"

"फिर कैसे गिरी यह किताब नीचे? इस इकलौती किताब से साफ साबित होता है कि रात कोई चुपके से इस हॉल में घुसा था।"

सब चुप!

सबका दिमाग फिरकनी की तरह घूम गया।

वान ली ने झुँझलाते हए सबको वहां से चले जाने के लिये कहा।

पलक झपकते ही सी.एस.एस. के सारे जवान हॉल में से नदारद हो गये।

❑❑❑

वान ली के माथे पर अब चिंता की गहरी लकीरें उभर आई थीं। उसकी खतरनाक आंखें एक बार फिर हॉल की एक-एक चीज पर घूमने लगीं। उसने हॉल में मौजूद प्रत्येक चीज का दोबारा बारीकी से अवलोकन किया, लेकिन हर चीज अपनी जगह सुरक्षित मौजूद थी। यहां तक की उसने पचास मीटर लंबी मेज के नीचे भी झांककर देखा, लेकिन गुम्बदों की वजह से उसे चुम्बक की प्लेटें नजर न आ सकी। जब लाख कोशिश करने के बावजूद भी वान ली वहां कोई गड़बड़ न ढूंढ़ सका, तो उसने किताब उठाकर वापस बुक शेल्फ में रख दी। और तभी वान ली को दूसरा तेज झटका लगा—किताब बुक शेल्फ में रखते समय उसने अनुभव किया कि वह पूरी बुक शेल्फ हिली थी। भला दीवार में फिट बुक शेल्फ कैसे हिल सकती है? तेज दिमाग वान ली का हाथ फ़ौरन बुक शेल्फ पर पड़ा और उसने बुक शेल्फ अपनी तरफ पकड़कर खींची।

फ़ौरन ही वह काम हो गया, जिसने कमांडर की पूरी योजना हिलाकर रख दी। बुक शेल्फ दरवाजे की तरह खुलती चली गई और उसके पीछे 'एमरजेन्सी विंडो' नजर आने लगी।

व...विंडो!

उस विंडो को देखते ही वान ली के दिमाग में धमाके हो गये।

फिर उसने एक सेकेंड भी नहीं गंवाया, फौरन विंडो में से कूदकर उस हॉल में पहुंचा, जहां यंत्र-ही-यंत्र भरे पड़े थे।

तत्काल उसकी आंखें पैन होती हुई पूरे हॉल में घूम गई। उस हॉल में भी दो बुक शेल्फ थे।

पहली बुक शेल्फ—जिससे वह अंदर आया था

दूसरी बुक शेल्फ—जो सामने वाली दीवार में थी।

वान ली तेजी से उस दूसरी बुक शेल्फ की तरफ भी लपका और उसने उसे भी अपनी तरफ पकड़कर खींचा।

लेकिन वह बुक शेल्फ अपनी जगह से टस-से-मस न हुई।

वान ली कितनी ही देर उस बुक शेल्फ को अपनी तरफ खींचने की कोशिश करता रहा और आखिरकार थक-हार कर पीछे हट गया।

❑❑❑

वान ली अब दोबारा वापस कॉन्फ्रेंस हॉल में पहुंच चुका था। बुक शेल्फ उसने पहले की तरह ही दीवार में फिट कर दी थी। अलबत्ता उसका दिमाग जरूर अब सुपर फास्ट ट्रेन की भांति दौड़ रहा था।

एक बात वान ली भली-भांति समझ चुका था कि कहीं-न-कहीं गड़बड़ जरूर हुई है। लेकिन गड़बड़ कहां हुई है, यह उसे समझ नहीं आ रहा था। जब वान ली को कुछ न सूझा तो वह पचास मीटर लंबी टेबल की तरफ बढ़ा और फिर उसने खामखाह, दिना किसी मकसद के नेम-प्लेट्स इधर-से-उधर करनी शुरू कर दीं। पलक झपकते ही वह तमाम नेम-प्लेट्स की जगह तब्दील कर चुका था।

❑❑❑

कमांडर! नीलकंठ! बालेराम!

उन्हें जिस दिन का बेसब्री से इंतजार था, वह दिन अब आ चुका था।

शनिवार के दिन वह तीनों भी 'एयरक्राफ्ट इंटरनेशनल' होटल में बहुत सुबह-सुबह सोकर उठ गये।

वह तीनों इस समय भी पाकिस्तानी रिप्रिजेंटेटिव के मेकअप में थे और यह बात उन्हें रोमांचित कर रही थी कि न जाने आज क्या होने वाला है।

'विज्ञान भवन' में कॉन्फ्रेंस का टाइम सुबह ग्यारह बजे का था, लेकिन सी.एस.एस. के जवानों ने साढ़े दस बजे से पैंतीस देशों के उन रिप्रिजेंटेटिव को कारों में बिठा-बिठा कर 'विज्ञान भवन' भेजना शुरू कर दिया।

उन तीनों को भी एक कार में बिठाया गया। उनके साथ सी.एस.एस. के दो बहुत चुस्त जवान भी कार में बैठे और फिर वह कार उस काफिले के साथ-साथ ही 'विज्ञान भवन' की तरफ रवाना हुई।

जैसे-जैसे विज्ञान भवन' नजदीक आ रहा था, ठीक उसी अनुपात में उनके दिल की धड़कनें तेज हो रही थीं।

'विज्ञान भवन' में थोड़ा पहले ही उन तीनों ने सड़क के किनारे लाल कैरोना कार भी खड़ी देखी। लाल कैरोना का हुड खुला हुआ था और उसके इंजन पर झुकी पामेला ऐसा अभिनय कर रही थी, जैसे उसके अंदर पैदा हुई खराबी का पता लगाने की कोशिश कर रही हो।

इस समय वह चमड़े की बहुत चुस्त काली पैंट और काली जैकेट पहने हुए थी और सिर पर हैट लगाया हुआ था।

गुड!

पामेला को देखते ही उन तीनों का मन खुशी से भर गया। यानी अभी तक पूरी योजना एकदम सही चल रही थी।

फिर 'विज्ञान भवन' में दाखिल होते समय उनकी नजर उस होटल पर पड़ी, जो 'विज्ञान भवन' के बिल्कुल सामने था। उस होटल की पाँचवीं मंजिल की एक खिड़की से उन्होंने होशांग को उसी तरफ झांकते देखा।

उसके झांकने का अंदाज ऐसा था, जैसे वह खासतौर पर अपने आपको दिखाने के लिये ही झांक रहा हो।

यानी वह स्मैकिया भी बिना कोई गड़बड़ किये अपनी जगह मौजूद था।

❑❑❑

जैसी अपेक्षा थी, 'विज्ञान भवन' में घुसने से पहले उन तीनों को मेटल डिटेक्टर से गुजरना पड़ा और उसके बाद सी.एस.एस. के जवानों ने हैंड सेट से भी उनकी जांच-पड़ताल की।

तब कहीं वह तीनों उस हॉल में पहुंचे, जहां कॉन्फ्रेंस होनी थी।

इस समय उस हॉल में अच्छी-खासी सरगर्मी थी। आधे से ज्यादा हॉल देश-विदेश के रिप्रिजेंटेटिवों से भरा पड़ा था और दीवार पर लगे बड़े-बड़े क्लोज सर्किट टी.वी. चालू थे। इतना ही नहीं उन सभी क्लोज सर्किट टी.वी. पर उस दूसरे हॉल का दृश्य भी नजर आ रहा था, जहां रिपोर्टर फोटोग्राफर और अतिथि मौजूद थे।

क्लोज सर्किट टी.वी. से पता चल रहा था कि वह लगभग पूरा हॉल खचाखच भरा हुआ है।

ग्यारह बजे से पहले ही सभी सौ रिप्रिजेंटेटिव उस कॉन्फ्रेंस हॉल में जमा हो गये।

कमांडर, नीलकंठ और बालेराम भी अब अपनी-अपनी कुर्सी पर बैठ चुके थे। बैठते ही उनकी उंगलियां चुपचाप रेंगती हुई मेज के नीचे पहुंची और उन्होंने वहां चुम्बक की प्लेट को टटोला।

अगले पल उन्हें सन्न रह जाना पड़ा वहां चुम्बक की प्लेटें नहीं थीं।

उनकी सकपकाई और बौखलाई आंखें एक-दूसरे के चेहरे पर पड़ी इससे पहले कि वह उस हैरान कर देने वाली समस्या का कोई हल खोज पाते, तभी विज्ञान भवन में बाहर शोर-सा उमड़ा और उसी शोर-शराबे के बीच सी.एस.एस. के जवानों से घिरे डॉक्टर मानिक शाह ने कॉन्फ्रेंस हॉल में कदम रखा।

उनके आते ही कॉन्फ्रेंस हॉल में भी हड़कंप-सा मच गया था और सभी रिप्रिजेंटेटिव उनके सम्मान में कुर्सियां छोड़कर खड़े हो गये।

कमांडर, नीलकंठ और बालेराम ने भी अपनी-अपनी कुर्सियां छोड़ दी थीं। यह बात अलग है कि उनका दिमाग अभी भी उड़नतश्तरी बना हुआ था।

सी.एस.एस. के जवान डॉक्टर मानिक शाह को हॉल के दरवाजे तक ही छोड़कर वापस चले गये।

कमांडर ने देखा, उन लोगों के दिलों में मानिक शाह के प्रति इतना सम्मान था कि जो रिपोर्टर, फोटोग्राफर और अतिथि दूसरे हॉल में बैठे हुए थे, वह भी मानिक शाह के एंट्री लेते ही अपनी-अपनी कुर्सियों से खड़े हो गये थे।

"सिट डाउन प्लीज!" डॉक्टर मानिक शाह ऊँची पुश्त वाली अपनी कुर्सी के नजदीक पहुंचकर बोला।

फिर वह जैसे ही कुर्सी पर बैठा, दोनों हॉल में मौजूद व्यक्ति भी अपनी-अपनी कुर्सियों पर बैठ गये।

ऐसा लग रहा था, मानों दोनों हॉल में सामूहिक प्रोग्राम हो रहा हो।

"मैं आभारी हूं आप सब विद्वानों का।" डॉक्टर मानिक शाह ने बैठते ही माइक पर बोलना शुरू किया—"जो आप दुनिया के कोने-कोने से इस अंतर्राष्ट्रीय कॉन्फ्रेंस में हिस्सा लेने के लिये चीन आये। निःसंदेह आप सब लोगों के आने से चीन का सम्मान बढ़ा है, मेरा यह देश गौरवान्वित हुआ है।"

मानिक शाह अब अपना भाषण पढ़ रहा था। जबकि कमांडर, नीलकंठ और बालेराम का दिमाग अभी भी फिरकनी बना हुआ था। मानिक शाह के भाषण का एक

भी शब्द उनके सुन्न कानों के अंदर नहीं पहुंच रहा था, उनकी उंगलियां तो बस पागलों की तरह मेज के नीचे घूम रही थीं।

और तभी रोशनी की किरण फूटी, कमांडर की उंगलियां एकाएक चुम्बक की प्लेट और उस पर लगी गरारी से छू गई थी।

दरअसल वह प्लेट उसके बराबर में बैठे रिप्रिजेंटेटिव के सामने थी।

कमांडर ने उत्साहपूर्वक गरारी की नॉब घुमानी शुरू कर दी, बराबर में बैठा रिप्रिजेंटेटिव मानिक शाह का भाषण सुनने में इतना खोया हुआ था कि उसे यही पता नहीं था, उसके सामने क्या हो रहा है। शीघ्र ही रिवॉल्वर चेन के साथ चलती हुई गुम्बद से निकलकर कमांडर के हाथों में आ गई, कमांडर ने फौरन उसे तांबे के तार से खोल डाला।

फिर उसने नीलकंठ और बालेराम की तरफ देखा, उनके सफेद झक्क चेहरे बता रहे थे कि उन्हें रिवॉल्वर अभी भी नहीं मिली है।

❑❑❑

उसके बाद कमांडर ने वो कारनामा किया, जिसकी वहां मौजूद किसी भी व्यक्ति ने कल्पना तक न की थी।

कमांडर, मानिक शाह के भाषण के बीच में ही झटके से अपनी कुर्सी छोड़कर खड़ा हो गया और फिर पचास मीटर लंबी उस मेज को दोनों हाथों से पकड़कर यूं जोर से झटका मारा कि मेज पर रखे सारे माइक और नेम-प्लेट्स हवा में उछल पड़े और साथ ही उछली थी वह मेज।

"यह क्या हो रहा है? क्या हो रहा है?" कई सारे रिप्रिजेंटेटिव चीख-पुकार मचाते इधर-उधर भागे।

डॉक्टर मानिक शाह के हलक से भी चीख खारिज हो गई थी और वह भी झटके से कुर्सी छोड़कर उठे।

जबकि मेज उछलते ही उल्टी हो गई थी और फिर उल्टी होकर नीचे जमीन पर जाकर गिरी।

"असलम!" मेज को उछालते ही कमांडर चिल्लाया—"सरफराज! जल्दी अपने-अपने रिवॉल्वर मेज के नीचे से निकालो। चुम्बक की प्लेटें यहीं फिट हैं।" फिर उसने अपनी रिवॉल्वर फिरकनी की तरह घुमाई थी।

कमांडर के हाथ में रिवॉल्वर देखते ही नीलकंठ और बालेराम उल्टी पड़ी मेज की तरफ झपट पड़े, जल्द ही उन्हें चुम्बक की प्लेटें नजर आ गईं।

❑❑❑

न सिर्फ कॉन्फ्रेंस हॉल और रिपोर्टिंग हॉल में बल्कि पूरे विज्ञान भवन' के अंदर जबरदस्त हंगामा मच चुका था। किसी को उम्मीद नहीं थी कि इतनी सिक्योरिटी के बावजूद भी ऐसी घटना घट जायेगी।

वान ली, मानिक शाह के बॉडीगार्ड और सी.एस.एस. के ढेरों जवान, वह सब आनन-फानन कॉन्फ्रेंस हॉल की तरफ दौड़ पड़े। उन सबके हाथों में ऑटोमैटिक गनें थीं। वह जैसे ही दनदनाते हुए हॉल में घुसे, तभी कमांडर भी जम्प लगाकर मानिक शाह की तरफ दौड़ पड़ा।

पलक झपकते ही उसने मानिक शाह को अपनी बांहों में जकड़ लिया और रिवॉल्वर उसके कान पर रख दी।

"कोई आगे न बढ़े।" कमांडर ने गरजकर वान ली और सी.एस.एस. के सभी जवानों को चेतावनी दी—"अगर कोई भी आगे बढ़ा, तो मैं इस डॉक्टर के दिमाग की धज्जियां उड़ा दूंगा।"

सब हैरान!

भौचक्के!

हतप्रभ!

जो जहां था, वहीं ठिठक गया। आखिर डॉक्टर मानिक शाह की जिंदगी का सवाल था।

इस बीच नीलकंठ और बालेराम भी अपनी-अपनी रिवॉल्वर निकाल चुके थे और रिवॉल्वर हाथ में आते ही वह दोनों शेर बन गये।

"लेकिन तुम कौन हो?" वान ली चिल्लाया—"और यह सब क्या कर रहे हो?"

"हम इस डॉक्टर का यहां से किडनैप करके ले जा रहे हैं। यह चीनियों की हद से ज्यादा सेवा कर चुका है।"

"मगर तुम किसके कहने पर ऐसा कर रहे हो?"

"तुम बेवकूफ चीनियों के लिये हमारा इतना ही परिचय काफी है कि हम अमेरिकन हैं।" कमांडर सांप की तरह फुंफकार उठा।

“नहीं।” गरजा वान ली—“तुम अमेरिकन नहीं हो सकते। तुम झूठ बोल रहे हो।”

“तो फिर तुम हमारे बारे में चाहे जो अंदाजा लगाओ।” हंसा कमांडर—“हमें कोई ऐतराज नहीं। सरफराज हुसैन!” फिर करण सक्सेना ने बालेराम को आवाज दी।

“यस।” फ़ौरन बालेराम रिवॉल्वर लेकर आगे बढ़ा।

“सभी क्लोज सर्किट टेलीविजनों को नष्ट कर दो।”

कमांडर के आदेश की देर थी, फौरन बालेराम क्लोज सर्किट टेलीविजनों की तरफ घूम गया और फिर धांय-धांय-धांय, उसके रिवॉल्वर ने कई सारी गोलियां उगल डालीं। पलक झपकते ही उन कीमती टेलिविजनों के परखच्चे उड़ गये।

वह काम अंजाम देकर बालेराम ने रिवॉल्वर भी अपनी जेब में रख ली थी। वह खाली हो चुकी थी।

“तुम्हारी यह ऑटोमैटिक गन काफी अच्छी है वान ली!” बालेराम, वान ली के पास पहुंचकर मुस्कुराया—“अगर यह मेरे पास रहेगी, तो ज्यादा बेहतर है।”

वान ली, बालेराम को गन देते हुए हिचकिचाया।

“जल्दी करो वान ली!” कमांडर ने मानिक शाह को कुछ और ज्यादा कसकर जकड़ लिया—“वरना तुम्हारे इस डॉक्टर की जान जा सकती है। हरीअप..., फौरन अपनी गन सरफराज हुसैन को दे दो।”

वान ली ने खून का-सा घूँट पीते हुए अपनी ऑटोमैटिक गन छोड़ दी, पलक झपकते ही वह गन बालेराम के हाथ में पहुंच चुकी थी।

❑❑❑

फिर कमांडर करण सक्सेना, डॉक्टर मानिक शाह को रिवॉल्वर की नोंक पर लगभग धकेलता हुआ कॉन्फ्रेंस हॉल से बाहर निकला।

नीलकंठ और बालेराम अपने-अपने हाथ में रिवॉल्वर और गन संभाले उसके दायें-बायें चल रहे थे।

बाहर का दृश्य भी अत्यन्त विहंगमकारी था। रिपोर्टर, फोटोग्राफर, अतिथि सब हॉल से निकलकर विज्ञान भवन' के गलियारे में जमा हो चुके थे और हैरत से आंखें फाड़े उस दृश्य को देख रहे थे।

सी.एस.एस. के जवानों का हुजूम वहां उमड़ा हुआ था। लेकिन सब बेबस थे, कोई कुछ नहीं कर सकता था।

तभी घटना ने एक और सनसनीखेज तथा भौचक्का कर देने वाला मोड़ लिया।

कमांडर, नीलकंठ और बालेराम उस समय डॉक्टर मानिक शाह को कब्जाये एक गलियारे से गुजर रहे थे। वान ली और सी.एस.एस. के जवानों का हुजूम उनके पीछे था। उसी पल वान ली ने चाल खेली, वह एकाएक लड़खड़ाकर गलियारे में गिरा और गिरते ही उसने गलियारे में बिछा कारपेट अपनी पूरी शक्ति से पकड़कर खींच डाला।

परिणाम!

न सिर्फ कमांडर, नीलकंठ और बालेराम बल्कि डॉक्टर मानिक शाह सहित वह सबके सब चीखते हुए औंधे मुंह फर्श पर जाकर गिरे।

उनके गिरते ही वान ली चीते की तरह डॉक्टर मानिक शाह की तरफ झपटा। कमांडर, नीलकंठ या बालेराम अलर्ट हो पाते, उससे बहुत पहले ही वान ली ने मानिक शाह को दबोच लिया और फिर दूसरी जम्प लगाकर धड़धड़ाता हुआ साथ में बने एक कमरे में घुस गया।

अंदर घुसते ही वान ली ने दरवाजा बंद कर लिया।

अब वह और डॉक्टर मानिक शाह वहां सुरक्षित बंद थे।

❑❑❑

बाजी फिर पूरी तरह पलट चुकी थी।

कमांडर, नीलकंठ और बालेराम, वह उन तीनों के लिये जानलेवा क्षण थे। यह बात अलग है कि गलियारे में गिरते ही वह तीनों भी जम्प लगाकर उठ चुके थे।

मगर सेकेंड के उस सौंवे हिस्से में ही मानिक शाह उनके हाथ से निकल गया था, वान ली ने इस मामले में हद से ज्यादा फुर्ती दिखाई थी।

अब वह थे और उनके दोनों तरफ सी.एस.एस. के वह जवान खड़े थे, जो उन्हें फाड़ डालने को तत्पर थे।

फिर वही हुआ, सी.एस.एस. के जवानों की ऑटोमैटिक गनें उनकी तरफ तनी और फिर उन्होंने धूं-धूं-धूं गोलियां बरसा डालीं।

कमांडर—नीलकंठ—बालेराम!!! उन तीनों ने तत्काल अपने जिस्म फर्श पर गिरा दिये थे और जिस्म नीचे गिराते ही उन्होंने भी सी.एस.एस. के जवानों पर गोलियां बरसानी शुरू कर दी।

गलियारे में कोहराम मच गया।

कोहराम!

चीख-पुकार और खून की होली खेली जाने लगी वहां।

❑❑❑

डॉक्टर मानिक शाह के साथ कमरे में बंद होने के बाद भी चुप नहीं बैठा था वान ली! उसकी नजर बड़ी तेजी से उस कमरे में इधर-उधर घूमी थी, निहत्था होने की वजह से अब वान ली को किसी हथियार की तलाश थी।

लेकिन वान ली को उस कमरे में ऐसी कोई चीज नजर न आई, जिसे वह हथियार बना सके।

फिर भी हिम्मत नहीं हारी वान ली ने! आखिर वो वान ली था।

"आप इस कमरे से एक कदम भी बाहर मत रखना।" वान ली मानिक शाह को कुर्सी पर बिठाने के बाद हिदायत देता हुआ बोला— "मैं यहाँ से जा रहा हूं।"

"ल लेकिन तुम किधर से जाओगे?" मानिक शाह की आवाज कंपकंपाई।

उस समय वह डरा हुआ था।

बाहर से लगातार चीख-पुकार और गोलियां चलने की आवाजें सुनाई दे रही थीं।

"देखते जाओ, मैं किधर से जाता हूं।" वान ली यकायक उस कमरे में भी बनी एक बुक शेल्फ की तरफ झपट पड़ा। उसने बुक शेल्फ पकड़कर अपनी तरफ खींची, तो फौरन उसके पीछे 'एमरजेन्सी विंडो' नजर आने लगी।

वान ली ने पलक झपकते ही उस 'विंडो' में से दूसरे कमरे के अंदर छलांग लगा दी।

डॉक्टर मानिक शाह हैरत से वान ली को देखता रह गया।

❑❑❑

गलियारे में अभी भी गोलियां चल रही थीं।

अलबत्ता उस लड़ाई में अब कमांडर, नीलकंठ और बालेराम का पलड़ा हलका पड़ने लगा था।

सबसे पहले कमांडर की गोलियां खत्म हुई।

गोलियां खत्म होते ही कमांडर आत्मरक्षा करने के लिये जूडो-कराटे के एक्शन में आ गया। गोलियों से बचते हुए वह सी.एस.एस. के जवानों की तरफ झपटा और

फिर उसकी स्टील की रॉड जैसी मजबूत टांगें धड़ाधड़ हवा में घूमकर उन चीनियों पर पड़ी।

एक साथ कोई सात-आठ चीनी चिल्लाते हुए नीचे गिरे और उनके हाथ से ऑटोमैटिक गनें छूट गईं।

कमांडर ने एकदम कराटे एक्शन में ही एक गन की तरफ जम्प लगाई और फिर इतनी फुर्ती के साथ उस गन को लेकर उठा कि जिसने भी उस दृश्य को देखा, उसी की आंखें हैरत से फैल गईं। गन हाथ में आते ही कमांडर ने उन सभी चीनियों को भून डाला, जो गिरे थे।

बालेराम ऑटोमैटिक गन पास होने की वजह से पहले ही सी.एस.एस. के जवानों की गोलियों का जवाब गोली से दे रहा था।

तभी नीलकंठ के रिवॉल्वर से भी गोलियां खत्म हो गईं।

गोलियां खत्म होते ही धांय-धांय-धांय तीन गोलियां नीलकंठ के कंधे में आकर लगीं।

गोलियां लगते ही चीखा नीलकंठ और हवा में उछला। लेकिन फर्श पर गिरने से पहले नीलकंठ सी.एस.एस. के एक जवान के ऊपर जम्प लगा गया था, जो उसे ही निशाना बनाने जा रहा था। नीलकंठ ने उस जवान की गर्दन सख्ती से जकड़ ली और फिर उसके पैने दांत उसकी गर्दन का मांस नोंचने के लिये झपटे।

मगर तभी वो ठिठका।

नहीं—नीलकंठ के अंदर से कोई चिल्लाया—यहां ऐसा कोई निशान मत छोड़ नीलकंठ, जिससे यह साबित होता हो कि तू यहां आया था। अगर यह साबित हो गया, तो वान ली पलक झपकते ही समझ जायेगा कि यह अमेरिकी आक्रमण नहीं था और डॉक्टर मानिक शाह ही चीन से विद्रोह करने वाला भारतीय डॉक्टर है।

नीलकंठ के दांत फ़ौरन उसकी गर्दन से पीछे हटे और उसने उस चीनी जवान की गर्दन दोनों हाथों से पकड़कर झटके से तोड़ डाली। एक कट की आवाज हुई और वह चीनी जवान पीछे जा गिरा। नीलकंठ ने झपटकर उसकी ऑटोमैटिक गन उठा ली।

❑❑❑

अब उन तीनों के हाथ में ऑटोमैटिक गनें थीं। लेकिन फिर भी कमांडर एक बात

अच्छी तरह समझ चुका था कि वह तीनों मिलकर उन बेशुमार सी.एस.एस. जवानों का ज्यादा देर मुकाबला नहीं कर सकते।

क्योंकि जल्द ही उन गनों से भी गोलियां खत्म हो जानी थीं।

वह सचमुच बुरी तरह फंस चुके थे, तभी कमांडर ने आत्मरक्षा के लिये एक दांव और खेला।

वह ऑटोमैटिक गन से सी.एस.एस. के जवानों का मुकाबला करता हुआ एकाएक उस तरफ दौड़ा, जिधर विदेशों के सौ रिप्रिजेंटेटिव खड़े हुए थे।

रिप्रिजेंटेटिवस के बीच हड़कंप-सा मच गया। सब चीख-पुकार मचाते इधर-उधर भागे।

वह सब रिप्रिजेंटेटिव कहीं छिप पाते, उससे पहले ही कमांडर ने एक जापान के रिप्रिजेंटेटिव को पकड़ लिया।

"बंद करो।" कमांडर उस जापानी रिप्रिजेंटेटिव के सिर को अपनी गन का निशाना बनाकर चिंघाड़ा—"बंद करो ये गोलियां चलाना। वरना मैं इस जापानी रिप्रिजेंटेटिव को मार डालूंगा।"

कमांडर की उस धमकी का फौरन असर हुआ। गोलियों की वह बारिश रुक गई।

फिर पहले की तरह सन्नाटा—खामोशी—दहशत—।

नीलकंठ और बालेराम गलियारे में रखे लोहे के दो बड़े-बड़े फ्लॉवर पॉट के पीछे पोजीशन संभाले हुए थे। वह भी गन हाथ में लेकर फ्लॉवर पाट के पीछे से निकल आये।

"हम लोग यहां से जा रहे हैं।" कमांडर, जापानी रिप्रिजेंटेटिव को धकेलता हुआ सी.एस.एस. के जवानों के बीच में पहुंचा—"अगर हमें किसी ने रोकने की कोशिश की, तो खुद अंदाजा लगा सकते हो कि हम क्या करेंगे।"

सब चुप रहे।

किसी सी.एस.एस. जवान में इतनी हिम्मत नहीं थी, जो जापानी रिप्रिजेंटेटिव की जान का रिस्क ले।

फिर वान ली भी उस समय वहां नहीं था, जो कोई बड़ा खेल, खेल पाता।

कमांडर, नीलकंठ और बालेराम उस जापानी रिप्रिजेंटेटिव को अपना कवर बनाकर 'विज्ञान भवन' के दरवाजे की तरफ बढ़ते चले गये।

नीलकंठ के कंधे से खून लगातार बह रहा था।

❑❑❑

उधर—वान ली अब 'विज्ञान भवन' की छत पर पहुंच चुका था। न सिर्फ छत पर पहुंच चुका था, बल्कि उसके हाथ में भी अब एक ऑटोमैटिक गन नजर आ रही थी, जिसे उसने छत पर आने से पहले एक जवान से हासिल किया था।

वान ली इस समय एक बात के लिये दृढ़ प्रतिज्ञ था, कि वह उन तीनों आक्रमणकारियों को यहां से जिन्दा नहीं जाने देगा।

वह 'विज्ञान भवन' की छत पर बिल्कुल मुंडेर के पास जाकर खड़ा हो गया और उसने गन नीचे की तरफ तान ली, यह सोचकर कि जैसे ही वह तीनों बाहर निकलेंगे वह उन्हें शूट कर देगा।

वह सांस रोके मुंडेर के पास खड़ा रहा। लगभग दो मिनट बाद ही उसने उन तीनों आक्रमणकारियों को 'विज्ञान भवन' से बाहर निकलते देखा, जापानी रिप्रिजेंटेटिव को उन्होंने अभी भी निशाने पर लिया हुआ था।

बाहर निकलते ही उनमें से एक आक्रमणकारी ने हवाई फायर किया।

तत्काल!

हवाई फायर करते ही एक लाल कैरोना कार दौड़ती हुई 'विज्ञान भवन' के सामने आ गई।

उसी पल वान ली ने भी अपनी ऑटोमैटिक गन सबसे पहले कमांडर को तरफ तानी और फिर जैसे ही उसकी उंगलियां ट्रिगर की तरफ लपकीं।

धांय! धांय!!

दो गोली सनसनाती हुई आकर वान ली की गन में लगीं।

चीख पड़ा वान ली!

गन उसके हाथ से छूट गई और वह छत पर पीछे जाकर गिरा। यही शुक्र था कि वह उछलकर नीचे सड़क पर नहीं जा पड़ा था।

तभी धांय-धांय-धांय कई गोलियां और उसके सिर के ऊपर से गुजरी। वान ली ने देखा, वह गोलियां सामने वाले होटल से चलाई जा रही थीं।

वान ली फौरन अपनी जान बचाकर नीचे जाने वाली सीढ़ियों की तरफ भागा।

उधर कमांडर, नीलकंठ और बालेराम, वह तीनों जापानी रिप्रिजेंटेटिव के साथ लाल कैरोना कार में सवार हो चुके थे। उनके बैठते ही पामेला ने कार आंधी-तूफ़ान की तरह सड़क पर दौड़ा दी।

□□□

सी.एस.एस. हैडक्वार्टर में भूकंप-सा आया हुआ था। उस घटना ने वहां तहलका मचा दिया था।

फौरन ही सी.एस.एस. अधिकारियों की एक हंगामाखेज मीटिंग बुलाई गई।

"यह कोई मामूली घटना नहीं है।" सी.एस.एस. का एक अधिकारी पुरजोर ढंग से चिल्ला रहा था—"इतनी जबरदस्त सिक्योरिटी के बावजूद न सिर्फ तीन आक्रमणकर्ता 'विज्ञान भवन' के अंदर घुसने में कामयाब हो गये बल्कि वह जाते-जाते एक जापानी रिप्रिजेंटेटिव का भी किडनैप करके ले गये।"

"जस्ट ए मिनट!" वान ली ने फौरन उस अधिकारी को टोका— "वह आक्रमणकर्ता जापानी रिप्रिजेंटेटिव का किडनैप जरूर करके ले गये थे, लेकिन पाँच मिनट बाद वानालोना बाजार के पास ही उन्होंने उस रिप्रिजेंटेटिव को छोड़ दिया था।"

"मगर सी.एस.एस. के इतने जवानों के बीच में से उन्होंने जापानी रिप्रिजेंटेटिव का किडनैप तो किया ही था न?" अधिकारी ने एक-एक शब्द चबाया।

"ह...हां।" वान ली का शुष्क स्वर—"किडनैप तो किया था।"

"और आक्रमणकर्ताओं के उस साथी का क्या हुआ?" सबसे बड़े अधिकारी ने पूछा—"जिसे तुम बता रहे थे कि वो सामने वाले होटल में तैनात था?"

"हमने उसे भी चैक किया था। फौरन ही चैक किया था।" वान ली बोला—"मगर वो भी होटल से गायब मिला। जरूर वह गोलियां चलाते ही वहां से भाग निकला था।"

"कुल मिलाकर सब कुछ जबरदस्त योजना के तहत हुआ।" एक अन्य अधिकारी बोला—"वह तो शुक्र है कि आक्रमणकर्ता डॉक्टर मानिक शाह का किडनैप करने में कामयाब नहीं हुए, वरना पूरे चीन में तहलका मच जाना था।"

"मैं एक बात कहूंगा।" वान ली अपना धैर्य बटोरकर बोला— "इसमें कोई शक नहीं कि यह एक बहुत खतरनाक घटना घटी है। लेकिन इस पूरे सिलसिले में आक्रमणकर्ताओं को जरूर इन साइड हैल्प हासिल थी। कोई अन्दरूनी मदद हासिल थी।"

"अन्दरूनी मदद।" सब अधिकारी चौंके।

"हां, अन्दरूनी मदद।" वान ली ने एक-एक शब्द चबाया— "अन्दरूनी मदद

की वजह से ही आक्रमणकर्ता इतनी जबरदस्त सिक्योरिटी को भेदने में कामयाब हुए हैं। कोई हमारा ही आदमी था, जो उनकी मदद कर रहा था। जिसने हमारी पूरी सिक्योरिटी के बारे में उन्हें बताया और उनकी कदम-कदम पर हैल्प की।"

"यह बात तुम किस आधार पर कह रहे हो?" सबसे बड़े अधिकारी ने भी आश्चर्य से पूछा।

"क्योंकि पचास मीटर लंबी टेबल के नीचे पहले से उनके लिये रिवॉल्वर फिट थीं। वहां बाकायदा चुम्बक की तीन प्लेटें लगाई गई थीं, जिन पर रिवॉल्वर कसे थे। सब कुछ प्री-प्लान ढंग से हुआ। आप लोग ही बताइये, पचास मीटर लंबी उस टेबल के नीचे रिवॉल्वर कौन फिट कर सकता है? वह किसी बाहर के आदमी का काम हर्गिज नहीं हो सकता।"

"इस घटना से तो साफ जाहिर है।" एक अधिकारी ने सनसनाये स्वर में कहा—"कि उन्हें इनसाइड हैल्प हासिल थी।"

"बिल्कुल ठीक।

"मगर वो इनसाइड हैल्पर कौन हो सकता है?"

"सबसे पहले मुझे जीपा पर शक था।"

"जीपा!" सब हकबकाये—"विज्ञान भवन का चीफ।"

"हां, वही।" वान ली ने गर्दन हिलाई—"दरअसल जीपा कल रात छह बजे के बाद 'विज्ञान भवन में रुका था। उसे कुछ जरूरी कागज टाइप करने थे।"

"फिर?"

"वह छह बजे से साढ़े सात बजे तक 'विज्ञान भवन' में रुका और इस बीच वह अपने बंद ऑफिस में सारा समय टाइप ही करता रहा। इसका सबसे बड़ा चश्मदीद गवाह मैं खुद हूं। क्योंकि कॉन्फ्रेंस हॉल बंद करने के बाद मैं उसके ऑफिस के बाहर ही जाकर खड़ा हो गया था और फिर सारा समय मैंने टाइप मशीन के चलने की आवाज सुनी थी। इसलिये जीपा पर भी मेरा शक निराधार साबित हो जाता है। अगर मैं खुद टाइप मशीन के चलने की आवाज न सुनता, तो एकदम गारंटी से कह सकता था कि यह काम जीपा ने ही किया है।"

"ओह!" सब अधिकारी स्तब्ध से बैठे थे—"यानी जिस आदमी पर तुम्हें 'इनसाइड हैल्पर' होने का सबसे ज्यादा शक हो सकता था, उसी आदमी के निर्दोष होने के तुम खुद गवाह हो।"

"हां।"

"तुम्हें किसी और पर भी शक है?" सबसे बड़े अधिकारी ने पूछा।

"नहीं, किसी पर शक नहीं।" वान ली बोला—"उस काम को अगर मेरी निगाह में कोई कर सकता था, तो सिर्फ जीपा कर सकता था। क्योंकि उसे ही पूरा मौका हासिल था।"

"वाकई बड़ी पेचीदा स्थिति है।"

"अब एक और बात भी सुनो।" वान ली थोड़ा तनकर बैठा— "उम्मीद है, उस बात को सुनकर आप लोग शायद उछल ही पड़ोगे।"

"ऐसी क्या बात है?" सी.एस.एस. के सारे अधिकारी भी अलर्ट हुए।

"लगता है, चीन से विद्रोह करने वाले भारतीय डॉक्टर का नाम भी हमें मालूम हो चुका है।"

"यह क्या कह रहे हो तुम।" सबसे बड़ा अधिकारी भी भौचक्का रह गया—"कौन है वो भारतीय डॉक्टर?"

"उसका नाम मानिक शाह है।" वान ली ने बम-सा छोड़ा और वाकई, उस नाम को सुनते ही सारे अधिकारी उछल पड़े।

"मिस्टर वान ली!" सबसे बड़ा अधिकारी चिल्लाया—"तुम शायद नहीं जानते कि तुम किस व्यक्ति पर इल्जाम लगा रहे हो। डॉक्टर मानिक शाह एक भारतीय होने से बहुत पहले आज एक चीनी हैं। उन्होंने चीन के लिए इतना कुछ किया है, जो शायद कोई चीनी भी अपने देश के लिये न कर सके।"

"मैं जानता हूं सर!" वान ली गंभीरता पूर्वक बोला—"डॉक्टर मानिक शाह के बारे में, मैं सब कुछ जानता हूं। मुझसे बेहतर भला उन्हें कौन जानेगा, आखिर वो ससुर हैं मेरे। लेकिन फिर भी मेरा यह शक पुख्ता होता जा रहा है कि वही वो भारतीय डॉक्टर हैं, जो चीन से विद्रोह करना चाहते हैं। इतना ही नहीं, आज जिन लोगों ने डॉक्टर मानिक शाह का किडनैप करने का प्रयास किया है। वह भी जरूर नीलकंठ की टीम के मैम्बर थे और उन्हीं में वह भारतीय जासूस भी शामिल था, जो अरविंद पांडे की जगह चीन भेजा गया है।"

"मिस्टर वान ली!" सी.एस.एस. का सबसे बड़ा अधिकारी पुनः आंदोलित लहजे में बोला—"जानते हो, तुम एक बहुत खतरनाक कल्पना कर रहे हो?"

"मैं अच्छी तरह जानता हूं सर!" वान ली पहले जैसे ही दृढ़ शब्दों में बोला—

"लेकिन आज अगर मैं यह बात इस कमेटी के सामने कह रहा हूं, तो बहुत सोच-समझकर कह रहा हूं। काफी विचार करने के बाद कह रहा हूं। किडनैपर्स अपने आपको बार-बार अमेरिकन इसलिये साबित कर रहे हैं, क्योंकि वह हमें बेवकूफ समझते हैं। वह समझते हैं कि इस तरह वो हमें भ्रम में रख सकेंगे और अपने आपको छिपा सकेंगे। इतना ही नहीं, वह आज डॉक्टर मानिक शाह का किडनैप करने की कोशिश नहीं कर रहे थे, बल्कि उन्हें सी.एस.एस. के फंदे से निकाल रहे थे।"

सब सन्न बैठे वान ली की बातें सुनते रहे।

वान ली चुप हुआ, तो अधिकारियों के बीच सन्नाटा छा गया। बहुत गहरा और खून को बर्फ की तरह जमा देने वाला सन्नाटा।

"मुझे नहीं मालूम मिस्टर वान ली!" सबसे बड़ा अधिकारी इस सन्नाटे को भंग करता हुआ धीर-गंभीर स्वर में बोला—"कि तुम्हारे इस आरोप में कितना दम है। दम है भी या नहीं है। लेकिन मैं एक बात तुमसे जरूर कहूंगा।"

"क्या?"

"तुम जिस व्यक्ति पर आरोप लगा रहे हो, उसका नाम डॉक्टर मानिक शाह है। आज चीन की बहुत बड़ी वी.आई.पी. हस्ती है वो इंसान। इतना ही नहीं, तुम्हारे पास उस व्यक्ति के विरुद्ध ऐसा कोई ठोस सबूत भी नहीं है, जिससे वो दोषी साबित होता हो। इसलिये मैं चाहूंगा कि तुम डॉक्टर मानिक शाह पर कोई भी इल्जाम लगाने से पहले उनके खिलाफ सबूत इकट्ठे करो और तब कहीं कोई बात अपनी जबान से निकालो।"

"ऐसा ही लीजिये सर!" वान ली बोला—"अब मैंने इसी दिशा में काम करना है।"

"एक बात और, जब तक इस आरोप के पूरी तरह सच या झूठ होने का पता नहीं चल जाता, तब तक इस संबंध में कोई भी बात हम अधिकारियों की जबान से बाहर नहीं निकलनी चाहिये।"

"आप बेफिक्र रहें, ऐसा ही होगा सर!" वान ली सहित सभी अधिकारियों ने स्वीकृति में गर्दन हिलाई।

❑❑❑

कमांडर, नीलकंठ, बालेराम, होशांग, पामेला—वह पाँच सदस्यों की टीम! और इस

समय वह पाँचों ही अलग-अलग कुर्सियों पर बेहद अफसोसनाक मुद्रा में निढाल से पड़े थे।

बिल्कुल इस तरह, जैसे कोई फौज युद्ध के मैदान में पराजित के होकर लौटी हो।

सब हताशा और निराशा में डूबे हुए।

पाकिस्तानी रिप्रिजेंटेटिव का मेकअप वह उतार चुके थे। नीलकंठ के कंधे से गोलियां भी निकाली जा चुकी थीं और अब वहां पट्टी बंधी थी।

"यह हैरानी की ही बात है।" काफी देर बाद होशांग झुंझलाकर बोला—"कि इतनी जबरदस्त योजना के बावजूद, इतनी परफैक्ट प्लानिंग के बावजूद हम न सिर्फ असफल हो गये, बल्कि हम लोगों की जान भी बड़ी मुश्किल से बची है।"

"लगता है।" बालेराम ने गहरी सांस ली—"डॉक्टर मानिक शाह को सी.एस.एस. के शिकंजे से निकालना सचमुच नामुमकिन काम है।"

"हमें इतनी जल्दी हताश नहीं होना चाहिये।" कमांडर कुर्सी की पुश्त से पीठ लगाता हुआ बोला और फिर 'डनहिल' सुलगाने लगा— "यह सच है कि हमें बहुत गहरा झटका लगा है। इस योजना पर हमने बहुत मेहनत की थी। लेकिन हमें 'ट्राई एंड अगेन ट्राई' को अपना जीवन लक्ष्य बनाना चाहिये। अगर हम एक बार असफल हो चुके हैं, तो कोई बात नहीं। हम दोबारा कोशिश करेंगे और इससे ज्यादा मेहनत के साथ कोशिश करेंगे। हमें चींटी से प्रेरणा लेनी है।" कमांडर उनके मन की हताशा दूर करता हुआ बोला—"चींटी—जो बार-बार पहाड़ से नीचे गिरती है। लेकिन वह हर बार दोगुने जोश के साथ पहाड़ पर चढ़ने की कोशिश करती है और आखिरकार अपनी मंजिल तक पहुंचती है। अपने लक्ष्य को पाती है।"

"लेकिन चींटी के पास अपनी मंजिल तक पहुंचने का हर बार एक रास्ता तो होता है कमांडर!" नीलकंठ बोला—"मगर हमारे सामने तो मुश्किल ये है कि डॉक्टर मानिक शाह को सी.एस.एस. के शिकंजे से निकालने का अब कोई दूसरा रास्ता ही नहीं है।"

कमांडर ने 'डनहिल' का कश लगाया और मुस्कुराया—"अगर हम ऐसा सोचते हैं, तो यह हमारी गलतफहमी है। जिस तरह हमें पहला रास्ता मिला था, उसी तरह हमें दूसरा रास्ता भी मिलेगा और विश्वास जानिये कि बहुत जल्द मिलेगा। इसलिये मेरी आप लोगों से विनती है कि अपने मन से हताशा दूर कीजिये और नॉर्मल हो जाइये। बिल्कुल पहले की तरह! ताजगी से भरे हुए!"

कमांडर की बातों का उन चारों पर गहरा असर हुआ। लेकिन फिर भी वह एकदम से नॉर्मल न हो सके।

"अब मैं होशांग और पामेला से एक सवाल पूछना चाहूंगा।"

"क्या?" होशांग और पामेला, दोनों ने कमांडर की तरफ देखा।

"हमने शंघाई एयरपोर्ट से जिन तीन पाकिस्तानी रिप्रिजेंटेटिव्स का किडनैप किया था, वह अब कहां हैं?'

"वह रिप्रिजेंटेटिव मारे गये।" होशांग बोला—"और वह एम्बुलैंस ड्राइवर भी मारा गया, जिसे बेहोश करके हमने एम्बुलैंस हथियाई थी।"

"कैसे?" सब चौंके।

"दरअसल शंघाई से बीजिंग आते समय बीच रास्ते में ही सरफराज हुसैन को होश आ गया था।" पामेला ने पूरी घटना बयान की—"और फिर वह उन तीनों को भी न मालूम कैसे बड़ी खामोशी के साथ होश में ले आया। उसके बाद होश में आते ही उन्होंने हम दोनों पर आक्रमण कर दिया। वह तो शुक्र है कि उनके पास जानलेवा हथियार नहीं थे, इसलिये वह हमारा कुछ नहीं बिगाड़ सके। बहरहाल होशांग ने तभी बीच रास्ते में ही उन चारों के गोली से भेजे उड़ा दिये थे।"

"लाशों का क्या किया?"

"लाशें भी हमने बीच रास्ते में ही एक जंगल के अंदर गड्ढा खोदकर दफना दी थीं।"

"और एम्बुलेंस...?"

"एम्बुलेंस को लेकर हम लोग जरूर बीजिंग तक आये। क्योंकि उस वक्त हमारे पास वही एकमात्र वाहन था। लेकिन बीजिंग पहुंचने के बाद हमने वह एम्बुलैंस भी लावारिसों की तरह सड़क पर छोड़ दी।"

"यानी वह पूरा किस्सा उसी दिन खत्म हो गया था।"

"हां।"

"चलो जो हुआ, ठीक हुआ। अब हमें अपनी थकान दूर करने के लिये एक-एक कप कॉफी पीनी चाहिये। पामेला!"

"यस कमांडर!" पामेला फ़ौरन बोली।

"तुम हम सबको एक-एक कप कॉफी बनाकर पिलाओ, एकदम फर्स्ट क्लास और कड़क कॉफी—जल्दी से।"

पामेला मुस्कुराती हुई फौरन ही वहां से उठकर चली गई। वह सब भी अब मुस्कुराने लगे थे।

❑❑❑

उस घटना के बाद डॉक्टर मानिक शाह भी बेचैन हो उठा। वह सारी रात उसकी बिस्तर पर करवटें बदलते हुए गुजरी। मन में तरह-तरह के विचार आते रहे।

रात के ग्यारह बजे मानिक शाह बिस्तर पर लेटा-लेटा झटके से उठ बैठा, वह खुद को चीन में बुरी तरह फंसा हुआ महसूस कर रहा था।

उसके मन में पुनः वही विचार उठा, उसे वहां से भाग निकलना चाहिये।

नहीं—फ़ौरन डॉक्टर मानिक शाह के अंदर से कोई चीखा—अब ऐसी गलती भूलकर भी मत करना मानिक शाह! याद रखो, तुम खुद भाग निकलने की कोशिश एक बार पहले कर चुके हो और नाकाम हो चुके हो। तब तो सी.एस.एस. के जवानों ने उस घटना को वाकई मजाक समझ लिया था। लेकिन अगर तुम दोबारा ऐसी कोई हरकत करोगे, तो तुम्हारा राज खुल जायेगा।

मानिक शाह बुरी तरह छटपटा उठा।

तो फिर क्या करूं—मानिक शाह ने मानों अपनी अंतरात्मा से चीखकर पूछा—क्या करूं में?

उचित मौके का इंतजार करो मानिक शाह—उसकी आत्मा उसे समझाती हुई बोली—अपने सब्र का बांध मत टूटने दो। आज तुम्हारे किडनैप की कोशिश की गई थी। हो सकता है कि वह तुम्हारे किडनैप की कोशिश न हो बल्कि तुम्हें सी.एस.एस. के शिकंजे से निकालने का प्रयास हो।

यानी—मानिक शाह के माथे पर पसीने की बूंदें चुहचुहा आई, य...यानी वह अरविंद पांडे की जगह आया दूसरा भारतीय जासूस था, ज...जिसने मेरे ऊपर रिवॉल्वर तानी और उसके बाकी साथी नीलकंठ की टीम के मैम्बर थे?

बिल्कुल! ऐसा हो सकता है मानिक शाह—उसकी अंतरात्मा ने पुनः चिल्लाकर कहा—याद रखो, वह लोग अगर एक बार इतनी कोशिश करके तुम तक पहुंचे हैं, तो वह दोबारा भी किसी-न-किसी प्रकार तुम तक जरूर पहुंचेंगे। इसलिये खुद कोई ऐसा कदम मत उठाओ, जो तुम्हारा राज अभी खुल जाये।

डॉक्टर मानिक शाह अब निढाल-सा वापस बिस्तर पर लेट गया।

❑❑❑

मानिक शाह की हालत इस समय उस कबूतर जैसी थी, जिसके पंख काट डाले गये हों और जो फड़फड़ा रहा हो। फड़फड़ाता ही जा रहा हो।

लेटते ही मानिक शाह को पूजा की याद आई।

वहीं उसके सिरहाने टेलीफोन रखा था, डॉक्टर मानिक शाह ने लेटे-लेटे टेलीफोन अपनी तरफ खींच लिया और फिर वान ली के घर का नंबर डायल किया।

फ़ौरन दूसरी तरफ घंटी जाने लगी।

मुश्किल से आधा मिनट बाद ही रिसीवर उठाया गया और फिर एक जानी-पहचानी आवाज उभरी—"हैलो!"

मानिक शाह को यूं लगा, जैसे किसी ने उसके सीने में नुकीला सुआ पेवश्त कर दिया हो। छटपटा उठा मानिक शाह! उसकी आंखों से आंसुओं की धारा बहने लगी। वह पूजा की आवाज थी, उसकी अपनी पूजा की आवाज! जिसे उसने सरोज और अजय के बाद अपनी जिंदगी से भी कहीं ज्यादा बढ़कर प्यार किया था।

"हैलो!" पूजा की आवाज फिर रिसीवर पर उभरी—"कौन है?"

मानिक शाह चुप रहा!

अलबत्ता उसकी आंखों से आंसुओं की धारा तेज हो गई। वह बस फफकने वाला था। जबकि दूसरी तरफ अब रहस्यमयी-सा सन्नाटा छा गया, फिर पूजा की सन्नाटे में डूबी सस्पैंसफुल आवाज उभरी— "आखिर आप कौन हैं, जो मुझे हमेशा इसी तरह फोन करते हैं। लेकिन खुद कुछ बोलते नहीं। बस मेरी आवाज सुनते रहते हैं, कितनी-कितनी देर तक।"

अपनी रूलाई रोकने की चेष्टा में मानिक शाह का चेहरा बनने- बिगड़ने लगा।

"आखिर कुछ तो बोलिये आप।" पूजा की आवाज भी दर्द से लबरेज़ थी—"कम-से-कम अपना नाम तो बोलिये। आखिर पता तो चले कि कौन है वो देवता, जो इस बदनसीब से इतना प्यार करता है कि सिर्फ इसकी आवाज ही उसका दिल बहला दिया करती है। जिसे कभी शब्दों की जरूरत ही नहीं पड़ती।"

मानिक शाह ने अपना चेहरा तकिये में छुपा लिया और धीमे-धीमे सुबकने लगा।

"क्या आप आज भी कुछ नहीं बोलेंगे? क्या इतना नाराज हैं मुझसे कि अपना नाम भी जबान पर नहीं लाना चाहते? यह कैसी अजीब चाहत है आपकी, जिसकी आवाज सुनने को इतना बेताब रहते हैं, उससे बात तक नहीं करना चाहते।"

मानिक शाह ने रिसीवर क्रेडिल पर रख दिया और फिर वह तकिये में मुंह छिपाये फूट-फूट कर रो पड़ा।

दर्द आंसू के संग बहता रहा। देर तक बहता रहा।

❑❑❑

बहरहाल डॉक्टर मानिक शाह को सी.एस.एस. के शिकंजे से निकालने की दूसरी शुरुआत भी बहुत जल्दी हो गई। इतनी जल्दी हो गई कि खुद कमांडर भी उस शुरुआत से भौचक्का रह गया।

अगले दिन संडे था। एकदम सुबह-ही-सुबह टेलीफोन की घंटी बजी।

"हैलो!" नीलकंठ ने रिसीवर उठाया।

"मैं जीपा बोल रहा हूं नीलकंठ!" फ़ौरन दूसरी तरफ से एक बहुत सरगर्म-सी आवाज सुनाई दी।

"ओह, जीपा!" नीलकंठ भी चौकन्ना हो उठा—"कैसे फोन किया?"

"कल 'विज्ञान भवन' में जो कुछ हुआ, उसकी पूरी जानकारी मुझे मिल चुकी है।" जीपा बोला—"सचमुच जो हुआ बहुत बुरा हुआ।"

"अब उस किस्से को छोड़ो।" नीलकंठ ने कसैला-सा मुंह बनाया।

"वह गुजरे वक्त की बात हो चुकी है।"

"ठीक कहा तुमने।" जीपा पहले की तरह ही उत्साहपूर्वक बोला—"सचमुच हमें बीती बातें इसी तरह भुला देनी चाहियें। बहरहाल तुम लोगों के लिये एक खुशखबरी है, मैं डॉक्टर मानिक शाह के किडनैप करने का तुम लोगों को एक नया आइडिया बताना चाहता हूं। मुमकिन है, वह आइडिया तुम्हारे किसी काम आ जाये। एक काम करो, तुम फौरन मुझसे फार्म हाउस पर आकर मिलो।"

जीपा की बात सुनते ही नीलकंठ भी उत्साहित हो उठा, वह तो खुद ऐसे किसी आइडिये के चक्कर में था।

"क्या आइडिया है?" नीलकंठ ने व्यग्रतापूर्वक पूछा।

"फार्म हाउस पर आ जाओ।" जीपा बोला—"फिर इत्मीनान से बैठकर मैं तुम्हें सब कुछ बताऊंगा। और वैसे भी इस तरह की बातें फोन पर नहीं करनी चाहिये।"

"तुम इस समय कहां से बोल रहे हो?"

"मैं फार्म हाउस से ही बोल रहा हूं।" जीपा ने बताया—"आज संडे है, इसलिये मैंने सारा दिन यहीं गुजारना है।"

"ठीक है, हम दोनों अभी तुम्हारे पास आते हैं।"

❑❑❑

उसके बाद कमांडर और नीलकंठ आनन-फानन टैक्सी में सवार होकर जीपा के फार्म हाउस पहुंचे।

उन्होंने 'लाल कैरोना' कार का इस्तेमाल आज जान-बूझकर नहीं किया था, क्योंकि कल वाली घटना के बाद 'लाल कैरोना' सी.एस.एस. की नजरों में आ चुकी थी। वह किसी दूसरी कार का भी इस्तेमाल कर सकते थे, मगर कमांडर ने ही टैक्सी में जाने का प्रोग्राम बनाया। नीलकंठ ने आज भी अपने मुंह वगैरा पर कैमिकल लगाया हुआ था, जिसके कारण उसका नीला रंग बिल्कुल छिप गया था।

फार्म हाउस पर पहुंचते ही जीपा ने उन दोनों का पहले की तरह ही भावभीना स्वागत किया और फ़ौरन उनकी सेवा में बीयर से लबालब भरे गिलास पेश किये।

"लगता है मिस्टर जीपा!" बीयर के उन गिलासों को देखते ही कमांडर हंसा—"तुम्हें बीयर कुछ ज्यादा ही पसंद है?"

"यह बात नहीं।" जीपा भी हंसा—"दरअसल जब कुछ यार मिलकर बैठते हैं, तो आखिर जश्न-वश्न का इंतजाम तो होना ही चाहिये। और भला बीयर से बढ़िया जश्न क्या हो सकता है।"

"यानी तुम हर बार जश्न मनाते हो।" नीलकंठ मुस्कुराया।

"अब इसे तुम कुछ भी समझ लो नीलकंठ!" जीपा थोड़ा भावुक होकर बोला—"मगर दिल की बात ये है, तुम्हारे साथ बैठना, बातचीत करना मुझे अच्छा लगता है। तहे-दिल से अच्छा लगता है। तुम्हारा अहसान मैं जीवन में आज तक नहीं भुला पाया।"

"ठीक है-ठीक है।" नीलकंठ फ़ौरन वार्तालाप की दिशा मोड़ता हुआ बोला—अब हमें आराम से बैठकर कुछ काम की बातें करनी चाहियें।"

फिर वह तीनों अलग-अलग कुर्सियों पर आमने-सामने बैठ गये।

"सबसे पहले मैं तुमसे एक सवाल पूछना चाहता हूं।" कमांडर कुर्सी पर बैठते ही जीपा से संबोधित हुआ।

"कैसा सवाल?"

"तुमने चुम्बक की प्लेटें मेज के नीचे बिल्कुल उस जगह फिट करनी थीं, जहां पाकिस्तानी रिप्रिजेंटेटिव की नेम-प्लेट्स रखी हुई थी, ठीक?"

"ठीक!"

"मगर चुम्बक की प्लेटें अपनी जगह पर नहीं थीं।" कमांडर बोला—"प्लेटें कहीं थीं और नेम-प्लेट्स कहीं थीं, इतनी बड़ी गड़बड़ कैसे हो गई?"

"बताता हूं।" जीपा ने गटागट बीयर का गिलास कुछ ही घूंट में खाली करके टेबल पर रख दिया और फिर गहरी सांस लेता हुआ बोला—"सब कुछ बताता हूं। यह सारी गड़बड़ उस हरामजादे वान ली के कारण हुई है। मैंने पहले ही बताया था कि वह हद से ज्यादा चालाक आदमी है और वह अपने आसपास गड़बड़ या खतरा तो इस तरह सूंघता है, जैसे उसके चेहरे पर कुत्ते की नाक फिट हो। मैंने अपना काम बिल्कुल ठीक-ठाक किया था, कहीं कोई घपला नहीं, कहीं कोई मिस्टेक नहीं।"

"यानी चुम्बक की प्लेटें तुमने नेम-प्लेट्स के नीचे ही कसी थी?" नीलकंठ बोला।

"हां।

"फिर वह प्लेटें इधर-उधर कैसे हो गई?"

"प्लेटें इधर-उधर नहीं हुई।" जीपा थोड़े अवसादपूर्ण लहजे में बोला—"बल्कि टेबल पर रखीं वह नेम-प्लेट्स इधर-उधर हो गई। और उन नेम-प्लेटों को इधर-उधर किया वान ली ने। दरअसल जब कल 'विज्ञान भवन' में वह घटना घटी थी, तो उसके कुछ घंटे बाद ही मुझे वहां बुलाया गया था।"

"तुम्हें वहां बुलाया गया?" कमांडर की आवाज में आश्चर्य और बढ़ा—"तुम्हें वहां क्यों बुलाया गया?"

"दरअसल वह हरामजादा वान ली इस बात को शक की निगाहों से देख रहा था कि मैं परसों ड्यूटी ऑफ होने के बाद भी डेढ़ घंटे तक 'विज्ञान भवन' में रुका था।"

"तुम रुके थे ड्यूटी ऑफ होने के बाद भी विज्ञान भवन में?"

"हां।"

“लेकिन क्यों “नीलकंठ चौंका—“योजना में तो यह बात शामिल नहीं थी।

“सारा काम योजना के अनुसार ही तो नहीं होता।” जीपा शुष्क स्वर में बोला—“घटनास्थल पर काम करते समय दर्जनों ऐसी नई पेचीदगियां एकाएक पैदा होती हैं, जिनकी आदमी योजना बनाते समय कल्पना तक नहीं करता। जो पेचीदगियां उसने ख्वाब तक में नहीं सोची होतीं। और फिर उन एकाएक पैदा हुई पेचीदगियों से इंसान को फौरन ही किसी-न-किसी तरह निपटना भी पड़ता है।”

“यानी परसों रात भी एकाएक ऐसी कोई पेचीदगी पैदा हो गई थी?”

“न सिर्फ पेचीदगी पैदा हो गई थी, बल्कि बहुत खतरनाक पेचीदगी पैदा हो गई थी। मेरा अनुमान था कि दोपहर के दो-तीन बजे तक कॉन्फ्रेंस हॉल का सारा काम निपट जायेगा, लेकिन वह काम मेरी उम्मीद से कहीं ज्यादा आगे शाम के सात बजे तक निपटा।”

‘ओह!” कमांडर और नीलकंठ की आंखों में चिंता के साये लहराये—“फिर तुम क्या बहाना बनाकर वहां रुके?”

जीपा ने पूरी घटना उन दोनों को डिटेल में बता दी। यह तक बताया कि ऐन मौके पर चुहिया का उसने कैसे इस्तेमाल किया। वह दोनों जीपा की बात सुनकर प्रभावित हुए। खासतौर पर चुहिया वाले प्रसंग ने तो उन्हें हद से ज्यादा प्रभावित किया।

“सारा काम बिल्कुल ठीक-ठाक निपट गया था।” जीपा बोला— “मगर बस मुझसे एक मामूली-सी गड़बड़ हो गई।”

“कैसी गड़बड़?”

“जब मैं बुक शेल्फ बंद कर रहा था, तो न जाने कैसे उसमें से एक किताब निकलकर कॉन्फ्रेंस हॉल में गिर पड़ी और मुझे इसकी खबर तक न हुई। कल सुबह उसी नीचे गिरी किताब पर वान ली की नजर पड़ गई थी और बस उसके चौकन्ने दिमाग ने न सिर्फ फ़ौरन ही ‘एमरजेन्सी विंडो’ ढूंढ़ निकाली बल्कि वो यह भी भांप गया कि जरूर कॉन्फ्रेंस हॉल में कुछ गड़बड़ हुई है। उसने उस गड़बड़ का पता लगाने की भी बहुत कोशिश की, लेकिन जब वह उस गड़बड़ को न ढूंढ़ सका, तो उसने खामाखाह उन नेम-प्लेट्स को ही बदल डाला।”

“यानी यह सारी गड़बड़ वान ली के शक के कारण हुई।”

“हां।”

“कल वह ‘विज्ञान भवन’ में बुलाकर तुमसे क्या पूछ रहा था?”

"बस उल्टे-सीधे सवाल पूछने पर तुला था।" जीपा बोला—"जैसे बार-बार मुझसे यही एक सवाल पूछ बैठता था कि मैंने उसे 'एमरजेन्सी विंडो' के बारे में क्यों नहीं बताया था।"

"तुमने इसका क्या जवाब दिया?"

"मैंने सिंपल-सा जवाब दे दिया कि अरे भई, हमारी बातचीत के दौरान ऐसी कोई नौबत ही नहीं आई, जो मुझे उन 'एमरजेन्सी विंडो' के बारे में बताने की जरूरत महसूस होती। लेकिन फिर भी वो यही बात दोहराये जा रहा था कि नौबत आई थी या नहीं आई थी, लेकिन मैंने उसे 'एमरजेन्सी विंडो' के बारे में जरूर बताना था।"

"और क्या पूछ रहा था?"

"ढेरों उल्टे-पुल्टे सवाल पूछ रहा था हरामजादा!" जीपा ने कड़वा-सा मुंह बनाया—"दरअसल वो यह चाहता था कि मैं उसके शब्दजाल में फंसकर किसी तरह यह कुबूल कर लूं कि वह हरकत मेरी है। अगर मैंने परसों उस चुहिया को टाइपराइटर के बटनों के साथ न बांधा होता, तो वान ली कल हर हालत में साबित कर डालता कि मैं अपराधी हूं। वह तो बस इस एक पॉइंट पर फंसा हुआ था कि टाइपराइटर चलने की आवाज पूरे समय मेरे ऑफिस में से आती रही थी और इस बात का गवाह न सिर्फ वह खुद था, बल्कि और भी ढेर सारे सी.एस.एस. के जवान थे।"

जीपा की बात सुनकर कमांडर के माथे पर एकाएक चिंता की लकीरें उभर आईं।

उसने बीयर के दो-तीन घूंट भरे और गिलास खाली करके टेबल पर रख दिया—"लगता है जीपा, तुमने हमें आज यहां बुलाकर ठीक नहीं किया।

"क्यों?" जीपा चौंका—"ठीक क्यों नहीं किया?"

"यह सच है कि कल वान ली के पास ऐसा कोई सबूत नहीं था, जिससे तुम अपराधियों के इनसाइड इन्फॉर्मर साबित होते, लेकिन तुम्हारी बातों से साफ-साफ लग रहा है कि वान ली को तुम पर काफी शक था। ऐसी परिस्थिति में मुमकिन है कि उसने हकीकत पता लगाने के लिये तुम्हारी निगरानी का इंतजाम कर दिया हो।"

"चिंता मत करो।" जीपा हंस पड़ा—"यह बात कल मेरे दिमाग में भी कौंधी थी। और यह बात कौंधते ही मैंने अपने आसपास बहुत बारीकी से जांच-पड़ताल शुरू कर दी थी कि मेरी निगरानी की जा रही है या नहीं। काफी जांच-पड़ताल के बाद मैंने यही पाया कि मेरी निगरानी नहीं हो रही थी।"

"शायद यह तुम्हारा वहम हो?"

"नहीं।" जीपा ने सख्ती से इंकार में गर्दन हिलाई—"यह मेरा वहम नहीं है। इसमें कोई शक नहीं कि सी.एस.एस. के जवान बहुत चालाक होते हैं, लेकिन मैं भी इतना बेवकूफ नहीं, जो यह पता न लगा सकूं।"

कमांडर चुप हो गया।

मगर उसके चेहरे पर संदेह की लकीरें फिर भी खिंची रहीं।

❑❑❑

"अब इस सिलसिले को यहीं खत्म करो।" नीलकंठ ने भी बीयर का गिलास एक तरफ रखा—"और यह बताओ कि वह नया आइडिया क्या है, जिसको आधार बनाकर डॉक्टर मानिक शाह के किडनैप की दूसरी कोशिश हो सकती है?"

"सुनो।" जीपा दोबारा से तनकर बैठा—"उस 'बीजिंग मेडिकल संस्थान' के बारे में तो तुम लोगों ने सुना ही होगा, जहां डॉक्टर मानिक शाह रोजाना सुबह दस से छह बजे तक ड्यूटी देते हैं और जो संस्थान एक तरह से उनका कार्य स्थल है?"

"बिल्कुल सुना है।" नीलकंठ बोला—"कहीं तुम उसी 'मेडिकल संस्थान' के अंदर से तो हमें मानिक शाह के किडनैप का आइडिया नहीं बताने जा रहे?"

"ठीक अनुमान लगाया तुमने।" जीपा मुस्कुराया—"मैं उसी संस्थान के अंदर से किडनैप का आइडिया बताने जा रहा हूं।"

"फिर तो मैं समझता हूं, आइडिया बताना बेकार है।"

नीलकंठ का एकाएक सारा उत्साह खत्म हो गया।

"क्यों?" जीपा चिहुंका।

"क्योंकि उस संस्थान की सिक्योरिटी हम लोग पहले ही चैक कर चुके हैं। और हमारा अनुमान है कि वहां मानिक शाह को बहुत परफैक्ट सिक्योरिटी हासिल है। ऐसी सिक्योरिटी हासिल है, जिसके बीच में से किसी भी हालत में किडनैप नहीं हो सकता। तुम शायद नहीं जानते जीपा, सी.एस.एस. के जवान वहां हर समय मानिक शाह की लैब और स्टडी तक को चारों तरफ से घेरे रहते हैं। इतना ही नहीं, वह छत पर खड़े होकर दूरबीनों से आसपास के क्षेत्र की निगरानी भी करते हैं और डॉक्टर मानिक शाह के संस्थान में घुसते ही एक तरह से उस पूरे मेडिकल संस्थान को सीलबन्द कर दिया जाता है और फिर बड़े से बड़ा प्रभावशाली व्यक्ति भी संस्थान में चैकिंग के बिना नहीं एंटर हो सकता।"

"उस पूरी सिक्योरिटी के बारे में, मैं जानता हूं।" जीपा बिना विचलित हुए बोला—"विज्ञान भवन का चीफ होने के नाते मैं कई बार मेडिकल संस्थान में जा चुका हूं और उस पूरी सिक्योरिटी को अपनी आंखों से देख चुका हूं। इसमें कोई शक नहीं कि वहां से मानिक शाह का किडनैप करना सचमुच बेहद कठिन काम है, लेकिन फिर भी अगर कोशिश की जाये, तो बिल्कुल नामुमकिन नजर आने वाला यह काम मुमकिन हो सकता है। क्योंकि संस्थान के अंदर डॉक्टर मानिक शाह दो मिनट के लिये एक ऐसी जगह होते है, जहां उन्हें कोई सिक्योरिटी हासिल नहीं होती। जहां उनके आसपास सी.एस.एस. का एक भी जवान नहीं होता।"

अब नीलकंठ के साथ-साथ कमांडर भी चौंका, वह उन्हें एक बिल्कुल नई सूचना मिल रही थी।

"संस्थान में ऐसी कौन-सी जगह है।" कमांडर ने घोर विस्मय से पूछा—"जहां डॉक्टर मानिक शाह को कोई सिक्योरिटी हासिल नहीं होती?"

"यह तो तुम लोगों को भी मालूम होगा कि मेडिकल संस्थान की वह इमारत एक आठ मंजिला इमारत है और डॉक्टर मानिक शाह उसकी सातवीं मंजिल पर कार्य करते हैं, ठीक?"

"बिल्कुल ठीक।"

"दरअसल मेडिकल संस्थान में उस जगह लिफ्ट है।" जीपा बोला—"जहां मानिक शाह के आसपास सी.एस.एस. का कोई जवान नहीं होता। सुबह दस बजे मानिक शाह जब अपने बॉडीगार्डों के साथ संस्थान पहुंचते हैं, तो बॉडीगार्ड लिफ्ट के बाहर ही खड़े हो जाते हैं और डॉक्टर मानिक शाह बिल्कुल अकेले लिफ्ट में सवार होकर संस्थान की सातवीं मंजिल पर पहुंचते हैं, जहां सी.एस.एस. के जवान पहले से ही उनकी सुरक्षा में तैनात रहते हैं। यही प्रक्रिया शाम को छह बजे भी दोहराई जाती है, जब डॉक्टर मानिक शाह अपनी ड्यूटी खत्म करते हैं। उस समय सातवीं मंजिल पर तैनात सी.एस.एस. के जवान उन्हें लिफ्ट तक छोड़ते हैं और नीचे उनके बॉडीगार्ड उन्हें रिसीव करते हैं। यह मानिक शाह का डेली रूटीन है, जो कोई सुनी-सुनाई बात नहीं बल्कि इसे मैंने खुद अपनी आंखों से देखा है।"

"तो तुम यह कहना चाहते हो।" कमांडर बोला—"कि उस लिफ्ट में से डॉक्टर मानिक शाह का किडनैप किया जा सकता है।"

"एब्सोल्यूटली राइट!" जीपा ने उत्साहपूर्वक कहा—"मैं बिल्कुल यही कहना चाहता हूं। क्योंकि लिफ्ट को नीचे से ऊपर या ऊपर ने नीचे आने में कम-से-कम

दो मिनट का समय लगता है और उस दो मिनट के दौरान मानिक शाह बिल्कुल अकेले होते हैं। अगर कोई किसी तरह वहां घुसकर उन्हें कब्जा ले और उनके कान पर रिवॉल्वर रख दे, तो फिर सी.एस.एस. जवानों के बाप में भी हिम्मत नहीं, जो उसे संस्थान से बाहर निकलने से रोक सकें।"

"लेकिन असली सवाल तो ये है जीपा!" नीलकंठ बोला—"कि कोई आदमी उस चलती हुई लिफ्ट के अंदर डॉक्टर मानिक शाह तक कैसे पहुंचेगा? क्योंकि मानिक शाह जब लिफ्ट में घुसेंगे, उस समय लिफ्ट बिल्कुल खाली होगी और लिफ्ट ने बीच में कहीं रुकना भी नहीं है। यानी किडनैपर्स ने किसी करिश्माई ढंग से उस चलती हुई लिफ्ट में प्रकट होना है और मानिक शाह को दबोचना है। सबसे पहले तो इस प्रकार चलती लिफ्ट में प्रकट हो पाना ही नामुमकिन है और अगर आदमी ऐसा कोई करिश्मा सोच भी ले, तो सवाल ये है कि वो मेडिकल संस्थान के सुरक्षा चक्र को भेदकर लिफ्ट तक कैसे पहुंचेगा?"

"इसमें कोई शक नहीं।" जीपा गंभीर होता हुआ बोला—"कि इन दोनों ही समस्याओं को हल करना काफी टेढ़ा काम है। लेकिन फिर भी मैं समझता हूं कि अगर कोई मास्टर माइंड इन समस्याओं का हल खोज ले, तो वह लिफ्ट डॉक्टर मानिक शाह का किडनैप करने के लिये सबसे बेहतरीन जगह है।"

"लेकिन सवाल तो ये है कि उन समस्याओं का हल क्या होगा?"

कमांडर, जो जीपा की बात सुनकर एकाएक बहुत संजीदा हो गया था, वह काफी देर तक चुप रहने के बाद सोच-विचार कर बोला— "जीपा मुझे लगता है कि तुमने सचमुच हमारे लिये एक नया रास्ता खोल दिया है।"

"यानी तुम्हें उम्मीद है।" जीपा खुद भौचक्का रह गया—"कि उस चलती हुई लिफ्ट के अंदर घुसा जा सकता है?"

"हां, मुझे उम्मीद है कि अगर हम संजीदगी से सोचें, तो इसका जरूर कोई-न-कोई रास्ता निकल आयेगा।"

"कमाल है।" जीपा ने हैरत से नीलकंठ की तरफ देखा—"मैं तो समझ रहा था कि लिफ्ट वाला यह आइडिया बताकर मैं ही बुद्धिमानी का काम कर रहा हूं, लेकिन तुम्हारे यह दोस्त कमांडर तो दिमाग के मामले में मीलों आगे हैं।"

नीलकंठ भी कमांडर की बात सुनकर चौंका—"मैं समझ नहीं पा रहा हूं कि कोई भी व्यक्ति चलती हुई लिफ्ट में कैसे घुसेगा, खासतौर से जब लिफ्ट बीच में कहीं रुकेगी भी नहीं?"

"इसमें कोई शक नहीं।" कमांडर मुस्कुराकर बोला, "कि यह काम बिल्कुल नामुमकिन नजर आता है। लेकिन एक बात तुम भी मानते हो नीलकंठ, इस दुनिया में दिमाग से बड़ी चीज कोई नहीं। दिमाग हर बड़ी-से-बड़ी मुश्किल का हल है। और इसे इत्तेफाक समझो कि जीपा की बात सुनते ही मेरे दिमाग में एक ऐसा ख्याल कौंध गया है, जिसके बलबूते पर यह काम हो सकता है।"

"और मेडिकल संस्थान के सुरक्षा चक्र को भेदकर लिफ्ट तक किस तरह पहुंचा जायेगा?" नीलकंठ ने कौतुहलतावश पूछा।

"उसका भी कोई-न-कोई तरीका सोचेंगे।"

"यानी मामला डन!"

"बिल्कुल डन!" कमांडर पुनः मुस्कुराया—"मैं मिस्टर जीपा का आभारी हूं, जिन्होंने हमें एक ऐसा आइडिया सुझाया, जिसके बलबूते पर हम अपनी मंजिल तक पहुंच सकते हैं।"

जीपा भी अब मुस्कुराने लगा था।

❑❑❑

बहरहाल कमांडर और नीलकंठ की सरगर्मी एकाएक फिर बहुत बढ़ गई।

उन्होंने उसी वक्त दिन के उजाले में ही बीजिंग मेडिकल संस्थान के सामने पैदल दो चक्कर काटे। वहां सचमुच इतनी जबरदस्त सिक्योरिटी थी, जितनी सिक्योरिटी के बारे में उन्हें बताया गया था। मेडिकल संस्थान के मेन गेट पर सी.एस.एस. के छह हथियारबंद जवान खड़े थे। इसके अलावा अंदर लॉन में भी ढेर सारे जवान टहलते नजर आ रहे थे। इतना ही नहीं, संस्थान की छत पर भी अच्छी-खासी तादाद में जवान मौजूद थे और सब बहुत अलर्ट थे।

कुछ मिलाकर वह मेडिकल संस्थान सी.एस.एस. की छावनी ज्यादा नजर आ रहा था।

"तुम्हारी जानकारी के लिये एक बात और बता दूं कमांडर!" नीलकंठ संस्थान के सामने से गुजरता हुआ बोला—"आज संडे है। और यह मेडिकल संस्थान की साप्ताहिक छुट्टी का दिन है। लेकिन डॉक्टर मानिक शाह किसी दिन की छुट्टी नहीं रखते और इसीलिये आज छुट्टी के दिन भी यहां इतने जवान नजर आ रहे हैं।"

"यानी डॉक्टर मानिक शाह इस समय संस्थान के अंदर ही हैं।"

"बिल्कुल, यहां का माहौल बता रहा है कि मानिक शाह अंदर हैं।"

वह दोनों संस्थान का बाहर से मुआयना करके लौट आये। फिर उसी रात लगभग ग्यारह बजे के करीब उन्होंने कार में बैठकर संस्थान का एक चक्कर और लगाया।

उस समय पूरी टीम उनके साथ थी और वो यह देखने के लिये गये थे कि रात के समय संस्थान में क्या सुरक्षा इंतजाम रहते हैं।

रात को वहां बहुत कम सिक्योरिटी थी। दिन में संस्थान के मेन गेट पर छह हथियारबंद जवान खड़े थे, जबकि रात को उनकी संख्या घटकर सिर्फ दो रह गई थी।

इसके अलावा लॉन में भी अब इक्का-दुक्का जवान ही टहलता नजर आ रहा था।

और संस्थान की छत से तो सारे जवान नदारद थे।

❑❑❑

संस्थान का दौरा करके लौटते ही वह पाँचों एक बार फिर कुर्सियों पर आमने-सामने विचारपूर्ण मुद्रा में बैठ गये।

"योजना का पूरा नक्शा अब मेरे दिमाग में तैयार हो चुका है।" कमांडर कुर्सी पर बैठते ही बोला—"मैं समझता हूं, मेडिकल संस्थान में घुसने के लिये सबसे बेहतर समय रात का ही रहेगा। क्योंकि उस समय वहां सिक्योरिटी लगभग 'ना' के बराबर होती है।"

"मैं एक सवाल पूछना चाहता हूँ।" बालेराम फौरन उसे बीच में टोकता हुआ बोला।

"पूछो।"

"अगर तुम रात के समय संस्थान के अंदर घुसे, तो क्या सुबह तक संस्थान के अंदर ही रहोगे और मानिक शाह के आने का इंतजार करोगे?"

"करना ही पड़ेगा।" कमांडर बोला—"क्योंकि इसके अलावा दूसरा कोई रास्ता नहीं है।"

"लेकिन तुम सारी रात संस्थान के अंदर किस जगह छिपोगे?" नीलकंठ ने पूछा।

"वह सब मैंने सोच लिया है, वह मामूली काम है। मैं सबसे पहले तुम लोगों को यह बताऊंगा कि चलती हुई लिफ्ट में दाखिल होने वाली मेरी योजना क्या है। पूरी योजना ध्यानपूर्वक सुनें। उसी योजना में यह भी पता चल जायेगा कि मैं संस्थान के अंदर रात को कहां छिपूंगा।"

फिर कमांडर ने उन्हें अपनी योजना सुनानी शुरू कर दी। वह लगभग आधा घंटे तक योजना सुनाता रहा और उस आधे घंटे में उन चारों की स्थिति ऐसी हो गई कि वह पलकें तक झपकाना भूल गये।

चारों हतप्रभ थे !

भौचक्के!

योजना खत्म होते ही होशांग तो भागकर गया और फौरन स्मैक की एक पुड़िया का धुआँ खींचकर आया, तब कहीं उसे लगा कि उसका दिमाग ठिकाने पर है।

"बड़ी जबरदस्त योजना सोची है उस्ताद।" होशांग आते ही सनसनीखेज लहजे में बोला—"तुम्हें तो हॉलीवुड में जाकर एक्शन फिल्मों की कहानियां लिखनी चाहिये, गारंटी से फिल्म सुपर हिट क्या बम्पर हिट होगी।"

'इसमें कोई शक नहीं।" नीलकंठ भी प्रभावित मुद्रा में बोला— "कि योजना अच्छी है। लेकिन इसमें एक बहुत भयंकर कमी है।"

"क्या?"

"इस योजना को कोई एक अकेला आदमी ही अंजाम दे सकता है और मैं नहीं समझता कि किसी एक अकेले आदमी को इस तरह अपनी जान की बाजी लगाकर संस्थान के अंदर घुसना चाहिये।"

"अगर मानिक शाह को सी.एस.एस. के शिकंजे से निकालना है नीलकंठ!" कमांडर बोला—"तो जिंदगी का यह दांव तो लगाना ही पड़ेगा और फिर खतरा जिंदगी में कहां नहीं होता। विज्ञान भवन में भी तो एकाएक हमारे लिये जिंदगी का खतरा पैदा हो गया था।"

"लेकिन वहां हम सब एक साथ थे।" नीलकंठ आंदोलित लहजे में बोला— "एक बंद मुट्ठी की तरह। एक-दूसरे की जान के मुहाफिज बने हुए।"

"चिंता मत करो।" कमांडर मुस्कराया—"मेडिकल संस्थान के अंदर भी तुम सब लोग मेरे साथ होओगे। मेरे दिल के अंदर! मेरे खून में ताकत बनकर दौड़ते हुए।"

"लेकिन!"

"बहस करनी बेकार है नीलकंठ!" कमांडर दृढ़ शब्दों में बोला— "मैं इस योजना पर काम करने का फैसला कर चुका हूं और कल ही यह काम होगा। हां, इस योजना में मुझे कुछ सामान की जरूरत पड़ने वाली है, तुम सब उस सामान को जुटाने में मेरी मदद जरूर करो।"

"क्या सामान है?"

कमांडर ने फौरन सामान की लिस्ट बनानी शुरू कर दी। कमांडर ने जो लिस्ट बनाई, वह नीचे पेश है—

एक ड्रिल मशीन!

रबड़ का काला थैला, जिसे सिर पर पहना जा सके और जिसमें आंखों वाली जगह छेद हो।

लोहे की काफी लंबी मजबूत जंजीर, जिस पर ऐन्कर लगा हो।

आरी के कुछ ब्लेड!

एक पेचकस!

कुछ छोटे पेंच!

दो टीन की बारीक पत्ती, जो सिर्फ डेढ़ इंच लंबी हो।

रबड़ के दस्ताने!

एक प्लास!

लोहे के दो हुक!

कमांडर ने काफी सोच-समझकर सामान की वह लिस्ट तैयार की और फिर उस लिस्ट को नीलकंठ की तरफ बढ़ा दिया।

नीलकंठ ने एक सरसरी-सी दृष्टि उस लिस्ट पर डाली।

"ठीक है।" फिर वह बोला—"कल सारे सामान का इंतजाम हो जायेगा।"

"थैंक्यू।"

उसके बाद वह सब अपनी-अपनी कुर्सियां छोड़कर खड़े हो गये।

❑❑❑

डॉक्टर मानिक शाह की कोठी पर सी.एस.एस. का जो अधिकारी नियुक्त था, वान ली ने उसे स्पेशल ऑर्डर भेजकर अपने ऑफिस में बुलाया।

"आपने मुझे याद किया सर?" वह अधिकारी वान ली के ऑफिस में दाखिल होता हुआ बोला।

वान ली, सी.एस.एस. का उससे सीनियर अधिकारी था और एक प्रकार से उसका बॉस था।

"हां, ऑफिसर!" वान ली उस अधिकारी को देखकर अलर्ट होता हुआ बोला—"मुझे तुमसे एक बहुत जरूरी काम था, आओ बैठो।"

अधिकारी एक कुर्सी खींचकर बैठ गया।

जबकि वान ली ने खड़े होकर बड़ी सस्पैंसफुल स्थिति में अपने ऑफिस का दरवाजा अंदर से बंद कर लिया और बाकायदा कुंडी भी लगा दी।

"आखिर बात क्या है सर?"

"बात बहुत ख़ास है।" वान ली दरवाजा बंद करने के बाद वापस अपनी कुसी पर आकर बैठ गया—"इतनी ज्यादा ख़ास है कि मैं उसकी भनक किसी और व्यक्ति को नहीं लगने देना चाहता।"

"लेकिन यह तो सी.एस.एस. का हैडक्वार्टर है सर!"

"मैं जानता हूँ।" वान ली अब बहुत गंभीर हो चुका था—"लेकिन सी.एस.एस. डिपार्टमेंट के आदमियों तक को उस बात की भनक नहीं लगनी चाहिये।"

अधिकारी के चेहरे पर अब सख्त हैरानी के भाव उभर आये।

"मुझे तुम्हारे ऊपर बहुत विश्वास है।" वान ली धीमे स्वर में ही आगे बोला—"इसलिये मैं यह बात तुमसे कर भी रहा हूं। वरना सबसे बड़े अधिकारी ने मुझे खास आदेश दिये हैं कि मैं यह बात अपनी जबान से कहीं और न निकालूं।"

"मगर ऐसी क्या बात है सर?" अधिकारी का चेहरा अब जबरदस्त सस्पैंस के मारे छत्तीस के आंकड़े में बदल चुका था।

"यह तो तुम्हें मालूम ही है कि कोई भारतीय डॉक्टर चीन से विद्रोह करके वापस अपने देश जाना चाहता है और पिछले बहुत दिनों से इस बात को लेकर सी.एस.एस. में काफी हंगामा मचा हुआ है।"

"बिल्कुल मालूम है, यह बात तो आज पूरे चीन को मालूम है।"

"लेकिन यह हमारी बदकिस्मती है ऑफिसर!" वान ली झल्लाकर बोला—"कि आज तक हमें उस भारतीय डॉक्टर का नाम मालूम नहीं हो सका।"

"यह बात भी मैं जानता हूं।"

"गुड! अब वह बात सुनो ऑफिसर।" वान ली तनकर बैठा—"जो तुम्हें नहीं मालूम। जिसकी तुम कल्पना तक नहीं कर सकते। दरअसल मैं समझता हूं कि मुझे उस भारतीय डॉक्टर का नाम मालूम हो चुका है, जो चीन से बगावत करना चाहता है। और वह भारतीय डॉक्टर कोई और नहीं डॉक्टर मानिक शाह हैं।"

"यह आप क्या कह रहे हैं सर!" अधिकारी के मुंह से तेज सिसकारी छूट गई, वह कुर्सी पर बैठा-बैठा उछला—"म...मानिक शाह! ड...डॉक्टर मानिक शाह?"

"हां, डॉक्टर मानिक शाह!" वान ली ने दांत किटकिटाये।

"ल...लेकिन...!"

"एक बात मैं तुम्हारे सामने और साफ़ कर दूं!" वान ली बोला— "कि मुझे डॉक्टर मानिक शाह पर अभी सिर्फ शक है, सिर्फ शक! यह भी हो सकता है कि मेरा अनुमान गलत हो और वह वो भारतीय डॉक्टर न हों, जो चीन से बगावत करना चाहते हैं। मगर पिछले दिनों डॉक्टर मानिक शाह के साथ जिस तरह की घटनायें घटी हैं, उन्हें देखते हुए इस बात की आशंका कम ही है कि मेरा अनुमान गलत निकलेगा। बहरहाल अब वह बात सुनो, जिसके लिये मैंने तुम्हें यहां बुलाया है।"

अधिकारी भी अब काफी अलर्ट नजर आने लगा था, उसने जबरदस्त सस्पैंस के बीच झूलते हुए पूछा—"क...किसलिये बुलाया है?"

"मैं समझता हूं कि अगर डॉक्टर मानिक शाह ही चीन से बगावत करने वाले वह डॉक्टर हैं, तो तुम उनकी करतूत का पर्दाफाश करने में मेरी काफी मदद कर सकते हो। जैसे तुम उन पर खास निगाह रख सकते हो, उनके आसपास सुरक्षा के ऐसे इंतजाम कर सकते हो, जो वह जरा-सी गलत हरकत करते ही पकड़े जायें।"

"एक मिनट सर!" अधिकारी के दिमाग ने अतीत में कहीं छलांग लगा दी— "एक मिनट! मुझे लगता है कि आप बिल्कुल ठीक कह रहे हैं। जरूर डॉक्टर मानिक शाह ही चीन से बगावत करने वाले डॉक्टर हैं, जो यहां से भाग निकलना चाहते हैं।"

"यह बात तुम किस आधार पर कह रहे हो?" अब वान ली चौंका, उसके नेत्र अधिकारी के चेहरे पर सूई की तरह गड़ गये।

"क्योंकि थोड़े समय पहले ही डॉक्टर मानिक शाह कोठी से भाग निकलने का एक प्रयास कर चुके हैं, लेकिन तब हमने डॉक्टर मानिक शाह की उस हरकत को गंभीरता से नहीं लिया था।"

सी.एस.एस. का अधिकारी, वान ली को फ़ौरन वह पूरी घटना सुनाता चला गया कि किस तरह मानिक शाह ने कोठी से भाग निकलने का प्रयास किया और फिर पकड़े जाने पर यह कहकर उस बात को मजाक में उड़ाया कि वह सिक्योरिटी चैक कर रहे थे।

□□□

उस घटना के बारे में सुनकर वान ली एकदम सन्न बैठा रह गया, वह मानों पत्थर का बुत बन चुका था और उसका दिमाग हवा में उड़ने लगा।

"यह बात तुमने मुझे तभी क्यों नहीं बताई।" वान ली कर्कश स्वर में बोला—"जब यह घटना घटी थी?"

"मैंने कहा न सर, तब हमने डॉक्टर मानिक शाह की इस हरकत को गंभीरता से नहीं लिया था। तब तो हमने यही समझा कि वो वाकई अपनी सिक्योरिटी चैक कर रहे थे। क्योंकि उस समय तो यह बात हमारे ख्वाब तक में नहीं थी कि मानिक शाह ही चीन से बगावत करने वाले भारतीय डॉक्टर हो सकते हैं।"

वान ली के माथे पर परेशानी की रेखायें कुछ और गहरी हो गई।

वह कुर्सी छोड़कर खड़ा हो गया और इधर-से-उधर टहलने लगा।

फिर वो उसी बेचैनी के आलम में वापस कुर्सी पर बैठ गया।

"तुम्हारी बात सुनकर अब तो मेरा शक और भी पक्का होने लगा है ऑफिसर!" वान ली परेशान लहजे में बोला—"जरूर डॉक्टर मानिक शाह ही वह भारतीय डॉक्टर हैं। मगर अफसोस, हमें फिर भी अपनी बात साबित करनी होगी और इस दिशा में बड़ी जल्दी-जल्दी कदम उठाने होंगे।"

"आप आदेश दीजिये सर!" अधिकारी की आवाज में भी अब गरमी आ चुकी थी—"आप जो कहेंगे, मैं करूंगा।"

"गुड! सबसे पहले तुम मुझे यह बताओ कि डॉक्टर मानिक शाह की कोठी में सुरक्षा और उन पर निगरानी के क्या-क्या इंतजाम हैं?"

"जब से उन्हें 'जेड प्लस' सिक्योरिटी दी गई है।" अधिकारी बोला—"तब से कोठी की सुरक्षा व्यवस्था में काफी कुछ बदलाव आया है। जैसे अब दिन-रात कोठी के हर गलियारे में सी.एस.एस. के जवान तैनात रहते हैं, इसके अलावा कोठी में जगह-जगह सीक्रेट कैमरे फिट किये गये हैं और एक कंट्रोल रूम बनाया गया है, जहां बैठकर सी.एस.एस. के जवान टी. वी. पर सीक्रेट कैमरों की मदद से पूरी कोठी पर नजर रखते हैं। इतना ही नहीं, डॉक्टर मानिक शाह के बेडरूम में भी एक हंसते हुए बच्चे की दीवार पर प्रतिमा लगी है, जिसकी दोनों आंखों में सीक्रेट कैमरे फिट हैं।"

अधिकारी कोठी की सुरक्षा व्यवस्था वान ली को बताता चला गया।

जब अधिकारी ने अपनी बात खत्म कर दी, तब वान ली ने पूछा—"क्या डॉक्टर मानिक शाह को इस बात की खबर है कि उस 'हंसते हुए बच्चे' की आंखों में सीक्रेट कैमरे लगे हैं?"

"बिल्कुल खबर है।" अधिकारी ने फौरन जवाब दिया— "दरअसल मानिक शाह ने जब कोठी से भागने का प्रयास किया था, तो कैमरों को धोखा देने के लिये ही वह एक नया डबल बेड खरीदकर लाये थे और उन्होंने उसे 'हंसते हुए बच्चे की प्रतिमा' के बिल्कुल नीचे बिछाया था, ताकि रात को जब वह उठकर जायें, तो सीक्रेट कैमरे में उन्हें देख न सकें। लेकिन नया बेड बिछाने के बाद भी एक समस्या उनके सामने और पेश आई थी।"

"क्या?

"डबल बेड के बिल्कुल सामने एक ड्रेसिंग टेबल रखी थी और उसका आइना कुछ इस तरह सैट था कि उसमें डबल बेड सहित उस दीवार का पूरा अक्स नजर आ रहा था, जिस पर 'हंसते हुए बच्चे' की प्रतिमा लगी है।"

"यानी बच्चे की आंखों में लगे सीक्रेट कैमरे उस दीवार पर भी ड्रेसिंग टेबल की सहायता से नजर रखे हुए थे।" वान ली बोला— "जिस पर उन्हें सैट किया गया था।"

"बिल्कुल ठीक।"

"सचमुच काफी अच्छी सिक्योरिटी थी।" वान ली प्रभावित हुआ।

"मगर डॉक्टर मानिक शाह ने उस शानदार सिक्योरिटी को भी उस रात गड़बड़ कर दिया।"

"कैसे?" वान ली चौंका।

"दरअसल उस रात मानिक शाह ने बाल संवारने के बाद कंघा जानबूझकर ड्रेसिंग टेबल के पीछे गिरा दिया, फिर उन्होंने ड्रेसिंग टेबल टेढ़ी करके कंघा तो उसके पीछे से निकाल लिया, लेकिन ड्रेसिंग टेबल सीधी नहीं की। इसका उन्हें यह फायदा हुआ कि ड्रेसिंग टेबल की सारी सैटिंग बिगड़ गई और उसमें नया डबल बेड नजर आना बंद हो गया।"

"ओह! यानी अब सीक्रेट कैमरे बेडरूम में लगे होने के बावजूद भी डबल बेड पर लेटे मानिक शाह को नहीं देख सकते थे।"

"जी हां।"

"सचमुच मानिक शाह का दिमाग काफी तेजी से काम कर रहा था।" वान ली बोला—"यह बताओ, आज उस ड्रेसिंग टेबल की क्या पोजीशन है?"

"वही पोजीशन है।" अधिकारी ने बताया—"वह आज भी टेढ़ी ही रखी हुई है।"

"क्यों?" वान ली चौंका।

"बस कभी किसी का उसे सीधी करने की तरफ ध्यान ही नहीं गया। उसकी जरूरत ही महसूस नहीं हुई।"

"और डॉक्टर मानिक शाह किस बेड पर सोते हैं?" वान ली ने सनसनाये स्वर में पूछा।

"उसी नये बेड पर सोते हैं, जो बच्चे की प्रतिमा के नीचे बिछा है।"

"माई गॉड!" वान ली के नेत्र आतंक से फैल गये—"यानी रात को बेड पर लेटने के बाद सीक्रेट कैमरे भी मानिक शाह को नहीं देख पाते, उनकी रात के समय निगरानी का कोई बंदोबस्त नहीं है।"

"फिलहाल तो यही पोजीशन है सर!" अधिकारी थोड़े सकपकाये स्वर में बोला।

❑❑❑

वान ली अब और चिंतित हो उठा था।

"तुम फौरन डॉक्टर मानिक शाह पर निगाह रखने के लिये कुछ नये कदम उठाओ ऑफिसर!" वान ली उसे आदेश देता हुआ बोला।

"जैसे?"

"जैसे सबसे पहले उस ड्रेसिंग टेबल को अपनी पूर्व स्थिति में लाओ, ताकि रात को सोते समय भी डॉक्टर मानिक शाह पर निगाह रखी जा सके। और इस मामले में हमें यह विचार करने की कोई जरूरत नहीं है कि मानिक शाह क्या सोचेंगे। याद रखो!" वान ली की आवाज में सख्ती उभर आई—"हमें उस आदमी की कोई परवाह नहीं करनी है, जो चीन का साथी नहीं है।"

"ऐसा ही लीजिये सर!" अधिकारी तत्पर स्वर में बोला—"मैं उस ड्रेसिंग टेबल को पहले जैसी स्थिति में ही रख दूंगा।"

"इसके अलावा तुमने कुछ और कदम भी उठाने हैं।"

"बोलिये सर!"

"तुमने बताया कि सिर्फ बेडरूम में ही सीक्रेट कैमरे लगे हैं, लेकिन अब डॉक्टर मानिक शाह के टॉयलेट और बाथरूम में भी सीक्रेट कैमरे फिट कर दो।"

"य... यह आप क्या कह रहे हैं सर?"

"अगर हमें मानिक शाह की असलियत का पर्दाफाश करना है ऑफिसर!" वान ली ने दांत किटकिटाये—"तो यह कदम हमें उठाने होंगे और फ़ौरन उठाने होंगे।"

"मगर टॉयलेट और बाथरूम में सीक्रेट कैमरे कहां फिट किये जायेंगे सर?' अधिकारी की आवाज में आश्चर्य था।

"सीक्रेट कैमरे फिट करने में कहीं कुछ मुश्किल नहीं है। तुम बाथरूम का गीजर बदलवा दो, जो नया गीजर लगाया जायेगा, उसमें सीक्रेट कमरा फिट हो सकता है। उसी तरह टॉयलेट में फ्लश शीट का सिस्टम बदल डालो। जो नया सिस्टन लगे, उसके हेंडल में कैमरे की सेटिंग हो जायेगी।"

"ओ.के. सर!" अधिकारी ने प्रभावित नजरों से वान ली को देखा—"मैं बहुत जल्द यह सारे इंतजाम करता हूं।"

"गुड, अब तुम जा सकते हो। और ध्यान रहे, हमारी इन बातों की भनक किसी को नहीं लगनी चाहिये।

"आप बेफिक रहें सर!"

❑❑❑

अधिकारी के जाते ही वान ली ने सुरक्षा की दृष्टि से आनन-फानन कुछ कदम और उठाये।

जैसे उसने सी.एस.एस. के दो बहुत चुस्त-दुरुस्त जवानों को अपने ऑफिस में बुलाया।

"मैं आज तुम दोनों को एक बहुत जिम्मेदारी का काम सौंप रहा हूं।" वान ली अपनी कुर्सी से खड़ा होकर बोला—"मेरी कोठी पर सी.एस.एस. के दो जवान तैनात हैं, जो वहां की निगरानी करते हैं।"

"हमें मालूम है सर!" दोनों जवान एक साथ बोले।

"गुड!" वान ली उनके नजदीक आकर खड़ा हो गया—"लेकिन आज से तुम दोनों की ड्यूटी भी मेरी कोठी पर ही है और तुम उनके साथ ही वहां पहरा दोगे।"

दोनों जवान चौंके—"म...मगर आप यह पहरा क्यों बढ़ा रहे हैं?"

"दरअसल यह सब उस भारतीय डॉक्टर तक पहुंचने के लिये किया जा रहा है, जो चीन से बगावत करना चाहता है। तुम्हें वहां तैनात रहकर मेरी बीवी पूजा पर खास नजर रखनी है। क्योंकि अगले कुछ दिनों में कोई चोरी-छिपे पूजा तक पहुंचने की कोशिश कर सकता है या मुमकिन है कि पूजा ही कोठी छोड़कर भाग जाये।"

वान ली की बात सुनकर दोनों जवान हैरत में पड़ गये।

"अब तुम जा सकते हो और आज ही तुमने अपनी-अपनी ड्यूटी संभाल लेनी है, इस मामले में बिल्कुल देर नहीं होनी चाहिये।"

"अ...ओ. के. सर!" जवान हड़बड़ाते हुए बोले—"ह...हम आज ही अपनी ड्यूटी संभाल लेंगे।"

❑❑❑

वान ली ने सिर्फ वहीं पर बस नहीं की बल्कि सुरक्षा की दृष्टि से उसने फौरन ही एक कदम और उठाया।

इस बार उसने एक टेलीफोन नंबर डायल किया था, फ़ौरन दूसरी तरफ घंटी जाने लगी।

"हैलो!" फिर एक अपरिचित आवाज रिसीवर पर उभरी।

"क्या आप टेलीफोन एक्सचेंज से बोल रहे हैं?"

"जी हां।"

"मेरा नाम वान ली है।" वान ली बोला—"शायद आप मेरे नाम से परिचित हों, मैं सी.एस.एस. का एक अधिकारी हूं।"

"ओह सर!" वान ली का परिचय मिलते ही ऑपरेटर उछल पड़ा—"कहिये सर, कहिये। मैं आपके नाम से अच्छी तरह वाकिफ हूं। बताइये मैं आपकी क्या सेवा कर सकता हूं?"

दरअसल एक मिशन के सिलसिले में हमें आपके विभाग से सहयोग की जरूरत थी।"

"बे-हिचक बोलिये सर!"

"बात ये है कि हमें डॉक्टर मानिक शाह की कोठी के टेलीफोन टेप कराने हैं। वहां से जितनी भी कॉल की जायें, आप न सिर्फ सभी कॉल्स को टेप करें बल्कि बाकायदा उनका एक पूरा रिकार्ड भी रखें।"

ऑपरेटर हिचकिचाया।

"क्या हुआ?

"काम तो हो जायेगा सर, ले लेकिन...!"

"लेकिन क्या?"

"डॉक्टर मानिक शाह चूंकि देश के एक बहुत सम्मानित नागरिक हैं और वह सिक्योरिटी में 'जेड प्लस' के अंतर्गत आते हैं, इसलिये आपको कुछ औपचारिकतायें पूरी करनी होंगी। जैसे अगर आप सी.एस.एस. की तरफ से कोई लिखित आदेश हमें भेज दें, तो हमारी मुश्किल काफी हल हो जायेगी।"

"ठीक है, आज शाम तक आपके पास लिखित आदेश पहुंच जायेगा।" वान ली बोला—"लेकिन आप फौरन डॉक्टर मानिक शाह के टेलीफोन को टेप करने का बंदोबस्त करें।"

ओ.के. सर!" ऑपरेटर पहले की तरह ही उत्साहपूर्वक बोला— "हम अभी सारा इंतजाम करते हैं।"

वान ली ने रिसीवर क्रेडिल पर रख दिया।

फिर वह इत्मीनान से अपनी कुर्सी पर जाकर बैठ गया था।

कुर्सी पर बैठते ही उसने मेज की दराज खोलकर शराब की छोटी कैन निकाली और उसमें से तीन-चार घूंट गटागट पिये।

उसके दिमाग को थोड़ा सकून मिला।

फिर उसने कुर्सी की ऊंची पुश्त से पीठ लगा ली, आंखें बंद कर लीं और धीरे-धीरे हिलने लगा।

मानिक शाह और पूजा के इर्द-गिर्द उसने अच्छा-खासा जाल फैला दिया था।

वान ली को पूरी उम्मीद थी कि उस 'चक्रव्यूह' का कोई-न-कोई नतीजा जरूर सामने आयेगा।

❑❑❑

रात के एक बजे का समय!

लाल कैरोना कार बड़ी खामोशी के साथ 'मेडिकल संस्थान' से थोड़ा फासले पर जाकर रुकी। उस समय कार में कमांडर के अलावा नीलकंठ, बालेराम, होशांग, पामेला—सब थे।

योजना बनाने के बाद उन सबका अगला पूरा दिन सामान का बंदोबस्त करते हुए गुजरा था। लेकिन सामान का इंतजाम करने में कैसी भी कोई परेशानी पेश न आई, सब कुछ इत्मीनान से हो गया। इसकी शायद मुख्य वजह ये थी कि सामान वाली लिस्ट में ऐसी कोई वस्तु न थी, जिसका इंतजाम करना कठिन हो।

बहरहाल इस समय कमांडर अपनी उस दूसरी योजना को अंजाम देने आ चुका था।

उसकी पीठ पर चमड़े का एक काला फौजियों जैसा बैग टंगा था, जिसमें योजना में काम आने वाला सामान भरा था। कार के रुकते ही कमांडर करण सक्सेना अपनी सीट छोड़कर खड़ा हो गया।

"कमांडर!" होशांग ने फौरन व्याकुलतापूर्वक कमांडर का हाथ पकड़ लिया था—"सारा काम बहुत होशियारी से करना।"

"चिंता मत करो होशांग!" कमांडर ने मुस्कुराते हुए होशांग की पीठ थपथपाई—"ऐसे खतरनाक काम मैं पहले भी सैंकड़ों मर्तबा कर चुका हूं।"

"लेकिन फिर भी जब तक तुम नहीं लौट आओगे।" पामेला बोली—"हम लोगों को तुम्हारी चिंता रहेगी।"

"मैं जानता हूं।" कमांडर, पामेला की बात सुनकर भावुक हो उठा—"तुम लोगों के साथ मेरा परिवार जैसा रिश्ता कायम हो गया है।"

"अभी भी मेरी बात मान लो।" बालेराम बोला—"मैं तुम्हारे साथ बिल्डिंग के अंदर चलता हूं।"

"बेवकूफ मत बनो बालेराम!" कमांडर ने आंदोलित लहजे में कहा—"इस योजना पर सिर्फ एक आदमी ही काम कर सकता है, दूसरा आदमी सिवाय मुश्किलें पैदा करने के कुछ नहीं करेगा।"

"लेकिन...!"

"मेरे भाई!" कमांडर ने जज्बाती होकर बालेराम को अपने सीने से लगा लिया—"मैं तुम्हारे दिल की हालत समझ रहा हूं। तुम सबके दिल की हालत समझ रहा हूं। लेकिन फिक्र मत करो, मुझे कुछ नहीं होगा। तुम्हारे इस प्यार ने मेरे अंदर फौलाद जैसी शक्ति भर दी है।"

बालेराम खामोश हो गया।

उसी पल नीलकंठ ने अपनी जेब से टी.वी. के रिमोट कंट्रोल जैसा एक यंत्र निकालकर कमांडर की तरफ बढ़ा दिया था।

"'इसे अपने पास रख लो कमांडर!"

कमांडर उस यंत्र को देखकर चौंका और हैरत से उसे उलट-पलटकर देखने लगा—"यह क्या है?"

"यह एक बहुत आधुनिक किस्म का वॉकी-टॉकी सैट है।" नीलकंठ ने बताया—"इसे अपने साथ लेकर जाओ और अगर तुम्हारे ऊपर कैसी भी कोई मुश्किल आये, तो फौरन मुझे इस वॉकी-टॉकी सैट पर इन्फॉर्म करना।"

"क्या इस सैट की रेंज इतनी है, जो ठिकाने तक बात हो सके?

"चिंता मत करो। इस सैट की रेंज दो किलोमीटर है, जबकि हमारा ठिकाना यहां से डेढ़ किलोमीटर के आसपास है।"

"अगर इस सैट की रेंज इतनी है।" कमांडर विस्मयपूर्वक बोला— "तब तो यह वाकई कमाल की चीज है।

"कमाल की चीज है, इसलिये मैं यह तुम्हें दे रहा हूं।"

"इस तोहफे के लिए शुक्रिया!" कमांडर ने वह वॉकी-टॉकी अपने ओवरकोट की जेब में रख लिया।

फिर वह लाल कैरोना कार से नीचे उतरकर तेज-तेज कदमों से 'मेडिकल संस्थान' की तरफ बढ़ गया था

❑❑❑

चारों तरफ अंधकार फैला था।

हर तरफ खामोशी! सन्नाटा! सड़क पर वाहन भी 'ना' के बराबर चल रहे थे।

कमांडर ने सड़क पार करते हुए संस्थान की उस विशाल इमारत को देखा, जो घुप अंधेरे में डूबी हुई थी। अलबत्ता मेन गेट के करीब काफी उजाला था और वहां खड़े सी.एस.एस. के दो जवान भी नजर आ रहे थे।

कमांडर इमारत के बराबर में ही बनी एक पतली-सी गली में घुस गया और फिर तेज-तेज कदमों से चलता हुआ संस्थान की इमारत के बिल्कुल पीछे पहुंचा।

वहां और भी ज्यादा सन्नाटा था।

कमांडर ने इमारत की बाउंड्री वॉल देखी, जो लगभग दस फुट ऊंची थी और उसके ऊपर मजबूत लोहे के तारों की बाड़ लगाई गई थी।

कमांडर ने सबसे पहले अपनी जेब से एक लोहे का सिक्का निकाला और निशाना साधकर उसे तारों की बाड़ की तरफ उछाला।

निशाना अचूक था।

लोहे का सिक्का एकदम टन्न से तारों की बाड़ से जाकर टकराया और फिर वापस नीचे आ गिरा।

कोई चिंगारी नहीं छूटी। कोई सनसनाहट नहीं हुई।

पलक झपकते ही साबित हो गया कि लोहे के उन तारों में करंट नहीं दौड़ रहा था।

कमांडर ने नीचे पड़ा लोहे का सिक्का उठाकर वापस अपनी जेब में रखा। फिर उसने पीठ पर टंगे बैग की चैन खोली और उसमें से रबड़ के दस्ताने निकालकर पहने। दस्ताने बहुत पतली रबड़ के थे और एकाएक महसूस नहीं होता था कि हाथों पर दस्ताने चढ़े हुए हैं।

उसके बाद कमांडर ने बैग में से लोहे की लंबी जंजीर निकाली, जिसके आगे ऐन्कर लगा हुआ था।

फिर उसने जंजीर को पकड़कर अपने हाथ में जोर से घुमाया। सांय-सांय-सांय-सांय!!!

रात के सन्नाटे में जंजीर घूमने की आवाज भी यूं हुई, जैसे कोई नॉनचाक चला रहा हो।

जंजीर घुमाते-घुमाते एकाएक कमांडर ने उसका ऐन्कर वाला सिरा बाउंड्री वॉल की तरफ उछाल दिया।

खट्!

हल्की-सी आवाज हुई और ऐन्कर तारों की बाड़ में कहीं जाकर अटक गया।

कमांडर ने उसे खींचकर देखा, लेकिन वह अपनी जगह से एक सूत भी न हिला।

यानी वह काफी मजबूती से जाकर फंसा था।

कमांडर जब अच्छी तरह संतुष्ट हो गया, तो वह जंजीर पकड़कर धीरे-धीरे रेंगता हुआ दीवार पर चढ़ने लगा।

जल्द ही वो मुंडेर के पास पहुंच चुका था। फिर उसने तारों की बाड़ पकड़े-पकड़े सावधानी पूर्वक अंदर लॉन में झांका। उस समय वहां सी.एस.एस. का एक जवान घूम रहा था। कमांडर काफी देर तक दीवार पर लटके-लटके उसकी हरकतें नोट करता रहा।

वह थोड़ी-थोड़ी देर बाद 'मेडिकल संस्थान' के मेन गेट की तरफ चला जाता था, लेकिन फिर मुश्किल से पाँच मिनट बाद ही वह वापस लौट भी आता।

इस बार वह जवान जैसे ही मेन गेट की तरफ गया, कमांडर लपककर बाउंड्री वॉल के ऊपर चढ़ गया।

नीचे अच्छी-खासी तादाद में घास-फूस थी। कमांडर ने तारों की बाड़ में उलझा ऐन्कर निकाला और फिर संस्थान के लॉन में छलांग लगा दी। वह धम्म से घास-फूस पर जाकर गिरा। नीचे गिरते ही वह एक झाड़ी के पीछे हो गया था। फिर कुछ देर वहीं बैठा वो आसपास की आहट लेने की कोशिश करता रहा। कहीं कोई प्रतिक्रिया न हुई।

कमांडर ने झाड़ी के पीछे छिपे-छिपे लोहे की जंजीर को वापस अपनी पीठ पर टंगे बैग में रखा और इससे पहले कि वह अपना अगला कदम उठाता, तभी चहलकदमी करता सी.एस.एस. का वो जवान वापस आ गया।

❑❑❑

कमांडर करण सक्सेना दम साधे झाड़ियों के पीछे बैठा रहा। लगभग

दस मिनट तक वह जवान लॉन में टहलता रहा और फिर वापस मेन गेट की तरफ चला गया। उसके जाते ही कमांडर पुनः एक्शन में आ गया, वह दबे पांव दौड़ता हुआ इमारत की तरफ लपका और सीधा उस दिशा में पहुंचा, जहां शीशे की तीन खिड़कियां लगी हुई थीं।

कमांडर ने आनन-फानन तीनों खिड़कियां चैक की, लेकिन वह सभी अंदर से कसकर बंद थीं।

बिना एक भी सैकंड गंवाये कमांडर ने अपने बैग में से ड्रिल मशीन निकाली और फिर ड्रिल मशीन की नोक को शीशे पर ठीक उस जगह रखा, जहां से अंदर लगी कुंडी को आसानी से खोला जा सके।

सब कुछ प्री-प्लान था। पहले से ही योजनाबद्ध।

कमांडर हाथ से ही ड्रिल मशीन को धीरे-धीरे घुमाने लगा। मुश्किल से दो मिनट में ही शीशे में चवन्नी' के सिक्के से थोड़ा बड़ा छेद हो गया।

कमांडर ने ड्रिल मशीन वापस अपने बैग में रखी।

फिर उस छेद के अंदर उंगली डाली और पलक झपकते ही अंदर से बंद कुंडी खोल दी।

खिड़की के दोनों पट लहलहाकर खुलते चले गये।

कमांडर उछलकर खिड़की पर चढ़ा और संस्थान की इमारत में घुस गया।

❑❑❑

अंदर घुसते ही कमांडर ने खिड़की वापस बंद कर दी थी। कमांडर अब काफी सुरक्षित था।

दरअसल सी.एस.एस. के जितने भी जवान थे, वह उस 'मेडिकल संस्थान' के लॉन में पहरा दे रहे थे, जबकि इमारत के अंदर कोई न था। पूरी इमारत बंद थी और वहाँ घुप्प अँधेरा फैला हुआ था।

लेकिन अभी दिन निकलने से पहले कमांडर ने वहां काफी कुछ करना था।

उसने एक सैकंड भी आराम नहीं किया। इमारत में घुसते ही अपने ओवरकोट की जेब से पैंसिल टॉर्च निकाल ली और फिर उसका प्रकाश अपने आगे फेंकता हुआ तेज-तेज कदमों से गलियारे की तरफ बढ़ा।

हालांकि वो वहां की हर जगह से पूरी तरह अंजान था। फिर भी गलियारा तलाश करने में उसे ज्यादा परेशानी नहीं आई। इस बीच उसने दो चीज की बहुत सावधानी बरती। पहली—वह जिस दरवाजे से भी गुजरा, उसने उस दरवाजे को पहले की तरह बंद कर दिया। दूसरी— उसने किसी भी जगह की लाइट नहीं जलाई।

गलियारे में पहुंचते ही कमांडर ने लिफ्ट तलाश करनी शुरू की।

जल्द ही उसे लिफ्ट भी मिल गई।

बराबर-बराबर दो लिफ्ट लगी हुई थीं और दोनों ही लिफ्ट उस समय ग्राउंड फ्लोर पर मौजूद थीं।

कमांडर ने दोनों लिफ्ट चैक की। दोनों लिफ्ट चालू हालत में थीं।

कमांडर फौरन एक लिफ्ट के अंदर घुस गया। अब उसने अपने बैग से पेचकस निकाला और लिफ्ट के अंदर लगे स्विच बोर्ड को खोलने लगा।

चारों पेंच खोलते ही स्विच बोर्ड आगे झूल गया और उसके पीछे ढेर सारे तार नजर आने लगे।

कमांडर ने पेंसिल टॉर्च का प्रकाश उन तारों पर डाला। कितनी ही देर तक वह उन तारों का मुआयना करता रहा और उन्हें समझता रहा।

फिर उसने प्लास निकालकर चार पीले रंग के और दो लाल रंग के तार काट दिये।

इतना ही नहीं, उन तारों को काटने के बाद उसने अपने दस्ताने युक्त हाथों से उन्हें पकड़कर खींचा और उन्हें जड़ से उखाड़ डाला।

फिर कमांडर ने प्लास और वह तार वापस अपने बैग में रख लिये थे।

वह काम करने के बाद उसने स्विच बोर्ड वापस अपने स्थान पर फिट किया और उसके चारों पेंच कस डाले।

फिर उसने स्विच बोर्ड का एक बटन दबाया।

कोई हरकत नहीं। वह लिफ्ट डैड हो चुकी थी।

कमांडर उस लिफ्ट से बाहर निकल आया।

दरअसल कमांडर के लिये यह जरूरी था कि वह उन दोनों लिफ्टों में से किसी एक को डैड करे।

क्योंकि सुबह जब डॉक्टर मानिक शाह ने वहां पहुंचना था, तो सबसे पहले कमांडर को गारंटी से यह पता होना जरूरी था कि वह कौन-सी लिफ्ट का इस्तेमाल करेगा।

अगर दोनों लिफ्ट चालू होतीं, तो मानिक शाह ऊपर जाने के लिये किसी भी लिफ्ट का इस्तेमाल कर सकता था।

जबकि अब कमांडर को मालूम था कि मानिक शाह सिर्फ दूसरी लिफ्ट का इस्तेमाल करेगा, क्योंकि पहली लिफ्ट डेड थी।

और डैड भी ऐसी हुई थी, जो दो-तीन दिन से पहले ठीक न हो सके।

❑❑❑

उसके बाद कमांडर करण सक्सेना ने अपनी योजना का अगला कदम उठाया। वह दूसरी चालू लिफ्ट में बंद हो गया। उसने लिफ्ट का जालीदार दरवाजा बंद किया और स्विच बोर्ड पर लगा 'आठ नंबर' बटन दबा दिया। फ़ौरन वह लिफ्ट कमांडर को लेकर सबसे ऊपर वाली मंजिल की तरफ भागने लगी।

कमांडर ने उस लिफ्ट के अंदर कुछ काम करना था, जिससे आवाज पैदा होने का खतरा था। इसलिये फिलहाल वो उस लिफ्ट को लेकर आठवीं मंजिल पर जा रहा था, ताकि उसके काम करने की आवाजें लॉन में टहलते सी.एस.एस. के जवान न सुन सकें। जल्द ही वो संस्थान की आठवीं मंजिल पर पहुंच गया।

इस बार वो लिफ्ट का दरवाजा खोलकर बाहर नहीं निकला। इतना ही नहीं, उसने अब लिफ्ट के अंदर की लाइट भी जला ली।

चूंकि जालीदार दरवाजा और उसके बाहर लगा प्लाई बोर्ड का दरवाजा दोनों बंद थे, इसलिये बल्ब का प्रकाश लिफ्ट के अंदर से बाहर नहीं जा रहा था।

लाइट जलाते ही कमांडर ने लिफ्ट का अच्छी तरह मुआयना किया।

उसमें बहुत छोटे-छोटे चैक के डिजाइन वाली सनमाइका लगी हुई थी।

कमांडर ने अपने बैग में से आरी का एक ब्लेड निकाल लिया और फिर लिफ्ट की छत में लगी सनमाइका का डेढ़ बाई डेढ़ फुट का पीस इस तरह नफासत से काटना शुरू किया कि अगर काटने के बाद उसे वापस वहां लगा दिया जाये, तो ऐसा महसूस ही न हो कि वहां कटी हुई सनमाइका का कोई पीस भी लगा है।

उसने बारीक चैक की बिल्कुल किनारी से उस पीस को काटा। बीस मिनट में ही डेढ़ बाई डेढ़ फुट की सनमाइका का एक पीस उतरकर कमांडर के हाथों में आ गया और फिर छत में लोहे की मोटी चादर नजर आने लगी।

कमांडर ने सनमाइका का वह पीस लिफ्ट में ही एक तरफ रख दिया और बैग में से ड्रिल मशीन निकाल ली।

अब कमांडर ने लोहे की उस चादर को भी ड्रिल मशीन से डेढ़ बाई डेढ़ फुट के आकार में ही काटना था। लेकिन उससे पहले अब ड्रिल मशीन के तार को किसी बिजली के सॉकिट में लगाने की जरूरत थी, जिससे ड्रिल मशीन चालू हो सके। लिफ्ट में तो बिजली का ऐसा कोई सॉकेट होने का प्रश्न ही नहीं था और कमांडर लिफ्ट से बाहर जाना नहीं चाहता था।

उसने फिर अपने बैग में से पेचकस निकाला और उस लिफ्ट के स्विच बोर्ड को भी खोलने लगा।

चारों पेंच खुलते ही स्विच बोर्ड नीचे लटक गया और उसके पीछे तार नजर आने लगे।

कमांडर ने ड्रिल मशीन के दोनों नंगे तार स्विच बोर्ड के पीछे नजर आते दो तारों से जोड़ दिये।

फ़ौरन ड्रिल मशीन धूं-धूं करती हुई बहुत फास्ट स्पीड से घूमने लगी। कमांडर का काम बन गया था।

वह फौरन ड्रिल मशीन हाथ में लेकर लोहे की चादर में छेद करने लगा।

ड्रिल मशीन की वह नोक जैसे ही लोहे से टकराई, तो धूं-धूं की आवाज और ज्यादा तेज हो गई। लेकिन कमांडर जानता था कि वह आवाज आठ मंजिल नीचे सी.एस.एस. के जवानों तक नही पहुंच सकती थी।

□□□

वह एक लंबा काम था।

कमांडर काफी देर तक लोहे की चादर में किनारे-किनारे छेद करता रहा, लेकिन फिर भी एक घंटे की लगातार मेहनत के बाद वह आधी चादर ही काट सका।

इस बीच ड्रिल मशीन बहुत गरम हो गई थी और उसका तार भी भभकने लगा था।

कमांडर ने कुछ देर के लिये ड्रिल मशीन बंद कर दी, ताकि वह ठंडी हो सके। फिर वो वहीं पड़े एक स्टूल पर बैठ गया और उसने वक्त काटने के लिये 'डनहिल' सुलगा ली।

उस समय रात के पौने तीन बज रहे थे। दिन का उजाला फैलने में अभी काफी वक्त बाकी था।

तभी लिफ्ट के अंदर हल्की ब्लिप-ब्लिप की आवाज होने लगी। कमांडर ने फौरन अपने ओवरकोट की जेब से वॉकी-टॉकी निकालकर ऑन किया।

"यस, कमांडर स्पीकिंग!"

"मैं नीलकंठ बोल रहा हूं।" फ़ौरन दूसरी तरफ से नीलकंठ की आवाज आई—"कैसा चल रहा है?"

"फिलहाल सब कुछ ठीक है।" कमांडर बोला—"मैं 'मेडिकल संस्थान' की इमारत के अंदर घुस चुका हूं। इतना ही नहीं मैंने योजना के मुताबिक एक लिफ्ट डेड कर दी है और इस समय दूसरी लिफ्ट की छत ड्रिल मशीन से काट रहा हूं।"

"वैरी गुड!" नीलकंठ प्रफ्फुलित हो उठा—"यानी सब कुछ योजना के मुताबिक चल रहा है।"

"हां।"

"किसी सी.एस.एस. जवान की नजर तो तुम पर नहीं पड़ी?"

"नहीं, मैं पूरी सावधानी से इमारत के अंदर आया हूं। यहां तक की मैंने इमारत के अंदर कही कोई ऐसा निशान भी नहीं छोड़ा है, जिससे दिन निकलने पर यह शक किया जा सके कि रात कोई घुसा था। बस एक ही जगह गड़बड़ है।"

"कहां?"

"मैंने एक खिड़की के शीशे में छेद किया है, अगर किसी तेज दिमाग आदमी की नजर उस पर पड़ गई, तो वह खतरा भांप सकता है। लेकिन इस बात का अंदेशा कम ही है।"

"क्यों?" नीलकंठ चौंका—"क्या तुम सी.एस.एस. जवानों को तेज दिमाग नहीं समझते?"

"यह बात नहीं।" कमांडर ने 'डनहिल' का कश लगाया— "दरअसल खतरे का अंदेशा इसलिये कम है, क्योंकि वह खिड़की इमारत की पिछली साइड में है और उस पर बहुत कम लोगों की नजर पड़ती है। इसके अलावा अगर किसी आदमी ने उस छेद को देख भी लिया, तब भी उसके लिये एकदम से यह अंदाजा लगाना मुश्किल होगा कि शीशे में वह छेद इमारत में घुसने के लिये किया गया है।"

नीलकंठ चुप रहा। शायद वह कुछ सोच रहा था।

"क्या हुआ?"

"कुछ नहीं।" नीलकंठ बोला—"तुम अपना काम करो, थोड़ी देर बाद मैं तुमसे फिर बात करूंगा।"

कमांडर ने वॉकी-टॉकी बंद करके वापस अपने ओवरकोट की जेब में रख लिया।

फिर वह इत्मीनान से 'डनहिल' के कश लगाता रहा। जब 'डनहिल' पूरी तरह खत्म हो गई, तब भी उसने उसका टोटा लिफ्ट में फेंकने की बजाय अच्छी तरह बुझाकर अपनी जेब में डाल लिया था।

वह सचमुच कोई सबूत नहीं छोड़ना चाहता था।

❑❑❑

सवा तीन बजे से कमांडर करण सक्सेना दोबारा सक्रिय हो उठा।

ड्रिल मशीन अब बिल्कुल ठंडी हो चुकी थी। कमांडर ने ड्रिल मशीन का नंगा तार पुनः स्विच बोर्ड के पीछे लगे तारों में फंसाया और फिर पहले की तरह ही लोहे की चादर में छेद करने लगा। लोहे का बारीक चूरा कट-कट कर छेदों में से नीचे गिरने लगा। इस बार उसने साढ़े चार बजे तक ड्रिल मशीन चलाई, जिसका नतीजा यह निकला कि डेढ़ बाई डेढ़ फुट के आकार में लोहे की चादर का एक पीस कटकर कमांडर के हाथ में आ गया। अब कोई भी आदमी लिफ्ट की छत में से निकलकर ऊपर जा सकता था। लिफ्ट के पीछे बने उस हिस्से में पहुंच सकता था, जहां बहुत लंबे-लंबे लोहे के गाटर होते हैं, जिन पर बेरिंग के सहारे लिफ्ट दौड़ती है। वहां लोहे के मोटे तार होते हैं और एक बहुत बड़े अंधे कुएं जैसा माहौल होता है।

उस महत्वपूर्ण काम को अंजाम देने के बाद कमांडर ने ड्रिल मशीन द्वारा एक छेद लिफ्ट की पिछली दीवार में भी किया, ताकि अगर कोई लिफ्ट के पीछे अंधे कुएं वाले हिस्से में हो, तो वह उस छेद में से लिफ्ट के अंदर का दृश्य देख सके। फिर कमांडर ने आनन-फानन कुछ काम और निपटाये।

जैसे ड्रिल मशीन को वापस बैग में रखा।

लिफ्ट के फर्श पर लोहे का ढेर सारा बारीक चूरा जमा हो गया था

कमांडर ने उस सारे चूरे को भी इकट्ठा करके अपने बैग में भरा। लोहे की चादर का टुकड़ा भी उसने अपने बैग में डाला।

इतना ही नहीं, उसने स्विच बोर्ड के भी चारों पेंच वापस कसे।

बहुत जल्द लिफ्ट पहले जैसी साफ-सुथरी स्थिति में आ चुकी थी। बस छत में डेढ़ बाई डेढ़ फुट का एक छेद नजर आ रहा था या फिर सनमाइका का कटा हुआ टुकड़ा अभी भी वहीं रखा था।

❑❑❑

उस सारे काम को निपटाने के बाद कमांडर संतुष्ट नजर आने लगा।

उसकी पैनी निगाह एक बार फिर लिफ्ट के फर्श पर दौड़ी कि वहां कुछ रह तो नहीं गया है, लेकिन अब फर्श एकदम साफ था। चमकता हुआ।

फिर कमांडर ने लिफ्ट की लाइट बंद कर दी और पेंसिल टॉर्च निकालकर जला ली।

टॉर्च की रोशनी में ही उसने लिफ्ट के स्विच बोर्ड पर लगा 'G' (ग्राउंड फ्लोर) वाला बटन दबाया।

तत्काल लिफ्ट नीचे की तरफ भागने लगी

कमांडर कुछ ही देर में वापस ग्राउंड फ्लोर पर पहुंच चुका था।

ग्राउंड फ्लोर पर पहुंचते ही कमांडर पुनः सक्रिय हो उठा। उसने सबसे पहले पीठ पर से अपना बैग उतारकर डेढ़ बाई डेढ़ फुट के छेद में से लिफ्ट की छत पर रखा और फिर सनमाइका का टुकड़ा उठाकर वह खुद भी छेद में से होता हुआ लिफ्ट की छत पर पहुंच गया।

❑❑❑

अब कमांडर करण सक्सेना अपने सारे सामान सहित लिफ्ट के अंधे कुएं वाले हिस्से

में था और वह पेंसिल टॉर्च की रोशनी में लोहे के मोटे-मोटे और बेहद लंबे-लंबे गाटर और लोहे के तार, सब कुछ बिल्कुल स्पष्ट देख रहा था।

कमांडर कुछ देर लिफ्ट की छत पर खड़ा उस सारे दृश्य को देखता रहा। फिर वो वहीं बैठ गया। अब उसने सनमाइका का टुकड़ा इस तरह डेढ़ बाई डेढ़ के उस छेद में वापस पेंचों से कस देना था कि लिफ्ट में मौजूद किसी भी व्यक्ति को इस बात का शक न हो सके कि वहां कोई रास्ता भी है।

बिना शक वो एक मुश्किल काम था।

लेकिन कमांडर ने उस मुश्किल काम को बड़ी कुशलता के साथ अंजाम देना था।

कमांडर ने अपने बैग में से टटोलकर टीन की दो छोटी-छोटी पत्तियां और दो बारीक पेंच निकाले और फिर उसने टीन की दोनों पत्तियां सनमाइका के टुकड़े पर दाएं-बाएं इस तरह कसी कि पत्तियों का थोड़ा-थोड़ा भाग सनमाइका के कोनों से बाहर निकला रह गया। उसके बाद कमांडर ने सनमाइका के टुकड़े को वापस छेद पर रखा था और उसके दाएं-बाएं बाहर निकली पत्तियां लोहे की चादर के नीचे बनी झिरी में फंसा दीं। नतीजा—सनमाइका का वह टुकड़ा बिल्कुल उसी जगह फिक्स हो गया, जहां से उसे काटा गया था।

अब लिफ्ट में मौजूद कोई व्यक्ति यह कल्पना भी नहीं कर सकता था कि उस छत में कोई रास्ता भी है।

❑❑❑

कमांडर का सारा काम निपट चुका था।

अब उसे सिर्फ पूरी तरह दिन निकलने और डॉक्टर मानिक शाह के लिफ्ट में आने का इंतजार था, ताकि वह योजना के मुताबिक चलती हुई लिफ्ट में एकदम से दाखिल हो सके और अकेले मानिक शाह को दबोच सके। कमांडर ने बैग वापस अपनी पीठ पर लटकाया और एक लोहे का गाटर पकड़कर आहिस्ता-आहिस्ता सरकता हुआ नीचे पहुंच गया। नीचे जमीन पर खड़े होकर उसने गर्दन उठाकर ऊपर की तरफ देखा, तो उसे ऐसा लगा—जैसे वह किसी बहुत गहरी सुरंग में आ फंसा हो और वह सुरंग आसमान की तरफ फटती हो।

सचमुच वह एक विहंगमकारी दृश्य था।

❑❑❑

कमांडर अब स्प्रिंग स्टैंड के नजदीक टांग फैलाये बैठा था। एक बड़ी-सी पन्नी उसने अपने नीचे बिछा ली थी, जिसे वो बैग में ही रखकर लाया था।

उसने अपनी रिस्टवॉच देखी, पाँच से कुछ ज्यादा ही बज रहे थे। तभी वॉकी-टॉकी सैट में से पुनः ब्लिप-ब्लिप की आवाज निकलने लगी।

"यस!" कमांडर ने फौरन सैट निकालकर ऑन किया।

"क्या रिपोर्ट है कमांडर!" नीलकंठ की आवाज आई।

"रिपोर्ट काफी अच्छी है।" कमांडर बोला—"मैं अपना सारा काम निपटा चुका हूं। लिफ्ट की छत में मैंने आने-जाने के लिये छेद भी कर दिया है और उसे योजना के मुताबिक बंद भी कर चुका हूं। फिलहाल मैं लोहे के गाटरों और तारों से घिरा हुआ एक स्प्रिंग स्टैंड के करीब पन्नी बिछाये बैठा हूं।"

"यानी अब तुम्हें सिर्फ मानिक शाह के आने का इंतजार है।"

"हां।"

"मगर मानिक शाह को आने में तो अभी काफी समय है।" नीलकंठ ने व्यग्रतापूर्वक कहा—"तब तक क्या करोगे?"

कमांडर हंसा—"सोचता हूं कि तक तक यहीं थोड़ी देर के लिये लेट जाऊं और अपनी नींद पूरी कर लूं।"

"अच्छा आइडिया है।" नीलकंठ भी हंसा।

"लेकिन अब तुमने एक काम करना है नीलकंठ!"

"क्या?"

"दस बजने से पहले ही पामेला को कार लेकर यहां भेज देना। उससे कहना कि वो 'मेडिकल संस्थान' के आसपास ही रहे और मेरे हवाई फायर का इंतजार करे।"

"चिंता मत करो, मुझे पामेला की भूमिका अच्छी तरह याद है। वह बिल्कुल ठीक वक्त पर अपनी जगह पहुंच जायेगी।"

"गुड!"

कमांडर ने वॉकी-टॉकी बंद कर दिया।

फिर वो सचमुच पन्नी पर टांग फैलाकर लेट गया। लेकिन वहां इतनी बदबू और सीलन थी कि नींद आने का तो प्रश्न ही नहीं था।

और वैसे भी ऐसा माहौल नहीं था, जो कमांडर करण सक्सेना जैसा चौकन्ना आदमी उस सनसनीखेज स्थान पर सो सके।

❑❑❑

ठीक दस बजे डॉक्टर मानिक शाह की पाँच कारों का काफिला सायरन बजाता हुआ मेडिकल संस्थान के अंदर आकर रुका। मानिक शाह आज दूसरी कार में था और हमेशा की तरह बॉडीगार्ड उसे कार में भी घेरे हुए थे।

कारों के रुकते ही धड़ाधड़ उनके दरवाजे खुले और उनमें से बॉडीगार्ड निकलकर दूसरी कार की तरफ लपके।

फिर उस दूसरी कार का बेहद सम्मान के साथ दरवाजा खोला गया।

मानिक शाह बॉडीगार्ड से घिरा हुआ कार से बाहर निकला।

उस समय संस्थान की पूरी इमारत में सी.एस.एस. के जवानों का जबरदस्त पहरा था। लॉन में अब बेशुमार जवान टहलते हुए नजर आ रहे थे और संस्थान की छत पर भी जवानों का पहरा था। मानिक शाह के वहां आते ही हड़कंप-सा मच गया। सी.एस.एस. के जो जवान अपनी जगह नहीं थे, वह फौरन दौड़-दौड़कर अपनी ड्यूटी संभालने लगे।

तभी घटना घटी।

सी.एस.एस. का एक जवान जो दौड़कर मानिक शाह की तरफ आ रहा था, वह न जाने कैसे लड़खड़ाकर एक गमले के ऊपर गिरा।

मिट्टी का गमला था। जवान के गिरते ही वह टूट गया और उसकी एक किरची जवान की पिंडली में घुस गई। फ़ौरन वहां से खून बहने लगा।

❑❑❑

जवान के गिरते ही मानिक शाह और उसके बॉडीगार्ड जवान की तरफ लपके। सी.एस.एस. के कई और जवान भी उसी तरफ दौड़े।

"पीछे हटो।" मानिक शाह थोड़े तेज स्वर में बोला— "पीछे हटो।"

सारे बॉडीगार्ड एक तरफ हो गये। डॉक्टर मानिक शाह फौरन उस जवान के नजदीक बैठ गया, जो अभी भी नीचे पड़ा कराह रहा था। मानिक शाह ने उसकी पिंडली देखी।

"माई गॉड!" मानिक शाह के शरीर में झुरझुरी दौड़ी—"यह तो काफी गहरा जख्म है। जल्दी करो।" मानिक शाह अपने बॉडीगार्डों की तरफ मुड़कर बोला—"इसे फौरन सातवीं मंजिल पर मेरी लैब में ले चलो।"

मानिक शाह के आदेश की देर थी, फ़ौरन दो बॉडीगार्डो ने उस जवान को उठा लिया और फिर वह उस जवान को लेकर मानिक शाह के पीछे-पीछे दौड़े।

❑❑❑

बॉडीगार्ड लगभग भागते हुए अंदर पहुंचे थे। फिर वह उस जख्मी जवान को लेकर एक लिफ्ट में घुसने लगे।

"इस लिफ्ट में नहीं।" तत्काल सी.एस.एस. का एक जवान उनके करीब आया—"यह लिफ्ट आज सुबह से ही खराब पड़ी है।"

"लिफ्ट कैसे खराब हो गई?" मानिक शाह चौंका—"कल तक तो ठीक थी?"

"पता नहीं कैसे खराब हो गई।" जवान ने कहा—"सुबह आकर जब हमने चैक किया, तो बस डेड थी।"

"कोई बात नहीं।" मानिक शाह फौरन दूसरी लिफ्ट में घुस गया— "तुम लोग जल्दी मेरे साथ इस लिफ्ट में आओ।"

बॉडीगार्ड हिचकिचाये।

"मगर आप रोजाना लिफ्ट में अकेले सफर करते हैं सर!"

"गोली मारो इस बात को।" मानिक शाह ने दांत किटकिटाये—"देख नहीं रहे उसकी पिंडली में से कितना खून निकल रहा है। जल्दी करो।"

वह हथियार बंद बॉडीगार्ड फ़ौरन उस जख्मी जवान को लेकर लिफ्ट में दाखिल हो गये

❑❑❑

उधर साढे नौ बजे ही कमांडर भी हरकत में आ गया था। उसने लोहे की जंजीर अपने बैग में से निकालकर अपने सीने और पेट पर चारों तरफ लपेटी और उसे कसकर बांधा। अब कमांडर का बदन अच्छी तरह उस जंजीर में जकड़ गया था।

फिर कमांडर ने एक काम और किया। उसने लोहे के हुकों का सेट निकाला और उस जंजीर के दोनों सिरों पर वह हुक फिट कर दिये।

उसके बाद वह गाटर पकड़कर रेंगता हुआ लिफ्ट तक पहुंचा। लिफ्ट उस समय 'ग्राउंड फ्लोर' पर खड़ी थी। फिर वह लिफ्ट की छत पकड़कर लिफ्ट के पीछे लटक गया और उसने जंजीर के दोनों सिरों पर फिट हुक उस पाइप में अटका दिये, जो पाइप लिफ्ट के पीछे लगे थे और जिनमें से सवा इंच मोटा लोहे का तार होकर जा रहा था।

परिणामस्वरूप कमांडर करण सक्सेना अब लिफ्ट के पीछे यूं चिपक चुका था, जैसे कोई 'चौपाया' चिपका हो।

उसकी आंख ठीक उस छेद पर थीं, जिसमें से लिफ्ट के अंदर का दृश्य देखा जा सकता था। फिर वहां चिपके-चिपके ही कमांडर ने पीठ पर लटका अपना बैग पुनः खोला और उसमें से निकालकर रबड़ का थैला अपने चेहरे पर पहन लिया, ताकि कोई उसे पहचान न सके।

अब उसकी सिर्फ आंखें उस थैले के अंदर से चमक रही थीं। फिर वह बड़ी सस्पैंसफुल स्थिति में लिफ्ट के अंदर का दृश्य देखने लगा, अब उसे मानिक शाह के आने का इंतजार था।

कमांडर का दिल धड़कने लगा। फैसले की घड़ी आ चुकी थी। ठीक दस बजकर दस मिनट पर लिफ्ट का दरवाजा खुला और सामने मानिक शाह नजर आया।

कमांडर की धड़कन और बढ़ गई।

लेकिन यह क्या! तभी कमांडर को जबरदस्त शॉक लगा। मानिक शाह के साथ-साथ उसके दो हथियारबंद बॉडीगार्ड और उस लिफ्ट में सवार हो रहे थे, जो एक जख्मी जवान को उठाये थे।

यानी मानिक शाह अकेला नहीं था।

योजना फ्लॉप!

कमांडर के दिमाग में यही एक शब्द एटमबम की तरह फटा।

तभी उन चारों ने लिफ्ट के अंदर आकर लिफ्ट के दोनों दरवाजे धड़ाधड़ बंद किये और फिर स्विच बोर्ड पर लगा एक बटन दबा दिया।

फ़ौरन लिफ्ट फास्ट स्पीड से ऊपर की तरफ भागने लगी।

और कमांडर! वह भी लिफ्ट से चिपका उतनी ही तेजी से ऊपर की तरफ भागा जा रहा था।

लिफ्ट सातवीं मंजिल पर जाकर रुकी। धड़ाधड़ उसके दरवाजे खुले और वह चारों लिफ्ट में से बाहर निकल गये।

कमांडर अब जमीन से सात मंजिल ऊपर उस अंधे कुएं जैसे हिस्से में लटका हुआ था।

❑❑❑

कमांडर करण सक्सेना वहां काफी देर लटका रहा।

उसके चेहरे पर अब निराशा की झलक थी और वो काफी झुंझलाया हुआ लग रहा था।

लटके-लटके ही उसने रबड़ का थैला उतारकर वापस बैग में रख लिया और वॉकी-टॉकी निकालकर ऑन किया।

"क्या रिपोर्ट है?" दूसरी तरफ से नीलकंठ की आवाज आई।

"सब बेड़ागर्क हो गया।" कमांडर झुंझलाया—"मानिक शाह तो लिफ्ट में आया था, लेकिन उसके साथ सी.एस.एस. के तीन हथियारबंद जवान और थे।"

"यह क्या कह रहे हो तुम।" नीलकंठ भी चौंका—"मगर जीपा तो बता रहा था कि मानिक शाह हमेशा लिफ्ट में अकेला होता है।"

"वह शायद ठीक ही कह रहा था।" कमांडर कड़वे लहजे में बोला—"दरअसल उन तीनों में से एक की टांग वगैरा कुछ जख्मी थी और वह शायद मानिक शाह के कहने पर ही उनके साथ लिफ्ट में सवार हुए थे।"

"ओह! जरूर दूसरी लिफ्ट खराब होने के कारण ही यह गड़बड़ हुई।"

"ऐसा ही लगता है।"

"अब क्या करोगे?"

"कुछ नहीं।" कमांडर ने कहा—"शाम को जब डॉक्टर मानिक शाह ड्यूटी ऑफ करके वापस जायेगा, तब दोबारा ट्राई करूंगा।"

"य...यानी अभी आठ घंटे और तुम उस खतरनाक जगह पर रहोगे?" नीलकंठ के मुंह से सिसकारी छूटी।

"क्या करूं, मजबूरी है। मौजूदा हालात में इसके अलावा किया भी क्या जा सकता है।"

दूसरी तरफ सन्नाटा छा गया।

"फिलहाल तुम कहां से बोल रहे हो?"

"मैं तो पामेला के साथ तुम्हें रिसीव करने आया था।" नीलकंठ बोला—"और

इस समय हम दोनों 'मेडिकल संस्थान' के काफी नजदीक ही एक कार में बैठे हुए हैं।"

"ओह!"

"अब हम क्या करें?"

"तुम भी लौट जाओ और शाम को साढ़े पाँच बजे वापस आकर अपनी ड्यूटी संभाल लेना।"

"ठीक है, हम यही करते हैं। लेकिन शाम तक तुम खाओगे क्या कमांडर?"

"उसकी चिंता मत करो।" कमांडर बोला—"इतनी देर मुझे भूखा रहने की आदत है। और वैसे भी इस समय मेरे लिये इस मिशन में कामयाब होना ज्यादा महत्वपूर्ण है।"

"ल...लेकिन"

"गुड बाय नीलकंठ!" कमांडर शुष्क स्वर में बोला—"तुमसे जो कह रहा हूं, वह करो। तुम्हारा ज्यादा देर 'मेडिकल संस्थान' के आसपास कार में बैठे रहना ठीक नहीं है, तुम यहां से जाओ।"

"म...मगर तुम...!"

"मैं अपनी चिंता खुद कर लूंगा।"

"ठ...ठीक है।"

नीलकंठ ने बुझे मन से वॉकी-टॉकी ऑफ कर दिया।

❑❑❑

कमांडर करण सक्सेना पौने घंटे तक हवा में लटका रहा था।

पौने घंटे बाद जब मानिक शाह के वह बॉडीगार्ड ही लिफ्ट के द्वारा नीचे गये, तब वह भी लिफ्ट से चिपका-चिपका नीचे पहुंचा। लिफ्ट नीचे से पुनः ऊपर जाती, उससे पहले ही कमांडर ने हुक पाइप में से निकाल लिये और फर्श पर कूद पड़ा।

शीघ्र ही वो पन्नी बिछाकर दोबारा स्प्रिंग स्टैंड के नजदीक बैठ चुका था।

कमांडर 'डनहिल' होंठों से लगाकर उसे सुलगाने का उपक्रम करने लगा, शाम के छह बजे तक अब उसने वहां उसी हालत में रहना था।

वह सारा समय कमांडर का बहुत मुश्किल के साथ कटा।

एक-एक मिनट उसे किसी महीने की तरह लग रहा था। बहरहाल उस वक्त को गुजारने में वह वॉकी-टॉकी फिर भी उसके बहुत काम आया। उसने कितनी-कितनी देर

तक उस सैट पर कभी नीलकंठ, तो कभी बालेराम या कभी होशांग, तो कभी पामेला से बातें की। दोपहर बाद से कमांडर को भूख भी लगने लगी थी।

लेकिन कमांडर सब्र किये बैठा रहा।

अलबत्ता उसने 'डनहिल' का पूरा पैकिट फूंक डाला।

इसी तरह शाम हो गई।

❑❑❑

शाम के साढ़े पाँच बजे कमांडर करण सक्सेना फिर सक्रिय हो उठा था।

वह मन-ही-मन प्रार्थना करने लगा कि मानिक शाह इस बार लिफ्ट में अकेला हो, अगर दूसरी बार भी उसके साथ कोई हुआ, तो सब गड़बड़ हो जानी थी।

बहरहाल कमांडर ने फिर अपने आपको तैयार किया। उसने सबसे पहले लोहे की जंजीर को दोबारा अपने सीने से कसा, सिर पर रबड़ का थैला पहना और गर्दन उठाकर लिफ्ट को देखा।

लिफ्ट उस समय दूसरी मंजिल पर खड़ी थी।

कमांडर फौरन गाटर से चिपक गया और धीरे-धीरे रेंगता हुआ लिफ्ट की तरफ बढ़ने लगा।

उसने इस बात का भी ख्याल रखा था कि कहीं लिफ्ट शुरू न हो जाये।

ऐसी परिस्थिति में उसने या तो नीचे छलांग लगा देनी थी या फिर जम्प लगाकर लिफ्ट के पीछे लगे पाइपों को पकड़ लेना था। मगर दोनों में से कोई भी नौबत न आई। क्योंकि लिफ्ट अपनी जगह खड़ी रही थी और कमांडर गाटर के सहारे-सहारे रेंगता हुआ लिफ्ट के पीछे पहुँच चुका था।

लिफ्ट के पीछे पहुंचते ही उसने हुक दोबारा लोहे के पाइपों में फंसा दिये और पहले की तरह ही लिफ्ट से चिपक गया।

तभी वॉकी-टॉकी में से ब्लिप-ब्लिप की आवाज निकलने लगी।

"यस।" कमांडर ने सैट ऑन किया—"क्या सूचना है?"

"हम लोग कार लेकर फिर मेडिकल संस्थान के पास पहुंच चुके हैं।" नीलकंठ की आवाज आई—"और इस समय एक कॉफी की गाड़ी के पास हमने अपनी कार खड़ी कर रखी है, ताकि संस्थान की छत पर मौजूद जवान यह समझें कि हम कॉफी पी रहे हैं।"

"गुड! मैं समझता हूं कि तुम्हें दिखाने के लिये भी दो-तीन बार कॉफी पी लेनी चाहिये।"

"ऐसा ही लो। तुम क्या कर रहे हो?"

"मैं भी मोर्चा संभाल चुका हूँ।" कमांडर ने अपनी स्थिति बताई— "और इस समय लिफ्ट से चिपका हूं। लेकिन छह बजने में बीस मिनट बाकी हैं, इसलिये मुझे काफी देर इसी पोजीशन में रहना है।"

"ओ. के.!"

तभी लिफ्ट ऊपर की तरफ भागने लगी थी।

कमांडर ने छेद में से देखा, लिफ्ट के अंदर एक डॉक्टर था। कमांडर ने वॉकी-टॉकी बंद करके जेब में रख लिया और अपनी पसंदीदा कोल्ट रिवॉल्वर निकाल ली।

रिवॉल्वर हाथ में आते ही हमेशा की तरह उसकी उंगलियों के गिर्द फिरकनी की तरह घूमी थी।

लिफ्ट सबसे ऊपर आठवीं मंजिल पर जाकर रुकी।

छह बजे तक वह लिफ्ट इसी तरह ऊपर-नीचे भागती रही और उसमें नये-नये लोग आते-जाते रहे।

ठीक छह बजे वह लिफ्ट सातवीं मंजिल पर जाकर रुकी। कमांडर की धड़कनें तेज हो गई। उसकी एक आंख छेद से यूं चिपक गई, जैसे फेविकोल लग गया हो।

छह बजकर पाँच मिनट पर लिफ्ट का दरवाजा खुला और डॉक्टर मानिक शाह अंदर आया।

सी.एस.एस. के जवान लिफ्ट के बाहर बड़ी संख्या में खड़े थे, लेकिन किसी ने भी अंदर आने की कोशिश नहीं की। मानिक शाह इस बार अकेला लिफ्ट के अंदर बंद हो गया था और उसने ग्राउंड फ्लोर का बटन दबा दिया। फ़ौरन लिफ्ट नीचे की तरफ भागने लगी।

❑❑❑

उस दृश्य को देखकर कमांडर के चेहरे पर हर्ष की किरणें फूट पड़ी थीं। उसने बेपनाह फुर्ती से पाइप में फंसे लोहे के हुक हटाये और एकदम जम्प लगाकर नीचे की तरफ भागती लिफ्ट की छत पर चढ़ गया।

फिर उसकी लात भड़ाक से सनमाइका के उस टुकड़े पर पड़ी, जिसे उसने टीन की पत्तियों से सैट किया था। वह टुकड़ा उखड़कर अंदर जा गिरा और फिर उसी छेद में से होता हुआ कमांडर भी लिफ्ट के अंदर पहुंचा।

उसी क्षण कमांडर ने दो चीखें सुनीं।

पहली चीख मानिक शाह की थी। जबकि दूसरी चीख सी.एस.एस. के किसी जवान की थी, जिसने छटी मंजिल के दरवाजे में से कमांडर को लिफ्ट की छत पर चढ़ा देख लिया था।

❑❑❑

सब कुछ आनन-फानन गति से हुआ था। लिफ्ट पाँचवीं मंजिल क्रॉस कर पाती, उससे पहले ही कमांडर लिफ्ट के अंदर पहुंच चुका था।

"क...कौन हो तुम?" मानिक शाह चीखते हुए लिफ्ट में पीछे हटे—"क कौन हो?"

"चिंता मत करो।" कोल्ट रिवॉल्वर पुनः कमांडर की उंगलियों के गिर्द फिरकनी की तरह घूमी—"मैं वही भारतीय जासूस हूं, जो अरविंद पांडे की जगह आपको आजाद कराने चीन आया है।"

मानिक शाह हतबुद्ध से खड़े रह गये।

तभी नीचे को भागती वह लिफ्ट एकाएक बीच रास्ते में ही रुक गई। इस समय वह दूसरी और तीसरी मंजिल के बीच में कहीं खड़ी थी।

"य...यह क्या चक्कर है?" मानिक शाह चौंके— "य...यह लिफ्ट क्यों रुक गई?"

"उन लोगों को मालूम हो चुका है कि कोई हथियारबंद आदमी लिफ्ट के अंदर पहुंच चुका है।"

"अ...अब क्या होगा?" मानिक शाह बौखला उठे— "क...क्या तुम इतनी जबरदस्त सिक्योरिटी को भेदकर यहां अकेले आये हो?"

"हां, मैं फिलहाल अकेला हूं।"

"हे भगवान!" मानिक शाह के दहशत से नेत्र फैले।

"चिंता मत करो डॉक्टर!" कमांडर विश्वासपूर्वक बोला—"मुझे कुछ नहीं होगा।"

तभी एक घटना और घटी। लिफ्ट के अंदर जलती लाइट भी बुझ गई।

फिर सी.एस.एस. के जवानों ने वह किया, जिसकी कमांडर ने कल्पना तक नहीं

की थी। तीन जवानों ने छटी मंजिल का दरवाजा तोड़ डाला और उसके बाद वह बड़ी खामोशी से गाटरों पर फिसलते हुए लिफ्ट की छत पर पहुंच गये और फिर डेढ़ बाई डेढ़ के उसी छेद में से होकर धड़ाधड़ लिफ्ट के अंदर कूद पड़े।

इस बार कमांडर और मानिक शाह दोनों चीखे। उनके लिफ्ट में कूदते ही लिफ्ट भी एकाएक नीचे की तरफ भागने लगी। जल्द ही वो ग्राउंड फ्लोर पर पहुँच गई। ग्राउंड फ्लोर पर पहँचते ही कई काम एक साथ हुए। सबसे पहले लिफ्ट की लाइट जली। फिर लिफ्ट का दरवाजा झटके से खुला और सी.एस.एस. के कई सारे जवान ऑटोमैटिक गनें लेकर अंदर की तरफ दौडे। उधर लिफ्ट में पहले से कूदे तीनों जवान अंधेरे में ही मानिक शाह को कब्जा चुके थे और लिफ्ट का दरवाजा खुलते ही वह मानिक शाह को लेकर वहाँ से भागे।

उसी सारे हंगामें के बीच कमांडर भी हरकत में आया।

उसने धाँय से गोली चलाई। गोली सीधी उस जवान की खोपड़ी में लगी, जो मानिक शाह को लेकर वहाँ से भाग रहा था, तत्काल वह चीखता हुआ लिफ्ट में ही गिर पड़ा। उसकी खोपड़ी की धज्जियाँ उड़ गईं।

कमांडर ने दूसरी गोली और चलाई, लेकिन वह गोली दूसरे जवान के कंधे को छूती हुई गुजर गई। वह दोनों जवान मानिक शाह को लेकर वहाँ से भाग चुके थे। कमांडर उन्हें रोकने की कोई और कोशिश करता, उससे पहले ही सी.एस.एस. के कई सारे जवान जो लिफ्ट के सामने प्रकट हुए थे, उनकी गनों ने कमांडर को निशाना बनाकर गोलियाँ उगलनी शुरू कर दीं।

एक बार फिर फंस गया कमांडर!

वह लिफ्ट जैसी छोटी जगह में था और उसके सामने थे बेशुमार जवान!

उसने फ़ौरन अपने आपको लिफ्ट में से नीचे गिरा दिया।

धाँय! धाँय!! धाँय!!!

ढेर सारी गोलियाँ उसके सिर के ऊपर से होकर लिफ्ट में जाकर लगीं।

नीचे गिरते ही कमांडर ने मृत पड़े सी.एस.एस. के जवान को अपना कवर बना लिया और उसे लेकर खड़ा हो गया।

धाँय! धाय!! धाँय!!!

ढेर सारी गोलियाँ और चलीं, लेकिन वह सबकी सब उस जवान के जिस्म में पेवस्त हो गईं।

अब कमांडर और सी.एस.एस. के जवानों के बीच में वह एक लाश थी।

कमांडर ने एक कदम और उठाया।

वह उस लाश को अपना कवर बनाये-बनाये आगे बढ़ा। सी.एस.एस. के जवान कुछ समझ पाते कि कमांडर क्या करने जा रहा है, उससे पहले ही उसने एकाएक बेपनाह फुर्ती के साथ लिफ्ट के दोनों दरवाजे धड़ाधड़ बंद किये और स्विच बोर्ड पर लगा एक नंबर बटन दबा दिया।

धाँय! धाय!! धाँय!!!

एक बार फिर ढेर सारी गोलियों चलीं, लेकिन वह सबकी सब लिफ्ट के दरवाजे पर लगीं।

उधर लिफ्ट पलक झपकते ही ग्राउंड फ्लोर से भागती हुई पहली मंजिल पर पहुँच गई थी।

वहाँ कोई न था।

उस मंजिल पर जितने भी जवान थे, वह सब हंगामें की वजह से ग्राउंड फ्लोर पर पहुंच चुके थे।

कमांडर धड़ाक से लिफ्ट का दरवाजा खोलकर बाहर निकला और इससे पहले कि नीचे मौजूद जवान वहाँ आते, वह दौड़ता हुआ एक खिड़की के पास पहुंचा और उसने ऊपर से नीचे बिल्कुल उस जगह छलांग लगा दी, जहाँ मानिक शाह की पाँच कारों का काफिला खड़ा हुआ था और उनके आसपास कुछ बॉडीगार्ड भी मौजूद थे।

कमांडर को खिड़की में से कूदते देख बॉडीगार्ड भी बौखलाये। उनकी गनें फ़ौरन कमांडर की तरफ तनीं।

लेकिन कमांडर इस बार उनसे कहीं ज्यादा अलर्ट था। नीचे गिरते ही उसकी रिवॉल्वर एक बार फिर उंगलियों के गिर्द फिरकनी की तरह घूमी थी और वह गोलियाँ चलाता हुआ एक कार के दरवाजे की तरफ लपका।

तीनों बॉडीगार्डों की खोपड़ियाँ उड़ गईं।

जबकि कमांडर इस बीच एक कार में घुसने में सफल हो गया था। अंदर घुसते ही उसने दरवाजा बंद कर लिया और फिर कार को फुल स्पीड से मेडिकल संस्थान के दरवाजे की तरफ दौड़ा दिया। एकाएक चारों तरफ से उस कार पर गोलियाँ बरसने लगीं।

मेडिकल संस्थान की छत से भी उस पर फायरिंग की जा रही थीं। ऐसा लगा, जैसे गोलियों की बारिश हो रही हो।

लेकिन कमांडर बेफिक्र था।

वो जानता था कि वह कार मानिक शाह के काफिले की है। एक बुलेटप्रूफ कार—जिसकी बॉडी, शीशे, पहिये सब बुलेटप्रूफ थे।

कार चीखती-चिल्लाती उस 'मेडिकल संस्थान' से बाहर निकल गई।

कार के बाहर निकलते ही कमांडर ने खिड़की का शीशा खोलकर एक हवाई फायर किया। नीलकंठ और पामेला उस समय तक ब्यूक कार में थे। फ़ौरन वह कार भी सड़क पर आँधी-तूफान बनी उस कार के पीछे-पीछे भागने लगी।

नाकामी—कमांडर कार दौड़ाता हुआ बुरी तरह झल्लाया—एक और नाकामी।

लेकिन फिर भी वो इस बार एक चाल चलने में सफल हो गया था। एक ऐसी चाल, जिसकी अभी किसी को खबर नहीं थी। और जिसका भविष्य में बहुत सुखद परिणाम निकलना था।

❑❑❑

सी.एस.एस. के हैडक्वार्टर में उस घटना के बाद एक बार फिर शोर-शराबे से भरी मीटिंग हुई।

"यह मानिक शाह के किडनैप का दूसरा प्रयास था, दूसरा प्रयास!" सी.एस.एस. का एक अधिकारी लगभग गरजता हुआ बोला—"और यह हम सबके लिये डूब मरने की बात है कि एक अकेला आदमी न सिर्फ हमारी तमाम सुरक्षा व्यवस्थाओं को भेदता हुआ 'मेडिकल संस्थान' के अंदर घुस गया बल्कि दो चलती हुई लिफ्ट में डॉक्टर मानिक शाह तक भी पहुंचने में सफल रहा।"

"इसमें कोई शक नहीं।" वान ली धीर-गंभीर बना हुआ बोला— "कि जो कुछ हुआ है, वह आश्चर्यजनक है। आश्चर्यजनक भी और बेपनाह हैरत में डाल देने वाला भी। लेकिन मैं फिर भी एक बात जरूर कहूँगा।"

"क्या?"

"हमें अपने इन विचारों में बदलाव लाना चाहिये कि यह मानिक शाह के किडनैप की कोशिश थी। दरअसल यह किडनैप की कोशिश नहीं बल्कि मानिक शाह को सी.एस.एस. के शिकंजे से निकालने का एक प्रयास था, जिसे खुद मानिक शाह की इच्छा से अंजाम दिया जा रहा था। इतना ही नहीं दोस्तों!" वान ली जोश में भरता हुआ बोला— "जिस आदमी ने इस पूरे मिशन को अंजाम दिया, मैं गारंटी से कहता

हूँ कि वह भी कोई और नहीं बल्कि भारतीय जासूस था, जो अरविंद पांडे की जगह आया है और जिसे नीलकंठ की मदद हासिल है।"

अधिकारियों के बीच एकाएक शोर-शराबा बढ़ गया। सब आपस में खुसर-पुसर करने लगे।

"मैं समझता हूँ कि हम लोग मीटिंग कर-करके सिर्फ अपना समय बर्बाद कर रहे हैं।" वान ली आगे बोला—"अगर ऐसा ही माहौल बना रहा, तो वह दिन दूर नहीं जब भारतीय जासूस डॉक्टर मानिक शाह को चीन से निकालकर वापस अपने देश ले जायेगा। वह भारतीय जासूस अपने मकसद में सफल हो, उससे पहले ही हमें फौरन कोई ठोस कदम उठाना चाहिये।

"लेकिन वह ठोस कदम क्या हो सकता है?" सी.एस.एस. के एक अधिकारी ने पूछा।

"बहुत आसान है वो ठोस कदम!" वान ली बोला—"मानिक शाह चीन से बगावत करके देशद्रोह का काम कर रहा है और ऐसे प्रत्येक देशद्रोही के लिये चीन के कानून में एक ही सजा है, उसे गोली मार दी जाती है।"

सब सन्न बैठे रह गये।

"य... यानी तुम चाहते हो कि हम मानिक शाह को गोली मार दें?" कई अधिकारियों के मुख से विस्फारित स्वर निकला।

"एब्सोल्यूटली राइट!" वान ली ने जोर से मेज पर घूँसा मारा—"मैं बिल्कुल यही चाहता हूँ, क्योंकि यही इस समस्या का समाधान भी है। और इस मामले में हमें बिल्कुल देर नहीं करनी चाहिये।"

"वान ली!" सबसे बड़े अधिकारी की एकाएक भृकुटि तन गई— "तुम हद से आगे बढ़ रहे हो। तुम भूल रहे हो कि अभी मानिक शाह का गुनाह साबित नहीं हुआ है।"

"गुनाह साबित हो चुका है सर!" वान ली गरजता हुआ ही बोला—"आपको सुनकर हैरानी होगी कि मानिक शाह खुद भी चुपचाप कोठी से फरार होने की कोशिश कर चुके हैं और इस बात के गवाह खुद उनके बॉडीगार्ड हैं।"

"यह क्या कह रहे हो तुम?" अब सबसे बड़ा अधिकारी भी चौंका।

जबकि वान ली प्रत्युत्तर में पूरी घटना सुनाता चला गया।

"लेकिन यह भी तो हो सकता है।" सबसे बड़े अधिकारी ने कहा— "कि डॉक्टर मानिक शाह सचमुच सिक्योरिटी चैक कर रहे हों?"

"वह झूठ बोल रहे थे सर!" वान ली पुनः गरजा—"सिर्फ और सिर्फ झूठ!"

अधिकारियों के बीच सन्नाटा छा गया।

"इसमें कोई शक नहीं वान ली!" सबसे बड़े अधिकारी ने थोड़ा रुककर धीर-गंभीर स्वर में कहा—"कि तुम्हारे तर्कों में जान है। मौजूदा हलातों में जो घटनायें घट रही हैं, वह भी काफी कुछ तुम्हारी बात को सही साबित करती हैं। लेकिन मत भूलो, यह मानिक शाह का मामला है। तुम सबूत इकट्ठे करके मुझे दो, फिर अगर तुम बीजिंग के 'लाल चौक' पर मानिक शाह को फाँसी देने को कहोगे, तो मैं दूंगा। लेकिन पहले मुझे सबूत चाहिये, सबूत!"

वान ली बैठा-बैठा दाँत किटकिटाने लगा।

❑❑❑

उन पाँचों के चेहरे पर इस समय फटकार बरस रही थी।

पाँचों हताश!

गम में डूबे हुए!

कमांडर करण सक्सेना थोड़ी देर पहले ही नीलकंठ और पामेला के साथ ठिकाने पर लौटा था।

मानिक शाह के काफिले की बुलेटप्रूफ कार उसने बीच रास्ते में ही छोड़ दी थी और फिर नीलकंठ की कार में सवार होकर वहाँ तक आया।

"हमारा यह दूसरा तीर भी खाली जा चुका है।" कमांडर गहरी साँस लेकर धम्म से एक कुर्सी पर बैठता हुआ बोला—"इतनी मेहनत से बनाई गई यह योजना भी मिट्टी में मिल गई।"

"लगता है।" पामेला भी शुष्क स्वर में बोली—"किस्मत ही हमारा कुछ साथ नहीं दे रही, हर बार दाँव उल्टा पड़ जाता है।"

"यह बात नहीं।" कमांडर ने पामेला की बात काटी थी—"यह सच है कि हम इस बार भी नाकाम हो चुके हैं। मगर इस बार हम पूरी तरह नाकाम नहीं हुए पामेला!"

"क्या मतलब?" पामेला सहित सबको शॉक लगा—"हम पूरी तरह नाकाम क्यों नहीं हुए?"

"बताता हूँ।" कमांडर कुर्सी पर थोड़ा तनकर बैठा—"दरअसल जैसे ही लिफ्ट की लाइट गई थी और जैसे ही सी.एस.एस. के तीन जवान लिफ्ट में अंदर कूदे थे—

तभी मैं खतरा भाँप गया था। मुझे उसी पल लगा था कि कहीं मैं इस बार भी नाकाम न हो जाऊं—इसलिये मैंने फौरन एक चाल चल दी।"

"कैसी चाल?" सबका सस्पेंस में डूबा स्वर।

"मैंने अंधेरे में अपनी जेब से वॉकी-टाकी निकालकर मानिक शाह की जेब में डाल दिया और अब मैं गारंटी से कह सकता हूँ कि मानिक शाह बहुत जल्द हमसे उस वॉकी-टॉकी पर संपर्क स्थापित करेंगे और उस बातचीत से ही कोई ऐसा रिजल्ट निकलेगा, जो हमारे इस मिशन को अंतिम रूप देगा।"

कमांडर की बात सुनते ही सबके चेहरे की चमक लौट आई।

"हे भगवान!" बालेराम बेपनाह खुशी के कारण कुर्सी से उछल पड़ा—"दिल चाहता है कि तुम्हें गले से लगा हूँ कमांडर! तुमने यह शानदार पत्ता फेंका है।"

"मैं तो कहता हूँ।" होशांग भी खुश होकर बोला—"कि हमें मानिक शाह का इंतजार करने की बजाय खुद ही वॉकी-टॉकी पर उनसे बात करनी चाहिये।"

"नहीं।" कमांडर की गर्दन इंकार में हिली—"हमारा खुद मानिक शाह से बात करना मुनासिब नहीं।"

"क्यों?

"क्योंकि मानिक शाह के आसपास इस समय कौन-कौन व्यक्ति होंगे, वह क्या कर रहे होंगे, हमें कुछ भी तो नहीं मालूम। ऐसी परिस्थिति में अगर हमने वॉकी-टॉकी की बैल बजाई, तो न सिर्फ मानिक शाह शक के दायरे में आ सकते हैं बल्कि वॉकी-टॉकी का राज़ भी खुल जायेगा।"

"ओह!"

"यानी हमारे सामने इसके अलावा कोई रास्ता नहीं।" नीलकंठ बोला—"कि हम धैर्यपूर्वक मानिक शाह के खुद बात करने का इंतजार करें।"

"हाँ।"

उनके बीच खामोशी छा गई।

❑❑❑

मानिक शाह खुश था, बेपनाह खुश!

इतना ज्यादा खुश कि यही बहुत बड़ा शुक्र था कि उस जैसा उच्च कोटि का आदमी खुशी से नाच नहीं रहा था। इस बात ने मानिक शाह को ख़ुशी से भर दिया था

कि भारतीय जासूस उसे आजाद कराने की दो कोशिशें कर चुका है और वह दोनों ही कोशिशें लाजवाब थीं।

मानिक शाह को लगने लगा, अब वो बहुत जल्द उस 'कैद' से आजाद हो जायेगा।

जल्द ही वो अपने देश में होगा। अपने उन लोगों के बीच होगा, जिनकी सूरतें तक देखने को वह तरस गया था।

मानिक शाह के खुशी के कारण हाथ-पैर कंपकंपाने लगे। उसने फौरन वान ली के घर का नंबर डायल किया। वह आज चीख-चीखकर अपनी बेटी पूजा को बता देना चाहता था कि उनकी आजादी समय आ गया है।

"हेलो!" जल्द ही टेलीफोन पर आवाज उभरी, वह पूजा की ही आवाज थी। और उस आवाज़ को सुनते ही मानिक शाह के सीने पर घूँसा-सा पड़ा।

सारी खुशी रफूचक्कर हो गई।

पूजा की आवाज दर्द से भरी हुई थी। दर्द भी ऐसा, जैसे थोड़ी देर पहले ही किसी ने पूजा को जानवरों की तरह मारा हो। धीरे-धीरे सुबक रही थी वह बेचारी!

"हैलो।" पूजा दोबारा बोली। इस बार उसकी आवाज कुछ संभल गई।

मानिक शाह चुप रहे!

खामोश!

"लगता है कि आप वही हैं।" पूजा बोली—"वही, जो मुझे फोन तो करते हैं, लेकिन एक शब्द भी नहीं बोलते। बताइये न आप कौन हैं, क्यों मुझे इस तरह फोन करते हैं?"

मानिक शाह सन्न-सा खड़ा रहा।

"अ...आप जरूर डैडी हैं।" तभी पूजा ने धमाका-सा कर दिया था—"आप डैडी ही हो सकते हैं। बात कीजिये मुझसे डैडी! प...प्लीज़, मैं आपसे ढेर सारी बात करना चाहती हूँ। य...यह सच है कि मैंने वान ली से शादी करके बहुत बड़ा अपराध किया है। लेकिन मैं आपसे बहुत प्यार करती हूँ डैडी! मुझे माफ कर दीजिये।" बोलते-बोलते पूजा रोने लगी।

और मानिक शाह, उसके अंदर भावनाओं का सैलाब उमड़ने लगा था।

"आपको मम्मी की कसम है डैडी! प्लीज़ मुझसे बात कीजिये।"

मानिक शाह फिर चुप!

"क...क्या मम्मी की कसम देने के बाद भी मुझसे बात नहीं करेंगे डैडी!" पूजा फफकने लगी—"क...क्या आप मुझसे इतना नाराज हैं, जो कभी माफ न कर सकें?"

मानिक शाह ने कंपकंपाती उंगलियों से रिसीवर क्रेडिल पर रख दिया। उसकी आँखों में भी अब आँसुओं की नन्ही-नन्ही बूंदें झिलमिला रही थीं।

माफी तो मुझे तुमसे माँगनी चाहिये बेटी—मानिक शाह के सीने में काँटे से चुभे—आखिर आज मेरे कारण तुम यह नरक भुगत रही हो। मेरे कारण!

❑❑❑

मानिक शाह सभी भावनाओं को उस सैलाब में ही फंसा हुआ था कि तभी अचानक उसकी नजर ड्रेसिंग टेबल पर पड़ी।

और ड्रेसिंग टेबल पर नजर पड़ते ही उसके दिमाग में सांय-सांय करते असंख्य बिच्छू दौड़ते चले गये थे।

ड्रेसिंग टेबल आज बिल्कुल सीधी रखी हुई थी और उसमें बच्चे की प्रतिमा अब बिल्कुल साफ नजर आ रही थी।

मानिक शाह को ऐसा लगा, जैसे वो खतरनाक बच्चा उसे ही देखकर हंस रहा हो। मानिक शाह के जिस्म का दहशत से एक-एक रोम खड़ा होता चला गया।

थोड़ी ही देर बाद मानिक शाह बाथरूम गया और बाथरूम में जाते ही उसे दूसरा जबरदस्त झटका लगा।

वहाँ का गीजर बदला हुआ था।

गीजर क्यों बदला गया? मानिक शाह के दिमाग में बम-पटाखे छूटते चले गये—पहला गीजर तो बिल्कुल ठीक काम कर रहा था।

और यही वो क्षण था, जब मानिक शाह की नजर गीजर के ऊपर लगे दो बल्ब पर पड़ी।

एक लाल बल्ब! दूसरा सफेद बल्ब!

लाल बल्ब अक्सर बहुत से गीजरों पर लगा होता है, जो गीज़र शुरू करते ही जल उठता है।

मगर सफेद बल्ब! वहाँ सफेद बल्ब क्यों था?

मानिक शाह के दिमाग में खतरे की घंटियाँ बजने लगीं। वह फौरन बाथरूम से बाहर यूं निकला, जैसे कोई वहाँ बंदूक लिये बैठा हो। फिर कुछ सोचकर मानिक शाह बड़ी तेजी से टॉयलेट में भी घुसा।

और टॉयलेट में घुसते ही वो वहाँ के परिवर्तन को भी भाँप गया। वहाँ सिस्टन बदला हुआ था और सिस्टन के हत्थे में काँच की एक आँख लगी थी, छोटी-सी आँख! लेकिन वो एक आँख ही धमाका करने के लिये काफी थी। मानिक शाह फौरन आतंकित अवस्था में टॉयलेट से भी बाहर निकल आया।

उसकी साँस अब धौंकनी की तरह चल रही थी।

चेहरे पर हवाइयाँ उड़ रही थीं।

❑❑❑

होशांग आज बहुत खुशगवार मूड में था।

यह शायद उसकी जिंदगी का पहला चाँस था, जब वो पामेला के रूम में भी दाखिल हो रहा था और उसने धुआँ भी नहीं खींचा हुआ था।

इतना ही नहीं, उसने आज नहा-धोकर बालों में खुशबुदार तेल भी लगाया था। थोड़े सलीके के कपड़े पहने थे और उसके हाथ में एक बड़ा-सा डिब्बा था।

पामेला उस समय वार्डरोब में अपने कपड़े रख रही थी।

"क्या मैं अंदर आ सकता हूँ?" तभी होशांग ने दरवाजा आहिस्ता से खटखटाया।

पामेला चौंककर पलटी और होशांग को देखते ही अलर्ट हुई।

"क्या बात है, आज बड़ा शीशे की तरह चमक रहा है मेरे किचू-किचू!" पामेला नकली मुस्कान बिखेरती हुई बोली—"क्या फिर धुआँ-वुआँ खींच लिया है?"

"नहीं।" होशांग ने बड़ी शराफत से कहा—"मैंने आज स्मैक को छुआ भी नहीं।"

"कमाल है।" पामेला हैरत से बोली—"आज यह करिश्मा कैसे हो गया मेरे किचू-किचू, जो तू बिना धुआँ खींचे अपनी आंटी के पास आया है।"

"आज मैं तुमसे कोई बकवास नहीं करने आया पामेला!"

"तौबा!" पामेला ने गहन विस्मय से अपने कानों पर हाथ रखा— "यह मैं क्या सुन रही हूँ आज। यानी तू यह कुबूल करता है किचू-किचू कि तू धुआँ खींचकर मुझसे बात करता था, वह सब बकवास होती थी? नहीं!" पामेला आश्चर्य से उसके चारों तरफ घूमती हुई उसे देखने लगी—"तू किचू-किचू नहीं हो सकता। तू जरूर कोई और है। उसका हमशक्ल है या उसका जुड़वाँ भाई है। मेरा किचू-किचू तो बहुत टेढ़ी चीज था, वह इतनी जल्दी सुधरने वाला नहीं।"

होशांग हंसने लगा—"तू वाकई सच कहती है पामेला! मैं सुधरने वाला नहीं। मैं कुत्ते की पूंछ हूँ, जिसे बारह साल नली में रखो, तब भी टेढ़ी की टेढ़ी रहेगी।" वह बात कहकर होशांग फिर हंसा।

"क्या बात है।" पामेला ने नाक-भौ चढ़ाई—"अपनी क्या तारीफ करके दाँत चमका रहा है कमबख्त! अब यह भी बता दे आज अपनी माँ के पास आने से पहले क्यों नहीं खींचा?"

"मालूम, आज क्या तारीख है पामेला?" होशांग इस बार थोड़ा भावुक हो उठा था।

"क्या तारीख है?" पामेला ने सस्पैंसफुल स्वर में पूछा।

"बारह सितम्बर!"

"तो क्या हुआ?

"कुछ हुआ ही नहीं।" होशांग उसकी काली-काली आँखों में झाँकता हुआ मुस्कुराया—"पगली, आज तेरा जन्मदिन है। और यह देख, मैं तेरे लिये गिफ्ट लेकर आया हूँ।"

"माई गॉड!" पामेला ने सुखद आश्चर्य से अपनी दोनों छातियों पर हाथ रखे—"तुझे याद था किचू-किचू, आज मेरा जन्मदिन है।"

"इंसान जिससे प्यार करता है पामेला, उसकी एक-एक खुशी उसे याद रहती है।"

पामेला के होंठों से मुस्कान फिर उड़ गई।

"तू सचमुच बहुत बदल गया है।" वह पहले की तरह ही विस्मय से बोली—"पहले तो कभी इस सुर में बातें नहीं करता था।"

"अब छोड़ इस किस्से को। और यह ले, तेरे जन्मदिन का पहला गिफ्ट!"

"क्या है इसमें?"

"खुद देख ले।"

पामेला ने कंपकंपाते हाथों से डिब्बा पकड़ लिया और फिर उसे खोला।

उसमें एक बहुत सुंदर टॉप और ट्रेपीज स्कर्ट थी।

"कैसा लगा मेरा गिफ्ट?"

"अच्छा!" पामेला ने कसकर उन दोनों चीजों को अपने सीने से लगा लिया—"बहुत अच्छा।"

पामेला भी भावुक हो उठी। यह उसकी जिंदगी का पहला मौका था, जब कोई उसे गिफ्ट दे रहा था। जब किसी ने उसके जन्मदिन को यूं यादों में सजाकर रखा था।

"अब इसे एक बार पहनकर भी दिखायेगी?"

"क्यों नहीं।" पामेला जल्दी से बोली—"तू यहीं बैठ, मैं अभी आती हूँ।"

पामेला उन दोनों कपड़ों को लेकर बाथरूम की तरफ भाग गई।

❑❑❑

पाँच मिनट बाद ही पामेला टॉप और ट्रेपीज स्कर्ट में सजी-धजी बाहर निकली।

होशांग हतबुद्ध-सा उसे देखता रह गया। ऐसा लगा, जैसे कोई चाँद बादलों के पीछे से बाहर निकला हो। उन दोनों कपड़ों में पामेला बिल्कुल कॉलेज गर्ल नज़र आ रही थी। इस समय उसे देखकर कौन कह सकता था कि वह लड़की एक क्रिमिनल भी हो सकती है। क्रिमिनल भी ऐसी, जो बे-हिचक किसी का खून तक कर डाले।

"यूं घूरकर क्या देख रहा है किचू-किचू?" पामेला शरमाई।

"देख रहा हूँ, इन कपड़ों को पहनकर तू भी बहुत बदल गई है।"

पामेला खिलखिलाकर हंस पड़ी।

"म...मैं तेरा हाथ पकड़ सकता हूँ पामेला!" होशांग ने डरते-डरते कहा।

"तू भी क्या याद करेगा किचू-किचू, ले!" पामेला ने बड़े दिलफरेब अंदाज में अपना हाथ होशांग की तरफ बढ़ाया—"पकड़ ले अपनी प्यारी-प्यारी आंटी का हाथ!"

होशांग ने कंपकंपाते हाथों से पामेला की उंगलियाँ पकड़ लीं और फिर उसकी नरम गुलाबी हथेली को जोर से चूमा।

होशांग की भावनाओं का बाँध टूट गया था। हथेली चूमते ही उसने जज्बाती होकर अपने होंठ पामेला के गालों की तरफ भी बढ़ाये और उसे बाहुपोश में भर लेना चाहा।

"ऐ, क्या कर रहा है?" पामेला ने उसे वहीं पकड़ लिया—"धुएं वाली पोजीशन में आयेगा, तो सारी जिंदगी बस लॉलीपाप ही चूसेगा, समझा!"

होशांग सकपका उठा।

"पामेला, मैं तुझसे आज बहुत सीरियस बात करना चाहता हूं।" होशांग बोला—"देख, मेरे से ज्यादा तुझे कोई सुखी नहीं रख सकता। मैं तुझे दुनिया का हर सुख दूंगा। तू जो कहेगी, करूंगा। बस मुझसे शादी कर ले।"

"मेरे किचू-किचू!" पामेला ने हंसकर उसके गाल पर चिकौटी काटी— "इस तरह के वादे करना और बात है, निभाना और बात है।"

"नहीं।" होशांग ने अपनी छाती फैलाई—"मैं वादा निभाऊंगा भी।"

"यह बात है।"

"बिल्कुल यही बात है।" होशांग ने दृढ़ शब्दों में कहा।

"ठीक है।" पामेला भी अपनी ही तरंग में बोली—"मैं आज तेरे सामने दो शर्ते रखती हूँ, पहले तू उन्हें पूरी करके दिखा। फिर तू जो कहेगा, मैं करूंगी।"

"शर्तें बोल!" होशांग आशान्वित स्वर में बोला—"तुझे हासिल करने के लिये मैं तेरी हर शर्त पूरी करूंगा।"

"तो सुन। मेरी पहली शर्त, आज़ से तू स्मैक नहीं पीयेगा।"

"यह ले।" होशांग ने बिना एक भी सैकंड लगाये अपनी जेब से स्मैक की पुड़िया, मोमबत्ती, पन्नी सब निकालकर फेंक दी—"आज से होशांग ने स्मैक पीनी छोड़ी। अगर अब होशांग स्मैक को हाथ भी लगाये, तो लानत! वह सचमुच में बिना दाढ़ी-मूंछ का हिजड़ा!"

पामेला के हैरत से नेत्र फैल गये।

"त...तूने सचमुच स्मैक छोड़ दी।"

"बिल्कुल छोड़ दी।" होशांग ने पहले की तरह ही दृढ़ शब्दों में कहा—"अब अगर मैं स्मैक पीऊ, तो तू हकीकत में मेरी आंटी और मैं तेरा किंचू-किंचू। दूसरी शर्त बोल!"

"दूसरी शर्त यह है।" पामेला हिचकिचाती हुई बोली—"तू किसी तरह अपने आपको मर्द साबित करके दिखा।"

"वो तो मैं अभी साबित करता हूँ।" होशांग का हाथ धड़ाक से अपनी पेंट की बेल्ट पर पड़ा।

"ऐसे नहीं।" पामेला ने फ़ौरन उसका हाथ पकड़ लिया था— "अपने किसी कारनामे से साबित करके दिखा कि तू मर्द है।"

"ठीक है।" होशांग बोला—"मैं तेरी यह शर्त भी पूरी करके दिखाऊंगा।"

होशांग फर्श रौंदता हुआ वहाँ से चला गया।

पामेला घोर विस्मय से उसे जाते देखती रही। पामेला को ऐसा लगा, जैसे धुआँ खींचे बिना भी आज होशांग को नशा हो गया था।

□□□

रात का समय।

लगभग साढ़े दस बजे का वक्त।

उन पाँचों की मंडली ने एक साथ बैठकर डिनर किया था और फिर मानिक शाह को सी.एस.एस. के शिकंजे से निकालने के बारे में देर तक बातें कीं।

उस समय वह एक-दूसरे से 'शुभरात्रि' की विदाई ले रहे थे कि तभी कमांडर की जेब में रखा वॉकी-टॉकी बजने लगा।

फ़ौरन उन पाँचों के बीच ऐसी हलचल मची, जैसी कभी-कभार चींटियों के झुंड में मचती है।

कमांडर ने भी एकदम झपटकर वॉकी-टॉकी निकाला।

"यस!" कमांडर ने फ़ौरन वॉकी-टॉकी ऑन कर दिया था— "डॉक्टर मानिक शाह?"

"हाँ।" मानिक शाह की बेहद धीमी आवाज वॉकी-टॉकी पर उभरी, जैसे वह बहुत डरते हुए बात कर रहे हों— "म...मैं मानिक शाह ही बोल रहा हूँ।"

"आप इस वॉकी-टॉकी पर हमसे बे-हिचक बात कर सकते हैं डॉक्टर!" कमांडर उनके अंदर विश्वास पैदा करता हुआ बोला—"यह एक बहुत आधुनिक यंत्र है और इस पर हो रही बातचीत को वायरलैस वगैरा भी कैच नहीं कर पाता।"

"मैं इसकी विशेषतायें जानता हूँ।" मानिक शाह बोला—"शायद इसीलिये मैं इस वक्त तुमसे बात भी कर रहा हूँ, वरना साधारण वॉकी- टॉकी पर मैं कभी बात न करता।"

"ओह! आप इस समय कहाँ से बोल रहे हैं?"

"कोठी से ही बोल रहा हूं।" मानिक शाह ने कहा—"और बड़े विचित्र माहौल में बोल रहा हूँ। तुम्हें सुनकर हैरानी होगी ऑफिसर, मैं इस समय बेड पर लेटा हुआ हूँ और मैंने अपना पूरा जिस्म कंबल में ढका हुआ है। वॉकी-टॉकी पर यह बात मैं कंबल के अंदर छिपकर कर रहा हूँ।"

"कंबल के अंदर छिपकर!" कमांडर चौंक पड़ा—"लेकिन क्यों?"

"मुझसे जीवन में कुछ पाप हो गये थे ऑफिसर!" मानिक शाह की आवाज पीड़ा से भर गई—"सबसे बड़ा पाप तो यही हुआ था कि मैंने अपना पूरा जीवन पूरी

श्रद्धा और मेहनत से इन चीनियों के नाम होम कर दिया, जिसकी सजा अब मुझे यह चीनी दे रहे हैं। मेरे बेडरूम में, टॉयलेट में, बाथरूम में हर जगह सीक्रेट कैमरे फिट किये जा चुके हैं और सी.एस.एस. के जवान इस समय एक-एक सैकंड मेरे ऊपर नजर रख रहे हैं।"

"य...यानी 'चायनीज़ सीक्रेट सर्विस' को आप पर शक हो चुका है?" कमांडर के मुँह से तेज सिसकारी छूटी।

"ऐसा ही लगता है। वह लोग शायद अब भाँप चुके हैं कि मैं ही वो भारतीय डॉक्टर हूँ, जो चीन से बगावत करना चाहता है।"

"ओह, वाकई बहुत डेन्जर खबर है।" कमांडर सन्न-सा खड़ा था।

कमांडर ही क्यों—नीलकंठ, बालेराम, होशांग, पामेला सब वॉकी- टॉकी पर उस खबर को सुनकर सन्न थे।

"बहरहाल मुझे तुमसे कुछ जरूरी बातें करनी हैं।" मानिक शाह धीमे स्वर में ही बोला—"सबसे पहले मुझे अपना नाम बताओ।"

"कमांडर करण सक्सेना!"

"क...कमांडर!" मानिक शाह की आवाज आहिस्ता से काँप गई—"क...कहीं तुम वहीं रॉ एजेंट कमांडर करण सक्सेना तो नहीं, जिसके नाम का डंका आज पूरी दुनिया में बज रहा है?"

"आपने बिल्कुल ठीक पहचाना।"

"थैंक गॉड!" मानिक शाह ने राहत की सांस ली—"तुम्हारी दोनों योजनाओं से ही मुझे लग रहा था कि तुम जरूर कोई खास एजेंट हो। लेकिन अब तुम्हारा नाम सुनकर तो मुझे पूरा यकीन हो गया है कि तुम इस मिशन में जरूर कामयाब होओगे। मगर एक बात मैं तुम्हें अभी बता देना चाहता हूँ कमांडर!"

"क्या?"

"मैं चीन से अकेला फरार नहीं होऊंगा बल्कि मेरी बेटी पूजा भी मेरे साथ फरार होगी।"

"प...पूजा! पूजा इस समय कहाँ है?"

"पूजा की शादी हो चुकी है। वह आज की तारीख में बेहद दुष्ट और चांडाल वान ली की बीवी है।"

मानिक शाह, कमांडर को वह पूरी घटना बताता चला गया कि किन हालात में पूजा की वान ली से शादी हुई।

कमांडर और नीलकंठ की मंडली को एक और झटका लगा।

तेज झटका!

सचमुच वह बात भौचक्का कर देने वाली थी कि वान ली, मानिक शाह का दामाद है।

यह राज़ उनके सामने अभी खुल रहा था।

"अब मेरी आखरी बात सुनो।" मानिक शाह बोला—"और बहुत ध्यान से सुनो कमांडर!"

"कहो।" कमांडर के मुँह से सस्पेंसफुल आवाज निकली, उसके कान पूरी तरह वॉकी-टॉकी पर लग गये।

"यह सच है कि तुमने नीलकंठ का सहयोग लेकर दो बहुत शानदार योजनायें बनाई।" मानिक शाह की आवाज़ एकाएक बहुत सनसनीखेज हो उठी—"और यह भी सच है कि दोनों बार तुमने अपनी जान की बाजी लगाकर मेरे तक पहुंचने का भी प्रयास किया। सचमुच ऐसी कोशिश कोई तुम्हारे जैसा जिगरवाला ही कर सकता है। मगर अफसोस, दुर्भाग्य से तुम दोनों ही बार नाकाम रहे कमांडर! लेकिन इस बार ऐसा नहीं होगा।" मानिक शाह की आवाज में कठोरता पैदा हो गई— "इस बार योजना मैं बनाऊंगा कमांडर! और उस पर काम तुम करोगे। मेरा दावा है कि उस योजना को सफल होने से कोई नहीं रोक सकेगा।"

"ल...लेकिन वह तीसरी योजना क्या है?" कमांडर का स्वर रोमांचित हो उठा था।

"बहुत जल्द मैं तुम्हें उस योजना के बारे में भी बताऊंगा। पूरी डिटेल से बताऊंगा। लेकिन उसके लिये तुम्हें बस थोड़ा इंतजार करना होगा कमांडर!"

"ठीक है, मैं इंतजार करूंगा।"

"और हाँ!" मानिक शाह ने कमांडर को सावधान किया—"मुझसे खुद संपर्क करने की कोशिश कभी मत करना कमांडर—जब भी संपर्क करूंगा, मैं खुद करूंगा।"

"चिंता मत करो, मैं आपकी मजबूरी समझता हूँ।"

तभी वॉकी-टॉकी पर जोर-जोर से टेलीफोन की घंटी बजने की आवाज आने लगी।

"अब मैं वॉकी-टॉकी बंद करता हूँ।" मानिक शाह ने जल्दी से कहा—"टेलीफोन की घंटी बज रही है, शायद किसी का फोन आया है।"

"ओ. के. डॉक्टर!"

कमांडर ने भी वॉकी-टॉकी बंद कर दिया।

तीसरी योजना!

फ़ौरन उन पाँचों के दिमाग में एक सवाल साँप की तरह हिस्स—हिस्स करता हुआ मंडराने लगा, अब तीसरी योजना क्या हो सकती थी?

❑❑❑

"हैलो सर!" वह लगभग पैंतीस साल का एक पढ़ा-लिखा चीनी नौजवान था, जिसने वान ली के ऑफिस में घुसकर सबसे पहले उससे कसकर हाथ मिलाया और फिर अपना परिचय दिया—"मैं टेलीफोन एक्सचेंज से आया हूँ सर!"

"ओह!" टेलीफोन एक्सचेंज का नाम सुनते ही वान ली के शरीर में भी बिजली-सी भर गई—"बैठो-बैठो।"

वह नौजवान मुस्कुराता हुआ एक कुर्सी खींचकर बैठ गया, उसके हाथ में एक काला बैग था।

"कैसे आना हुआ?"

"आपने हमारे डिपार्टमेंट को डॉक्टर मानिक शाह का टेलीफोन टेप करने का ऑर्डर दिया था सर!"

"हाँ, दिया था। क्या कोई महत्वपूर्ण कॉल ट्रैप की गई?"

"एक सनसनीखेज कॉल ट्रेप तो की गई है सर!" नौजवान बोला— "लेकिन यह नहीं कह सकता कि वह कॉल आपके लिये महत्वपूर्ण है या नहीं। लेकिन उस कॉल को सुनकर आप भी चौकेंगे जरूर।"

वान ली की आँखों में अब आश्चर्य नज़र आने लगा—"ऐसा क्या है उस कॉल में?"

"पहली बात, वह कॉल डॉक्टर मानिक शाह की कोठी से आपके घर की गई।

"म...मेरे घर?" वान ली के दिमाग में सचमुच बम-सा फट गया।

"जी हाँ, आपके घर।" उस नौजवान ने एक कागज पर लिखा फोन नंबर वान ली की तरफ बढ़ाया—"क्या यह आपके ही घर का फोन नंबर है?"

"ज...जी हाँ।" उस कागज को छूते हुए वान ली की उंगलियाँ काँप गईं—"य...यह मेरे ही घर का फोन नंबर है।"

“इसी नंबर पर वह फोन किया गया था।” नौजवान बोला— “आपके घर से किसी पूजा नाम की लेडी ने कॉल रिसीव की।”

“प...पूजा!” वान ली जल्दी से बोला—“पूजा मेरी वाइफ का नाम है। दूसरी तरफ से लाइन पर कौन था?”

“यही तो आश्चर्य की बात है सर, दूसरी तरफ लाइन पर जो भी व्यक्ति था, वह एक शब्द भी नहीं बोला। बस आपकी पत्नी ही लगातार उन्हें ‘डैडी-डैडी’ करके संबोधित करती रहीं।”

“डैडी!” वान ली के दिमाग में चिंगारियाँ-सी छूटी, वह उत्सुकतापूर्वक बोला— “क्या तुम्हारे पास उस कॉल की रिकॉर्डिंग है?”

“बिल्कुल है सर, मैं कैसेट अपने साथ लाया हूँ। अभी सुनवाता हूं।” नौजवान ने अब अपना काला बैग खोला। उसमें से टेपरिकॉर्डर और एक कैसेट निकालकर टेबल पर रखा, फिर कैसेट टेप के अंदर डाली और टेप चालू कर दिया।

फ़ौरन पूजा की सुबकती हुई आवाज आने लगी।

लगभग दो मिनट तक कैसेट के स्पूल घूमते रहे और पूजा की आवाज आती रही।

दो मिनट बाद जब पूजा की आवाज आनी बंद हो गई, तो नौजवान ने टेप बंद कर दिया। फौरन स्पूल भी घूमने बंद हो गये।

“क्या इस कैसेट को मैं अपने पास रख सकता हूँ?” वान ली ने पूछा।

“क्यों नहीं सर, मैं इसे लाया ही आपके लिये हूँ। जरूर रखिये।”

नौजवान ने फ़ौरन कैसेट निकालकर वान ली की तरफ बढ़ा दिया।

“थैंक्यू-थैंक्यू वैरी मच!” वान ली मुस्कुराया—“यह बेकार-सी नज़र आने वाली कॉल सचमुच मेरे लिये काफी महत्वपूर्ण साबित हुई है।”

“फिर तो हमारे डिपार्टमेंट को भी ख़ुशी है सर!” नौजवान भी मुस्कुराया था— “कि हम आपके किसी काम आ सके।”

उसके बाद वह नौजवान चला गया।

मानिक शाह!

नौजवान के जाते ही गुर्राया वान ली, उसने कैसेट उठा ली और वह उसे आग बरसाती निगाहों से घूरता हुआ दाँत किटकिटाने लगा।

यानी बुड्ढ़ा अभी अपनी बेटी को भूला नहीं है।

वह आज भी प्यार करता है उससे, प्यार!

□□□

वान ली के चेहरे पर नफरत चिंघाड़ती चली गई।

गुस्से से जबाड़े फूलने-पिचकने लगे।

एकाएक वान ली ने कैसेट रख दी और वह झटके से टेलीफोन की तरफ घूमा।

अगले ही पल उसकी उंगलियाँ बड़ी तेजी से कोई नंबर डायल कर रही थीं। जल्द ही दूसरी तरफ घंटी भी जाने लगी।

"हैलो!" फिर रिसीवर पर रिसेप्शनिस्ट का एक मधुर स्वर उभरा— "हम आपकी क्या सेवा कर सकते हैं?"

वान ली ने अपनी पीठ कुर्सी की पुश्त से लगा ली।

"मुझे जनरल फ्यूजी से बात करनी है।" वह अपने सिर पर गुंडों की तरह हाथ फिराता हुआ बड़े कातिलाना अंदाज में मुस्कुराया—"मेरी फौरन जनरल फ्यूजी से बात कराओ, अर्जेंट!"

"ल...लेकिन आप कौन हैं?"

"मैं वान ली बोल रहा हूँ, सी.एस.एस. का एक अधिकारी।"

"ओह सर!" परिचय सुनते ही रिसेप्शनिस्ट भी हड़बड़ा उठी—"मैं अभी आपकी बात कराती हूँ, वन मिनट होल्ड ऑन प्लीज!"

"कोई बात नहीं।"

एक मिनट भी नहीं गुज़रा, फौरन ही रिसीवर पर जनरल फ्यूजी की चहकती आवाज उभरी—"ओह वान ली, कैसे हो जेन्टलमैन? आज़ इस जनरल की याद कैसे आ गई?"

"लगता है कि बहुत जल्द मुझे आपकी जरूरत पड़ने वाली है मिस्टर फ्यूजी!"

"मेरी जरूरत पड़ने वाली है।" चहकते जनरल फ्यूजी की हंसी को एकाएक ब्रेक लगे—"लेकिन क्यों?"

"कुछ पुराने ज़ख्म दोबारा से जाग उठे हैं।" वान ली पहले की तरह ही मुस्कुराता हुआ बोला—"और जब पुराने जख्म जागने लगे, तो किसी पुराने मरहम की ही जरूरत होती है मिस्टर फ्यूजी!"

"यह आज तुम क्या पहेलियाँ बुझा रहे हो बान ली!" जनरल फ्यूजी हैरानी जाहिर करता हुआ बोला—"जो कहना है, साफ-साफ क्यों नहीं कहते।"

वान ली उसे 'मानिक शाह' से संबंधित एक-एक घटना बताता चला गया।

"यानी हिन्दुस्तानियों के साथ एक जंग फिर होने वाली है।" जनरल फ्यूजी दोबारा से चहक उठा था।

"ऐसा ही समझ सकते हो जनरल!"

"चिंता मत करो जेन्टलमैन! चिंता मत करो। सन् 1962 की जंग में तो हम चीनियों ने कुछ भी हंगामा नहीं किया था, जो हंगामा इस बार होगा।"

"मुझे यही उम्मीद है जनरल, यही उम्मीद है।"

जनरल फ्यूजी ने दरिन्दों की तरह हंसते हुए और मूंछें फड़फड़ाते हुए रिसीवर रख दिया।

❑❑❑

अगले दिन रात के ग्यारह बजे डॉक्टर मानिक शाह ने कमांडर करण सक्सेना से फिर संपर्क स्थापित किया।

"आज मैं तुम्हें वो तीसरी योजना बताने जा रहा हूँ कमांडर!" मानिक शाह की वॉकी-टॉकी पर आवाज़ आई—"जिसके बलबूते पर मैं सी.एस.एस. के इस खतरनाक शिकंजे से आजाद होऊंगा।"

"बताइये डॉक्टर!" कमांडर एकदम अलर्ट होकर बैठ गया—"मैं आपकी एक-एक बात ध्यानपूर्वक सुन रहा हूँ।"

नीलकंठ भी दौड़कर एक टेपरिकॉर्डर ले आया था और उसने आनन-फानन उस टेपरिकॉर्डर का कनेक्शन वॉकी-टॉकी से जोड़ दिया—अब उस तीसरी योजना का एक-एक अंश उसमें रिकॉर्ड हो जाना था और बाद में जरूरत पड़ने पर वह उसे सुन सकते थे।

"सबसे पहले यह समझ लो कमांडर!" मानिक शाह बोला—"कि इस तीसरी योजना के अंतर्गत तुम मुझे हवाई जहाज के अंदर से गायब करोगे।"

"हवाई जहाज के अंदर से।" कमांडर के मुंह से सिसकारी छूटी— "मगर कैसे?"

"सब कुछ बता रहा हूँ, धैर्य रखो। दरअसल आज से तीन दिन बाद शंघाई में एक नये बने मेडिकल संस्थान का उद्घाटन होना है, जिसके उद्घाटन समारोह में मुझे चीफ गेस्ट के रूप में आमंत्रित किया गया है।" मानिक शाह डिटेल में सब कुछ बताता हुआ बोला—"आज से तीन दिन बाद यानी बृहस्पतिवार, दिन नोट कर लो।"

"आप निश्चित रहें डॉक्टर!" कमांडर ने टेप-रिकॉर्डर की तरफ देखा—"मैं सब कुछ नोट कर रहा हूँ, आप बस बोलते जायें।"

"गुड!" मानिक शाह ने आगे कहा—"बृहस्पतिवार को मैं शंघाई जाने के लिये सुबह नौ बजे वाली फ्लाइट पकडूंगा। मेरे साथ मेरे छह बॉडीगार्ड भी हवाई जहाज में सफर करेंगे। हम सातों के टिकिट बुक हो चुके हैं और लगभग सारी तैयारियाँ हो गई हैं। अब तुम लोगों ने भी शंघाई जाने के लिये अपने-अपने टिकिट फौरन उसी फ्लाइट में बुक कराने हैं। याद रहे, इस मामले में कोई कोताही नहीं होनी चाहिये । तुम लोगों ने यह काम फ़ौरन करना है। क्योंकि अगर तुम्हें ज़रा भी देर हो गई और फ्लाइट के टिकिट खत्म हो गये, तो मेरी पूरी योजना बेकार हो जायेगी। इस योजना का सारा दारोमदार इसी बात पर निर्भर है कि तुम लोग भी उसी हवाई जहाज में मेरे साथ मौजूद होओ। क्योंकि जो कुछ होना है—हवाई जहाज के अंदर ही होना है और शंघाई पहुँचने से बहुत पहले होना है।"

"ठीक है।" कमांडर उत्सुक्तापूर्वक बोला—"मैं कल सुबह सबसे पहले टिकिट ही बुक कराऊंगा, आगे बताओ।"

"अब मैं तुम्हें चीनी हवाई जहाजों के बारे में एक बहुत खास जानकारी देने जा रहा हूँ।" मानिक शाह बोला—"आजकल चीन में जितने भी नये यात्री विमान बन रहे हैं, उनमें एक नई चीज 'पैराशूट होल' बनाई जा रही है।"

"पैराशूट होल!" कमांडर चौंका, यह उसके लिये बिल्कुल अपरिचित नाम था—"यह 'पैराशूट होल' क्या होता है?"

"दरअसल 'पैराशूट होल' उस छेद को कहते हैं, जिस छेद में से कोई व्यक्ति पैराशूट बाँधकर उड़ते हुए हवाई जहाज में से नीचे कूद सके। यूं तो पूरी दुनिया के हवाई जहाजों में ऐसी कोई व्यवस्था नहीं है, क्योंकि जब भी किसी व्यक्ति को पैराशूट बाँधकर उड़ते हुए हवाई जहाज में से कूदना होता है, तो वो इमरजेंसी के वक़्त यूं ही दरवाजा खोलकर कूद सकता है। पूरी दुनिया में यही सिस्टम है। ठीक?"

"बिल्कुल ठीक।" कमांडर हतप्रभ-सा वॉकी-टॉकी हाथ में लिये बैठा था।

"हवाई जहाज से पैराशूट बाँधकर इस तरह कूदने का यह प्रचलन सदियों से चला आ रहा है और यह प्रचलन काफी सफल भी है। लेकिन सफल होने के बावजूद इस प्रचलन के कारण अभी तक दुनिया भर में कई दुर्घटनायें घट चुकी हैं। दरअसल जब हवाई जहाज उड़ता है तो उसके आसपास हवा का वेग बहुत अधिक होता है। यही कारण है कि दुनिया में अब तक ऐसी कई घटनायें घट चुकी हैं, जब हवा के उस वेग में फंसकर वह व्यक्ति ही मारे गये, जो पैराशूट से कूदे थे। इसके अलावा कुछेक घटनाओं में

तो हवाई जहाज भी क्षतिग्रस्त हुए। बहरहाल कुल मिलाकर चीनी वैज्ञानिक बहुत वर्षों से इस अनुसंधान में लगे थे कि वह कोई ऐसी तरकीब खोज निकालें, जिसके कारण पैराशूट बाँधकर नीचे कूदते समय यह जो इक्का-दुक्का दुर्घटनायें होती हैं, वह भी न हों। और बहुत जल्द 'पैराशूट होल' के रूप में चीनी वैज्ञानिकों ने इसका हल खोज निकाला।"

कमांडर के साथ-साथ नीलकंठ की पूरी टीम के मेम्बर वॉकी-टॉकी के नजदीक बैठे मानिक शाह की चौंका देने वाली बातें सुन रहे थे।

"चीनी वैज्ञानिकों ने विमान के तल में एक छेद करने का प्लान बनाया।" थोड़ा रुककर मानिक शाह की आवाज पुनः वॉकी-टॉकी पर उभरी और उस छेद को 'पैराशूट होल' नाम दिया गया। अब अगर किसी को उड़ते हुए हवाई जहाज में से नीचे कूदना हो, तो वह 'पैराशूट होल' के ऊपर कसी प्लेट हटाये और पैराशूट बाँधकर उस 'होल' में से नीचे कूद पड़े। इस तरह कूदने से दुर्घटना के चाँस खत्म हो गये हैं। पहली बात—हवाई जहाज के नीचे हवा का वेग उतना शक्तिशाली नहीं होता, जितना उसके दाएं-बाएं होता है। दूसरी बात—उस 'पैराशूट होल' में से कूदने के कारण हवाई जहाज के क्षतिग्रस्त होने के चाँस भी बिल्कुल खत्म हो गये हैं।"

कमांडर के आश्चर्य से नेत्र फैल गये। सचमुच वो मन-ही-मन चीनी वैज्ञानिकों की बुद्धि की प्रशंसा किये बिना न रह सका।

जिस बात की तरफ दुनिया में किसी का ध्यान नहीं गया था, उस पर उन्होंने गौर किया और बाकायदा उस कमी को दूर करके दिखाया।

"यह 'पैराशूट होल' हवाई जहाज के किस हिस्से में बनाया गया है?" कमांडर ने सनसनाये स्वर में पूछा।

"इस बात को लेकर भी चीनी वैज्ञानिक बहुत परेशान रहे।" मानिक शाह बोला—"वह लोग चाहते तो ये थे कि 'पैराशूट होल' हवाई जहाज के कॉकपिट में बनाया जाये, क्योंकि वही सबसे बेहतर जगह है। लेकिन कॉकपिट के तल में 'पैराशूटहोल' बनाने में इसलिये परेशानी आई, क्योंकि हवा का सबसे ज्यादा वेग हवाई जहाज के अगले किस्से को ही झेलना पड़ता है और वहीं कॉकपिट होता है। यानी अगर कॉकपिट में 'पैराशूट होल' बनाया जाता, तो दुर्घटना की आशंका फिर भी खत्म नहीं होती। इसके अलावा यात्रियों के बीच में 'पैराशूट होल' इसलिये नहीं बनाया जा सकता था, क्योंकि वह एक बड़ी अजीब बात होती और अगर कोई यात्री 'पैराशूट होल' की प्लेट को खोल लेता, तो खतरनाक दुर्घटना भी घट सकती थी।"

"फिर 'पैराशूट होल' किस जगह बनाया गया?"

"टॉयलेट में।"

"क...क्या?" कमांडर अचंभित रह गया—"टॉयलेट?"

"हाँ, टॉयलेट। थक-हारकर चीनी वैज्ञानिकों को वहीं सबसे बेहतर जगह दिखाई दी। जहाँ 'पैराशूटहोल' बनाया जा सकता था। मैं समझता हूँ कि इसमें हैरान होने की कोई जरूरत नहीं।" मानिक शाह ने कहा— "बिना शक हवाई जहाज का टॉयलेट 'पैराशूट होल' के लिये सबसे बेहतर जगह है। इसके लिये चीनी वैज्ञानिकों ने अपने हवाई जहाज के टॉयलेट को विशेष रूप से डिजाइन भी किया। उसे काफी बड़ा और सुंदर बनाया गया। टॉयलेट में लगे वॉश बेसिन के नजदीक ही 'पैराशूट होल' बनाया गया और उस पर बिल्कुल फर्श से मैच करती प्लेट कसी गई। इतना ही नहीं इस बात का यात्रियों के बीच प्रचार भी नहीं किया गया कि टॉयलेट में 'पैराशूट होल' जैसी भी कोई चीज होती है, वरना वो उसे वहाँ भी खोल सकते थे। 'पैराशूट होल' की जानकारी सिर्फ हवाई जहाज के स्टाफ को ही होती है।" वह जानकारी देने के बाद ठिठका मानिक शाह, फिर बोला—"मैं समझता हूँ कि 'पैराशूट होल' के बारे में, मैं तुम्हें सब कुछ बता चुका हूँ। फिर भी अगर इस संबंध में कोई सवाल पूछना हो, तो पूछ सकते हो।"

"नहीं, मुझे कोई सवाल नहीं पूछना।" कमांडर बोला—"आप आगे बतायें।"

"दरअसल इस 'पैराशूट होल' का हमारी योजना में बहुत महत्वपूर्ण रोल है।" मानिक शाह ने बताया—"इसीलिये इसकी फुल जानकारी मैंने तुम्हें दी है।"

सब स्तब्ध बैठे मानिक शाह की बातें सुनते रहे।

"अब तुम थोड़ी देर के लिये कल्पना करो।" मानिक शाह बोला— "कि बृहस्पतिवार की सुबह ठीक नौ बजे शंघाई जाने वाला हवाई जहाज बीजिंग एयरपोर्ट के रन-वे से उड़ चुका है और उसमें मैं अपने सभी छह बॉडी गार्डों के साथ सवार हूँ और तुम नीलकंठ की पूरी टीम के साथ वहाँ बैठे हो।"

"ठीक।"

"हवाई जहाज के रन-वे छोड़ने के मुश्किल से पाँच मिनट बाद ही तुम लोगों ने हरकत में आ जाना है। तुमने फौरन अपनी-अपनी रिवॉल्वर निकालकर यात्रियों की तरफ तान देनी है और लगभग दो व्यक्तियों ने हवाई जहाज के पायलेटों को कवर करना है।"

"यानी हम हवाई जहाज को हाइजैक करेंगे?"

"एब्सोल्यूटली राइट!" मानिक शाह ने सरगर्म लहजे में कहा— "तुम लोगों ने हवाई जहाज का हाइजैक ही करना है, लेकिन हाइजैक के दौरान तुम यह किसी भी हालत में शो नहीं करोगे कि हवाई जहाज का वह हाइजैक मेरी वजह से किया जा रहा है। दरअसल इस बार हमने थोड़ी चालाकी से काम लेना है, जो सी.एस.एस. के जवानों को धोखे में रख सकें।"

"जस्ट ए मिनट!" तभी नीलकंठ ने बीच में हस्तक्षेप किया—"मैं नीलकंठ, आपसे एक सवाल पूछना चाहता हूँ डॉक्टर!"

"जरूर पूछो।" वॉकी-टॉकी पर मानिक शाह की आवाज उभरी।

"अभी-अभी आपने कहा।" नीलकंठ बोला—"कि हवाई जहाज के रन-वे छोड़ने के पाँच मिनट बाद ही हमने फौरन अपनी-अपनी रिवॉल्वर निकालकर यात्रियों की तरफ तान देनी हैं और दो व्यक्तियों ने हवाई जहाज के कॉकपिट में घुस जाना है।"

"बिल्कुल ठीक, मैंने यही कहा।"

"लेकिन यहाँ एक बड़ा पेचीदा सवाल पैदा होता है डॉक्टर!" नीलकंठ बोला— "कि हवाई जहाज के अंदर हमारे पास रिवॉल्वर कहाँ से आयेंगे? क्योंकि यह तो सवाल ही नहीं उठता, हम लोग एयरपोर्ट की सिक्योरिटी को धोखा देते हुए रिवॉल्वर लेकर हवाई जहाज तक चले जायें। फिर चूंकि उस दिन आप भी हवाई जहाज में सफर कर रहे होंगे, इसलिये वैसे भी यात्रियों की कुछ ज्यादा ही जाँच-पड़ताल होगी।"

"गुड क्वैश्चन!" नीलकंठ का सवाल सुनकर ऐसा लगा, जैसे मानिक शाह के चेहरे पर मुस्कान दौड़ी थी—"वाकई तुमने काफी अच्छा सवाल पूछा है नीलकंठ! इसमें कोई दो राय नहीं कि उस दिन तुम लोगों के लिये रिवॉल्वर लेकर हवाई जहाज तक जाना सचमुच एक नामुमकिन काम होगा। इसलिये बृहस्पतिवार को तुम लोगों का यह काम मैं करूंगा।"

"अ...आप!" नीलकंठ के साथ-साथ कमांडर भी चौंका।

"हां, मैं! दरअसल रिवॉल्वर लेकर हवाई जहाज तक जाना मेरे लिये मामूली काम है। क्योंकि हमेशा मेरी एंट्री एयरपोर्ट के वी.आई. पी. गेट से होती है और कभी भी मेरी चैकिंग नहीं की जाती। तुम लोगों को जितनी भी रिवॉल्वर चाहिये, मैं उन्हें अपने कपड़ों में छिपाकर, हवाई जहाज के अंदर ले जाऊंगा। तुम मुझे सिर्फ उन रिवॉल्वरों की संख्या बता दो।"

"हमें पाँच रिवॉल्वर चाहिये।"

"ओ.के.!" मानिक शाह बोला—"रिवॉल्वर तुम लोगों तक हवाई जहाज के अंदर पहुँच जायेंगी।"

"लेकिन आप तो हवाई जहाज के अंदर भी हर पल अपने बॉडीगार्डों से घिरे रहेंगे।" कमांडर ने सवाल किया—"फिर आप हमें वो रिवॉल्वर किस प्रकार देंगे?"

"उसका हल भी मैंने सोच लिया है।" मानिक शाह के पास मानों हर सवाल का जवाब था—"हवाई जहाज के रन-वे छोड़ते ही मैं टॉयलेट में जाऊंगा और वहाँ वाश—वेशन में पाँच रिवॉल्वर डाल आऊंगा। अब यह तुम लोगों का काम होगा कि मेरे टॉयलेट से बाहर निकलते ही तुममें से कोई एक फौरन टॉयलेट के अंदर जाये और वहाँ वॉश बेसिन में पड़ी रिवॉल्वर कलैक्ट करे। इतना ही नहीं, पाँचों रिवॉल्वर कलेक्ट करने के बाद उस व्यक्ति ने ही अपने बाकी साथियों के बीच उन रिवॉल्वरों को डिस्ट्रीब्यूट भी करना है।"

"ठीक है।" कमांडर बोला—"यह काम हो जायेगा। उसके बाद जैसा कि मैं पहले ही बता चुका हूँ।" मानिक शाह ने योजना आगे बढ़ाई—"उसके बाद तुम लोगों ने हवाई जहाज को हाइजैक करना है और ऐसा जाहिर करना है, जैसे तुम्हारी मेरे अंदर कोई दिलचस्पी नहीं है और तुम हवाई जहाज का वो हाइजैक भी किसी और मंशा से कर रहे हो।"

"हवाई जहाज को हाइजैक करने के बाद हम उसे कहाँ लेकर जायेंगे?" कमांडर ने अगला सवाल किया।

"वो जगह भी मैंने तलाश कर ली है।" मानिक शाह ने कहा— "हवाई जहाज को तुम लोग वापस बीजिंग लाओगे। यहाँ से बीजिंग के नज़दीक अरारूट के जंगल में एक बड़ी शानदार फौजी हवाई पट्टी बनी हुई है, जिसका इस्तेमाल चीनी फौज ने कई सालों से नहीं किया है। हवाई पट्टी के करीब ही चीनी फौज का एक काफी बड़ा ऑफिस भी बना है। लेकिन आजकल वह दोनों ही चीजें वीरान पड़ी हैं और अब वहाँ कोई फौजी नजर नहीं आता। तुम हवाई जहाज को उसी फौजी रन-वे पर लैंड कराओगे।"

कमांडर और नीलकंठ की टीम के मैम्बर आश्चर्यचकित से वॉकी- टॉकी के नजदीक बैठे रहे। वाकई डॉक्टर मानिक शाह ने हवाई जहाज का हाइजैक होने के बाद उसे लैंड कराने के लिये शानदार रनवे खोजा था।

"अब तुम मेरी योजना का अंतिम और सबसे महत्वपूर्ण हिस्सा सुनो।" योजना के उस चरण तक आते-आते खुद डॉक्टर मानिक शाह की आवाज भी बेहद रहस्यपूर्ण

हो उठी थी—“हवाई जहाज उस फौजी रन-वे पर लैंड हो, उससे पहले ही तुममें से कोई व्यक्ति टॉयलेट के अंदर जायेगा और मेरा मेकअप करेगा।”

“अ...आपका मेकअप!” सब चौंके।

“मेरी तरह अपना मेकअप!” मानिक शाह की आवाज गंभीर बनी हुई थी—“दरअसल विज्ञान भवन में तुम लोगों ने पाकिस्तानी रिप्रिजेंटेटिव का जितना परफैक्ट मेकअप किया था, उसकी कल्पना से ही मेरे दिमाग में इस योजना का जन्म हुआ है। मैं समझता हूँ कि जब तुम लोग पाकिस्तानी रिप्रिजेंटेटिव का इतना परफैक्ट मेकअप कर सकते हो, तो तुममें से कोई हू-ब-हू मेरा मेकअप भी आसानी से कर लेगा। इतना ही नहीं, मेकअप का समान भी तुम लोग आसानी से हवाई जहाज के अंदर ले जा सकते हो, उसमें कोई परेशानी नहीं होगी।”

“ठीक है।” कमांडर बोला—“आपका एक डुप्लीकेट हम तैयार कर लेंगे।”

“गुड! तुम्हारे जैसे जासूस से मुझे यही आशा थी। अब सिचुएशन ये है कमांडर, हवाई जहाज का हाइजैक हो चुका है। वह पूरी तरह तुम लोगों के कब्जे में है। इतना ही नहीं, हू-ब-हू मेरा एक डुप्लीकेट भी हवाई जहाज के अंदर मौजूद है। और उस सारे माहौल में वह हवाई जहाज फौजी रन-वे पर लैंड करता है। अब एक महत्वपूर्ण बात और सुनो, तुमने कल ही फौजी रन-वे पर जाकर एक काम करना है।”

“क्या?

“रन-वे से लेकर फौज के ऑफिस तक तुमने नीचे-ही-नीचे एक सुरंग खोदनी है और रन-वे पर जिस जगह सुरंग का दहाना होगा, तुम बृहस्पतिवार को हवाई जहाज सुरंग के उस दहाने के बिल्कुल ऊपर खड़ा कराओगे।”

“उससे फायदा क्या है?”

“फायदा भी बता रहा हूँ।” मानिक शाह बोला—“अब तुम थोड़ी देर के लिये यह कल्पना करो कि वह हाइजैक हवाई जहाज फौजी रन-वे पर लैंड हो चुका है और वह सुरंग के दहाने के बिल्कुल ऊपर खड़ा है।”

“ठीक है, उसके बाद?”

“हवाई जहाज के रन-वे पर लैंड होते ही मैं दोबारा टॉयलेट जाऊँगा।”

“क्यों, आप दोबारा टॉयलेट क्यों जायेंगे?”

“यह योजना का बिल्कल अंतिम चरण होगा कमांडर! और मत भूलो, टॉयलेट में अभी मेरा डुप्लीकेट भी मौजूद है, जिसका इस्तेमाल होना है।”

"ओह!"

"टॉयलेट में बंद होते ही मैं फौरन अपने कपड़े उतारकर डुप्लीकेट को दूंगा, वह मेरे कपड़े पहनेगा। और उसके कपड़े मैं पहनूंगा। फिर मैंने आनन-फानन टॉयलेट में ही मौजूद 'पैराशूट होल' की प्लेट खोलनी है प्लेट खोलते ही मैं पैराशूट होल' में से होकर हवाई जहाज के नीचे चला जाऊंगा। नीचे ही सुरंग का दहाना है, मैं फ़ौरन सुरंग में से होता हुआ फौजी ऑफिस तक पहुँचूंगा। जबकि मेरा डुप्लीकेट टॉयलेट का दरवाजा खोलकर बाहर निकलेगा और वापस हवाई जहाज में मेरी जगह जाकर बैठ जायेगा। सी.एस.एस.जवानों को भनक तक नहीं लगेगी कि क्या हो गया। कहीं कोई लड़ाई-झगड़ा नहीं। कोई उठा-पटक नहीं। सब कुछ आसानी से हो जायेगा।"

कमांडर और नीलकंठ की टीम के सारे सदस्य हतप्रभ से बैठे रह गये।

वाकई डॉक्टर मानिक शाह ने साबित करके दिखा दिया था कि वह माइंडिड है।

"अ...और हम लोगों का क्या होगा?"

"तुम लोग भी चुपचाप एक-एक करके उसी 'पैराशूटहोल' में से होकर सुरंग पार करते हुए फौजी ऑफिस तक पहुँचोगे। फौजी ऑफिस के पीछे ही एक कार खड़ी होगी, फिर हम सब उसी कार में बैठकर फरार हो जायेंगे। हवाई जहाज में बैठे यात्रियों और सी.एस.एस. के जवानों को जब तक यह बात पता चलेगी कि हाइजैकर्स अब हवाई जहाज में नहीं हैं और जब तक वह किसी एक्शन में आयेंगे, तब तक हम रन-वे से बहुत दूर जा चुके होंगे। यह राज़ उनके लिये अंत तक राज़ ही बना रहेगा कि हवाई जहाज का हाइजैक किस उद्देश्य से किया गया था और फिर एकाएक हाइजैकर्स वहाँ से फरार क्यों हो गये।"

"बाद में उस आदमी का क्या होगा?" कमांडर ने पूछा—"जो आपका डुप्लीकेट बनकर आपकी जगह सी.एस.एस. के शिकंजे में पहुँचेगा।

"हाँ।" मानिक शाह का स्वर संजीदा हो उठा—"यह सवाल थोड़ा मुश्किल है। कमांडर, मेरा डुप्लीकेट बनाने के लिये तुम्हें कोई ऐसा आदमी चुनना होगा, जो बहुत जांबाज हो, जो बहुत हिम्मतवर हो, वह कुछ दिन तक तो मानिक शाह बनकर कोठी में ही रहेगा, लेकिन फिर मौका मिलते ही उसने जान पर खेलकर वहाँ से भाग निकलना है। यह बात दोबारा कहूँगा, तुम्हें इस आदमी का चुनाव करने में बहत समझदारी से काम लेना है। यह कोई ऐसा आदमी हो, जो कठिन-से-कठिन हालत में भी हिम्मत से काम ले, वरना वो कोठी में पहुँचने के बाद

सी.एस.एस. के जवानों के हाथों मारा भी जा सकता है। मेरा अनुमान है, तुम ऐसा आदमी तैयार कर लोगे।"

"आपने ठीक कहा।" कमांडर यकीन के साथ बोला—"इस समय हमारी टीम का प्रत्येक मैम्बर ऐसा ही जांबाज और हिम्मतवर है, जो ऐसे किसी भी काम को अंजाम दे सके।"

"गुड!" मानिक शाह ने कहा—"मुझे तुम्हारी बात सुनकर खुशी हुई कमांडर!"

"मैं अब तुम लोगों को अपनी पूरी योजना बता चुका हूँ।" मानिक शाह ने थोड़ा रुककर कहा—"अगर तुम्हें इसमें कहीं कोई कमी नज़र आती है, तो मुझे बे-हिचक बतायें।"

"मैं एक सवाल पूछना चाहता हूँ।" नीलकंठ फिर कुछ सोचकर बोला।

"पूछो।" वॉकी-टॉकी में से आवाज आई।

"आपने कहा कि आप हमारे लिये पाँच रिवॉल्वर लेकर हवाई जहाज के अंदर जायेंगे, ठीक?"

"बिल्कुल ठीक। क्या तुम्हें यह शक है कि मैं रिवॉल्वर लेकर हवाई जहाज के अंदर नहीं जा सकता?"

"नहीं, मैं जानता हूँ कि आप जैसे वी.आई.पी. व्यक्ति की तलाशी नहीं होती।" नीलकंठ बोला—"मेरा सवाल दूसरा है।"

"क्या?"

"वह पाँच रिवॉल्वर आपके पास कहाँ से आयेंगी डॉक्टर—जिन्हें आप हवाई जहाज के अंदर लेकर जायेंगे?"

सब हैरानी से नीलकंठ का चेहरा देखते रह गये, सचमुच नीलकंठ ने एक शानदार सवाल किया था।

"अच्छा सवाल है।" मानिक शाह ने भी तारीफ की—"लेकिन इसका हल में पहले ही खोज चुका हूँ नीलकंठ!"

"क्या हल खोजा है?" नीलकंठ के साथ-साथ सबके चेहरे पर सस्पैंस के भाव जागे।

"दरअसल 'मेडिकल संस्थान' में अनुसंधान करते समय कभी डॉक्टर्स या विदेशों से आये वैज्ञानिकों को ऐसी-ऐसी चीजों की जरूरत पड़ जाती है, जिसकी कोई आसानी से कल्पना भी न कर सके। उन चीजों में हथियार भी शामिल हैं। यानी अनुसंधान करते समय कभी-कभी हथियारों की भी जरूरत पड़ती है। आखिर इंसानी जिंदगी में उनका

भी तो खास रोल है। इसलिये 'मेडिकल संस्थान' में एक काफी बड़ा 'गन कलेक्शन' है, जिसकी चाबी संस्थान का चीफ होने के नाते मेरे पास रहती है। मैं समझता हूँ, अब मुझे यह बताने की जरूरत नहीं कि वह पाँच रिवॉल्वर मेरे पास कहाँ से आयेंगी।"

"नहीं!" नीलकंठ मुस्कुराया—"सचमुच अब आपको यह बताने की कोई जरूरत नहीं।"

"गुड।" मानिक शाह बोला—"किसी ने कोई और सवाल पूछना है?"

सब खामोश रहे।

"ठीक है।" मानिक शाह ने पुनः कहा—"मैं कल इसी वक्त तुम लोगों से वॉकी-टॉकी पर फिर बात करूंगा, तब तक तुमने बृहस्पतिवार की फ्लाइट के टिकिट बुक कराने हैं और अरारूट के जंगल में जाकर रन-वे का दौरा करना है।"

"ओ.के. डॉक्टर!" कमांडर बोला—"कल ही हम यह दोनों काम कर देंगे।"

फिर वॉकी-टॉकी पर होने वाला वो वार्तालाप वहीं खत्म हो गया।

❑❑❑

अगले दिन मंगलवार था।

दिन निकलते ही वह पाँचों एक बार फिर पूरी सरगर्मी के साथ उस 'तीसरी योजना' को कार्यान्वित करने में जुट गये।

सबसे पहले शंघाई जाने वाली फ्लाइट के टिकिट बुक कराये गये। यह काम होशांग ने किया।

टिकिट बुक होने के बाद वह पाँचों एक कार में सवार होकर अरारूट के जंगल में पहुंचे। अरारूट का जंगल बीजिंग से ज्यादा दूर नहीं है, वह मुश्किल से छह या सात किलोमीटर दूर पड़ता है।

अरारूट के जंगल में पहुंचने के बाद उन्हें चीनी फौज का रन-वे तलाश करने में भी कोई परेशानी नहीं आई।

रन-वे देखते ही पाँचों की तबीयत खुश हो गई। रन-वे वाकई बहुत शानदार था।

आमतौर पर रन-वे एक सड़क की तरह ही होता है, लेकिन उसमें गड्ढे नाममात्र को भी नहीं होते। जबकि चीनी फौज का वह जो रन-वे था, उसे पत्थर के चौकोर टुकड़ों से बनाया गया था। और वह इतना चिकना था कि उस पर कोई भी हवाई जहाज फिसलता चला जाये।

इसके अलावा वो रन-वे काफी लंबा भी था।

"सचमुच इस रन-वे को बनाने में चीनी फौज ने काफी पैसा खर्च किया होगा।" कमांडर उस रन-वे को देखकर प्रभावित मुद्रा में बोला।

"इसमें कोई शक नहीं।" नीलकंठ भी उस रन-वे से काफी प्रभावित नजर आ रहा था।

"आओ।" तभी पामेला बोली—"फौजी ऑफिस के अंदर जाकर भी देखते हैं कि वहाँ क्या है।"

वह सब फौजी ऑफिस की तरफ बढ़ गये। फौजी ऑफिस रन-वे से लगभग तीस मीटर दूर था और जैसा कि मानिक शाह ने बताया था, वह ऑफिस काफी दूरी में फैला हुआ था।

"इस ऑफिस के दरवाजे पर तो ताला पड़ा है।" होशांग एकाएक ठिठककर बोला।

"तो चिंता क्या है बादशाह!" बालेराम लपककर दरवाजे के पास पहुंचा—"अपनी यह उंगलियाँ किस दिन काम आयेंगी, आखिर यह जादुई उंगलियाँ ऐसे ही बंद तालों की तो चाबियां हैं।" बालेराम ने फौरन अपनी जेब से ताँबे का एक तार निकाल लिया, जिसके आगे एक घुंडी बनी हुई थी।

फिर बालेराम ने ताँबे के तार का घुंडी वाला सिरा ताले के अंदर डाला और उसे दो-तीन झटके दिये। फ़ौरन ताला इस तरह खुल गया, जैसे चाबी से खोला गया हो।

"आओ जी, आओ।" ताला खोलने के बाद बालेराम ने दरवाजा भी खोला और अंदर दाखिल होते हुए कहा—"सब इस ऑफिस का अच्छी तरह मौका-मुआयना करो।"

बालेराम के पीछे-पीछे सब अंदर दाखिल हुए।

पूरे ऑफिस में सिर्फ खाली कुर्सी-मेजें पड़ी हुई थीं। इसके अलावा वहाँ कैसी भी कोई वस्तु न थी।

"मैं समझता हूँ।" नीलकंठ ऑफिस में खूब घूमने-फिरने के बाद बोला—"कि अब हमें अपना सारा ध्यान सुरंग खोदने की तरफ केन्द्रित करना चाहिये। क्योंकि हमें यहाँ से रन-वे तक एक लगभग तीस मीटर लंबी सुरंग खोदनी है और इतनी लंबी सुरंग खोदने में हमें काफी वक्त लग जायेगा।"

"ठीक कह रहे हो।" कमांडर भी अब घूम-फिरकर आर्मी ऑफिस के दरवाजे में

जाकर खड़ा हो गया था और वो वहाँ से रन-वे को देखने लगा—"हमें आज शाम से ही सुरंग खोदने का यह काम शुरू कर देना चाहिये, तब कहीं जाकर हम कल तक यह सुरंग खोद पायेंगे। शाम तक भी मैंने इसलिये कहा, क्योंकि सुरंग खोदने के लिये हमें कुछ सामान की भी जरूरत पड़ने वाली है, जिसका अभी हमें इंतजाम करना होगा।"

"बिल्कुल ठीक बात है।"

तभी होशांग भी उनके करीब आ गया—"यानी आज शाम से सुरंग खोदने का प्रोग्राम पक्का?"

"बिल्कुल पक्का!"

❑❑❑

उसके बाद वह पाँचों वहाँ एक घंटे तक और रहे थे।

इस बीच उन्होंने रन-वे और आर्मी आफिस का मुआयना करने के अलावा आसपास के जंगल को भी देखा, वहाँ दूर-दूर तक इंसान का नामोनिशान न था।

फिर वो वहाँ से लौट आये। शाम तक उन्होंने सुरंग खोदने में काम आने वाले सामान का बंदोबस्त किया और खाने-पीने की चीजें भी जुटाई।

आखिर उन पाँचों को आज की सारी रात सुरंग खोदते हुए आर्मी ऑफिस में ही गुजारनी थी और कल सारा दिन भी वहीं रहना था। शाम के ठीक पाँच बजे वह सब वापस अरारूट के जंगल में बने आर्मी ऑफिस में पहुंच गये।

तब तक अँधेरा भी फैलने लगा था, इसलिये आर्मी ऑफिस में पहुंचते ही उन्होंने दो पेट्रोमैक्स जला लिये, जिससे वहाँ काफी रोशनी हो गई।

बहरहाल फिर उन पाँचों ने मिलकर फावड़ों और कुदालों की सहायता से सुरंग खोदने का काम शुरू किया।

❑❑❑

रात के ग्यारह बजे कमांडर की दोबारा वॉकी-टॉकी सैट पर मानिक शाह से बात हुई।

"आपके लिये एक शुभ समाचार है डॉक्टर!" कमांडर बेहद उत्साहपूर्वक बोला।

"क्या?"

"हमने योजना पर काम करना शुरू कर दिया है। बृहस्पतिवार वाली फ्लाइट के टिकिट बुक करा लिये गये हैं और आर्मी ऑफिस से रन-वे तक सुरंग खोदी जा रही है।"

"वैरी गुड!" मानिक शाह भी कमांडर की रिपोर्ट सुनकर उत्साहित हो उठा— "यानी काफी फास्ट स्पीड से काम चल रहा है।"

"ऐसा ही समझ सकते हैं।"

"तुम इस समय कहाँ से बोल रहे हो?" मानिक शाह ने पूछा।

"अरारूट के जंगल में बने उसी आर्मी ऑफिस से बोल रहा हूँ, जहाँ सुरंग खोदी जा रही है। मेरे साथी भी यही हैं और वह इस समय भी सुरंग खोदने में लगे हुए हैं।" फिर कमांडर थोड़ा रुककर बोला— "आपके लिये सी.एस.एस. ने कोई नई परेशानी तो नहीं पैदा की है डॉक्टर?"

"नहीं।" मानिक शाह की वॉकी-टॉकी पर आवाज उभरी।

"फिलहाल सब कुछ सामान्य चल रहा है। वह बस पहले की तरह ही सीक्रेट कैमरों से मेरे ऊपर चौबीसों घंटे नज़र रखे हुए हैं और इस समय भी मैं वॉकी-टॉकी पर कंबल के अंदर से बात कर रहा हूँ। लेकिन तुम उस सबकी चिंता मत करो कमांडर!"

"मुझे एक और बात की चिंता है डॉक्टर!"

"किस बात की?"

"कहीं 'मेडिकल संस्थान' के गन-कलेक्शन में से पाँच रिवॉल्वर निकालते समय कोई गड़बड़ न हो जाये।"

"कोई गड़बड़ नहीं होगी।" मानिक शाह ने यकीन के साथ कहा— "वह सब तुम मेरे ऊपर छोड़ दो। बस अपना काम जिम्मेदारी के साथ करो।"

कमांडर चुप हो गया। लेकिन उसके माथे से चिंता की लकीरें मिटी नहीं थीं।

❑❑❑

सारी रात सुरंग खोदने का काम बड़ी लगन से चला रहा था और यह शायद उसी का परिणाम था कि सुबह के आठ बजे तक उन पाँचों ने अट्ठारह मीटर लंबी सुरंग खोद डाली।

तभी एक बुरी घटना घटी। वह पाँचों उस समय आर्मी ऑफिस की कुर्सियों पर बैठे सुसता रहे थे और गरमा-गरम चाय पी रहे थे, उसी पल एकाएक चाय पीते-पीते होशांग के हाथ से चाय का भरा हुआ कप छूट गया। फिर वह खुद भी लड़खड़ाकर कुर्सी से गिरा और बुरी तरह छटपटाने लगा।

मालूम हुआ, होशांग ने पिछले कई दिनों से स्मैक का धुआँ नहीं खींचा था और यह सब उसी का परिणाम था।

बालेराम फौरन कार लेकर बीजिंग की तरफ भागा और वहाँ से स्मैक की कुछ पुड़िया लेकर आया।

इस बीच होशांग की हालत और बिगड़ चुकी थी। लेकिन बालेराम के स्मैक लाने के बाद भी होशांग धुआँ खींचने के लिये तैयार नहीं हुआ।

"मैं स्मैक छोड़ चुका हूँ।" वह बार-बार तड़पते हुए एक ही बात दोहराता रहा—"अब मैं कभी धुआँ नहीं खींचूंगा।"

"लेकिन अगर तुमने इस वक्त धुआँ नहीं खींचा बेवकूफ।" नीलकंठ ने उसे बुरी तरह झंझोड़ा—"तो तुम मर जाओगे।"

"म...मुझे परवाह नहीं।" होशांग की हालत हर पल बिगड़ती जा रही थी—"म... मुझे मरना कुबूल है, ल...लेकिन धुआँ खींचना कुबूल नहीं।"

सब उससे विनती करते-करते हार गये। होशांग की आँखें बंद होने लगी थीं। वह मछली की तरह तड़प रहा था।

पामेला भी उसकी हालत देखकर जज्बाती हुए बिना न रह सकी।

"होशांग!" पामेला ने उसके नजदीक बैठकर उसका चेहरा हिलाया— "मेरी तरफ देखो होशांग!"

होशांग की पलकें थरथरायीं।

"मैं—पामेला...!"

होशांग ने पूरी तरह आँखें खोलकर पामेला को देखा और फिर मुस्कुराया—"म...मैं धुआँ नहीं खींचूंगा पामेला! म...मैं अब सचमुच कभी धुआँ नहीं खींचूंगा।"

"लेकिन तुम्हें धुआँ खींचना होगा होशांग!" पामेला ने दाँत किटकिटाये—"तुम्हें धुआँ खींचना होगा।"

"य...यह!" होशांग ने बेपनाह हैरत से पामेला को देखा— "य...यह तुम कह रही हो पामेला?"

"हाँ।" पामेला की आखें भर आई—"यह मैं कह रही हूँ। इस वक्त दवा समझकर तुम स्मैक के इस धुएं को खींचो।"

"म मगर तुम्हारी शर्त...?"

"कुछ नहीं होगा मेरी शर्त को। मैंने कहा न, दवा समझकर स्मैक के इस धुएं को खींचो। क्या अपनी पामेला की बात नहीं मानोगे।"

होशांग के होंठ दर्द और खुशी के अजीबोगरीब संगम से कंपकंपाने लगे। उसकी आँखों में भी आँसू छलछला आये।

फिर उसने धुआँ खींचा। पामेला के कहने पर धुआँ खींचा।

स्मैक की दो पुड़ियों का धुआँ खींचते ही होशांग की हालत इस तरह सुधर गई थी, जैसे उसे कुछ हुआ ही न हो। लेकिन फिर भी कमांडर और नीलकंठ ने होशांग को उसके बाद सुरंग खोदने के काम में नहीं लगाया। वह बस आर्मी ऑफिस में बैठा आराम करता रहा।

बुधवार के दिन भी शाम के चार बजे तक खुदाई का वो काम चला। लेकिन चार बजे तक न सिर्फ सुरंग पूरी खुद गई थी बल्कि रन-वे का एक पत्थर हटाकर उन्होंने सुरंग का दहाना भी खोल दिया।

यह बात अलग है कि पत्थर हटाने के बाद उसे वापस उसी जगह रख दिया गया था और ऐसा लग रहा था, जैसे वह पत्थर वहाँ पहले की तरह ही चिपका हो।

इतना ही नहीं, उस पत्थर से आगे चौथे पत्थर को बालेराम ने लाल रंग से भी रंग दिया, ताकि निशानी रहे।

कुल मिलाकर पूरी तरह दिन ढलने से पहले ही उस योजना से संबंधित सारा काम निपट गया।

होशांग भी अब एकदम तरो-ताजा नज़र आ रहा था। बृहस्पतिवार का दिन सचमुच इस मिशन का एक बहुत महत्वपूर्ण दिन था।

ठीक नौ बजे शंघाई जाने वाले हवाई जहाज ने 'बीजिंग एयरपोर्ट' के रन-वे से उड़ान भर ली।

डॉक्टर मानिक शाह अपने छह बॉडी-गार्डों से घिरा हवाई जहाज की पिछली सीट पर बैठा था। सभी बॉडी-गार्डों के हाथ में ऑटोमैटिक गनें थीं और उस समय हवाई जहाज में मौजूद तमाम चीनी यात्री इस बात से रोमांचित हो रहे थे कि उनके बीच डॉक्टर मानिक शाह जैसा प्रसिद्ध आदमी बैठा है।

कमांडर और नीलकंठ की पूरी टीम भी हवाई जहाज में मौजूद थी। लेकिन अभी तक मानिक शाह ने उन लोगों की तरफ एक बार भी नहीं देखा था। वह पूरे मनोयोग से एक पत्रिका पढ़ने में मग्न था।

हवाई जहाज के आकाश में पहुँचते ही सबने अपनी-अपनी बेल्ट खोल लीं। मानिक शाह ने भी अपनी बेल्ट खोली थी, लेकिन उसके बाद वह फिर पत्रिका देखने लगा।

"मुझे तो कुछ गड़बड़ नजर आती है।" बालेराम, मानिक शाह की हरकतों से थोड़ा होपलेस होता हुआ बोला।

"क्यों?" नीलकंठ ने आश्चर्य से पूछा।

"यह तो इस प्रकार शांत बैठे हैं, जैसे इन्हें कुछ करना ही न हो।"

"अभी पाँच मिनट पूरे होने में नब्बे सैकंड बाकी हैं।" नीलकंठ अपनी रिस्टवॉच देखता हुआ धीमे स्वर में फुसफुसाया—"इसलिये शांत बैठ रहो और बार-बार डॉक्टर मानिक शाह की तरफ मत देखो।"

बालेराम ने अपना जिस्म ढीला छोड़ दिया।

पाँच मिनट पूरे होते ही हवाई जहाज में पीछे की तरफ थोड़ी आहट हुई। कमांडर और नीलकंठ ने मुड़कर देखा, डॉक्टर मानिक शाह अपने बॉडीगार्डों से घिरा टॉयलेट की तरफ जा रहा था। वह उनके बिल्कुल बराबर में से होकर गुजरा, लेकिन उसने उनकी तरफ एक नजर भी नहीं डाली और सीधा चला गया।

टॉयलेट के बाहर चार बॉडीगार्ड मानिक शाह को घेरकर खड़े हो गये, जबकि दो बॉडीगार्ड ऑटोमेटिक गनें तानकर धड़ाक से टॉयलेट के अंदर घुसे। वहाँ की तलाशी ली और जब इस बात से वह अच्छी तरह संतुष्ट हो गये कि अंदर कोई नहीं है, तब उन्होंने बाहर निकलकर मानिक शाह को टॉयलेट में भेजा।

यही वो पल था, जब कमांडर ने अपने बराबर में बैठे होशांग के कोहनी मारी—"अलर्ट हो जाओ, अब तुम्हारा एक्शन है।"

"चिंता मत करो।" होशांग बोला—"मैं पूरी तरह अलर्ट हूँ।" जल्द ही मानिक शाह टॉयलेट से निकलकर वापस अपनी सीट की तरफ बढ़ा। उसी पल एक खतरनाक घटना घटी।

होशांग अभी टॉयलेट जाने के लिए उठा ही था कि उससे पहले ही आगे वाली सीट पर बैठा एक और नौजवान उठा और वह तेजी से टॉयलेट की तरफ बढ़ा।

सबके छक्के छूट गये।

अगर वह अजनबी नौजवान होशांग से पहले टॉयलेट में घुस जाता और उसके हाथ रिवॉल्वर लग जातीं, तो सारा बंटाधार हो जाना था।

मानिक शाह, जो अभी तक स्वयं को नॉर्मल दर्शा रहा था, वह भी उस क्षण सकपका उठा।

लेकिन होशांग ने जल्दी ही उस खतरनाक गड़बड़ को होने से बचा लिया। वह लगभग लपकता हुआ टॉयलेट की तरफ बढ़ा था और उससे पहले कि वह नौजवान टॉयलेट में घुस पाता, उसने उसे पकड़ लिया। फिर होशांग ने उस नौजवान से कुछ कहा। नौजवान ने उसकी मजबूरी समझकर स्वीकृति में गर्दन हिलाई और होशांग फौरन टॉयलेट में घुस गया।

अंदर घुसते ही होशांग की नजर वॉश बेसिन में पड़ी पाँच रिवॉल्वरों पर पड़ गई थी।

❑❑❑

अगले कुछ क्षण आतंक से भरे रहे।

वह पाँचों रिवॉल्वर बहुत जल्द कमांडर और नीलकंठ की टीम तक पहुंच गए और रिवॉल्वर हाथों में पहुँचते ही वह सब यूं हरकत में आये, जैसे किसी ने उनके शरीर में बिजली भर दी हो।

सबसे पहले कमांडर अपनी सीट से उछलकर खड़ा हुआ। रिवॉल्वर उंगलियों के गिर्द फिरकनी की तरह घूमी और फिर उसने वह रिवॉल्वर यात्रियों की तरफ तान दी।

यात्रियों के हलक से चीखें निकलीं।

इस बीच नीलकंठ, बालेराम, होशांग, पामेला—उन सबकी रिवॉल्वर्स भी बड़ी तेजी से यात्रियों और मानिक शाह के बॉडीगार्डों की तरफ उठी थीं।

"कोई अपनी जगह से न हिले।" कमांडर रिवॉल्वर तानते ही चिंघाड़ा—"कोई हरकत न दिखाये। अगर कोई ज़रा भी हरकत करेगा, तो यहाँ लाशें बिछी होंगी।"

लेकिन हरकत दिखाई गई। मानिक शाह के एक बॉडीगार्ड ने बेहद आनन-फानन अपनी ऑटोमैटिक गन सीधी करके गोली चला दी। गोली कमांडर के कंधे को छूते हुए गुज़री।

उधर होशांग ने भी तत्काल अपनी रिवॉल्वर का ट्रेगर दबा दिया। गोली चूंकि होशांग जैसे मास्कमैन (निशानेबाज) ने चलाई थी, इसलिये वह फौरन धांय से बॉडीगार्ड के सीने में जाकर घुसी और वह चीखता हुआ पीछे उलट गया।

"खबरदार!" कमांडर चिंघाड़ा—"खबरदार अब अगर कोई हरकत दिखायेगा, तो यहाँ लाशें ही लाशें होंगी।"

एक बॉडीगार्ड की मौत से हवाई जहाज में जबरदस्त दहशत फैल गई। बाकी बाडीगार्ड भी आतंकित नजर आने लगे।

"एक बात आप सब लोग अच्छी तरह समझ लें।" इस बार नीलकंठ चिल्लाते हुए बोला—"हम लोग इस हवाई जहाज का हाइजैक जरूर कर रहे हैं, लेकिन हमारी मंशा आप में से किसी को कोई नुकसान पहुंचाने की नहीं है। न ही हम हवाई जहाज में मौजूद डॉक्टर मानिक शाह जैसी हस्ती को कोई नुकसान पहुंचाने के लिये यह सब कर रहे हैं। हमारा मकसद कुछ और है। बहुत जल्द इस हवाई जहाज को छोड़ दिया जायेगा। लेकिन इस बीच आप शान्ति बनाये रखें, क्योंकि इसी में आप लोगों का हित है। मैं डॉक्टर मानिक शाह के बॉडीगार्डों से भी कहूँगा कि वह अपनी-अपनी गन हमारे हवाले कर दें।"

यह होशांग के अद्भुत निशाने और शायद बॉडीगार्ड की मौत का ही असर था कि उन्होंने फौरन अपनी-अपनी गन उन्हें सौंप दीं।

❑❑❑

फिर कमांडर करण सक्सेना और बालेराम रिवॉल्वर लेकर धड़धड़ाते हुए हवाई जहाज के कॉकपिट में घुसे।

वहाँ दो पायलट सीट पर बैठे हुए थे।

"य...यह क्या हरकत है?" हथियारबंद आदमियों को देखते ही पायलट चिल्लाये—"क...कौन हो तुम लोग?"

कमांडर ने जवाब के तौर पर एक पायलट के मुँह पर ऐसा प्रचंड घूसा जड़ा कि वह चिल्लाता हुआ सीट से उछलकर कॉकपिट की दीवार से जाकर टकराया और फिर जमीन सूंघने लगा। अपना आतंक एकदम से फैलाने के लिए वही तरीका सबसे बेहतर था।

"हमने हवाई जहाज का हाइजैक कर लिया है।" फिर कमांडर ने आँखों से शोले बरसाते हुए घोषणा की—"इस समय पूरा हवाई जहाज हमारे कब्जे में है। अगर तुम लोग कोई हरकत दिखाओगे, तो तुम्हारी लाशें भी यहाँ कॉकपिट में सीटों पर पड़ी होंगी।"

"न...नहीं।" हवाई जहाज के हाइजैक के नाम सुनकर दोनों पायलटों का दम खुश्क हो गया—"न...नहीं, हाइजैक नहीं हो सकता।"

"अगर तुम लोगों को यकीन नहीं आता।" बालेराम बोला—"तो तुममें से कोई एक बाहर का नजारा देखकर आ सकता है।"

फौरन वह पायलट उठा, जो कमांडर का घूंसा लगने के बाद जमीन सूंघ रहा था, फिर वो तेजी से कॉकपिट के दरवाजे की तरफ लपका।

एक मिनट बाद ही वो पायलट लौट आया। इस समय उसका पूरा शरीर थर्र-थर्र काँप रहा था और आँखों में दहशत-ही-दहशत थी।

दूसरे पायलट को अपने साथी का चेहरा देखते ही अंदाजा हो गया कि वह लोग जो कह रहे हैं, वह सच है।

"म...मैं इस बारे में अपने कंट्रोल रूम से बात करना चाहता हूँ।" दूसरे पायलट ने तेजी से वहीं लगे एक यंत्र की तरफ हाथ बढ़ाया।

धाँय!

उसी पल कमांडर की उंगलियों के गिर्द रिवॉल्वर घूमी और उसने ट्रेगर दबाया। तत्काल उस यंत्र के परखच्चे उड़ गये, जिस पर कंट्रोल रूम से बात की जानी थी।

"तुम लोग अब कहीं बात नहीं करोगे।" कमांडर साँप की तरह फुंफकारा—"तुम अब सिर्फ वह करोगे, जो हम कहेंगे।"

तब तक हवाई जहाज को उड़े पन्द्रह मिनट हो चुके थे और वह बीजिंग और शंघाई के बीच का आधा फासला तय कर चुका था।

"हवाई जहाज को वापस बीजिंग की तरफ मोड़ लो।" कमांडर ने आदेश दिया।

"लेकिन...!"

फ़ौरन कमांडर ने भड़ाक से एक प्रचंड घूंसा उस पायलट के मुँह पर मारा। उसकी नाक से नकसीर छूट गई और वह चकराकर कंट्रोल रूम पर गिरा।

"सवाल नहीं।" कमांडर ने रिवॉल्वर की बैरल भी दन से उसकी खोपड़ी पर जमाई थी—"सवाल नहीं। सवाल करेगा, तो तेरी लाश यहीं पर पड़ी होगी। इसलिये जो कह रहा हूँ, वही कर। चुपचाप कर। जबान मत चला। होशियारी दिखायेगा, तो ऊपर जायेगा। जल्दी हवाई जहाज को वापस बीजिंग की तरफ मोड़।"

उस पायलट के हाथ-पैर भी अब बुरी तरह फूल चुके थे। फिर उसने कमांडर से बहस नहीं की। वह चुपचाप बटनों पर उंगलियाँ दौड़ाने लगा।

बहुत जल्द हवाई जहाज की दिशा बदल गई। अब वो वापस बीजिंग की तरफ उड़ रहा था।

"तुम जाओ।" हवाई जहाज के दिशा बदलते ही कमांडर, बालेराम से बोला—"अब तुमने अपना काम करना है।"

"ओ.के.!"

बालेराम फौरन कॉकपिट से बाहर निकल गया।

□□□

बालेराम को इस योजना का सबसे महत्वपूर्ण काम सौंपा गया था। उसे डॉक्टर मानिक शाह का डुप्लीकेट बनना था। हवाई जहाज के कॉकपिट से निकलकर बालेराम सीधा टॉयलेट में जा घुसा।

उसने दरवाजा अंदर से बंद कर लिया।

और फिर वॉश बेसिन के ऊपर लगे मिरर में अपना चेहरा देखते हुए बालेराम ने सधे हाथों से मेकअप करना शुरू कर दिया।

□□□

बहुत जल्द हवाई जहाज अरारूट के जंगल के ऊपर मंडराने लगा था।

दोनों पायलटों के चेहरे पर इस समय आतंक के साथ-साथ उलझन के भाव भी थे।

"ल...लेकिन इस घने जंगल में हम हवाई जहाज को उतारेंगे कहाँ?" एक पायलट ने थोड़ी हिम्मत करके पूछा।

"चिंता मत करो, वह सारा इंतजाम हम लोगों ने किया हुआ है।" कमांडर ने कॉकपिट में लगे दिशा-सूचक यंत्र पर नजरें गड़ाये हुए कहा—"हवाई जहाज अब यहाँ से उत्तर दिशा में आगे बढ़ाओ। थोड़ी ही दूर जाकर तुम्हें एक फौजी रन-वे नजर आयेगा। उसी रन-वे पर तुम्हें हवाई जहाज लैंड करना है।"

"उत्तर दिशा!"

"हाँ, उत्तर दिशा!"

पायलट ने हवाई जहाज उत्तर दिशा की तरफ टर्न कर दिया। हालात ही कुछ ऐसे थे कि वो कमांडर की हर बात मानने को मज़बूर था।

बहुत जल्दी फौजी रन-वे नजर आने लगा।

"वैरी गुड!" कमांडर ने प्रसन्न होकर कहा—"वो सामने ही रन-वे नज़र आ रहा है, उसी पर लैंड करो।"

पायलट ने लैंड करने वाला स्विच दबा दिया।

इस बीच नीलकंठ ने दौड़कर सबको अपनी-अपनी बेल्टें बाँधने का आदेश दिया था। तमाम यात्री जल्दी-जल्दी अपनी बेल्टें बाँधने लगे। उधर हवाई जहाज अब भयानक गर्जना करता हुआ नीचे की तरफ झुकता जा रहा था और फिर वह आंधी-तूफान की तरह रन-वे पर दौड़ने लगा।

❑❑❑

जल्द ही हवाई जहाज रन-वे पर लैंड कर चुका था।

जिस पत्थर को उन्होंने निशानी के तौर पर लाल रंग से रंगा था, वह अभी भी काफी दूर था। इसलिये कमांडर ने पायलट से हवाई जहाज थोड़ा और आगे बढ़ाने के लिये कहा। जब सुरंग का दहाना हवाई जहाज के बिल्कुल नीचे आ गया, तो कमांडर ने उसे वहीं रुकवा दिया। इस तरह वहाँ तक की योजना बिल्कुल सफल रही।

हवाई जहाज के रन-वे पर रुकते ही यात्रियों में भी बेचैनी फैलने लगी और वो यह जानने को उत्सुक होने लगे कि हवाई जहाज किस जगह पर रोका गया है।

डॉक्टर मानिक शाह ने भी सीट पर बैठे-बैठे थोड़ी बेचैनी जाहिर की।

"क्या बात है सर?" एक बॉडीगार्ड ने फ़ौरन मानिक शाह की तरफ देखा।

"म...मैं टॉयलेट जाना चाहता हूँ।"

"मगर...!"

"मैं जानता हूँ।" मानिक शाह उसकी बात काटकर बोला— "कि मैं थोड़ी देर पहले ही टॉयलेट गया था, लेकिन आजकल मेरा पेट कुछ गड़बड़ चल रहा है।"

"ओह सर!" फौरन सब बॉडीगार्ड अपनी-अपनी सीटें छोड़कर खड़े हो गये— "आइये सर!"

❑❑❑

हालांकि इस समय डॉक्टर मानिक शाह के सभी बॉडीगार्ड निहत्थे थे, लेकिन फिर भी वह मानिक शाह को चारों तरफ से घेरकर टॉयलेट तक लेकर गये।

तीन बॉडीगार्ड मानिक शाह के साथ बाहर खड़े रहे। जबकि दो बॉडी गार्डों ने झटके से टॉयलेट का दरवाजा खोला, वह खुलता चला गया।

फिर वह तीर की तरह अंदर घुसे। अंदर घुसते ही उन्होंने एक मिनट के अंदर पूरा टॉयलेट खंगाल डाला। कहीं कोई न था। पूरी तरह खाली टॉयलेट!

वह दोनों बाहर निकल आये, फिर मानिक शाह के सामने इज्जत से सिर झुकाकर बोले—"आप अंदर जा सकते हैं सर!"

"थैंक्यू।" मानिक शाह धीमें से मुस्कुराया।

टॉयलेट में घुसते ही उसने दरवाजा अंदर से लॉक्ड कर लिया था।

❑❑❑

सनसनी—खौफ—आतंक!

अंदर घुसते ही मानिक शाह का दिल नगाड़े की तरह जोर-जोर से बजने लगा और उसकी आँखें बड़े सस्पैंसफुल अंदाज में टॉयलेट के अंदर घूमने लगीं, कहाँ था उसका डुप्लीकेट?

किधर था?

तभी मानिक शाह की नजर 'पैराशूट होल' पर पड़ी। उसकी प्लेट के सारे पेंच खुले हुए थे और अब वो प्लेट धीरे-धीरे हिल रही थी। मानिक शाह ने दौड़कर प्लेट हटाई। फौरन बालेराम 'पैराशूट होल' में से होता हुआ उछलकर वापस टॉयलेट में आ गया। इस समय वो पूरी तरह मेकअप में था।

"हे भगवान!" मानिक शाह के मुंह से सिसकारी छूटी—"तुम हवाई जहाज के नीचे चले गये थे। मैं तो सोच रहा था कि कहीं बॉडीगार्डों की नजर तुम पर न पड़ जाये।"

"यह हमारी तीसरी कोशिश है डॉक्टर!" बालेराम मुस्कुराया— "और इस बार हमने किसी भी हालत में अपनी इस कोशिश को नाकाम नहीं होने देना था, इसलिये एक-एक पॉइंट पर काफी सोच-विचारकर काम कर रहे थे।

"वैरी गुड!" मानिक शाह के होंठों पर भी मुस्कान दौड़ी—"मगर अब चिंता मत करो। इस बार हमें सफल होने से कोई नहीं रोक सकता। जल्दी अपने कपड़े उतारो।"

बालेराम आनन-फानन अपने कपड़े उतारने लगा। फिर इसी स्पीड से मानिक शाह ने भी अपने कपड़े उतारे और उसके बाद उन्होंने एक-दूसरे के कपड़े पहने।

अब बालेराम हू-ब-हू मानिक शाह नज़र आ रहा था।

"क्या कहते हो?" बालेराम, मानिक शाह के सामने तनकर खड़ा हो गया और मुस्कुराया।

"फन्टास्टिक!" मानिक शाह की आँखों में बालेराम को देखकर चमक कौंधी थी—"ऐसा लग रहा है, जैसे मैं मिरर के सामने अपने आपको ही देख रहा हूँ। यह लो।" फिर मानिक शाह ने एक पॉकेट डायरी बालेराम की तरफ बढ़ाई।

"यह क्या है?"

"इस डायरी में मैंने अपनी जिंदगी से संबंधित काफी बातें लिख दी हैं।" मानिक

शाह बोला—"मैं समझता हूँ कि मानिक शाह का रोल प्ले करने में यह डायरी तुम्हारे काफी काम आने वाली है।"

"वैरी गुड!" बालेराम ने डायरी अपनी जेब में रख ली—"अब आप जल्दी यहाँ से निकलिये डॉक्टर!"

"सुरंग का दहाना कहाँ है?" मानिक शाह ने 'पैराशूट होल' में से नीचे झाँका।

"नीचे उतरने के बाद आपको रन-वे का एक पत्थर अपनी जगह से हटा हुआ नजर आयेगा, वही सुरंग का दहाना है। नीचे जाकर मैंने अभी-अभी उस पत्थर को अपनी जगह से हटाया है।"

उसके बाद मानिक शाह ने एक भी सैकंड बर्बाद नहीं किया, फौरन 'पैराशूट होल' में से नीचे छलाँग लगा दी।

उधर बालेराम ने भी 'पैराशूट होल' की प्लेट वापस खाँचे पर रख दी थी और उसके बाद उसने संतोष की साँस लेते हुए टॉयलेट का दरवाजा खोला। बाहर मानिक शाह के बॉडीगार्ड अभी भी उसकी प्रतीक्षा में खड़े थे।

"यू आर फाइन सर?" एक बॉडीगार्ड ने फ़ौरन पूछा।

"यस, आई एम फाइन!" बालेराम ने बेहद संजीदगी से अपनी गर्दन हिलाई—"अब तबीयत कुछ संभली है।"

"आइये सर, आइये।"

बालेराम बॉडीगार्डों से घिरा हुआ मानिक शाह की सीट की तरफ बढ़ गया।

दस मिनट!

सिर्फ दस मिनट के अंदर ही कमांडर, नीलकंठ, होशांग, पामेला, वह सब 'पैराशूट होल' में से निकलकर और सुरंग में से होते हुए पहले आर्मी ऑफिस के अंदर पहुँचे और फिर उसके पीछे खड़ी कार में बैठकर वहाँ से फरार हो गये।

❑❑❑

हवाई जहाज के उस अजीबोगरीब हाइजैक ने एक बार फिर पूरे चीन में जबरदस्त सनसनी फैलाई। उस हाइजैकिंग से जिस व्यक्ति की सबसे ज्यादा नींद हराम हुई, वह कोई और नहीं हमेशा की तरह वान ली ही था।

"यह कोई मामूली हाइजैकिंग का केस नहीं हो सकता सर!" वान ली, सबसे बड़े अधिकारी के पर्सनल केबिन में बैठा झुंझलाये स्वर में बोल रहा था—"मेरा दिमाग इस बात को मानने के लिये तैयार ही नहीं कि यह मामूली हाइजैकिंग थी।"

सबसे बड़े अधिकारी ने गौर से वान ली का चेहरा देखा। फिर वह एकाएक यूं जोर से खिलखिलाकर हंसा, जैसे किसी जोकर का चेहरा देखकर उसे हंसी आ गई हो।

"अ...आप हंस रहे हैं सर?"

"मैं समझता हूँ।" अधिकारी हंसता हुआ ही बोला—"कि तुम्हारे दिमाग के स्क्रू कुछ ढीले हो गये हैं वान ली! अगर तुम्हारी यही हालत रही, तो तुम पागल भी हो सकते हो। एक काम करो तुम छुट्टियाँ लेकर कहीं घूम क्यों नहीं आते। वैसे भी तुमने इस साल में कोई छुट्टी नहीं ली वान ली!"

"सर!" वान ली ने अपने गुस्से को जबरदस्ती जब्त किया—"मैं बिल्कुल सीरियस हूँ। आप क्या समझते हैं कि पाँच आदमी, जिनमें एक लड़की भी शामिल है, वह पाँच आदमी अपनी जान पर खेलकर हवाई ज़हाज का हाइजैक करते हैं। इतनी ही नहीं, वह अपना आतंक फैलाने के लिये डॉक्टर मानिक शाह के एक बॉडीगार्ड की हत्या भी कर देते हैं।" वान ली ने दाँत किटकिटाये—"हत्या कोई मामूली बात नहीं होती सर! उसके बाद वह पाँचों आदमी अरारूट के भीषण जंगलों में बने फौजी रन-वे पर उस हवाई जहाज को उतरवाते हैं। यानी सब कुछ प्री-प्लान था। उनके द्वारा उठाया गया एक-एक कदम योजनाबद्ध था। और हाइजैकिंग के उस प्रोग्राम में सफल होने के बावजूद वह न तो चीन सरकार के सामने कोई डिमांड रखते हैं और न ही ऐसा कोई काम करते हैं, जिससे यह साबित हो कि उन्होंने हवाई जहाज का हाइजैक फलां मकसद से किया था।"

"लेकिन...!"

"पूरी बात सुनिये सर!" वान ली गुस्से में ही धाराप्रवाह बोलता चला गया—"मैंने अपनी पूरी जिंदगी में ऐसी हाइजैकिंग न कभी देखी, न सुनी। अगर वह पाँचों आदमी हाईजैक के बाद चीन सरकार के सामने अपनी कोई डिमांड रखते, तो मैं इसे मामूली घटना समझता। लेकिन नहीं सर!" वान ली ने जोर से मेज पर घूंसा मारा—"नहीं! हाईजैकिंग में सफल होने के बावजूद वह पाँचों हवाई जहाज में से भाग खड़े हुए और इस तरह भागे कि किसी ने उन्हें भागते हुए भी नहीं देखा। हवाई जहाज में बैठे यात्री काफी देर तक तो यही समझते रहे कि सारे हाइजैकर्स कॉकपिट में चले गये हैं और कॉकपिट में बैठे पायलट इस दहशत में अपनी सीट के साथ चिपके रहे कि हाइजैकर्स बाहर हैं। वह तो एक घंटे बाद मानिक शाह के दो बॉडीगार्डों ने हिम्मत दिखाई और वह कॉकपिट में गये, तब यह राज़ खुला कि हाइजैकर्स वहां से भाग चुके हैं। और जब उन लोगों ने यह जानने का प्रयास किया कि वह पाँचों क्रिमिनल कहाँ से भागे, तो उन्हें पैराशूट हॉल की प्लेट के पेंच खुले

हुए मिले। लेकिन यह राज़ वह लोग फिर भी न सुलझा सके कि क्रिमिनल हवाई जहाज के नीचे पहुँचने के बाद भी रन-वे पर किधर से भागे। क्योंकि वह रन-वे पर चाहे किसी भी दिशा में भागते, लेकिन किसी-न-किसी की नजर तो उन पर पड़ती।"

"मैं तुम्हारी बात अच्छी तरह समझ रहा हूँ वान ली!" अधिकारी के चेहरे पर भी अब गंभीरता पुत गई थी—"मुझे मालूम है कि तुम्हारे तर्कों में जान है।"

"सवाल सिर्फ तर्कों में जान का नहीं है सर!" वान ली ने पहले की तरह ही एक-एक शब्द चबाया—"सवाल ये है कि आखिर क्यों पाँच अपराधियों ने उस हवाई जहाज का हाइजैक किया और फिर वो किस तरह वहाँ से फरार हुए?"

"वान ली!" सबसे बड़े अधिकारी ने थोड़ी ऊंची आवाज में कहा— "अपने आपको शांत करो। एकदम शांत! अगर तुम इसी तरह एक-एक मुद्दे का गहराई से अवलोकन करते रहे, तो में फिर कहता हूँ कि तुम्हें पागल होने से कोई नहीं बचा सकता।"

"मगर...!"

"यह सच है दोस्त।" अधिकारी ने आगे बढ़कर वान ली का स्नेह से हाथ थपथपाया—"कि तुम जो कुछ सोच रहे हो, वह एक-एक बात सही है। लेकिन इस घटना के ज़रा दूसरे पहलू पर भी तो गौर करो, हाइजैक हुआ हवाई जहाज कुशलतापूर्वक वापस बीजिंग एयरपोर्ट पर पहुँच चुका है। उसमें मौजूद सभी यात्री कुशलतापूर्वक अपने-अपने घरों को वापस जा चुके हैं। फिर हम क्यों चिंता करें? क्यों यह खामाखाह की बात सोचकर अपना सिरदर्द बढ़ायें कि अपराधियों ने किस मकसद से हवाई जहाज का हाइजैक किया था? और वह किधर से भागे? हमारे लिये तो यह सारे प्रश्न उस समय चिंता का वायस होते, जब उन अपराधियों ने कोई एक्शन लिया होता। जेन्टलमैन, फिलहाल हमें यह सोचकर खुश होना चाहिये कि कोई बड़ी घटना घटने से बच गई। अगर दिमाग ही दौड़ाना है तो किन्हीं और मुद्दों पर दौड़ाओ। क्या हमारे डिपार्टमेंट के पास पहले ही कुछ कम उलझनें हैं।"

"लेकिन जिस हवाई जहाज का हाइजैक किया गया।" वान ली बोला—"उसमें मानिक शाह भी थे सर!"

"क्या हुआ?" अधिकारी ने पुनः कहा—"मानिक शाह भी तो कुशलतापूर्वक अपनी कोठी पर पहुंच चुके हैं। फिर शक किस बात का रह गया।"

वान ली की बेचैनी फिर भी कम न हुई।

उसका दिमाग बार-बार चीखकर एक ही बात कह रहा था, इतना बड़ा ड्रामा ऐसे ही नहीं हुआ हो सकता।

जरूर कहीं-न-कहीं, कुछ-न-कुछ गड़बड़ हुई है।

❑❑❑

मानिक शाह की कोठी में सी.एस.एस. का जो अधिकारी तैनात था, वह एक दिन थोड़ी हड़बड़ाई और परेशान अवस्था में वान ली से आकर मिला।

उसका चेहरा बता रहा था कि वह किसी बात को लेकर बहुत फिक्रमंद है।

"मैं आपसे एक बहुत जरूरी बात करना चाहता था सर!" अधिकारी आते ही बोला—"लेकिन मुझे समय नहीं मिल रहा था, अब भी बड़ी मुश्किल से आ पाया हूँ।"

"बैठो।" वान ली भी उस अधिकारी को देखते ही चौकन्ना हो गया— "आखिर बात क्या है?"

"सर, आपने मुझसे कहा था कि मैं डॉक्टर मानिक शाह पर खास नजर रखूं।" अधिकारी कुर्सी पर बैठता हुआ बोला।

"बिल्कुल कहा था। लेकिन क्या हुआ?"

"सर!" अधिकारी बोला—आपके कहने पर ही मैंने मानिक शाह के टॉयलेट और बाथरूम वगैरा में सब जगह सीक्रेट कैमरे फिट करा दिये। इतना ही नहीं, ड्रेसिंग टेबल भी सीधी करके रख दी।"

"वह सब ठीक है, मगर तुम इतने बेचैन क्यों हो?"

"सर!" अधिकारी आगे को झुक गया और उसका स्वर रोमांचित हो उठा— "जब से हाइजैक वाला कांड हुआ है, तभी से मैं डॉक्टर मानिक शाह के अंदर बड़ा चौंका देने वाला परिवर्तन देख रहा हूँ।"

"प...परिवर्तन?" वान ली के दिमाग में जोरदार आतिशबाजी-सी छूटी— "क... कैसा परिवर्तन?"

"जैसे वह रोजाना रात को दो घंटे स्टडी में बैठते थे। वह अब भी दो घंटे ही स्टडी में बैठते हैं। लेकिन सर, सीक्रेट कैमरों की बदौलत देखा गया है कि अब उनकी किताबें पढ़ने में कोई दिलचस्पी नहीं होती। वह दो घंटे तक सिर्फ किताबों के पन्ने ही पलटते रहते हैं।"

"ओह!" वान ली की उस घटना में उत्सुकता बढ़ने लगी—"ऐसा ही कोई और परिवर्तन?"

"यस सर! इसके अलावा ऐसे दो परिवर्तन मैंने और नोट किए हैं।" अधिकारी

बोला—"पहले डॉक्टर मानिक शाह हमेशा गरम पानी से नहाते थे। लेकिन जबसे प्लेन की हाईजैकिंग वाला मामला हुआ है, तबसे वो बिल्कुल ठंडे पानी से ही नहाते हैं।"

"और दूसरा परिवर्तन?"

"मुझे इतना समय कोठी में हो गया सर, लेकिन मैंने कभी डॉक्टर मानिक शाह को बिना सलाद के खाना खाते नहीं देखा था। लेकिन अब तो वह सलाद की प्लेट को छूते भी नहीं हैं।"

"इन्ट्रेस्टिंग!" वान ली एकाएक कुर्सी से उछलकर खड़ा हो गया—"वैरी इन्ट्रेस्टिंग!"

"ल...लेकिन मानिक शाह के अंदर इस बदलाव का कारण मेरी तो समझ में नहीं आ रहा सर!"

"लेकिन मेरे समझ आ रहा है, सब कुछ समझ में आ रहा है।" मेज के पीछे से निकलकर वान ली अधिकारी के करीब आया और उसे कसकर अपने सीने से लगा लिया—"तुम नहीं जानते ऑफिसर, तुमने इस समय मेरे उस सवाल का जवाब दे दिया है कि प्लेन का हाइजैक क्यों किया गया था।"

अधिकारी फिर भी कुछ नहीं समझ सका।

वह बस मूर्खों की तरह पलकें झपकाये जा रहा था।

❑❑❑

सुबह का वक्त!

बालेराम 'मेडिकल संस्थान' जाने के लिये तैयार होकर अभी-अभी बेडरूम से बाहर निकला था कि तभी उसकी नजर सामने से आते वान ली पर पड़ी।

वान ली!

बालेराम के दिमाग में फुलझड़ियाँ-सी छूटीं।

वान ली वहाँ क्यों आया है?

फ़ौरन मानिक शाह की डायरी में लिखे शब्द उसके दिमाग में कौंधे। मैं वान ली से नफरत करता हूँ, इसलिये अगर कभी तुम्हारा सामना वान ली से हो जाये, तो तुम्हें भी उससे नफरत ही जाहिर करनी है।

फौरन बालेराम की भृकुटियाँ तन गईं। वह बेडरूम के दरवाजे पर ही खड़ा यूं वान ली को घूरने लगा, जैसे कसाई बकरे को घूरता है।

“तुम यहाँ क्यों आये हो?” वान ली के निकट आते ही बालेराम कर्कश स्वर में बोला।

“मैं जानता हूँ, आप मुझसे नफरत करते हैं।” वान ली फ़ौरन ही अपना शब्दजाल फैलाता हुआ बोला—“लेकिन इस समय पूजा ने मुझे यहाँ भेजा है।”

“प...पूजा!” बालेराम को शॉक-सा लगा।

“पूजा को तो आप माफ कर चुके हैं। जब आप शंघाई जा रहे थे, ठीक तभी पूजा ने यहाँ आपसे आकर माफी मांगी थी, क्या आप उस बात को भी भूल गये?”

अब बालेराम सकपकाया।

मानिक शाह ने डायरी में तो कहीं भी इस बात का उल्लेख नहीं किया कि पूजा उससे आकर मिली थी और वो डायरी में उल्लेख करता भी कैसे? वान ली के शब्द जाल में फंस चुके बालेराम के दिमाग ने खुद ही जवाब दिया—वान ली बता रहा है कि पूजा, मानिक शाह से ठीक उस समय आकर मिली थी, जब वो शंघाई जा रहा था। यानी डायरी पहले ही लिखी जा चुकी थी।

“आपके लिये एक शुभ समाचार है।” बालेराम उस शब्द जाल से निकल पाता, उससे पहले ही वान ली ने एक और तीर छोड़ दिया— “पूजा के बच्चा होने वाला है।”

“ब...बच्चा!”

“हाँ, इसीलिये आज शाम को उसने आपको बुलाया है। वह आपके साथ सेलीब्रेट करना चाहती है।”

“म...मेरी तबीयत कुछ ठीक नहीं है। म...मैं नहीं आ सकता।”

तड़ाक!

फ़ौरन वान ली का एक झन्नाटेदार झापड़ बालेराम के मुँह पर पड़ा कि उसके हलक से चीख निकल गई और वो चिल्लाता हुआ दीवार से जाकर टकराया। आसपास खड़े बॉडीगार्ड भी सन्न रह गये, वह फौरन वान ली की तरफ दौड़े।

“यह क्या बदतमीजी है?” बालेराम भी हतप्रभ-सी मुद्रा में चिल्लाया।

जबकि वान ली ने अब धड़ाक से उसका गिरहबान पकड़ लिया और फिर उसे भस्म कर देने वाली नज़रों से देखता हुआ चिंघाड़ा— “बता तू कौन है? तू मानिक शाह नहीं हो सकता हरामजादे! अगर तू मानिक शाह होता, तो तुझे मालूम होता कि पूजा तुझसे नहीं आकर मिली थी और तूने उसे माफ नहीं किया था। इतना ही नहीं—अगर तू मानिक शाह होता, तो तू पूजा के बच्चा होने वाली खबर सुनकर भी बुरी तरह

उछलता। क्योंकि मानिक शाह को मालूम था कि पूजा का गर्भाशय फट चुका है और उसे ऑपरेशन करके पेट में से निकाला जा चुका है। अब दुनिया की कोई ताकत, कोई करिश्मा पूजा को माँ नहीं बना सकता।"

वान ली की बातें सुनकर तेजी से उसकी तरफ लपके मानिक शाह के बॉडीगार्ड भी अपनी जगह ठिठक गये।

बालेराम भी सन्न था !

वान ली ने अब रिवॉल्वर निकालकर बालेराम के सीने पर रख दी। इतना ही नहीं, वान ली ने तेजी के साथ उसका सारा मेकअप भी नोंच डाला। पलक झपकते ही बालेराम बेनकाब हो गया।

मानिक शाह के बॉडीगार्ड अब और बुरी तरह सकपकाये।

"यानी मेरा शक सही था।" वान ली ने दाँत किटकिटाये—"उस दिन हवाई जहाज का हाइजैक बेवजह नहीं हुआ था। उस दिन मानिक शाह को उस हवाई जहाज में से गायब किया गया। और तू!" वान ली ने रिवॉल्वर से बालेराम का सीना ठकठकाया—"और तू नीलकंठ का ही कोई चेला है। भारतीय जासूस का ही कोई संगी साथी! अब तू मेरे सिर्फ एक सवाल का जवाब दे हरामजादे, मानिक शाह इस समय कहाँ है?"

उसी पल बालेराम ने भी हरकत दिखा दी, उसने इतने आनन-फानन अंदाज में गलियारे में ही रखा पीतल का फूलदान उठाया कि वान ली कुछ समझ पाता, उससे पहले ही उसने फूलदान धड़ाक से वान ली के सिर पर दे मारा।

चिल्लाया वान ली!

पीतल का फूलदान इतनी प्रचंड शक्ति से उसके सिर पर मारा गया था कि फूलदान लगते ही वान ली का सिर फट गया और खून निकलने लगा। वान ली नीचे गिरता, उससे पहले ही बालेराम ने उसे अपनी बाँहों में दबोच लिया और फुर्ती के साथ उसके हाथ से रिवॉल्वर छीनकर उसी के कान पर रख दिया।

उसकी तरफ लपकते बॉडीगार्ड फिर ठिठके।

"कोई आगे न बढ़े।" बालेराम एकाएक बेहद हिंसक लहजे में चिंघाड़ा—"मैं अगर मानिक शाह नहीं हूँ, तो याद रखो, मैं कोई मामूली क्रिमिनल भी नहीं हूँ। मुझे बहुत सोच-समझकर यह खतरनाक काम सौंपा गया है। किसी भी इंसान का खून कर डालना मेरे लिये मक्खी मारने जितना आसान है। रास्ते से हटो मेरे!"

बॉडीगार्ड रास्ते से हटने लगे।

जबकि बालेराम, वान ली को कवर बनाये-बनाये बाहर खड़े कारों के काफिले तक पहुंचा था। फिर वह वान ली के साथ-साथ ही एक कार में घुस गया और फ़ौरन उसने वह कार कोठी के मेन गेट की तरफ दौड़ा दी।

वान ली के सिर से खून लगातार बह रहा था और इस समय अर्द्धचेतन जैसी अवस्था में था।

थोड़ी दूर जाते ही बालेराम ने कार का दरवाजा खोला और वान ली को किसी मरियल कुत्ते की तरह चलती कार में से बाहर फेंक दिया।

❑❑❑

"त...तुम।" बालेराम जैसे ही ठिकाने पर पहुंचा, उसे देखकर सब भौचक्के रह गये।

मानिक शाह भी।

"त...तुम यहाँ कैसे?"

"हमारी योजना का पर्दाफाश हो चुका है।" बालेराम तेज-तेज साँस लेता हुआ बोला—"उन लोगों को मालूम हो गया है कि मानिक शाह अब उनके शिकंजे में नहीं हैं।" बालेराम एक ही साँस में पूरी घटना बताता चला गया।

"वान ली की अब क्या पोजीशन है?" नीलकंठ भी उस घटना को सुनकर चौंका।

"उसकी कोई ज्यादा हालत खराब नहीं है।" बालेराम ने बताया— "उसका बस थोड़ा सिर फटा है और कुछ खून निकला है। जल्द ही वो पहले की तरह चुस्त-दुरुस्त हो जायेगा।"

"हे भगवान!" मानिक शाह के शरीर में खौफ की सिहरन दौड़ी— "पूजा का अब क्या होगा? यह पता चलने के बाद कि मैं ही चीन से बगावत करने वाला डॉक्टर हूँ, वह उसके साथ जंगली जानवरों की तरह बिहेव करेंगे।"

"सचमुच एकाएक स्थिति बहुत खतरनाक हो गई है।" कमांडर भी परेशान हालत में बोला—"हमें फौरन पूजा को वान ली के घर में से निकालना होगा और इस मामले में हमें बिल्कुल भी देर नहीं करनी चाहिये।"

❑❑❑

हॉस्पिटल की एक एम्बुलैंस सड़क पर तेज़ रफ्तार से दौड़ती हुई वान ली की कोठी के बिल्कुल सामने जाकर रुकी। फिर उसमें से कमांडर, नीलकंठ, और पामेला हॉस्पिटल स्टाफ के सफेद कपड़े पहने हुए फुर्ती से नीचे कूदे।

एम्बुलैंस को कोठी के सामने रुकते देख चायनीज़ सीक्रेट सर्विस के वह चारों जवान भी बहुत चौकन्ने हो गये थे, जो पूजा पर निगाह रखने के लिये वहाँ नियुक्त थे।

"क्या यही मिस्टर वान ली की कोठी है? कमांडर ने एम्बुलैंस से उतरते ही उन चारों जवानों पर दृष्टि दौड़ाते हुए पूछा।

"जी हाँ। यही मिस्टर वान ली की कोठी है।" एक जवान ने आगे बढ़कर जवाब दिया—"लेकिन बात क्या है?"

"एक बहुत बुरी सूचना है।" तब तक वह तीनों जवानों के काफी नजदीक पहुँच चुके थे—"मिस्टर वान ली का खतरनाक एक्सीडेंट हो गया है। वो माओत्से तुंग हॉस्पिटल में पड़े तड़प रहे हैं और हमें फौरन मैडम पूजा को अपने साथ ले जाना है।"

"य... यह आप क्या कह रहे हैं।" जवानों के मुँह से सिसकारी छूटी— "एक्सीडेंट! मगर कैसे?"

"एक ट्रक से उनकी कार का एक्सीडेंट हो गया था।" कमांडर बड़ी बेचैनी के साथ बोला—"अब प्लीज, सवाल-जवाब में हमारा वक्त बर्बाद मत कीजिये। मैडम पूजा का फ़ौरन हॉस्पिटल पहुंचाना जरूरी है।"

लगभग हड़बड़ाये अंदाज में वह शब्द कहने के बाद कमांडर, नीलकंठ और पामेला के साथ तेजी से कोठी की तरफ बढ़ा।

"जस्ट ए मिनट!" फौरन सी.एस.एस. के एक जवान ने कमांडर की बाजू पकड़ ली थी— "एक बात समझ नहीं आई जेन्टलमैन!"

"कौन सी बात?"

"अगर मिस्टर वान ली का एक्सीडेंड हो गया था, तो यहाँ हॉस्पिटल से कोई फोन क्यों नहीं आया?"

"अच्छा!" कमांडर ने हैरानी जाहिर की—"अभी तक कोई फोन नहीं आया?"

"नहीं।"

यही वो पल था, जब कोठी के अंदर जोर-जोर से टेलीफोन की घंटी बजने लगी।

"लो।" नीलकंठ ने गहरी साँस छोड़ी—"फोन भी आ गया है।"

घंटी की आवाज सुनते ही सी.एस.एस. का एक जवान एकदम से अंदर की तरफ दौड़ पड़ा।

❑❑❑

कुछ पल बाद ही जब वो वापस बाहर आया तो उसके चेहरे पर सनसनीखेज भाव थे।।

"व...वाकई मिस्टर वान ली का एक्सीडेंट हो गया है।" उसने बाहर आते ही कहा—"माओत्से तुंग हॉस्पिटल का कोई डॉक्टर फोन पर बोल रहा था।"

"अब तो आप लोगों को यकीन आ गया।" कमांडर बोला— "अब तो हम मैडम पूजा को ले जा सकते हैं?"

"नहीं! मुझे अभी भी शक है।" सी.एस.एस. का एक अड़ियल जवान पहले की तरह कठोर स्वर में बोला—"हो सकता है कि जो फोन अभी आया, वह भी तुम्हारे ही किसी आदमी ने ही किया हो। मैं खुद माओत्से तुंग हॉस्पिटल के चीफ से बात करके सारी हकीकत का पता लगाता हूँ और अगर सचमुच मिस्टर वान ली का एक्सीडेंट हो गया है, तो हम लोग खुद मैडम पूजा को अपनी कस्टडी में लेकर हॉस्पिटल जायेंगे।"

"सुनो।" कमांडर ने फौरन उस अड़ियल जवान को रोका—"हमें इस बात से कोई ऐतराज़ नहीं कि तुम लोग खुद मैडम पूजा को लेकर हॉस्पिटल जाते हो। लेकिन हॉस्पिटल फोन करना बेकार है।"

"क्यों?" जवान चौंका।

"क्योंकि हमारे पास एक ऐसी चीज है।" कमांडर बेहद सस्पैंसफुल स्वर में बोला—"जिसे देखते ही तुम लोगों को यकीन हो जायेगा कि सचमुच मिस्टर वान ली का एक्सीडेंट हो गया है।"

चारों जवानों की आँखों में आश्चर्य के भाव तैरे—"ऐसी क्या चीज है?"

"मैं समझाता हूँ।" कमांडर ने नीलकंठ और पामेला की तरफ देखा—"इन लोगों को अब 'वह चीज' दिखा ही देनी चाहिये।"

"दिखानी ही पड़ेगी।" नीलकंठ ने आहत भाव से कहा—"क्योंकि उस चीज को देखे बिना यह लोग मानने वाले नहीं।"

"ठीक है दोस्तों।" कमांडर पुनः उन चारों से बोला—"आप लोग जरा हमारे साथ लॉन के उस कोने में आओ।"

"वहाँ क्यों?

"आओ तो सही।"

"ठीक है, चलो।

चारों जवान जैसे ही लॉन के एक बिल्कुल तन्हा कोने में पहुँचे, वह तीनों एकदम उन पर बेहद खूंखार अंदाज में आंधी की तरह टूट पड़े। वह जवान अपनी गन सीधी कर पाते, उससे पहले ही कमांडर ने अपनी कोल्ट रिवॉल्वर से उनमें से दो के भेजे उड़ा

दिये। जबकि नीलकंठ ने बाकी बचे दो जवानों की गर्दन का माँस उधेड़ डाला। जिन जवानों को गोली लगी थी, उन्हें तो मरने में फिर भी समय लगा, लेकिन नीलकंठ के शिकार जवानों के प्राण-पखेरू पलक झपकते ही उड़ गये।

❑❑❑

पहले मानिक शाह के भाग निकलने की खबर; और फिर पूजा के भी वान ली की कोठी से फरार हो जाने की खबर सी.एस.एस. हैडक्वार्टर में लगभग आगे-पीछे मिली। उन दोनों खबरों ने सी.एस.एस. हैडक्वार्टर में एक बार फिर जबरदस्त हंगामा बरपा कर दिया।

"मैं पहले ही कहता था।" वान ली के सिर पर पट्टी बंधी थी, लेकिन फिर भी वो अधिकारियों की उस मीटिंग में गला फाड़कर चिल्ला रहा था—"कि मानिक शाह ही वो भारतीय डॉक्टर है, जो चीन से बगावत करना चाहता है। वापस अपने देश, अपने वतन जाना चाहता है। लेकिन उस वक्त मेरी बात किसी ने नहीं मानी और यह आज उसी का नतीजा है कि न सिर्फ मानिक शाह हमारे हाथ से निकल चुका है बल्कि पूजा भी हमारे फंदे से आजाद हो गई है।"

"इसमें कोई शक नहीं।" उसी पल सी.एस.एस. का एक अन्य अधिकारी भी थोड़ी उत्तेजित मुद्रा में ही बोला—"कि यह जो एकाएक घटनायें घटी हैं, यह बहुत खतरनाक घटनायें हैं और अगर डॉक्टर मानिक शाह हिंदुस्तान पहुँचने में सफल हो गया, तो यह चीन सरकार के लिये और भी ज्यादा भयानक बात होगी। इसलिये हमे फौरन कुछ करना चाहिये। किसी प्रकार डॉक्टर मानिक शाह और पूजा को हिंदुस्तान पहुंचने से रोकना चाहिये।"

"लेकिन हम उन्हें कैसे रोक सकते हैं?" वह सी.एस.एस. के एक दूसरे अधिकारी की आवाज थी—"हमें तो यह भी नहीं मालूम कि वह बीजिंग में इस समय कहाँ है?"

"हम फिर भी उन्हें रोक सकते हैं।" तभी सबसे बड़े अधिकारी ने बातचीत के बीच में हस्तक्षेप किया—"हमारे पास अभी एक पत्ता ऐसा है, जिसके बलबूते पर मानिक शाह और पूजा को हिंदुस्तान पहुंचने से रोका जा सकता है, चाहे वह दोनों कहीं भी छिपे हों।"

"पत्ता!" वान ली को छोड़कर सभी अधिकारियों के बीच खलबली-सी मच गई—"वह आखिर कौन-सा पत्ता है?"

"जनरल फ्यूजी नाम है उस पत्ते का, जनरल फ्यूजी!" सबसे बड़े अधिकारी का चेहरा भी इस समय भभकता हुआ नजर आ रहा था— "अब जनरल फ्यूजी ही इस मिशन को हैंडल करेगा। अब कयामत आयेगी, कयामत!"

जनरल फ्यूजी!

उस नाम को सुनते ही वान ली जैसे पिशाच की आँखों में भी खतरनाक चमक मंडराने लगी। उसे लगने लगा, अब सचमुच वो सही समय आ गया है, जब जनरल फ्यूजी को यह मिशन हैंडल करना चाहिये।

❑❑❑

खलबली नीलकंठ के ठिकाने पर भी मची हुई थी।

पूजा तो डॉक्टर मानिक शाह को देखते ही उनसे लिपट गई थी और फिर फूट-फूटकर हिड़कियों से रोने लगी।

"अब रो मत बेटी!" मानिक शाह ने भी पूजा को बाहुपाश में भरकर स्नेह से उसके सिर पर हाथ फेरा—"अब रो मत! अब रोने का समय गुजर चुका है। बहुत जल्द अब हम अपने देश में होंगे। अपने लोगों के बीच होंगे। जहाँ हम खुलकर हंस सकेंगे और हमारी हंसी को किसी की नजर भी नहीं लगेगी।"

फिर भी पूजा रोती रही।

रोती रही।

सालों से बंधा आँसुओं का बाँध मानों आज टूट गया था। काफी देर रोने के बाद पूजा शांत हुई।

"मैं तुमसे कुछ कहना चाहता हूँ नीलकंठ!" तब कमांडर एक 'डनहिल' सुलगाता हुआ बोला।

"क्या कहना चाहते हो?" नीलकंठ ने भी कमांडर की तरफ देखा।

"मेरा अनुमान है नीलकंठ! चीन में, मैं जिस उद्देश्य से आया था—तुम लोगों की बदौलत मेरा वह उद्देश्य पूरा हो चुका है।" कमांडर ने 'डनहिल' का एक कश लगाया—"आज मैंने अपने इस मिशन में कामयाबी हासिल कर ली है। इसलिये फिर कोई तूफान जन्म ले, उससे पहले ही मैं डॉक्टर मानिक शाह और पूजा को लेकर वापस हिंदुस्तान चले जाना चाहता हूँ।"

"आइडिया बुरा नहीं।" नीलकंठ बोला—"सच्चाई ये है कि मैं खुद ही अभी यही बात सोच रहा था। लेकिन इस प्रोग्राम में एक मुश्किल है।"

"क्या?"

"यह काम एकदम से नहीं हो सकता। क्योंकि किसी भी देश का गैर-कानूनी ढंग से बॉर्डर क्रॉस करना मजाक नहीं होता। लेकिन तुम चिंता मत करो। तुम तीनों के बॉर्डर क्रॉस करने का मैं इंतजाम करता हूँ और जल्द-से-जल्द करता हूँ।"

फिर नीलकंठ वहाँ से चला गया।

कमांडर भी अपने कमरे में आ गया। वहाँ आते ही कमांडर ने एक काम और किया। अपने ओवरकोट की सीक्रेट जेब में से ट्रांसमीटर सैट निकाला और रॉ चीफ गंगाधर महंत से मुंबई में संपर्क स्थापित किया।

संपर्क स्थापित होते ही उसने गंगाधर महंत को यह सूचना दी कि मिशन सफल हो गया है।

गंगाधर महंत भी कमांडर की उस रिपोर्ट को सुनकर बेहद प्रसन्न हुए।

❑❑❑

लेकिन नहीं!

अभी मिशन पूरी तरह सफल नहीं हुआ था। अभी अड़चन थी और बहुत बड़ी अड़चन थी।

नीलकंठ चीन का बॉर्डर क्रॉस करने का कैसा भी कोई जरिया खोज पाता, उससे पहले ही वह धमाका हो गया।

शाम का वक्त था। वह सब एक साथ बैठे खाना खा रहे थे और टी. वी. की खबरें सुन रहे थे, तभी एकाएक खबरें रुक गईं और टेलीविजन के पर्दे पर एक बड़ी-बड़ी मूंछों और भयानक आँखों वाला जनरल फ्यूजी नमूदार हुआ।

"दोस्तों, मैं आज चीन की आम जनता को संबोधित करने के लिये टेलीविजन पर उपस्थित नहीं हुआ हूँ।" जनरल फ्यूजी अपनी भारी-भरकम आवाज में बोला—"बल्कि मेरा आज का यह संदेश सिर्फ तीन व्यक्तियों के लिये है। डॉक्टर मानिक शाह, पूजा और भारत का वह जासूस, जिसने चीन में आकर एकाएक जबरदस्त हंगामा मचा दिया है। यह तीनों व्यक्ति चीन में इस समय जहाँ कहीं भी हों, मेरे इस संदेश को ध्यानपूर्वक सुनें।"

एकाएक खाना खाते उन लोगों के बीच खलबली-सी मच गई। वह खाना, खाना भूल गये। खासतौर से डॉक्टर मानिक शाह के दिल की धड़कनें तो जनरल फ्यूजी का चेहरा देखते ही बढ़ चुकी थीं।

"मानिक शाह!" जनरल फ्यूजी टेलीविजन के पर्दे पर इस तरह बोला, जैसे उसे यकीन था कि वह लोग उसकी बातें सुन रहे हैं— "सचमुच तुम काफी तेज दिमाग के मालिक हो मानिक शाह! अपने देश वापस जाने के लिये तुमने सारे पत्ते इस तरह बिछाये कि चीनी ऑफिसरों को अंत तक तुम्हारे ऊपर यह शक नहीं हो सका कि वह भारतीय डॉक्टर तुम्हीं हो, जो चीन से बगावत करना चाहता है। बहरहाल अब तो पूरे ड्रामे के ऊपर से पर्दा उठ चुका है। पूजा को भी तुम आजाद करा चुके हो। लेकिन अब एक छोटा-सा पर्दा मैं भी उठाऊंगा मानिक शाह!"

जनरल फ्यूजी मुस्कुराता हुआ बोला—"अपने बेटे अजय को तो तुम नहीं भूले होओगे डॉक्टर!"

"अ...अजय!" कुर्सी पर बैठे-बैठे उछल पड़ा मानिक शाह!

सबका यही हाल हुआ।

"क्यों?" जनरल फ्यूजी टेलीविजन पर खिलखिलाकर हंसा— "अजय का नाम सुनकर झटका लगा मानिक शाह! अभी एक झटका और लगेगा, तुम्हारा बेटा अजय जिंदा है डॉक्टर! वह अभी तक चीनी फौज की कैद में था। उसकी विमान दुर्घटना में मौत नहीं हुई थी, बल्कि मेरे कहने पर चीन की फौज ने एयरपोर्ट से उसका हाइजैक कर लिया था। क्योंकि सरोज की मौत के बाद ही मुझे लगने लगा था कि तुम चीन से बगावत कर सकते हो। इसलिये प्रेसिडेंट से सलाह मशवरा करने के बाद मैंने अजय को क़ैदी बनाने का वह षड़यंत्र रचा। मेरे उस षड़यंत्र के बारे में दो व्यक्ति और जानते थे, सी.एस.एस. का सबसे बड़ा अधिकारी और वान ली! इतना ही नहीं, यह सब लोग ये भी जानते थे कि सरोज की हत्या मैंने ही की है। लेकिन हम चीनी हैं डॉक्टर, चीनी! नाम जरूर चीनी है, लेकिन हमें चाय में डालकर कोई नहीं पी सकता। हम चीनी किसी भी हिंदुस्तानी को मारना गर्व की बात समझते हैं। बहरहाल अजय को उस समय कैद करना अब हमारे काफी काम आ गया है। आओ, अब मैं तुम्हें तुम्हारे बेटे अजय के दर्शन कराता हूँ।"

फिर टी.वी. स्क्रीन से जनरल फ्यूजी गायब हो गया और जल्द ही वहाँ एक कोठरी नज़र आने लगी।

काल-कोठरी!

जिसके दरवाजे में लोहे के मोटे-मोटे सींखचे जड़े थे।

और फिर नजर आया उस कोठरी के एक कोने में बैठा हुआ अजय! चेहरा एकदम पीला जर्द! जैसे कोई टीबी का मरीज हो। जिस्म की एक-एक हड्डी चमकती हुई और शरीर पर फटे-पुराने कपड़े।

"अ"अजय!" अपने बेटे की वो दुर्गति देखकर मानिक शाह रो पड़ा।

पूजा की भी हिड़कियें बंध गईं।

जबकि शैतान जनरल फ्यूजी दोबारा टी.वी. स्क्रीन पर नमूदार हुआ था।

"हैलो मानिक शाह!" जनरल फ्यूजी ने मुस्कुराते हुए अपने चिर-परिचित अंदाज में मूंछें फड़फड़ाई—"अपने मरे हुए बेटे से मिलना तुम्हें जरूर अच्छा लगा होगा। अब एक काम की बात सुनो डॉक्टर! अगर तुम अपने बेटे को इस कैद से आजाद कराना चाहते हो, तो अपने आपको, पूजा को और उस भारतीय जासूस कमांडर करण सक्सेना को मेरे हवाले कर दो। तुम्हारे पास कल सुबह छह बजे तक का समय है, छह बजे तक। उसके बाद अजय को गोली मार दी जायेगी। गुड बाय!"

टेलीविजन पर खबरें दोबारा शुरू हो गईं।

फिर हर आधा-आधा घंटे बाद जनरल फ्यूजी का वह संदेश टी. वी. पर रिपीट टेलीकास्ट होने लगा।

❑❑❑

जनरल फ्यूजी के उस संदेश ने सारे हालात एक झटके में पलटकर रख दिये थे।

"म...मैं अजय को नहीं मरने दे सकता।" मानिक शाह फफकते हुए बोला—"वो खून है मेरा। कमांडर, मेरे परिवार ने मेरी वजह से बहुत कष्ट भोगे हैं। अजय की आज यह जो हालत है, यह भी मेरे ही कारण है। मैं इन आखरी क्षणों में अपनी आजादी के लिये अपने बेटे को इस नरक में नहीं छोड़ सकता।" बोलते-बोलते मानिक शाह पहले से भी ज्यादा जोर-जोर से रोने लगा।

"रिलैक्स डॉक्टर! रिलैक्स!" कमांडर ने मानिक शाह का कंधा धपथपाया। नीलकंठ, पूजा को चुप करा रहा था—"कुछ नहीं होगा अजय को। मैं आपसे वादा करता हूँ, मैं उसे भी इस नरक से निकालूंगा। आप बस एक काम करें।"

"क्या?"

"अगर जनरल फ्यूजी का कोई टेलीफोन नंबर आपके पास हो, तो वह मुझे दें।

"मैं अभी देता हूँ।" मानिक शाह का हाथ अपने कोट की जेब में रखी डायरी की तरफ लपका—"ल...लेकिन तुम करोगे क्या?"

"आप बेफिक्र रहें डॉक्टर! मैं ऐसा कोई काम नहीं करूंगा, जिससे अजय की जान को खतरा पहुँचता हो।"

□□□

कमांडर करण सक्सेना ने एक बार फिर अपने दिमागी घोड़े दौड़ाने शुरू कर दिये थे।

थोड़ी देर बाद ही उसने पब्लिक टेलीफोन बूथ पर जाकर जनरल फ्यूजी का नंबर डायल किया। मानिक शाह ने उसे पहले ही बता दिया था कि वह जनरल फ्यूजी का पर्सनल नंबर है और उसे सीधे जनरल फ्यूजी ही उठायेगा।

"हैलो!" जल्द ही दूसरी तरफ से एक भारी-भरकम आवाज उभरी।

"मैं कमांडर बोल रहा हूँ जनरल फ्यूजी! वही भारतीय जासूस, जिसकी इस समय तुम्हें बेसब्री से तलाश है।"

"क...कमांडर!" हड़बड़ा उठा उस नाम को सुनकर जनरल फ्यूजी भी—"कहीं तुम वही भारतीय जासूस कमांडर करण सक्सेना तो नहीं, जिसने पनामा द्वीप में जाकर सर जॉन के छक्के छुड़ाये? जिसने अमेरिका में भी जाकर सी.आई.ए. के छक्के छुड़ा दिए थे?"

"बिल्कुल ठीक पहचाना तुमने जनरल फ्यूजी! बिल्कुल ठीक पहचाना।" कमांडर एक-एक शब्द को चबाता हुआ बोलता चला गया—"मैं वही कमांडर करण सक्सेना हूँ।"

"ओह!" जनरल फ्यूजी की आवाज गंभीर हो उठी—"अब यह राज़ समझ आया कि क्यों चीन की सी.एस.एस. जैसी शक्तिशाली संस्था भी एक जासूस के सामने हिल गई। क्योंकि वह जासूस कोई मामूली नहीं था—वह कमांडर करण सक्सेना था। कोई बात नहीं कमांडर, अब तुम्हारा मुकाबला जनरल फ्यूजी से होने जा रहा है। चीन के एक फौजी से। सन् 1962 की जंग तो तुम्हें अच्छी तरह याद होगी कमांडर!" उस बात को कहकर जोर से हंसा जनरल फ्यूजी—"अपनी इतिहास की पुस्तक में तुमने जरूर पढ़ा होगा कि चीन ने किस तरह भारत को पराजित किया था।"

"मैं इतिहास नहीं पढ़ता हूँ जनरल फ्यूजी!" कमांडर की आवाज गुस्से से भभक उठी—"मैं इतिहास रचता हूँ। अपनी ताकत से। अपने दिमाग से। दुश्मन की ज़मीन पर।"

"अच्छा लगा।" जनरल फ्यूजी दोबारा हंसा था—"हिंदुस्तानी खून में इतनी भी गरमी होती है, यह पहली बार देखा। लेकिन तुम शायद भूल रहे हो कि अजय मेरे कब्जे में है।"

"मुझे मालूम है।" कमांडर अपनी आवाज को शांत करता हुआ बोला— "तुम सिर्फ यह बताओ कि डॉक्टर मानिक शाह और पूजा को लेकर मुझे कहाँ पहुँचना है?"

जनरल फ्यूजी बताने लगा।

❑❑❑

वह सब एक बार फिर सिर-से-सिर जोड़े बैठे थे। अब पाँच लोगों की उस खतरनाक मंडली में डॉक्टर मानिक शाह और पूजा भी शामिल थे। उस समय सबके चेहरे पर संजीदगी की छाया थी। सबके दिमाग में सस्पैंस का तांडव हो रहा था।

कमांडर ने गहरी साँस छोड़ी और कुर्सी की पुश्त से पीठ लगा ली—"उसने हम तीनों को आज रात दस बजे 'लाल नदी' पर बुलाया है।"

सब खामोश थे।

चुप!

कमांडर के चेहरे पर भी उस समय गंभीरता पुती हुई थी—"लाल नदी पर भी एक खास जगह! वहाँ एक सड़क है, जो लाल नदी के अंदर भी पचास मीटर तक चली गई है। यूं तो नदी के अंदर बनी वह सड़क अक्सर रात के समय पानी में डूब जाती है, लेकिन आजकल लाल नदी में कम पानी है, इसलिये वह नहीं डूबती। हम तीनों को मोटरबोट लेकर आज रात उसी सड़क पर पहुँचना है।"

कमांडर की बात सुनकर नीलकंठ के नेत्र सिकुड़ गये—"लेकिन जनरल फ्यूजी ने तीनों को नदी के बीच में बनी उसी सड़क पर क्यों बुलाया है?"

"यह बात जनरल फ्यूजी ने नहीं बताई।" कमांडर बोला—"हाँ, उसने मेरी शर्त जरूर मान ली कि वह अजय को अपने साथ लेकर आयेगा। क्योंकि अजय को देखने के बाद ही हम तीनों उसके सामने सरेंडर करेंगे।"

"वह सब तो ठीक है।" बालेराम भी बोला—"लेकिन अहम सवाल यह है कि उसने लाल नदी के बीच में बनी उसी सड़क पर क्यों बुलाया? वो भी रात के समय? जनरल फ्यूजी अगर सी.एस.एस. के हैड क्वार्टर में बुलाता, फौज के किसी ऑफिस में बुलाता, तब भी बात समझ आती। लेकिन सरेंडर के लिये उसने यह अजीबोगरीब जगह ही क्यों चुनी? कमांडर!" बालेराम थोड़ा हिचकिचाता हुआ बोला— "आप चाहे कुछ भी कहें, लेकिन मुझे जनरल फ्यूजी के इरादे नेक नहीं लगते।"

"तुम ठीक कह रहे हो बालेराम!" कमांडर अभी भी गंभीर था— "जनरल फ्यूजी के इरादे वाकई नेक नहीं हैं। इसलिये हमें भी अपना जाल फैलाना पड़ेगा।"

❑❑❑

और फिर सचमुच बड़े योजनाबद्ध ढंग से एक जाल फैलाया गया।

नीलकंठ, बालेराम, होशांग, पामेला—उन सभी ने गोताखोरो की ड्रेसे पहनीं। आँखों पर विशेष चश्में चढ़ाये, जिससे नदी के तल में पहुँचने के बावजूद भी पानी उनकी आँखों को न छू सके। पीठ पर ऑक्सीजन सिलेंडर बाँधे और मुँह पर ऑक्सीजन मास्क फिट किये। इसके बाद वह ठीक साढ़े नौ बजे हथियारों से लैस होकर 'लाल नदी' में घुस गये और नीचे-ही-नीचे तैरते हुए उस सड़क तक पहुँचे, जो नदी के बीच में बनी थी।

वह सड़क से कम-से-कम बीस फुट नीचे पानी में थे।

अपने-अपने हथियारों को उन्होंने पॉलिथीन में लपेटा हुआ था, जिससे पानी की एक बूंद भी उन्हें न छू सके। ठीक दस बजे सबसे पहले सड़क के दूसरी तरफ जनरल फ्यूजी की मोटरबोट आकर रुकी, जिसमें वान ली भी उसके साथ था। पाँच मिनट बाद ही कमांडर भी एक मोटरबोट को चलाता हुआ वहाँ आ गया। उसकी मोटरबोट सड़क के इस तरफ रुकी।

❑❑❑

सबसे पहले कमांडर करण सक्सेना ही मोटरबोट से निकलकर लाल नदी के बीच में बनी सड़क पर पहुंचा था। वह हमेशा की तरह इस समय भी काला लंबा ओवरकोट और काला गोल कलेन्सी हैट पहने था। मानिक शाह और पूजा मोटरबोट के अंदर थे। कमांडर ने उन्हें वहीं बैठे रहने के लिये कहा था।

कमांडर को देखते ही जनरल फ्यूजी और वान ली भी मोटरबोट से उतरकर सड़क पर आ गये।

"हैलो कमांडर!" सड़क पर आते ही जनरल फ्यूजी मखौल उड़ाने वाले अंदाज में हंसा और उसने अपनी बड़ी—बड़ी मूंछें फड़फड़ाई।

"हैलो!" कमांडर भी मुस्कुराया और सड़क के किनारे पर ही रुक गया।

इस समय लाल नदी में दूर-दूर तक फैला पानी गहरा काला नजर आ रहा था। सड़क पर भी अँधेरा था। लेकिन मोटरबोटों के आगे लगी लाइटों ने उस अंधेरे को वक्ती तौर पर दूर कर दिया था।

"क्या बात है कमांडर!" जनरल फ्यूजी के साथ-साथ वान ली भी हंसा—"सड़क के उस किनारे पर ही क्यों रुक गये?"

"एक बड़ी मशहूर कहावत है जनरल!" कमांडर थोड़ी ऊंची आवाज में बोला—"कि दुश्मनों से हमेशा फासला बनाकर रखना चाहिये। मैं उसी कहावत का पालन कर रहा हूँ।"

"ओह!" वह दोनों शैतान खिलखिलाकर हंसे—"वैरी इंट्रेस्टिंग!"

"मानिक शाह और पूजा नज़र नहीं आ रहे?" जनरल फ्यूजी ने पूछा— "क्या उन्हें साथ नहीं लेकर आये?"

"वह मोटरबोट के अंदर बैठे हैं। पहले अजय को दिखाओ, तब वह दोनों बाहर आयेंगे।"

"लेकिन अजय को दिखाने से पहले हम यह चैक करना चाहते हैं कि तुम दोनों अजय को लाये भी हो या नहीं।"

"ओ.के.।" कमांडर बोला—"मैं चैक करा देता हूँ।"

कमांडर ने सावधानी के तौर पर रिवॉल्वर निकाल ली थी। रिवॉल्वर हाथ में आते ही फिरकनी की तरह घूमी और फिर कमांडर करण सक्सेना खुद भी अपनी मोटरबोट की तरफ घूम गया था।

"डॉक्टर!" उसने मोटरबोट की तरफ आवाज दी—"पूजा! विंडो खोलकर अपनी गर्दनें बाहर निकाल लो, ताकि यह लोग देख सकें कि आप दोनों मेरे साथ हो।"

फौरन मोटरबोट की दो छोटी-छोटी विंडो खुलीं और उनमें से मानिक शाह और पूजा की गर्दनें बाहर निकलीं।

❑❑❑

यही वो पल था, जब नीचे-ही-नीचे तैरते होशांग ने भी एक खतरनाक कदम उठाया।

दरअसल लाल नदी में बड़े मोटे-मोटे गोल पिलर बने हुए थे, जिनके ऊपर वह सड़क टिकी थी। होशांग बड़ी खामोशी से नीचे-ही-नीचे तैरता हुआ उन गोल पिलरों के बीच से होकर सड़क के दूसरी तरफ पहुंचा और चुपचाप जनरल फ्यूजी की मोटरबोट में घुस गया।

यह काम होशांग ने इतनी खामोशी के साथ किया था कि नीलकंठ, बालेराम और पामेला तक को उसके इस कदम की खबर न हुई।

मोटरबोट में घुसते ही होशांग ने पॉलिथीन पैक में से एक ऑटोलोडर रायफल निकाल ली और उसके आगे जापान की प्रसिद्ध कामारोस्की (KAMAROSKI) कंपनी का बना साइलेंसर फिट कर दिया। फिर होशांग ने वो काम किया, जिसकी कोई उस जैसे नशेढ़ी से कल्पना भी नहीं कर सकता था।

उसने दबे पाँव सबसे पहले पूरी मोटरबोट का मुआयना किया। मोटरबोट में सी.एस.एस. के छह जवान और थे, जो बड़े ही खतरनाक हथियारों से लैस थे और अलग-अलग जगह छिपे थे।

होशांग ने मोटरबोट में ही अजय को भी देखा। वह डैक की रेलिंग के पास ही बने एक केबिन में जानवरों की तरह बंधा पड़ा था।

अजय को देखते ही होशांग जानलेवा एक्शन में आ गया। उस केबिन के पास ही दूसरे केबिन में सी.एस.एस. का एक जवान था, जो कुर्सी पर बैठा था।

होशांग एकदम उस केबिन में घुसा। सी.एस.एस. का एक जवान एक हथियारबंद अजनबी को मोटरबोट पर देखकर बुरी तरह चौंका, वह चीख पाता, उससे पहले ही होशांग ने अपनी ऑटोलोडर राइफल का घोड़ा दबा दिया।

निशाना अचूक था।

आखिर वो होशांग का निशाना था।

गोली सनसनाती हुई उसके गले की घंटी में जाकर लगी। फौरन वो बिना चीखे भगवान को प्यारा हो गया।

गोली चूंकि गले की घंटी में लगी थी, इसलिये सी.एस.एस. जवान के चीख पाने का सवाल ही नहीं था।

उसके बाद होशांग ने इसी तरह मोटरबोट पर मौजूद सी.एस.एस. के अन्य पाँचों जवानों को भी शूट कर दिया। उसने सबके गले की घंटी में गोली मारी थी।

फिर होशांग ने आनन-फानन अजय को खोला और उसे लेकर

मोटरबोट से बाहर सड़क पर आ गया।

❑❑❑

जनरल फ्यूजी और वान ली की पीठ उस समय होशांग की तरफ थी। जबकि कमांडर का चेहरा उसी तरफ था।

और यहीं गलती हुई। होशांग को अजय के साथ जनरल फ्यूजी की मोटरबोट से निकलते देख कमांडर चौंका। कमांडर के चेहरे पर हैरानी के भाव आये, तो वह दोनों दरिंदे भी खतरा भाँपकर एकदम अपनी मोटरबोट की तरफ पलटे।

"कमांडर!" उसी पल होशांग गला फाड़कर चिल्ला उठा था— "मैंने इनकी मोटरबोट में सवार सभी सी.एस.एस. जवानों को मार दिया है, अब यह दोनों यहाँ अकेले हैं। डॉक्टर और पूजा के साथ इनके सामने सरेंडर करने की कोई जरूरत नहीं है।"

होशांग की बात सुनते ही जनरल फ्यूजी और वान ली के होश उड़ गये। उन्होंने बेपनाह फुर्ती से अपनी-अपनी रिवॉल्वर निकाली।

"इन दोनों को गोली मार दो।" जनरल फ्यूजी पागलों की तरह चिंघाड़ा— "कोई न बचने पाये।"

लेकिन वो भूल रहे थे कि वहाँ कमांडर भी है। कमांडर करण सक्सेना, जो ऐसे ही शैतानों की जिंदगी पर मौत के आख़री दस्तखत करता है।

जनरल फ्यूजी या वान ली गोली चला पाते, उससे पहले ही कमांडर की कोल्ट रिवॉल्वर फिरकनी की तरह घूमी और धाँय-धाँय-धाँय एक साथ कई गोलियाँ चलीं।

दो गोलियाँ वान ली की पीठ में लगी थीं। गोलियाँ लगते ही वान ली चिंघाड़ता हुआ हवा में उछला।

जबकि एक गोली जनरल फ्यूजी के बाजू से रगड़ खाते हुए गुजरी।

गोलियाँ लगने के बावजूद भी वान ली ने अजय और होशांग का निशाना लेकर अपनी रिवॉल्वर का ट्रेगर दबा ही दिया और फिर तब तक ट्रेगर दबाता चला गया, जब तक वह पूरी तरह खाली न हो गया।

होशांग ने फौरन अजय को अपनी बाँहों में भर लिया था। सारी गोलियाँ होशांग के जिस्म में समाती चली गईं। गोलियों की आवाजें सुनते ही नीलकंठ, बालेराम और पामेला भी ऊपर सड़क पर आ गये। उन्होंने भी कमांडर के साथ-साथ धुआँधार गोलियां चलानी शुरू कर दीं।

उस घमासान युद्ध जैसे दृश्य को देखकर जनरल फ्यूजी के हाथ-पैर फूल गये। वह फौरन जान बचाकर मोटरबोट की तरफ भागा।

इस मामले में जनरल फ्यूजी किस्मत का तेज निकला। कई गोलियाँ उसके जिस्म में लगीं। लेकिन कोई भी गोली ऐसी जगह नहीं लगी, जो उसके फ़ौरन प्राण-पखेरू उड़ सकें। वह भागता हुआ मोटरबोट में घुस गया।

फिर आनन-फानन मोटरबोट स्टार्ट करके रात के अंधेरे में वहाँ से भाग खड़ा हुआ।

❑❑❑

अजय भी आजाद हो चुका था।

लेकिन इस समय लाल नदी के बीच में बनी वह सड़क खून से रंगी थी। वान ली और होशांग के खून से।

वान ली मर चुका था।

उसका जिस्म छलनी-छलनी हुआ इस समय सड़क पर पड़ा था और ऐसा लगता था, जैसे दर्जनों के हिसाब से गोलियाँ उसके जिस्म में लगी हों।

जबकि होशांग सड़क पर पड़ा आखरी साँसे ले रहा था।

मानिक शाह और पूजा भी दौड़कर मोटरबोट से निकलकर सड़क पर आ गये और उन्होंने अजय को अपनी बाँहों में भर लिया। कमांडर, नीलकंठ, बालेराम और पामेला—वह सब दम तोड़ते होशांग की तरफ लपके थे।

पामेला को देखकर मुस्कुराया होशांग! बड़ी ही भावभीनी मुस्कान थी वो।

सबकी आँखों में आँसू उमड़ आये। कमांडर की आँखों में भी। पामेला ने लपककर होशांग का शरीर अपनी गोद में रख लिया।

"त...तूने मेरे सामने दो शर्ते रखी थीं पामेला!" होशांग उखड़ी—उखड़ी साँसों के बीच बोला— "पहली शर्त, म...मैं स्मैक पीना छोड़ दूं। म...मैंने छोड़ दी। द...दूसरी शर्त, म...मैं कोई ऐसा कारनामा करके दिखाऊं, ज...जिससे साबित हो सके कि मैं असली मर्द हूँ। म...मेरे इस कारनामे से तो शायद यह साबित हो गया होगा ना; कि मैं मर्द भी हूँ?"

"हाँ, किचू-किचू!" रो पड़ी पामेला! उसने कसकर होशांग को अपनी बाँहों में भर लिया—"तू सचमुच मर्द है। असली मर्द!"

मुस्कुराया होशांग—"क्या अब भी मुझे किचू-किचू कहेगी?"

"नहीं!" पामेला की सुबकियां तेज हो गईं—"कभी नहीं। कभी नहीं।"

"अ...अब तो मानती है, ज...जिनके दाढ़ी-मूंछें नहीं होतीं, वह भी म...मर्द होते हैं?"

"हाँ, मानती हूँ। दिल से मानती हूँ।" पामेला रोये जा रही थी।

सब रो रहे थे।

"म...मैं तुझसे अब शादी तो न...नहीं कर सकता पामेला!" होशांग की साँसें बुरी तरह उखड़ने लगीं। उसकी आँखों का जीवन-दीप बुझ रहा था— "ल...लेकिन तेरे गाल का एक च...चुम्बन लेने की तमन्ना मेरी आज भी है।"

पामेला ने हिड़कियों से रोते हुए अपना गाल होशांग की तरफ बढ़ा दिया।

होशांग के शुष्क और थर्र-थर्र काँपते हुए होंठ भी बड़ी शिद्दत के साथ पामेला के गाल की तरफ बढ़े। उन्होंने गाल को छुआ भी। लेकिन वह होंठ चुंबन ले पाते, उससे पहले ही होशांग का शरीर ढीला पड़ गया।

वह वापस पामेला की गोद में जा गिरा।

पामेला पागलों की तरह रो पड़ी।

होशांग मर चुका था।

मोहब्बत का वो फरिश्ता मर चुका था, जिसने पामेला से दीवानगी की हद तक प्यार किया।

❑❑❑

होशांग की मौत ने उन सभी को गम में डुबो दिया।

डॉक्टर मानिक शाह और पूजा, जो अजय से मिलने के कारण बेपनाह खुश थे, होशांग की मौत ने उन्हें भी द्रवित कर दिया।

अगले दिन दोपहर के लगभग दो बजे नीलकंठ अपने सीक्रेट ठिकाने पर आया। होशांग का अंतिम संस्कार सुबह ही कर दिया गया था। लेकिन उसके बाद भी आज नीलकंठ काफी व्यस्त रहा था।

"कमांडर!" नीलकंठ आते ही बोला—"मैंने तुम चारों के बॉर्डर क्रॉस करने का सारा इंतजाम कर दिया है। आज रात ही तुम लोग चीन का बॉर्डर पास करके हिंदुस्तान पहुँच जाओगे।"

"लेकिन कैसे?" कमांडर चौंका—"हम बॉर्डर पार कैसे करेंगे?"

"दरअसल यह सब कैप्टन मुशांग करेगा।" नीलकंठ ने बताया— "कैप्टन मुशांग एक चीनी फौजी है और उसकी हमेशा चीन-हिंदुस्तान बॉर्डर पर ड्यूटी रहती है। तुम्हें जानकर आश्चर्य होगा कि कैप्टन मुशांग, होशांग का ही बड़ा भाई है।"

"कहीं यह वही मोटा-सा आदमी तो नहीं?" कमांडर को शॉक-सा लगा—"जो हमारे साथ सुबह ही होशांग के अंतिम संस्कार के समय मौजूद था?

"हाँ।" नीलकंठ ने संजीदगी से गर्दन हिलाई—"वही कैप्टन मुशांग है। अपने छोटे भाई की मौत ने उसे अंदर तक झकझोर डाला है। वो जनरल फ्यूजी से नफरत करने लगा है। थोड़ी देर पहले उसी ने मेरे सामने यह प्रपोज़ल रखा कि तुम लोगों को चीन का बॉर्डर क्रॉस करायेगा।"

"म...मगर फिर भी एक अकेले फौजी के लिये यह सब कैसे मुमकिन है?"

"उसने पूरी योजना बना ली है।" नीलकंठ बोला—"चीन के बॉर्डर पर एक-दो किलोमीटर लंबी सुरंग है। तुम्हें जानकर हैरानी होगी कमांडर, वह सुरंग एक किलोमीटर तो चीन की सरहद में और एक किलोमीटर वह भारत की सरहद में अंदर तक चली

गई है।" कमांडर के चेहरे पर अचरज के भाव तैर गये—"यानी चीनी फौज ने भारत की सरहद में भी अंदर तक सुरंग खोद रखी है।"

"बिल्कुल।"

"लेकिन यह तो सरासर अंतर्राष्ट्रीय कानूनों का उल्लंघन है।"

"यहाँ पूछता कौन है अंतर्राष्ट्रीय कानूनों को।" नीलकंठ ने दाँत किटकिटाये—"यह चीन है मेरे दोस्त, चीन! तुम्हें सुनकर हैरानी होगी कि वह सुरंग आज की बनी हुई नहीं है, बल्कि सन् 1962 से भी पहले की है और हिंदुस्तान को आज तक उस सुरंग के बारे में कोई जानकारी नहीं। चीन ने 1962 की जंग भी काफी हद तक उसी सुरंग के बलबूते पर जीती थी। उस दो किलोमीटर लंबी सुरंग में से होकर चीनी फौजी हिंदुस्तानी सीमा में घुस गये थे और उन्होंने वहाँ ज़बरदस्त मारकाट मचा डाली थी। चीन सरकार आज भी उस सुरंग को 1962 की यादगार के रूप में देखती है और इसीलिये उन्होंने उस सुरंग को 'विक्टरी टनल' का नाम दिया है।"

"विक्टरी टनल!" खून कमांडर की कनपटी पर ठोकरे-सी मारने लगा।

"रिलैक्स-रिलैक्स कमांडर! मैं जानता हूँ कि चीन की इस धोखाधड़ी को सुनकर तुम्हें कष्ट पहुंचा है। लेकिन अब वही 'विक्टरी टनल' तुम सब लोगों की रिहाई का वायस बनेगी। कैप्टन मुशांग आज रात उसी 'विक्टरी टनल' में से तुम लोगों को चीन का बॉर्डर क्रॉस करायेगा। अब से ठीक दो घंटे बाद हम लोगों ने चीन के बॉर्डर की तरफ रवाना हो जाना है, जहाँ रात के ग्यारह बजे कैप्टन मुशांग हमारा 'विक्टरी टनल' के बाहर स्वागत करेगा।"

"दो घंटे बाद क्यों?"

"क्योंकि चीन का बॉर्डर बीजिंग से काफी दूर है। हमें वहाँ तक पहुँचने में लगभग सात घंटे लग जायेंगे। इसलिये योजना बनाई गई है कि ठीक शाम के चार बजे हम बीजिंग से रवाना होंगे, तब कहीं जाकर हम रात के ग्यारह बजे तक 'विक्टरी टनल' पर पहुंचेंगे।"

"ओह!"

❑❑❑

घटनाक्रम में एक बार फिर तेजी आ गई थी।

कमांडर करण सक्सेना ने बीजिंग छोड़ने से पहले पुनः रॉ चीफ गंगाधर महंत से संपर्क स्थापित किया। उन्हें 'विक्टरी टनल' के बारे में सब कुछ बताया और कहा

कि वह आज रात मानिक शाह के परिवार को लेकर उसी 'विक्टरी टनल' से वापस हिंदुस्तान पहुँच रहा है।

गंगाधर महंत ने उसे एक खुशखबरी सुनाई। उन्होंने कहा कि वह हिंदुस्तानी फौज के साथ आज रात बॉर्डर पर ही उसका और डॉक्टर मानिक शाह का स्वागत करेंगे।

❑❑❑

फिर वह क्षण भी आया, जब उन्होंने चीन छोड़ा।

वह रात के ठीक ग्यारह बजे 'विक्टरी टनल' पर पहुँच गये थे, जहाँ कैप्टन मुशांग ने उनका स्वागत किया।

'विक्टरी टनल' की देखभाल के लिये एक फौजी चौकी भी बनाई गई थी, जहाँ रात के समय हमेशा चार फौजी तैनात रहते थे। लेकिन कैप्टन मुशांग उन चारों को खरीद चुका था और अब आज रात उन्होंने कुछ नहीं देखना था कि 'विक्टरी टनल' में क्या हो रहा है।

'विक्टरी टनल' के बाहर लोहे का एक दरवाजा लगा था। कैप्टन मुशांग ने उस दरवाजे को खोल दिया। फ़ौरन मुँह फाड़े एक लंबी सुरंग नजर आने लगी।

"जाओ दोस्तों!" कैप्टन मुशांग बोला—"तुम्हारा देश तुम लोगों का इंतजार कर रहा है। यह सुरंग तुम्हें तुम्हारे हिंदुस्तान तक पहुंचा देगी। लेकिन जाने से पहले तुम एक ख़ास बात सुनो।"

"क्या?"

"जहाँ यह दो किलोमीटर लंबी सुरंग खत्म होगी, वहाँ पहुँचकर तुम्हें ऐसा लगेगा, जैसे इस सुरंग से बाहर निकलने का कोई रास्ता नहीं है। क्योंकि तुम्हारे सामने एक दीवार होगी। लेकिन हकीकत में ऐसा नहीं है। उस दीवार के पास ही तुम्हें जमीन पर रखा एक बड़ा-सा पत्थर नजर आयेगा। तुम उस पत्थर को हटाओगे, तो तुम्हें रास्ता नजर आने लगेगा, जो एक सूख चुके नाले में खुलता है और वह नाला हिंदुस्तान में ही है।"

"थैंक्यू-थैंक्यू वैरी मच कैप्टन मुशांग!" कमांडर ने कैप्टन मुशांग से कसकर हाथ मिलाया—"तुम्हारी इस शानदार मदद के लिये मैं तुम्हारा दिल से आभारी हूँ।"

कैप्टन मुशांग की आँखें भर आईं—"कमांडर, यह मैं तुम्हारी नहीं बल्कि अपने

भाई होशांग की मदद कर रहा हूँ। क्योंकि मैं नहीं चाहता कि जिन लोगों के लिये मेरे भाई ने अपनी जान की बाजी लगा दी, उन लोगों का मिशन नाकाम हो जाये।"

"मैं तुम्हारे जज्बात समझ सकता हूँ कैप्टन!" कमांडर भी भावुक हो उठा था।

फिर उसने नीलकंठ, बालेराम और पामेला जैसे अपने मित्रों से भी विदाई ली, जिन्होंने मिशन सफल बनाने के लिये कदम-कदम पर अपनी जिंदगी खतरे में डाली थी।

विदाई के उन क्षणों में उन सबकी आँखें भर आई थीं।

"कमांडर!" नीलकंठ उससे कसकर गले लग गया—"तुम्हारे साथ बिताये क्षणों को हममें से कोई भी नहीं भुला सकेगा। चीन में हमेशा हम लोग तुम्हारा स्वागत करेंगे।

"मैं जानता हूँ।"

फिर कमांडर करण सक्सेना, डॉक्टर मानिक शाह, अजय और पूजा 'विक्टरी टनल' में दाखिल हो गये। अब उन्होंने दो किलोमीटर का वह रास्ता पैदल तय करके हिंदुस्तान पहुँचना था।

उन चारों के 'विक्टरी टनल' में दाखिल होते ही कैप्टन मुशांग ने बाहर से लोहे का दरवाजा वापस बंद कर दिया।

❑❑❑

उसके बाद भी घटना घटी, एक आखिरी घटना!

'विक्टरी टनल' के बाहर जो फौजी चौकी बनी थी और उस पर जो चार चीनी फौजी तैनात थे, उनमें से एक ने कैप्टन मुशांग के हाथों बिकने के बावजूद भी अपना नाम सीक्रेट रखकर उस घटना की सूचना जनरल फ्यूजी को दे दी।

गुस्से से पागल हो उठा जनरल फ्यूजी!

हालाँकि उसके जिस्म पर गोलियाँ लगने की वजह से जगह-जगह पट्टियाँ बंधी थीं। लेकिन फिर भी उसने एक बेहद खतरनाक कदम उठा डाला।

वह हेलीकॉप्टर लेकर रात के अंधेरे में ही चीन की सरहद पर पहुँच गया और 'विक्टरी टनल' के ऊपर उड़ता हुआ तेजी से भारत की तरफ उड़ने लगा।

सरहद पर खलबली मच गई।

चीन के फौजी हड़बड़ा उठे।

"सर!" पब्लिक एड्रेस सिस्टम पर चीनी फौजी गला फाड़-फाड़ कर चिल्लाने लगे—"रुक जाइये सर! आगे भारत की सरहद शुरू होती है।"

"सर!" चीनी फौजी और बुरी तरह चिल्लाये—"वहाँ आपकी जान को खतरा हो सकता है सर!"

मगर जनरल फ्यूजी गुस्से में पागल हो चुका था।

एकदम पागल!

"यह साले हिंदुस्तानी सन् 1962 की जंग को भूल चुके हैं।" जनरल फ्यूजी ने हेलीकॉप्टर उड़ाते हुए दाँत किटकिटाये—"बिल्कुल भूल चुके हैं। इन्हें उस जंग की दोबारा याद दिलानी होगी। इन्हें बताना होगा कि चीन के सामने चूहे हैं, सिर्फ चूहे!"

जनरल फ्यूजी ने गुस्से में अपनी मूंछें फड़फड़ाई। उसका हेलीकॉप्टर भयानक गर्जना करता हुआ तेजी से हिंदुस्तान की तरफ उड़ा जा रहा था।

❑❑❑

उधर कमांडर करण सक्सेना और मानिक शाह के परिवार को पूरा 'विक्टरी टनल' पार करने में एक घंटे का समय लगा।

जैसा कैप्टन मुशांग ने बताया था, 'विक्टरी टनल' के अंत में उन्हें फर्श पर एक पत्थर रखा नजर आया।

कमांडर ने वह पत्थर हटाया, तो फौरन सूख चुका नाला दिखाई देने लगा था।

वह चारों उस नाले में उतर गये और फिर नाला पार करते ही उन्हें हिंदुस्तानी फौज दिखाई देने लगी। तभी कमांडर की नजर रॉ चीफ गंगाधर महंत पर भी पड़ी, जो हिंदुस्तानी फौज के साथ उन्हीं का इंतजार कर रहे थे।

गंगाधर महंत ने डॉक्टर मानिक शाह का हिंदुस्तान लौटने पर गरमजोशी के साथ स्वागत किया और कमांडर को मिशन की कामयाबी की खुशी में गले से लगा लिया।

❑❑❑

यही वो पल था, जब हिंदुस्तानी फौज में भी खलबली मच गई।

फौजी इधर-से-उधर भागने लगे और मोर्चा संभालने लगे।

एक चीनी हेलीकॉप्टर बड़ी तेजी से हिंदुस्तान की सरहद में घुसा चला आ रहा था।

"तुम चाहे जो हो, वापस चले जाओ मूर्ख!" हिंदुस्तानी पब्लिक एड्रेस सिस्टम भी चिल्ला उठे—"तुम सरहद के नियमों का उल्लंघन कर रहे हो, एक मिनट के अंदर वापस लौट जाओ, वरना तुम्हारा हेलीकॉप्टर उड़ा दिया जायेगा।"

जनरल फ्यूजी का हेलीकॉप्टर अब कमांडर और मानिक शाह के परिवार के बिल्कुल ऊपर उड़ रहा था।

तभी कमांडर की नजर हेलीकॉप्टर में बैठे जनरल फ्यूजी पर पड़ी और जनरल फ्यूजी को देखते ही वह खतरा भांप गया। कमांडर फ़ौरन उस हिंदुस्तानी फौजी की तरफ लपका, जिसके हाथ में एंटी टैंक गन थी।

लेकिन कमांडर उस फौजी के हाथ से एंटी टैंक गन छीनकर हेलीकॉप्टर को मार गिराता, उससे पहले ही जनरल फ्यूजी अपना काम कर गया था।

कमांडर ने जनरल फ्यूजी के हाथों में एक मशीनगन प्रकट होते देखी और फिर उस मशीनगन को मानिक शाह की तरफ तनते देखा।

"डॉक्टर।" कमांडर लगभग दहाड़ता हुआ मानिक शाह की तरफ लपका—"बचो डॉक्टर!"

डॉक्टर मानिक शाह ने भी बचने की कोशिश की। लेकिन नहीं, मानिक शाह की मौत आ चुकी थी।

मशीनगन से निकली बेशुमार गोलियाँ मानिक शाह के जिस्म में उतरती चली गईं।

उस दृश्य को देखकर कमांडर करण सक्सेना भी पागल हो गया।

बिल्कुल पागल!

उसका चेहरा अग्निकुंड नजर आने लगा। जैसे कोई ज्वालामुखी धधक उठा हो। उसने फौजी के हाथ से एंटी टैंक गन छीनकर हेलीकॉप्टर पर गोले बरसा डाले। हेलीकॉप्टर की धज्जियाँ उड़ गईं और उसी के साथ जनरल फ्यूजी का जिस्म भी चीथड़े-चीथड़े होकर हिंदुस्तान की सरहद पर बिखर गया।

उसके बाद भी गुस्से की प्रचंड आँधी बन चुका कमांडर रुका नहीं था, अब उसने एंटी टैंक गन का मुँह 'विक्टरी टनल' की तरफ मोड़ दिया और फिर उस 'विक्टरी टनल' के भी परखच्चे उड़ाता चला गया।

❑❑❑

अजय और पूजा, डॉक्टर मानिक शाह के खून से लथपथ शरीर से चिपटे बुरी तरह फफक रहे थे।

गंगाधर महंत भी एकाएक बदले उस माहौल पर हतप्रभ थे।

"रोओ मत मेरे बच्चों!" तभी मानिक शाह ने अजय और पूजा के गालों पर

बहते आँसू साफ किये और मुस्कुराया—“म...मैं बहुत खुशनसीब हूँ, जो मुझे अपने देश में, अपने लोगों के बीच मरने का सौभाग्य मिला। श...शायद मैंने किसी जन्म में कुछ पुण्य कर्म किये होंगे, ज...जो आज भारत माँ की इस अनमोल मिट्टी ने मुझे कुबूल कर लिया है। ब...बेचारी सरोज तो यह सौभाग्य भी न पा सकी।” फिर मानिक शाह ने बेहद जज्बाती अंदाज में अपने पास पड़ी मिट्टी को मुट्ठी में बंद करके उठाया—“य... यह हिंदुस्तान की मिट्टी है बच्चों! ह...हमारे अपने देश, अ...अपने वतन की मिट्टी। त...तुम्हारा डैडी दौलत में अ...अंधा होकर कभी इस मिट्टी से प्यार न कर सका। ल... लेकिन तुम सिर्फ इसी मिट्टी से प्यार करना, अ...अपने देश की मिट्टी से।” बोलते-बोलते मानिक शाह ने जोर से हिचकी ली और फिर उसकी आँखें बंद हो गईं।

अजय और पूजा की करूणादायी चीख से आसपास का सारा वातावरण दहल उठा।

गंगाधर महंत और कमांडर की आँखें भी नम हो गईं।

यह एक ऐसा मिशन था, जिसमें सफल होने के बावजूद भी कुछ जख्म रह गये थे।

1962 के भारत-चीन युद्ध की यादगार ‘विक्टरी टनल’ में से अभी भी आग के शोले निकल रहे थे।

लेकिन अब वो यादगार पूरी तरह ध्वस्त हो चुकी थी।

अब उसमें कुछ बाकी नहीं था।

कुछ भी नहीं।

पूरी कहानी जानने के लिए पहले पढ़ें 'क़ैदी'